Sandra Lüpkes

Die Sanddornkönigin

Der Brombeerpirat

Zwei InselKrimis mit Wencke Tydmers

LEDA

Sandra Lüpkes
Die Sanddornkönigin
Der Brombeerpirat
Zwei Inselkrimis mit Wencke Tydmers

1. Auflage 2008
3. Auflage 2012
ISBN 13: 978-3-939689-06-5

Leda-Verlag, Kolonistenweg 24, D-26789 Leer
info@leda-verlag.de
www.leda-verlag.de

Satz: Heike Gerdes
Titelillustration: Carsten Tiemeßen
Druck und Gesamtherstellung: cpi books GmbH
Printed in Germany

Sandra Lüpkes

Die Sanddornkönigin

Inselkrimi

LEDA

Prolog

Ich hatte nicht gedacht, dass ein lebloser Körper so schwer sein könnte. Dass sie so steif und kalt war, machte es nicht gerade einfacher. Zum Glück war sie vor dem Sterben nicht mehr erwacht, sie war in genau der Stellung erstarrt, in der ich sie zum Schlafen hingelegt hatte. So ließ sie sich gut handhaben. Wie eine große Puppe. Es fehlte nur noch, dass sie am Daumen nuckelte. Die blauen Lippen machten mich irgendwie verrückt. Halb geöffnet und spröde wie die Schale einer Auster, ich konnte nicht widerstehen und legte meinen warmen Mund darauf, doch statt des warmen, milden Fleisches schlürfte ich gefrorenen Speichel, der in kleinen Kristallen auf ihren Zähnen lag.

Bis zur Hintertür nutzte ich den Flaschenwagen zum Transport, danach musste ich sie tragen. Weit würde ich es nicht schaffen, das merkte ich schnell. Bislang war alles so einfach gewesen; ohne einen Tropfen Schweiß zu verlieren, hatte ich ihr das Leben genommen. Nun stand mir das härteste Stück Arbeit bevor. Ich bin kein Mensch für körperliche Anstrengung, mir fehlte die Luft, der Puls klopfte an meinen Schläfen, die Füße schienen am Boden zu haften. Dazu kam der Schmerz an den Händen. Trotz der Handschuhe fraß sich die Kälte ihres Körpers bis an meine Haut und ich hatte das Gefühl, meine Finger seien aus sprödem Glas und zersplitterten Stück für Stück unter der Last.

Natürlich hatte ich mir meine Gedanken gemacht, wo ich sie niederlegen würde. Sie war zu schön, um es dem Zufall zu überlassen, wann sie gefunden werden würde. Ich wollte nicht, dass im Frühjahr spielende Kinder den Anblick einer von Möwen und anderem Getier zerfressenen Frauenleiche ertragen müssen. An dieser Stelle, wo ich sie nun am Ende meiner Kräfte in den Sand fallen ließ, würde ihr Körper wahrscheinlich schneller entdeckt werden, als er aufgetaut war.

Eigentlich hatte ich nicht vorgehabt, lange zu bleiben. Ich wollte sie abladen und gehen wie jemand, der den Müll nach unten bringt. Doch meine Verfassung zwang mich innezuhalten. Ein paar Schritte entfernt von der kalten Schönheit blieb ich stehen und betrachtete sie. Die frühe Sonne, mit deren Licht ich meinen Weg durch die Dünen gefunden hatte, war nun hell genug, um wie eine Ahnung die Farbe ihres Haares erkennen zu lassen. Es hatte sich theatralisch in den schwarzen Dornen des Sanddornstrauches verfangen und war orangerot wie dessen Früchte.

Es sah so schön aus, wie sie da lag. Man hätte fast denken können, ich hätte einen Ritualmord begangen. Ritualmord klingt irgendwie künstlerisch. Schade, dass es keiner war. Es war lediglich ein ganz normales Kapitalverbrechen. Hätte sie mir nicht einen Strich durch die Rechnung machen wollen, so wäre sie jetzt noch am Leben.

Und so wird es mein einziger Mord bleiben, denn es ist nicht mein Ding, jemanden, der quicklebendig ist, umzubringen. Es gehört eine Menge Organisationstalent dazu, wenn man es plant, zudem braucht man Glück, dass im entscheidenden Moment niemand zur Tür hereinkommt, und eine Leiche frühmorgens durch die Dünen zu tragen, ist ein wahrer Kraftakt. Wenn ich nicht einen verdammt guten Grund gehabt hätte, dies alles zu tun, dann wäre Ronja Polwinski noch warm und ich läge zufrieden und unschuldig in meinem Bett.

Mittwoch

Letztendlich war die Telefonzentrale schuld daran, dass Wencke ausgerechnet auf eine Insel verschlagen wurde, um ihr Können unter Beweis zu stellen. Wäre der unselige Anruf am frühen Mittwochmorgen ins benachbarte Zimmer durchgestellt worden, dann säße jetzt der neunmalkluge Kollege Sanders auf einer Juister Düne. Doch sie hatte sich gemeldet.

»Mordkommission Aurich, Kommissarin Wencke Tydmers am Apparat«. Und zehn Minuten später war sie zu Hause, um die Koffer zu packen, die mahnenden Worte ihres Vorgesetzten noch im Ohr.

»Das ist Ihre Chance, Frau Tydmers. Zeigen Sie, was in Ihnen steckt und streichen Sie die Außendienstpauschale für den Inselaufenthalt auch noch mit ein. Und nicht vergessen: Mein Stuhl wird bald frei und die Frauenquote will Sie als Hauptkommissarin sehen. Wenn Sie es aber vermasseln, dann haben wir einen Grund, Sanders zu befördern. Die Bevorzugung der weiblichen Bewerber zieht nur bei gleicher Qualifikation, wie Sie wissen. Und im Moment steht es eins zu null für Ihren lieben Kollegen.«

Sie hätte sich selbst ohrfeigen können, dass sie den letzten Fall versaut hatte. Mord im Prostituiertenmilieu: Nette, viel zu junge Mädchen, die über versteckte Wege aus dem grauen Osten in den bunten Westen geschleust worden und schließlich in ostfriesischen Bordellen gelandet waren. Fiese, geldgeile Herren, die ihren Spaß und ihren Verdienst an den Mädchen hatten. Schwarz und Weiß, Gut und Böse, Gier und Unschuld – und sie, Wencke, hatte es der blassen, stillen Violetta einfach nicht zugetraut, dass sie ihren Geliebten und Zuhälter erbarmungslos über den Haufen schießt. Und das noch nicht einmal aus Rache, sondern nur, um sich an seiner Tageseinnahme zu bereichern. Erst als die Kleine, die auch noch gelispelt hatte, mit dem Geld im Koffer unerreichbar und über alle Berge verschwunden war, da war Winckes Argumentation von dem Streit des Opfers mit dem organisierten Verbrechen der Mädchenschleuser nicht mehr zu halten gewesen. Und da hatte sie ganz schön dumm dagestanden mit ihrer weiblichen Intuition. Doch sie hatte ihre Lektion gelernt. Sie hatte sich am Abend ihrer Niederlage betrunken, allein und zu Hause mit zwei Flaschen Wein. Und nur ihr Kater war Zeuge, als sie sich lallend vor dem Spiegelbild schwor, sich niemals und wirklich niemals wieder von ihrem Gefühl im Bauch beeinflussen zu lassen. Niemals außer manchmal.

»Die Sanddornkönigin«, sagte Meint, ihr Assistent. Er hatte gerade mit dem seemannsgesichtigen Zeugen gesprochen, der die Leiche heute Morgen beim Kontrollieren seiner Kaninchenfallen gefunden hatte.

»Sanddornkönigin? Ist das von dir?«

»Nein, ist nicht aus meiner Feder, der Alte da hat sie so genannt. Außerdem ist es doch eher dein Metier, den Mordfällen dramatische Überschriften zu geben, liebe Chefin. Ich erinnere dich nur an den ‚Mühlenschlachter' oder das ‚Wattenputtel'.«

Wencke fühlte sich ertappt. »Sanddornkönigin« hätte wirklich von ihr stammen können.

»Dies hier ist eine andere Kategorie Mord«, sagte sie schließlich.

Sie saßen im Sand am Hang einer sanften Düne, es war nicht besonders kalt, nur der Wind, der ab und zu eine Böe über den Strandhafer blies, ließ sie ein wenig frösteln. In der Senke standen die Kollegen von der Spurensuche und steckten kleine, nummerierte Täfelchen in den Sand. Viele Spuren gab es nicht, die es zu fotografieren gelohnt hätte. Der Wind war ein Meister im Vernichten von Beweismitteln. Eine zerdrückte, rostige Coladose, die mit Sicherheit nicht der Täter dort liegengelassen hatte, war bereits vom Flugsand halb verdeckt worden, im Dornenbusch, fast direkt neben der Leiche, hing eine zerfledderte Plastiktüte im Geäst. Ansonsten lag hier nur eine tote Frau.

»Sanddornkönigin im Sinne von Weinkönigin oder so«, fuhr Meint fort. »Am kommenden Wochenende steigt hier eine große Fete, in erster Linie wird wohl viel gegessen und getrunken, es sollen einige wichtige Personen auf die Insel kommen deswegen.«

»Freiwillig?«

Meint lachte. »Scheint so.« Er zog aus seiner Mappe ein Faltblatt heraus. Meint war einer von denen, die alles Wichtige und Unwichtige, was sie in einem Fall in die Hände bekommen, in einer eigens dafür angelegten Mappe sammeln. Wenn er einen Fall bearbeitete, so bewahrte er nahezu alles auf, er legte sich eine wahre Enzyklopädie über den Ort, über den Beruf und über die ganzen anderen scheinbaren Nebensächlichkeiten im Leben des Mordopfers an. Manchmal nutzte ihm dieser Wissensumfang tatsächlich zur Aufklärung, doch meistens speicherte er diese Details nur für sich, um sie dann und wann ungefragt zum Besten zu geben. Das hatte ihm im Kollegenkreis den Spitznamen »Lexikon« eingebracht, er schien sich nicht daran zu stoßen. Wencke hatte keine solche Mappe und ihr Gedächtnis war so zuverlässig wie das Wetter im April, doch sie hatte andere Qualitäten.

Sie nahm das Faltblatt in die Hand. Es fühlte sich teuer an, festes und raues Papier, bedruckt mit goldfarbenen Lettern und geschmückt mit orangen Ornamenten, die wohl Sanddornbüsche darstellen sollten. Sie überflog den Text.

Wir laden Sie herzlich ein, liebe Feinschmecker, lernen Sie unsere schlanke, schöne Insel kennen und auch unseren heimlichen Schatz: die Sanddornbeere. Diese farbenfrohe Vitaminbombe ... blablabla... im bezaubernden Hotel Dünenschloss *... blablabla... Galamenü, gezaubert von unserem Künstler am Herd, Fokke Crominga ... blablabla ... am 17. Oktober ab 12 Uhr mittags ein ganzer Tag nur für Sie und Ihren verwöhnten Gaumen ... blablabla ... es freut sich auf Sie Ihre Juister Sanddornkönigin.*

Darunter ein weichgezeichnetes Bild: Eine lächelnde Rothaarige in friesischer Tracht vor einem festlich gedeckten Tisch. Nun lag sie nackt im Dünental, und die Fotos von ihr würden mit Sicherheit nicht mit Weichzeichner aufgenommen werden.

»Sie heißt mit bürgerlichem Namen Ronja Polwinski, studiert normalerweise in Hannover Psychologie und Touristik.«

»Was man nicht alles so studieren kann …«, sinnierte Wencke.

Siemen Ellers, der Juister Inselpolizist, war zu ihnen gekommen. Er war ein freundlicher Mann kurz vor der Pensionierung, der sich diesen überaus ernsten Blick und das scharfe Einsaugen der Luft von seinem liebsten Sonntagabendkrimi ausgeliehen hatte. »Sie war nicht von der Insel. Aber sie war hier sicher ein bekanntes Gesicht.«

Und ein verdammt hübsches, dachte Wencke, sagte aber nichts dergleichen.

Sie stand auf und ging zu den anderen Kollegen, die ihre Beweisaufnahme abgeschlossen hatten und nun in einem Halbkreis um die Tote herumstanden wie auf einem Begräbnis.

»Sie ist sozusagen taufrisch«, sagte Gerichtsmediziner Riemer, als hielte er nun die Grabrede. »Keinerlei Zerhackstückelung, weder kleine Kratzer noch große Beulen, Flecken oder Dellen. Wenn ich sie so daliegen sehe, dann könnte ich schwören, sie steht gleich auf, zieht sich an und geht ihrer Wege. Ich habe noch nie eine so … appetitliche Leiche gesehen.«

Als wäre dies das Amen gewesen, breiteten zwei seiner Männer den großen, schwarzen Plastiksack aus und machten sich daran, die Tote halbwegs ordentlich hineinzulegen.

Wencke schaute in den Himmel. Sie würde gleich einen kurzen Spaziergang an der frischen Luft brauchen. Denn so flapsig sie mit den Mordopfern teilweise umging, wenn sie ihnen am Tatort direkt in die toten Fratzen schaute und die Details der grausigen Verletzungen studierte, so nahe ging es ihr, wenn die leblosen Körper dann im schmucklosen Zinksarg abtransportiert wurden.

Dies war nicht die erste Leiche gewesen und auch bestimmt nicht die letzte, sie hatte sich den Posten bei der Mordkommission bewusst ausgesucht, sie kam damit auch gut zurecht und konnte nachts ruhig schlafen. Dennoch hinterließ dieses »Einpacken-und-weg-Damit« bei ihr den schalen Geschmack von Endgültigkeit. Ein paar Schritte ohne Worte vom Tatort weg holten sie jedoch immer wieder zurück in die nüchterne Kriminalbeamtensichtweise.

Meint kannte sie und ließ sie in Ruhe, als sie sich langsam vom Tatort entfernte. Sie fand den geschlungenen Trampelpfad durch die Dünen, der schließlich auf die rotgepflasterte Strandpromenade führte. Ab und zu gaben die wild bewachsenen Sandberge zu ihrer Linken den Blick auf einen riesigen, menschenleeren Strand frei, an dessen Ende sich das Meer die Ehre gab, in Erscheinung zu treten. Ein kleiner Weg führte zum Inseldorf hinunter, auf der Ecke lag eines dieser Strandcafés mit Aussicht. »*Sturmklause* – genießen Sie Kaffee und Kuchen, Eisspezialitäten und die große Auswahl auf unserer Speisekarte. Herzlich Willkommen!« Neben der Tafel war die Tür mit großen Sperrholzplatten vernagelt, alles schien bereits in eine Art Winterschlaf gefallen zu sein, der Sand hatte sich in den Fensterbänken gesammelt und gab dem Ganzen einen verlassenen Ausdruck, so als wäre seit Jahren kein Mensch mehr hier gewesen.

»Herzlich Willkommen!?« Wencke musste lachen. Die Zigarette, die sie sich eben angesteckt hatte, schmeckte nicht, sie ließ sie fallen, zertrat die Kippe auf dem brüchigen Backstein und sah die Glut mit dem Wind davonwehen. Sie fuhr sich mit der Zunge über die Lippen und wartete darauf, dass es salzig schmeckte, so wie sie es unzählige Male in maritimen Büchern gelesen hatte. Es schmeckte nach nichts. Dafür hörte sie das Rauschen, es klang wie das Geräusch im Gehäuse einer Wellhornschnecke, die man sich direkt ans Ohr hielt. Ansonsten war es weniger beeindruckend als von sämtlichen Inselfana tikern beschworen. Wencke fand es unbehaglich. Sie konnte und wollte dem Gedanken, sich auf einer Insel zu befinden, sich vom Meer umzingelt zu wissen, nichts Gutes abgewinnen. Ihr einziger Gewinn war eine große Portion Ehrgeiz, diesen Fall so schnell wie möglich zu klären, natürlich erfolgreich, um dieser Sandbank, die Juist hieß, bald zu entfliehen.

»*Kommission Sanddornkönigin*, hmm?« Meint war ihr gefolgt. Nun ging er direkt neben ihr. »Wenn wir ein paar Schritte weitergehen, stehen wir direkt vor ihrem Schloss.«

Die Promenade wurde breiter und endete auf einem großen Platz mit verwaisten Parkbänken und den Rudimenten eines abgebauten Spielplatzes. Sie standen vor einem weißen Hotel, es war teils reetgedeckt, teils hatte es rote Dachziegel, und obwohl es groß war, wirkte es doch filigran. Zwei kleine Türmchen ragten in den blauen Himmel und gaben in ihrer Mitte eine große Treppe frei, auf der ein roter Teppich nach oben führte, der noch nicht einmal protzig wirkte, der dort einfach liegen musste.

»Okay, es beeindruckt mich«, sagte Wencke missmutig.

»Das *Dünenschloss* ist dazu da, zu beeindrucken, nimm es nicht persönlich. Um die Jahrhundertwende haben hier Fürsten und Barone residiert, damals führte eine breite Treppe direkt an den Strand. Die liegt jetzt hier irgendwo unter uns, vom Sand verweht. Doch wie ich den Besitzer des *Dünenschlosses* einschätze, wird er eines Tages versuchen, die Stufen eigenhändig wieder freizuschaufeln.«

Wencke nahm die Broschüre wieder hervor, sie hatte die ganze Zeit in der Tasche ihrer Jeansjacke gesteckt, und so sah das Papier nicht mehr ganz so jungfräulich aus, wie es das in der sicheren Obhut von Meints Sammelmappe getan hätte.

Auf der Rückseite fand sie, was sie gesucht hatte.

»Thore Felten heißt der Mann, den wir besuchen müssen. Er scheint wirklich sozusagen der Sanddornkönig zu sein.«

Dann stiegen sie gemeinsam die Treppe hinauf.

Bratkartoffeln. Nicht dass er sie nicht mochte, sie langweilten ihn nur. Speck und Zwiebeln waren nur Taschenspielertricks in der Zauberkiste seiner Kochkünste. Eine Frau war heute auf der Insel angekommen. Sie ging Fokke nicht aus dem Kopf.

Zwischen all den dunkel gekleideten Männern auf dem weißen Schiff war sie ihm sofort aufgefallen. Sie hatte sich nicht umgeschaut, als sie von Bord der *Frisia IX* kam und auf der Gangway die Menschenmassen passierte, die aus irgendwelchen Traditionsgründen ständig »Oh wie blass« riefen und ihre Wollmützen in der Luft herumschwenkten. Doch dann hatte sie kurz den Blick erhoben und ihm direkt in die Augen gestarrt. Es passierte nicht oft, dass im Oktober eine Frau hier herkam, die ihn interessierte. Das letzte Mal war es bei Ronja so gewesen. Auch diese Frau war rothaarig und hatte diese selbstsichere Art, die ihm an Frauen so gefiel. Doch darauf beschränkten sich die Gemeinsamkeiten auch schon. Die Frau von heute war klein und vielleicht ein bisschen frech, sie trug eine Jeansjacke und keinen Kaschmirmantel, ihre Haare waren kurz und gefärbt und keine wilde Lockenpracht. Doch sie war auf angenehme Art attraktiv gewesen, auch wenn sie vielleicht einem Mann keine feuchten Träume bescherte.

Fokke war am Fähranleger damit beschäftigt gewesen, Kartons mit frischem Fisch auf einen Handkarren zu laden. Irgendein Idiot hatte seine Reisetasche im Gepäckcontainer auf die Kühlbox gestellt und nun war der Deckel zerbrochen. Selbst schuld, wenn die Klamotten nun nach Fisch rochen. Die kostbare Weinlieferung musste er ebenfalls im Auge behalten, und darüber hatte er die Frau leider aus denselben verloren. Das Letzte, was er sehen konnte, war, dass sie ihre Sonnenbrille abnahm, um Siemen Ellers zu begrüßen. Ihre Augen waren super.

Der deftige Geruch aus der Pfanne stieg ihm in die Nase. Unter diesen Umständen würde es schwierig werden, die Weine durchzugehen. Gunnar hantierte mit dem Kellnerbesteck und öffnete eine Flasche nach der anderen.

»Gib dein Bestes am Wochenende, Fokke, diese Tröpfchen werden das Ihre tun.« Sein Freund schenkte hellblonden Wein ein, nur Zweifingerbreit, das dünnwandige Glas beschlug leicht. »Chardonnay. Limitierte Ausgabe sozusagen, er heißt sogar *Reserva Legado de Familia*, nette Rarität für Kenner. Das Bouquet ist nicht von schlechten Eltern.«

Fokke nippte daran. Er schloss die Augen und dachte an die Frau am Hafen.

»Betörend!«

Gunnar setzte sich zu ihm an den Tisch, probierte schweigend und nickte schließlich.

»Es könnte wieder so sein wie in vergangenen Zeiten. Wenn es am Samstag läuft wie geplant, dann sind die Tage vergessen, wo wir Bratkartoffeln für die Angestellten servieren müssen.«

»Es wird so laufen wie geplant«, stellte Fokke fest. Für ihn stand das außer Frage, er wusste, es ging ums Ganze. Er hatte zwar schon manchen verwöhnten Gaumen gekitzelt, damals in der *Auster* hatten alle naselang prominente Feinschmecker an seinem Tisch gesessen und geschlemmt, doch diesmal war es anders. Diesmal würden sie alle kommen, sie würden nebeneinander sitzen, wenn er seine große Vorstellung gab, sie würden miteinander schmatzen und rülpsen und nicht zuletzt über seine Kunst schwadronieren. Dies war mutig, außerordentlich mutig von ihm, denn wenn dem einen Gourmet eine Prise zu viel Safran unangenehm aufstößt, so versucht sein Tischnachbar mit Sicherheit, ihn übertrumpfend das nächste Haar in der Suppe zu finden, und die Dame einen Tisch weiter wird schließlich das ganze Menü als ungenießbar empfinden. Fokke wusste, er kochte für einen Haufen übersättigter Klugscheißer, aber er wusste auch, wenn alles perfekt wäre, wenn sein Menü einfach jenseits jeglicher Kritik eine makellose Ode an die Sinnenlust bedeutete, dann hatte er gewonnen. Dann würde er nie wieder einen Gedanken an den Tag verschwenden, an dem er dem Gerichtsvollzieher den Schlüssel für die *Auster* übergeben musste.

»Entweder diesen oder den Moenchenberger Pinot Gris, was meinst du?« Gunnar hielt eine weitere Flasche gegen das Licht, wiegte den Kopf hin und her und schien wirklich in ein tiefes Grübeln zu verfallen. »Sag doch was, Fokke, komm, den Weißwein wollen wir heute noch festmachen. Der Rote soll noch ein paar Tage ruhen.«

In Gunnar hatte er seinen Meister gefunden, zumindest was die Weine und den vollendeten Service betraf. Als Fokke damals die *Auster* von seinem Vater übernommen hatte, da war ihm der Kopf so voller Ideen und Phantasien gewesen und es war ihm wie ein Zugeständnis des Schicksals erschienen, als er dort einen absolut kompetenten und fast gleichgesinnten Restaurantleiter übernehmen konnte. Zuvor war er mehr als nur einmal belächelt worden, wenn er die Weinflaschen trug wie Neugeborene, wenn er sie verhätschelte und zigmal sortierte. Und dann war ihm Gunnar mit dem Weinwagen begegnet, er hatte ihn selbst gebaut, um die kostbaren Tröpfchen in verschieden temperierten Schubladen sicher zu transportieren, und von diesem Moment an waren sie ein Team. Beide wussten, ein guter Wein setzte dem Essen die Krone auf, vorausgesetzt man legte überhaupt Wert auf königliche Gaumenfreude.

Zu einer Dose Ravioli konnte Fokke auch einen lauwarmen Weißwein aus der Flasche trinken, und es gab Tage, da tat er das auch, sogar mit Genuss. Doch wenn er kochte, wirklich kochte, wenn er Wassermengen millimetergenau abmaß, wenn er zarte Filets mit dem Sekundenzeiger im Visier auf den Punkt briet, dann musste auch der Wein als solcher zelebriert werden. Es musste alles passen, es musste stimmig sein, dann und nur dann war es perfekt.

»Lass uns bei diesem hier bleiben«, antwortete er schließlich. »Es ist der richtige.«

»Du bist der Einzige, der das sagen kann. Du bist schließlich auch der Einzige, der weiß, was es zu essen gibt.«

»Verlass dich auf mich.« Fokke stand auf und band die Schürze los. Er wollte keine Sekunde zu lang hierbleiben. Dies würde sein letzter freier Abend für eine ganze Weile sein. Er freute sich auf eine warme Dusche, vielleicht einen Gang in die Sauna, auf jeden Fall eine Tüte Gummibärchen und später noch ein Frischgezapftes in der *Spelunke*.

»Schönen Feierabend. Vergiss nicht, du wolltest noch bei deiner Mutter vorbeischauen.«

Er hatte Gunnar gebeten, ihn daran zu erinnern, aber im Stillen gehofft, dass er es vielleicht vergessen würde. Seine Klamotten rochen nach Bratkartoffeln, er war verschwitzt und mit den Gedanken eigentlich ganz woanders, aber er hatte sich heute Morgen vorgenommen, sie zu besuchen. Es war nicht der Weg, den er scheute, ihr kleines Atelier war im selben Kellergeschoss wie die Küche, eigentlich nur ein paar Schritte weiter rechts am Ende des Ganges. Es war die Begegnung, die er zu vermeiden suchte.

Er wusste, seine Mutter war seit einiger Zeit in Behandlung, und er wusste auch, dass er ihr noch längere Zeit aus dem Weg ging. Sie war so leer, so blass, so weit weg von allem, was ihm wichtig war. Ihr langes, volles, nahezu schwarzes Haar war früher einmal ihr Stolz gewesen, eine Augenweide, doch vor zehn Monaten hatte sie es sich abgeschnitten, sie hatte den dicken Zopf mit einer Küchenschere abgetrennt und in den Mülleimer geworfen. Er war dabei gewesen, sie hatte vorher geweint und geflucht, er hatte sie nicht daran gehindert, es zu tun. Und seit diesem Moment war sie anders. Und jedes Mal, wenn er sich mit ihr auseinandersetzen musste, dann drehte sich sein Innerstes nach außen. Dann wurden all die schmerzlichen Erinnerungen wieder wach und das längst verdrängte Gefühl des Versagthabens legte sich um ihn und machte ihn für einen kurzen Moment so lahm, als fließe Wachs in seinen Adern.

Und je mehr er sich nun auf dem Weg nach oben befand, desto weiter schien sie ihn hinunterziehen zu können. Sie war eine Gefahr für ihn. Er hatte Angst, ihr zu begegnen. Er schloss die Küchentür hinter sich und ging ein paar Schritte weiter rechts bis zum Ende des Ganges, weil er sie so liebte.

Die Tür zu dem kleinen Raum war angelehnt wie meistens, seine Mutter litt ein wenig unter Platzangst, was allerdings angesichts der bescheidenen Ausmaße ihres Arbeitszimmers nur verständlich war. Er lauschte. Keine Nähmaschine brummte, keine Dampfpresse zischte, es war ruhig. Fokke spähte hinein, ob seine Mutter überhaupt da war.

Sie telefonierte. Vornübergeneigt hatte sie den Hörer fest an ihr Ohr gepresst, die Hände wirkten verkrampft, er konnte sie zwar nur von hinten sehen, aber er erkannte schon an ihrer Haltung, dass sie heute keinen guten Tag hatte. Mal wieder.

»Bitte, Doktor Gronewoldt, Sie müssen es irgendwie möglich machen, auf die Insel zu kommen«, hörte er sie flehen, der panische Unterton, der sich bereits in ihre Stimme eingeschlichen hatte, versetzte ihn in höchste Alarmbereitschaft. »Es geht einfach nicht mehr, hören Sie? … Ich habe es nicht mehr unter Kontrolle. Ich habe *mich* nicht mehr unter Kontrolle. Es ist etwas Schreckliches passiert, oh mein Gott, wenn

Sie wüssten, wie schrecklich … Von mir aus mit dem Flieger, selbstverständlich, mein Mann zahlt das. Hauptsache, Sie lassen mich hier nicht einfach vor die Hunde gehen … Ja, morgen, okay, danke, vielen vielen Dank, Doktor Gronewoldt. Sie müssen mir einfach helfen, ich kann nicht mehr.«

Kaum hatte sie den Telefonhörer aufgelegt, da sah Fokke, wie ihre Schultern zuckten, und er wusste, dass sie mal wieder weinte. Es versetzte ihm doch einen Stich, wie sie ihren Therapeuten angefleht hatte, zu kommen. Dr. Gronewoldt war der einzige Mensch, mit dem sie überhaupt noch sprach. Er hatte sich wahrscheinlich schon eine goldene Nase an seiner Mutter verdient.

Man hatte ihm im Hotel bereits ein eigenes Zimmer eingerichtet, da er oft über Nacht bleiben musste, wenn sie wieder eine besonders schlimme Phase hatte. Depressionen, Phobien, Neurosen, was es auch war. Fokke war froh, dass es diesen Seelendoktor gab, auch wenn er eigentlich nicht besonders viel gab auf diese Zunft. Sein Stiefvater zahlte einen Haufen Geld für Flüge, Schiffsfahrten, Honorare und Unterkunft, mit Sicherheit fiel es dem alten Geizkragen nicht leicht, dies zu tun, doch alles war besser, als sich von Hilke Felten-Cromminga in das tiefe Loch ziehen zu lassen, in dem sie saß. Und obwohl Fokke den Mann seiner Mutter nicht mochte, er konnte ihn gut verstehen. Auch er würde sicher einen großen Teil seines jämmerlichen Kochgehaltes darein investieren, dass sie ihn in Ruhe ließ. Dass solche Sätze wie »Ich hab doch mein Möglichstes getan, um dir unter die Arme zu greifen, und du hast alles vermasselt« weiterhin ungesagt blieben.

Er beobachtete sie noch eine Weile, wie sie heulend am Nähtisch saß. Mit einem Mal sprang sie auf und fuhr herum, ihre Augen waren nicht leer, so wie er es sich vorgestellt hatte, so wie er es in den letzten Jahren von ihr kannte. Ihre Augen waren funkelnd, lebendig, schimmernd von Tränen zwar, aber voller Energie. Sie ergriff einen wuchtigen Stoffballen und schleuderte ihn über den Tisch; das zarte Schnittpapier zerriss unter dem schweren Wurfgeschoss, eine Schale mit silbernen Nadeln fiel vom Tisch und die spitzen Metallstifte verteilten sich über den ganzen Boden. Fokke hatte sich rechtzeitig hinter den Türrahmen zurückziehen können, sie hatte ihn nicht gesehen. Aber er hatte sie gesehen, diese Kraft, diese Wut, diese verzweifelte Wut, die er seiner Mutter nie zugetraut hätte.

»Ihr Schweine«, brüllte sie, es schien irgendwie aus ihr herauszubrechen. Im selben Moment sank sie wieder in sich zusammen, wurde klein, grau und still, wie die Hilke, die sie in den letzten Jahren geworden war. Fokke wurde kalt, als er sie sah, und es wurde ihm bewusst, wie wenig er sie kannte. Er drehte sich um und ging zurück. Er wollte sich nicht von ihr den freien Nachmittag versauen lassen.

Im Lastenaufzug, der ihn zum Personaltrakt unterm Dach bringen sollte, lehnte er sich gegen die graue Wand und holte tief Luft. »Lasst mich doch alle in Ruhe«, zischte er.

Im Erdgeschoss öffnete sich die Schiebetür und Mareike, das Mädchen von der Rezeption, schob sich herein, sank sofort mit dem Rücken an der Wand in die Knie und verbarg ihren Kopf in den Armen.

»Ronja ist tot«, heulte sie. Fokke hielt den Atem an. Er wollte nachfragen, aber Mareike war in Tränen aufgelöst, schluchzte und jammerte, er kam nicht zu Wort. Er strich ihr über den Kopf und beschloss, sich so zu geben, als habe er es schon gewusst.

»Scheiße, hätte das Arschloch, das sie umgelegt hat, nicht noch eine Woche warten können?« Wieder schüttelte sie sich vor Weinkrämpfen. »Jetzt soll ich den ganzen Mist übernehmen, verstehst du? Die denkt sich diesen Schwachsinn aus mit diesen verdammten Sanddorntagen und dann macht sie sich einfach so davon und ich kann ihren Job gleich mitmachen. Das schaffe ich nie!«

Der Fahrstuhl hielt an, er half ihr auf und gab ihr sein Taschentuch. Sie schneuzte sich und verzog dann das Gesicht.

»Das stinkt nach Bratkartoffeln«, sagte sie, drückte ihm den Stofflappen wütend in die Hand und schob sich durch die Tür, kaum dass sie geöffnet war. Fokke schaute der verheulten, schlaksigen Mareike nach, wie sie auf ihren Stöckelschuhen und in dem ziemlich knappen Rock in ihr Zimmer stolperte.

Dann ging er langsam in seine Bude, verriegelte die Tür hinter sich und atmete tief durch.

Ronja war ermordet worden.

Dies war schrecklich genug. Doch das wahre Grauen, welches ihm leise die Klauen auf die Schulter legte, bereitete ihm der Gedanken an seine Mutter.

»Ich habe es nicht mehr unter Kontrolle. Ich habe *mich* nicht mehr unter Kontrolle. Es ist etwas Schreckliches passiert, oh mein Gott, wenn Sie wüssten, wie schrecklich«, hatte sie am Telefon gesagt. Und er ahnte, dass seine schlimmsten Befürchtungen, seine grauenhaftesten Vorahnungen vielleicht schon eingetroffen waren.

Wir halten alle die Luft an in Erwartung des kommenden Wochenendes. Wenn die wirklich wichtigen Leute der deutschen Spitzengastronomie erst einmal Wind davon bekommen, wie vielseitig die Sanddornbeere unsere Küche bereichern kann, dann wird unser kleines Hotel hier auf Juist einen unvergesslichen Namen in den höchsten Kreisen bundesweit erlangen.«

Wortgewandt und weltvergessen dozierte der schlanke Herr im hochwertigen Sportoutfit nun schon, seit Wencke und Meint das Hotel betreten hatten und in sein Direktorenzimmer geführt worden waren. Er hätte eigentlich gerade vorgehabt, auf dem Platz hinterm Haus Tennis zu spielen, doch diese Dinge könnten auch warten und er wäre gern bereit, ihnen das Hotel zu zeigen und so weiter. Sie hatten sich ihm vorgestellt und auch, dass sie von der Mordkommission waren, hatten sie ihm gesagt, doch irgendwie schien er es nicht zur Kenntnis genommen zu haben. Er erinnerte Wencke ziemlich stark an den Fasan, den sie in den Dünen vor dem

Hotel beobachtet hatte: Er schritt stolz und eitel durch seine Welt und gab dabei lächerliche Laute von.

Leider konnte Wencke nichts dagegen tun: Sie mochte diesen Thore Felten nicht. Mit Sicherheit wurde er als attraktiver Mann in den besten Jahren gehandelt, doch sie kam nicht darüber hinweg, dass er irgendwie nach Kopfschmerzen aussah. Er war zwar sportlich gebräunt und in seinen Augen blitzte ab und zu etwas Jungenhaftes, doch die tiefen Falten um seinen Mund herum bezeugten wie eingefräste Male, dass er nicht allzu oft lachte.

»Nachdem wir nun die Standardzimmer und die Juniorsuite gesehen haben, freue ich mich, Ihnen unsere Hochzeitsräume zeigen zu können.« Felten öffnete mit großer Geste eine Doppelflügeltür und sie betraten ein riesiges, lichtdurchflutetes Zimmer, in dessen Mitte ein pompöses Himmelbett stand. Auf dem Baldachin war eine goldfarbene Kompassrose gestickt und die gegenüberliegende Wand war eigentlich eher ein einziges Fenster, das ein großformatiges Panorama auf den Strand freigab. »Schauen Sie, Sie genießen hier den auf der Insel einzigartigen Seeblick zu beiden Seiten, denn wenn wir die Galerie nach oben gehen, können wir von dort das Wattenmeer überblicken. Nur meine Frau und ich haben eine vergleichbare Aussicht in unserer Wohnung. Ist es nicht phantastisch?«

»Was kostet es?«, fragte Meint.

»Nun, es ist nur noch bis Samstag frei, dann wird hier der Niedersächsische Landesvater mit seiner Frau residieren. Ich habe heute Morgen das erfreuliche Fax mit seiner Zusage bekommen, dass er uns an den Sanddorntagen beehren wird.«

»Wir werden nicht hier wohnen, ich frage nur, weil ich mir absolut nicht vorstellen kann, was so etwas kostet.«

Felten lächelte ein wenig pikiert. »Zweihundertachzig.«

Meint nickte.

»Pro Person, versteht sich.«

Meint nickte wieder.

Für einen kurzen Moment herrschte betretenes Schweigen. Es war das erste Mal, dass der Hoteldirektor seine Klappe hielt. Nun räusperte er sich. »Was kann ich denn nun für Sie tun? Bitte, setzen wir uns doch.«

Meint und Wencke setzten sich auf eine wohl antike, ziemlich aufwändig geblümte Chaiselongue, die sich am Fußende des riesigen Bettes ausbreitete, Thore Felten nahm ihnen gegenüber auf einer Art Frisierhocker Platz, seitlich von ihm war ein monumentaler Spiegel mit beweglichen Seitenflügeln. Hier mochte sich die glückliche Braut vor und nach Vollzug der Ehe das Haar richten. Nun spiegelte sich der Hoteldirektor darin, Wencke sah Felten von hinten, Felten von links und von rechts und dank des oberen Spiegelflügels auch aus der Vogelperspektive. Dies war ein ziemlich merkwürdiger Raum für ein Ermittlungsgespräch. Normalerweise saß man in einem Büro, einer Küche oder in der guten Stube. In einer Flitterwochensuite hatte sie noch nie eine Todesnachricht überbringen müssen.

»Nun, wie bereits gesagt, dies ist mein Kollege Meint Britzke, mein Name ist Wencke Tydmers, wir kommen von der Polizeidienststelle Aurich, genau genommen von der Mordkommission.«

Tatsächlich zeigte Felten endlich mal eine Regung: Er zog die Augenbrauen hoch.

»Heute Morgen ist in den Dünen unweit Ihres Hotels eine junge Frau tot aufgefunden worden. Unter den gegebenen Umständen gehen wir davon aus, dass sie eines gewaltsamen Todes gestorben ist.«

Felten verschränkte die Arme und legte die Beine übereinander.

»Was wollen Sie damit sagen: unweit meines Hotels? Ich bin mir sicher, in diesem Haus hat niemand etwas damit zu tun. Ich kenne alle meine Angestellten und würde für jeden meine Hand ins Feuer legen.«

»Darum geht es nicht direkt. Wir haben nur erfahren, dass die Tote am Wochenende zur Sanddornkönigin gekrönt werden sollte.« Es klang schon verdammt dramatisch, dachte Wencke, und sie mochte das eigentlich nicht. »Ronja Polwinski.«

Bingo, es gab auch Gefühle, die sich auf Feltens Gesicht

bemerkbar machten. Seine Mimik fiel in sich zusammen, als hätte jemand die Luft herausgelassen und sie wusste jetzt, woher die tiefen Falten um seinen Mund herum kamen.

»Das kann nicht sein. Sie ist doch gar nicht auf der Insel.«

Meint zog schnell seinen Notizblock aus der Sammelmappe. »Hatte sie vor, zum Festland zu fahren? Wenn ja, wann und wohin?«

»Mein Gott, ich habe sie am Freitag gesehen, sie wollte Samstagmorgen fahren. Sie sagte, sie hätte noch einen wichtigen Beratungstermin in Hannover und dann hatte sie vor, sich noch ein wenig zu entspannen, bevor das Wochenende kommt. Sie wollte morgen früh mit dem ersten Flieger wieder zurück sein.« Er schüttelte fassungslos den Kopf, alle seine Spiegelbilder taten dasselbe.

»War Frau Polwinski bei Ihnen fest beschäftigt?«

»Ja«, er hielt kurz inne, wohl, um sich an das Past Perfect in der Frage zu gewöhnen. »Sie war seit einiger Zeit in unserem Haus. Seit einem Jahr genau. Sie studiert normalerweise noch …«

»… Psychologie und Touristik«, half Wencke.

»Genau. Für ihre Diplomarbeit brauchte sie Einblicke in das Hotelleben. Die haben wir ihr gewährt, als Gegenleistung gewährte sie uns Einblicke in ihre Forschungsarbeiten. Quid pro quo. Wir sind alle gut damit gefahren.«

»Herr Felten, wenn ich ehrlich bin, kann ich mir nichts darunter vorstellen.«

Er überlegte kurz. »Sie experimentierte in gewissem Sinne mit unseren Erwartungen und denen unserer Gäste. Sie kennen das doch sicher, was dem einen Gast recht ist, ist dem anderen nicht billig. Und wer darunter zu leiden hat, ist oft das Personal und alle anderen, die damit zu tun haben. Ihr Ziel war es, ein Konzept zu erarbeiten, wie man einerseits den höchsten Ansprüchen der Kunden genügt und das Personal dahingehend auch motiviert und fördert, andererseits aber auch ein betriebliches Umfeld schafft, das die Mitarbeiter nahezu von selbst dazu animiert, das Beste zu geben.«

»Tut mir leid, ich verstehe es immer noch nicht so ganz.«

»Nun, im Grunde war sie immer im Gespräch mit allen Menschen in diesem Hotel. Sie versuchte herauszufinden, was wer wirklich will und am Ende wollte sie dies alles unter einen Hut bringen.«

Wencke gab sich zufrieden, zumindest mit dem geschäftlichen Teil. Sie beobachtete Felten genau, sah auch, dass er litt. Ihm schien die Nachricht in die Eingeweide gefahren zu sein. Und dies konnte unmöglich nur aus rein beruflichen Gründen so sein.

»Wie gut kannten Sie sich privat?«

Meint warf ihr einen energischen Blick zu, sie wusste, er hasste ihre oft allzu forsche Art, das Thema zu wechseln. Doch sie hatte das Gefühl, dieser Mann hier erzählte bewusst so, wie er erzählte. Weil er nach den anderen Dingen lieber nicht gefragt werden mochte. Weibliche Intuition hin oder her, sie hatte diese Frage bereits gestellt.

»Sie meinen, ob wir etwas miteinander hatten?«

»Wie kommen Sie darauf, dass ich es so meinte?«

»Weil sich hier auf der Insel bereits seit einiger Zeit das hartnäckige Gerücht verbreitet, Frau Polwinski sei meine Geliebte ...« er schluckte »... gewesen.«

»War sie es?«

Wieder traf sie ein böser Blick ihres Kollegen in die Seite.

»Nein. Wir hatten zwar beide dieselbe Leidenschaft, aber das war das Hotel. Für einige Menschen auf der Insel ist dies Motiv genug, eine außereheliche Affäre zu haben, besonders wenn man dann in der Freizeit hin und wieder Tennis miteinander spielt. Ich habe sie sicher ein Stück weit verehrt, aber nur, weil sie für mein Hotel ein wahrer Gewinn war.«

Felten erhob sich von seinem Hocker und trat an die gläserne Wand. Wencke überlegte, was ihn in ihren Augen so linkisch und verknöchert aussehen ließ, da fiel ihr seine leicht gekrümmte Haltung auf, wie ein Hauch von einem Buckel, hochgezogene Schultern und ein langer, geierähnlicher Hals. Unaufrichtigkeit, kam es ihr in den Kopf, im orthopädischen Sinne zwar, doch konnte sie sich nicht erwehren, daraus auf charakterliche Qualitäten zu schließen. Im selben Moment erschrak sie über sich selbst, solch oberflächliche Verurteilungen entsprachen so ganz und gar nicht dem, was sie sich vor ihrem Spiegel zu Hause geschworen hatte. Wie um sich selbst an ihren Vorsatz zu erinnern, kniff sie sich in den Oberschenkel. Hätte sie keine Lederhose getragen, so hätte ihr diese Selbstkasteiung vielleicht weh getan.

»Mein Frau leidet sehr darunter, unter den Gerüchten meine ich«, fuhr Felten fort. »Sie ist gesundheitlich nicht ganz auf der Höhe und die Tuscheleien über meine angebliche Geliebte tragen nicht gerade zu ihrer Genesung bei.«

»Was hat sie?«

»Sie ist psychisch krank. Leider gibt es immer wieder Menschen, die in einem Gastronomiebetrieb auf der Strecke bleiben. Und seit unsere Kinder auf dem Festland zur Schule gehen, hat sie irgendwie den Faden verloren.«

Wencke nickte. Sie konnte sich gut vorstellen, wie frustrierend das Leben an der Seite dieses aufgeblasenen Egomanen sein musste. Diesmal spürte sie den Kniff, den sie sich selbst zufügte.

»Wir werden in Ihrem Hotel einige Ermittlungsgespräche führen. Davon wird sowohl Ihr Personal als auch Ihre Frau betroffen sein. Wir bitten Sie, uns hier weitestgehend freie Hand zu lassen, denn es ist sicher auch in Ihrem Interesse, dass wir den Fall so schnell wie möglich aufklären können.«

»Haben Sie denn schon irgendwelche nennenswerte Anhaltspunkte? Irgendeinen Verdacht?«

Meint verneinte. »Und selbst wenn es so wäre, so müssten wir doch erst die anderen Untersuchungsergebnisse abwarten, bevor wir uns über irgendetwas eine Meinung bilden. Die Arbeit der Polizei ist in erster Linie nüchternes Sammeln von Beweismaterial. Und bevor wir nicht unserer Arbeit in Ihrem Hause nachgegangen sind, können wir zu keinen Ergebnissen kommen.«

Wencke nickte ihrem Kollegen bestätigend zu, wenngleich sie die Sache mit dem nüchternen Sammeln von Beweismaterial und ihre Methode der Wahrheitsfindung nie so ganz unter einen Hut zu bringen vermochte. Felten stand immer noch am

Fenster und schien zu überlegen. Sie konnte sich vorstellen, was in seinem Kopf vorging: *Wird es meinem Ruf schaden, wenn in meinem Haus die Polizei ermittelt? Wie kann ich die ganze Sache diskret vertuschen? Und wie werde ich diese Göre von Kripobeamtin so schnell wie möglich wieder los, bevor sie anfängt, mir auf den Geist zu gehen?* Schließlich drehte er sich zu ihnen um.

»Wenn es Ihnen recht ist, so stelle ich Ihnen unseren Wintergarten für die Arbeit zur Verfügung. Sie können dort alle erforderlichen Gespräche führen, doch ich bitte Sie um Verständnis, dass ich den reibungslosen Ablauf in unserem Hotel nicht gefährdet sehen möchte. Ich wäre Ihnen sehr dankbar, wenn Sie die Befragungen in Absprache mit mir durchführen könnten, damit ich mein Personal dementsprechend umdisponieren kann.«

»Hoteldirektor zu sein ist ein bisschen wie Schachspielen, ist es nicht so?«, sagte Wencke und sie wusste, dass Meint ihr jetzt am liebsten den Mund zuhalten wollte.

Felten schaute sie nur fragend an.

»Wenn die Königin stirbt, dann müssen all die kleinen Bauern deren Funktion übernehmen.«

Meint fiel ihr ins Wort. »Meine Kollegin meint, dass Sie sicher alle Hände voll zu tun haben, besonders da Sie nun eine ihrer treibenden Kräfte verloren haben.«

Felten schaute wieder aus dem Fenster, er hielt die Arme verschränkt und lehnte sich mit der Stirn gegen die Scheibe. Eine ganze Weile stand er nur so da und atmete schwer. Nun gut, er sah schon bemitleidenswert aus, er schien wirklich verzweifelt zu sein, Wencke wusste nur nicht, ob ihm dies nicht mehr als bewusst war. Ein bisschen vermutete sie, dass neben dem Thore Felten, den sie sah, noch ein weiterer Thore Felten stand, der seinem Alter Ego gerade Anweisungen gab, wie man einen möglichst niedergeschlagenen Eindruck hinterlässt.

»Herzliches Beileid«, brachte sie nun hervor und schaffte es, die Kondolenz wahrhaftig und seriös klingen zu lassen, auch wenn es ihr noch so sehr zuwider war.

»Danke für Ihre Anteilnahme«, gab Felten zurück.

Eine Farce, dachte Wencke.

»Wenn Sie mich jetzt entbehren könnten«, sagte Felten in einem Ton, zu dem ein tiefer Bückling gut gepasst hätte. Tatsächlich war seine Stimme ein wenig brüchig. »Ich würde nun doch gern ein paar Momente allein sein. Darf ich Sie noch nach unten begleiten?«

»Nein, danke. Wir finden den Weg zurück.«

Als sie das Zimmer verließen, stand er wieder am Fenster und schaute mit unerträglich bedeutungsschwangerem Blick auf die Wasserkante.

»Ich kann diese Hotelfuzzies einfach nicht ertragen«, schimpfte Wencke, kaum dass sie in dem rundum verspiegelten, marmorierten und messingbeschlagenen Aufzug standen. »Manchmal glaube ich, Schleimscheißerei ist bei denen Einstellungsvoraussetzung.«

»Da haben wir mal wieder die Wencke Tydmers, die es einfach nicht lassen kann, ihre hanebüchene Meinung zum Besten zu geben. Nur weil die Menschen in der Gastronomie etwas von höflichen Umgangsformen und herzlicher Gastfreundschaft verstehen, was für dich ein Buch mit sieben Siegeln zu sein scheint. Stell dir mal vor, es gibt Menschen, die genießen es, in einem Hotel wie diesem hier umhegt zu werden.«

Wencke wusste, dass sie vielleicht ein wenig zu weit gegangen war, doch sie konnte es einfach nicht lassen.

»Ich traue niemandem, der für sein Lächeln Geld kassiert.«

»Liebe Frau Kollegin, darf ich dich an unseren letzten Fall erinnern? Da hast du fast dasselbe über die Zuhälter gesagt, du hast ihnen die Pest an den Leib gewünscht und dich um Kopf und Kragen geflucht. Und letztendlich war es deine persönliche Busenfreundin, die mir nichts dir nichts und aus reiner Geldgier einen alten, fetten Mann abgeknallt hat.«

Wencke wurde wütend. »Was soll das Herumgereite auf alten Pferden, hmm?«

Als sie durch das helle Foyer schritten, schwiegen sie. Das junge, dünne Mädchen an der Rezeption blickte kurz auf und lächelte ihnen zu. Wencke lächelte nicht zurück, wütend stieß sie die schwere Glastür auf und verließ das Hotel.

»Mach nicht denselben Fehler ein zweites Mal, Wencke. Mehr will ich dir damit nicht sagen. Du fängst schon wieder an mit deiner Schwarz-weiß-Malerei und ich will diesmal nicht dabei sein, wenn du darüber den Blick für die feinen Nuancen verlierst.«

»Schön gesagt, Herr Kollege. Hat das hochgestochene Palavern des Herrn Felten schon auf dich abgefärbt. Bitte meine Dame? Nein danke, mein Herr!«

»Ich möchte halt lieber dich zur Chefin als diesen karrieregeilen Sanders, tut mir leid. Wenn du es vermasselst, habe ich nämlich drunter zu leiden. Und deinen Eindruck von Thore Felten teile ich im Übrigen ganz und gar nicht. Ich habe selten einen Menschen gesehen, der seine Erschütterung so gut überspielen konnte wie dieser Mann.«

Wencke schaute ihren Kollegen von der Seite an. Konnte er wirklich ein solcher Ignorant sein?

»Was hat er wohl erfolgreich überspielt, Meint, seine Erschütterung oder vielleicht eher seine Gleichgültigkeit?«

Langsam gingen sie die Straße ins Inseldorf hinunter. Wenckes Wut verpuffte. Die schlichten roten Backsteinhäuschen duckten sich hinter den dichten Hecken der Apfelrose, als hätten sie etwas zu verbergen. In den Schaufenstern hingen kleine, handgeschriebene Zettel, die alles Gute und auf Wiedersehen im April nächsten Jahres wünschten. Auf der ganzen Strecke bis zum Polizeirevier kamen ihnen gerade mal drei Menschen entgegen. Ein Kutscher, der seine Pferde mit einem griesgrämigen »Hüa« zum Trab aufforderte, eine junge Mutter mit einem schreienden Baby im Kinderwagen und ein Mann, der mit einer Schaufel und einem Besen die Pferdeäpfel von der Straße kratzte und sie in einen Handkarren warf, auf dem die Spatzen saßen und pickten.

»Ich mag diese Insel«, sagte Meint unvermittelt. »Elke und ich waren mal vor unserer Hochzeit ein paar Tage hier. Es scheint auf den ersten Blick ein gottverlassenes Eiland zu sein, aber warte mal ab, wenn die Insulaner am Abend aus ihren Häusern kommen …«

»Ich hasse es.«

Meint lachte vor sich hin. Es machte sie rasend, wenn er sich über sie zu amüsieren schien. Eigentlich mochte sie ihn, auch wenn sie so viele Gemeinsamkeiten hatten wie Juist und New York City. Meint war bodenständig, sie war flatterhaft; wenn er am Feierabend zu zahnendem Töchterchen und halbtagsbeschäftigter Bilderbuchgattin nach Hause kam, dann saß sie noch in ihrem Auto auf dem Parkplatz hinter dem Polizeikommissariat, da der Motor ihres R4 mal wieder den Geist aufgegeben hatte. Er hatte immer seine Sammelmappe, sie hatte nur ein Diktiergerät, dessen Gebrauchsanweisung sie verschlampt hatte. Wenn sie an einem Tatort gewesen waren, so konnte er sich noch Tage später an jedes Einschussloch, jede Stichwunde, jeden Schädelbruch erinnern; Wencke vergaß oder verdrängte diese Details, wenn sie sich nur zum Gehen abgewandt hatte, jedoch nahm sie sofort eine Witterung auf, eine Ahnung von den Dingen, die man nicht auf Beweisfotos festhalten kann. Klar, sie ergänzten sich, sie ergaben ein Ganzes, sie verstanden sich ausgezeichnet. Und trotzdem machte es sie rasend, wenn er sich über sie zu amüsieren schien.

Der große, etwas spießige Kurplatz lag vor ihnen wie ein leeres Stadion in der fußballfreien Zeit. Wie ein überdimensionaler Fernsehapparat ragte der dunkle Musikpavillon über penibel gepflegte Blumenbeete hinweg. Man konnte sich jetzt im Oktober kaum vorstellen, dass im Sommer ältere Leute auf den Bänken saßen und den Walzerklängen eines Kurquintetts lauschten, dass barfüßige Kinder am kleinen Schiffchenteich ihre Segelboote zu Wasser ließen, dass Familien ihre Bekannten vom letzten Inselurlaub auf der gegenüberliegenden Parkseite entdeckten und quer über den Rasen rannten. Es war vielleicht ein lebendiges Fleckchen hier im Juli und August, zwar nicht die Art von Leben, an dem Wencke sich gern beteiligte, aber bestimmt tausendmal besser als diese Einöde, die einem das Gefühl gab, Juist sei für ein paar Monate einfach ausradiert worden.

»Hier im Keller sind wir mal ordentlich abgefüllt worden«, erzählte Meint und zeigte mit der Hand auf einen Treppenabgang, vor dem links und rechts zwei Laternen rot und grün im Wind baumelten und über dem von Bierreklame umrahmt *Spelunke* stand.

»Den ganzen Abend nur Udo Jürgens und Marianne Rosenberg und alle grölen mit.«

»Das war doch wohl im Sommer, oder?«

»Da ist immer was los. Es ist die einzige Kneipe, die ganzjährig geöffnet hat, das danken die Insulaner mit regelmäßigem Besuch. Wollen wir rein?«

»Es ist erst sechs Uhr.«

»Egal, es stehen doch schon einige Fahrräder davor. Ich könnte mir vorstellen, dass die Nachricht von dem Mord auf der Insel so langsam die Runde gemacht hat. Und du weißt doch, wie manche Dorfbewohner sind. Kaum hören sie, dass einer nicht mehr unter ihnen weilt, da haben sie nichts Besseres zu tun, als ...«

»... als sich alle in der Stammkneipe zum Saufen zu treffen.«

»Du neigst mal wieder zum Pauschalisieren, liebe Kollegin!«

Sie hatte den schweren Türgriff schon in der Hand. Meint folgte ihr.

Natürlich musste sie diese Arbeit nicht machen. Andere Hoteliersfrauen malten Aquarellbilder in sanften Farbenund hängten sie dann zu überhöhten Preisen in der Eingangshalle auf. Sicherlich hätte Thore es auch lieber gesehen, wenn sie sich in der modernen Kunst verwirklicht hätte oder vielleicht als begnadete Pianistin Konzerte im Speisesaal geben könnte.

Stattdessen musste er immer sagen: »Meine Frau ist Schneiderin.« Und er sagte dies stets in einem nuschelnden Ton. Schlimmer kam es noch, wenn er ins Detail gehen musste. »Nein, Hilke entwirft keine Kleider, sie näht in erster Linie fürs Hotel ... Weniger Gardinendekoration, eher Änderungsarbeiten an der Hotelwäsche.« Und dann wechselte ihr Mann schnell das Thema.

Es lag nicht an ihm, er hatte für sie bei den Umbauarbeiten vor drei Jahren einen eigenen Laden geplant, eine Boutique im Hochparterre, schick und sonnig und über fünfzig Quadratmeter groß. Nun war dort der Wintergarten für den Nachmittagstee der Hausgäste. Sie konnte es einfach nicht. Sie wollte es nicht. Sie hatte keine Ideen. Sie war ausgebrannt.

Es war wie eine Strafe gewesen, dass sie nun im Keller saß und Hemdsärmel kürzte, damit sie beim Servieren nicht in der Bratensauce hingen. Und Hilke war noch nicht einmal unglücklich deswegen, sie war einfach zu müde zum Unglücklichsein.

Vorhin, da war sie für einen kurzen Moment aufgewacht aus ihrer Lethargie, da hatte sie Wut gespürt, eine schmerzhafte, brennende Wut, die sie hatte toben lassen, und sie war froh, dass es nun wieder vorbei war. Lieber im Niemandsland als in der Hölle, dachte sie.

Dr. Gronewoldt hatte ihr versprochen, morgen Vormittag zu kommen. Daran hielt sie sich fest, darüber machte sie sich Gedanken, alles nur, damit sie nicht an Thore denken musste und diese rothaarige Schlange, mit der er nach dem Tennisspielen ins Bett ging. Oder an Fokke, der ihr aus dem Weg ging, weil sie ihn vergrault hatte. Weil sie ihn mit all der Mutterliebe überschüttete, die er wahrscheinlich eher hätte gebrauchen können, jetzt nicht mehr, nun war er schon ein Mann.

Niemand kam herein, um einen Kaffee mit ihr zu trinken, niemand hielt ein kurzes Schwätzchen in ihrer Nähstube. Sie würde es auch nicht vermissen, wenn sie nicht aus den Wäscheräumen nebenan fröhliches Gekicher hören würde und aus der Küche die Musik aus dem Radio, zu der die anderen um die Wette sangen. Heute hatte sie außer mit ihrem Therapeuten mit keiner Menschenseele ein Wort gewechselt. Sie war an ihre Grenzen gestoßen, sie wusste, mehr konnte sie nicht ertragen. Und doch war es genauso wie immer.

Hilke zog mit der hellblauen Schneiderkreide den Strich eine gute Handbreit über dem paillettenbesetzten Saum des Abendkleides. Es würde schwierig werden, eine unsichtbare Naht zu legen, der orangefarbene Stoff war mit feinem Seidengarn fest gewebt und die dünne Nadel musste exakt zwischen Kette und Schuss durchgleiten, sonst würde man die Löcher sehen. Es war ein Haufen Arbeit. Und das für nichts. Denn die Frau, an der dieses Kleid abgesteckt wurde, würde es nie tragen. Ronja Polwinski wird das Fest nicht feiern. Dann ist sie schon kalt und steif.

Wenn am Samstag im Hotel das Essen serviert wird, dann liegt sie schon auf irgendwo auf einem kühlen Tisch, während ein ganz anderer Schneider akkurate Nähte auf ihren Körper malt. Er wird mit dem Skalpell tief in ihre blasse Haut schneiden, während das Kleid unbenutzt im Schrank hängt. Denn das Fest, das findet trotzdem statt, ohne die Königin zwar, aber das wird niemanden stören.

Sie selbst würde Ronja am wenigsten vermissen, im Gegenteil, sie würde Champagner trinken wie seit unzähligen Tagen nicht mehr. Den letzten Champagner hatte sie mit ihrer rothaarigen Freundin getrunken, sie hatten eng nebeneinander auf dem Sofa gesessen und entsetzlich viel gelacht, über Thore sogar. Es war das erste Mal gewesen, dass sie sich über ihren Mann hatte lustig machen können. Und als Hilke der perlende Schaumwein über die Lippen gelaufen war, hatte Ronja ihn flüchtig und zärtlich zugleich fortgeleckt. Ihr war damals das Herz stehen geblieben vor Genuss. Dann war Ronja aufgestanden und hatte das Zimmer verlassen, wortlos. Von diesem Tag an war Hilke vor ihr auf der Hut gewesen.

Hilke gab sich ihren Visionen hin. Wie eine Melodie im Kopf umhersummt, so wehten Bilderketten an ihrem inneren Auge vorbei. Gewalt und Schock, Trauer und Rache, sie nähte es alles in den Saum ein und lächelte. Mechanisch ging sie ihrer Arbeit nach. Orangefarbenes Garn, silberne Nadel, hellblaue Schneiderkreide.

Heller Sand, schwarze Dornen, rotes Blut.

»Schatz, du bist so fleißig.« Thore stand auf einmal in der Kammertür und riss sie aus ihrer Gedankencollage. Sie erschrak, er verirrte sich selten hierher. »Ich habe eben ein Fax bekommen, vom Büro des Landesministers. Er hat sein Kommen zugesagt, mit Frau und zwei Gefolgsleuten. Sie überlegen, eventuell den nächsten Parteitag hier abzuhalten. Bei uns! Dann wären wir in aller Munde. Wäre das nicht wunderbar?«

»Was willst du, Thore?«, fragte sie, ohne aufzublicken.

»Wir brauchen noch ein Tischarrangement zusätzlich.«

Sie rechnete: einen Baldachin, drei Decken, vier Servietten, vier Meter Tischläufer. Sechs Stunden Arbeit. Und dann noch das verdammte Abendkleid. Der Berg, den sie sowieso nie bezwingen würde, wuchs noch ein wenig höher in die Unerreichbarkeit und sie fühlte sich klein.

»Du musst es nicht tun, wenn du es nicht schaffst. Ich könnte die zwei Polenmädchen aus der Mangelstube fragen, sie können auch hervorragend nähen. Ruckzuck.« Seine Stimme klang weich und verständnisvoll und zerschnitt ihr die Nerven, die schon zum Zerreißen gespannt gewesen waren.

»Ich bin wieder zu lahm. Alle anderen können es besser und schneller, und billiger wahrscheinlich auch. Sag es doch so, wie du es wirklich denkst.«

Thore verdrehte die Augen und stöhnte.

»Meine Güte, nein, so war es nicht gemeint, ich …«

»Hör doch auf. Ich kenne doch das Lied. Es hängt mir schon zum Hals raus. Ich bin überflüssig, ich bin uneffektiv, ich blockiere dich, la la la …«

»Hilke, du solltest dich mal hören mit deinem ewigen Gejammer. Ich wollte dir doch nur etwas Arbeit abnehmen, aber du fängst gleich wieder an und …«

Den Rest konnte sie nicht verstehen. Wie ein kleines Kind hielt sie sich die Ohren zu und ließ ihn reden. Sollte er doch seine blöden Hotelfloskeln ins Nichts bölken, es war nicht schade darum. Früher einmal hatte er Worte gesagt, die es wert waren, gehört zu werden. Das war noch zu der Zeit, als ein Familienfoto auf seinem Schreibtisch gestanden hatte und sie im Winter das Hotel schließen mussten, weil es sich nicht richtig heizen ließ. Dann hatte Thore an den langen Winterabenden mit seinen Töchtern Drachen gebaut und ihnen Seemannsgeschichten vorgelesen. Doch als die Kinder seiner Ansicht nach keine Kinder mehr waren, da hatte er auf einmal nach dem Abendessen über irgendwelchen Plänen gesessen, hatte sich mit Architekten getroffen, an Fortbildungsseminaren teilgenommen und die Mädchen ins Internat gegeben. Und im Winter darauf hatte sich ihr Hotel zu verändern begonnen, es wurde größer, moderner, komfortabler und geschmackvoller, aber es war schon sehr bald nicht mehr ihr Hotel gewesen. Es war seines. Er hatte sie nie gefragt, ob sie es so wollte. Und sie hatte es ihm nie gesagt. Thore benutzte Ausdrücke wie »Spiel der Farben« und »Konversation der Kontraste«, doch damit meinte er nicht sie, sondern die Möblierung im Kaminzimmer. Und schließlich hatte sie begonnen, sich die Ohren zuzuhalten.

»Bist du fertig?«, fragte sie, als sie sah, dass seine Lippen sich nicht mehr bewegten.

»Wenn ich doch nur wüsste, was du willst«, sagte er und in seinem Blick war so etwas wie Mitleid.

»Vielleicht kann Ronja mir ja ein bisschen zur Hand gehen«, keifte sie und spürte, dass ihr Mund trocken war vor Wut.

»Lass es, Hilke, okay?« Er wandte sich zum Gehen, blieb dann aber doch stehen. »Sie konnte nicht nähen wie du, sie konnte auch nicht so schöne Tischdekorationen zaubern. Ihr fehlte deine bescheidene, freundliche Art. Ich hätte sie mir nie als Mutter meiner Kinder gewünscht und sie hätte einer Familie auch nie ein Zuhause schaffen können wie du.« Er lächelte sie an. »Aber sie war verdammt noch mal die hundertprozentig bessere Hoteliersfrau.«

Hilke war, als wachte sie auf, als ziehe jemand die dunklen Vorhänge zur Seite und ließe Licht und frische Luft herein. »War? Ist sie weg?«

»Sie ist tot. Ermordet. Ronja wurde heute Morgen tot in den Dünen gefunden. Und du kannst mich ansehen wie du willst, ich bin mir sicher, du wusstest es als Erste.« Er knallte die Tür hinter sich zu.

Hilke zerdrückte den Seidentaft in ihren Händen und stach sich dabei mit der silbernen Nadel in den Finger, ohne es zu fühlen. Unbemerkt tropfte ihr Blut auf den Stoff.

Wenn sie nur wüssten, wie er ist, dachte sie. Wenn sie nur alle wüssten, wie er wirklich ist.

Ein deutscher Schlager dröhnte aus den Boxen. »Hölle, Hölle, Hölle, Hölle!«, grölte die Menge. Ein wenig geschmacklos fand Fokke es schon, wenn man an Ronja Polwinski dachte. Denn wenn es überhaupt ein Unten und Oben jenseits des Jetzt und Hier gab, dann schmorte Ronja mit Sicherheit genau dort.

Als der erste Schock überstanden war, hatte es ihn nicht länger in seiner kleinen Bude unterm Dach gehalten. Er hatte sich geduscht und aufs Fahrrad geschwungen. Nun stand das dritte Glas Bier vor ihm. Berti, der Wirt in der *Spelunke*, schenkte so lange nach, bis man daran dachte, den Bierdeckel auf das Glas zu legen. Ronjas gewaltsames Ende war für Fokke zwar kein Grund, sich sinnlos zu betrinken, aber ganz nüchtern bleiben wollte er auch nicht. Auf jeden Fall wollte er Menschen um sich haben, lebendige Menschen, seinetwegen auch gern grölend.

»Prost, Fokke«, rief Gunnar herüber. »Auf den 89er Gewürztraminer, den wir uns morgen genehmigen werden!« Sein geschätzter Kollege war auch der allgemeinen Hotel-Schizophrenie zum Opfer gefallen. Fokke kannte ihn distinguiert bis in die Haarspitzen, wenn er die Tabletts tänzelnden Schritts aus der Küche balancierte, doch abends, wenn er die Bundfaltenhose sorgsam in den Schrank gehängt hatte, dann rülpste er in Jeanshosen mit den anderen Kellnern um die Wette. »Ein anderer Mensch sein« nannte er das. Fokke hielt sich zurück und er war froh, dass man ihn nur als die eine Person kannte, die er wirklich war. Bei Gunnar war er sich nicht sicher, ob überhaupt eine der sichtbaren Seiten an ihm echt war. Vielleicht war er einfach schrecklich langweilig.

Als er zurückprostete, sah er sie im Eingang stehen. Die Frau von heute Morgen. Sie sah sich um und ging dann direkt auf den Tresen zu, ihr Begleiter setzte sich auf den Hocker neben ihr. Beide bestellten alkoholfreies Bier, also waren sie wohl noch im Dienst, die beiden Kommissare. Er hatte heute Nachmittag mehr als nur einmal an die Rothaarige gedacht, und da war ihm auch klar geworden, dass der Inselsheriff heute am Hafen seine Verstärkung von der Mordkommission abgeholt haben musste.

Im Mantel ihres Begleiters fiepte ein Handy den Flohwalzer. Der Schnauzbärtige suchte umständlich in seinen Taschen, es schien ihm peinlich zu sein, dass eine so alberne Musik zu ihm gehörte, jedenfalls packte er seinen Trenchcoat und ging hinaus.

Fokke fiel nichts Besseres ein, deshalb leerte er sein Bier in einem Zug und ging an den Tresen.

»Machst du mir noch eins?« Berti schaute ihn verwundert an, wie er mit seinem leeren Glas hin und her schwenkte. »Ich hab 'nen verdammt trockenen Hals heute, wegen Ronja, weißt du.«

Es hatte geklappt. Er stand immerhin bereits neben ihr. In der verspiegelten Gläservitrine konnte er sich neben ihr ausmachen. Jetzt musste das Bier nur seine sieben Minuten brauchen und sie wären im Gespräch. Er schaute zurück.

»Hallo«, sagte er.

»Hallo«, sagte sie.

Es war ein Anfang, wenn auch kein origineller. Sie grinste und holte sich aus ihrem Rucksack eine Schachtel ziemlich starker Zigaretten. Es war zwar banal, aber er gab ihr Feuer.

»Du bist einer von den echten, stimmt's?«

»Von den echten Trinkern? Von den echten Frauen-an-der-Theke-Anquatschern?«

Sie lachte. »Von den echten Insulanern.«

»Woran siehst du das? Ich habe weder ein wettergegerbtes Gesicht noch rieche ich nach Fisch. Oder etwa doch?« Er schnüffelte an seinem Pullover.

Sie machte ein geheimnisvolles Gesicht.

»Du weißt es, weil du eine echte Detektivin bist, stimmt's?«

»Stimmt.« Sie trank ihr Bier aus.

»Darf ich dir noch eins ordern? Ein liebes oder ein böses?«

»Kommt drauf an.«

»Worauf?«

»Ob ich noch im Dienst bin oder nicht.«

Er schaute auf die Uhr. »Es ist halb sieben. Um diese Zeit gucken Detektivinnen doch immer Bella Block im Fernsehen, ist das dann beruflich oder privat?«

»Gut, bestell mir ein richtiges Bier. Dann mache ich jetzt Feierabend.«

Fokke gab dem Barmann ein Zeichen und im Handumdrehen standen zwei Gläser vor ihnen.

»Und was sagt dein Kollege dazu, wenn er wieder hereinkommt?«

»Ich bin die Bestimmerin. Außerdem kann das lange dauern, es war sicher seine bezaubernde junge Familie, die ihm am Telefon gute Nacht sagen will.«

»Gute Nacht sind nur zwei Worte...«

»Gute-NachtSagen kann aber auch sehr ausgiebig gehandhabt werden.«

Sie prosteten sich zu und er hatte die Gelegenheit, ihr von nahem ins Gesicht zu sehen. Die Art, wie sich ihre Lippen durch den Schaum kämpften, ließ darauf schließen, dass sie nicht oft Bier trank. Den kleinen Zipfel, der an ihrer kleinen, runden Nasenspitze hängen blieb, wischte sie mit dem Ärmel weg und schaute ihm dabei ohne Verlegenheit in die Augen. Er schaute gern in Gesichter, die lebendig waren, die ein wenig erzählten von dem, was dahinter steckte.

Die Musik wurde lauter, eine betrunkene Frau tanzte mit dem Taucheranzug, der an der Wand hing. Fokke kannte diese Frau, ihr passierte das öfter. Nach drei Bieren wollte sie immer tanzen, wenn Hans Albers sang, so wie jetzt, nur war sonst noch keiner breit genug, um mitzumachen, und dann schnappte sich die Arme immer diesen stinkigen grauen Tiefseetaucher ohne Seele. Im wahren Leben, vor den drei Bier, verkaufte sie Brötchen und war eigentlich ganz nett.

Die Frau an seiner Seite schaute in dieselbe Richtung, sie schüttelte mit dem Kopf, nicht empört, eher nur ungläubig.

»Wenn es im Herbst um diese Uhrzeit schon so wild zugeht, wie ist es dann erst im Sommer?«

»Im Sommer? Da ist gar nicht genug Platz für solch extravagante Tanzeinlagen wie diese hier. Im Sommer ist Juist überfüllt. Es fängt schon auf den Autobahnen an, setzt sich auf der Fähre fort, wo du dich bei sengender Sommerhitze lieber freiwillig im überheizten Rauchersalon aufhältst als dich in das

Getümmel der urlaubswütigen Festländer an Deck zu stürzen. Und wehe, du musst noch mal nach halb zehn einkaufen, weil du zum Beispiel Margarine vergessen hast. Die Schlangen vor der Kasse sind so lang, dass du dich gleich beim Betreten des Supermarktes hinten anstellen kannst. Und vorgelassen wirst du auch nicht, gerade die Touristen knausern mit jeder Minute Zeit, die sie in ihrem Urlaub mit solch ordinären Dingen wie Schlangestehen verbringen müssen. Alles ist voll, alles ist lebendig, alles ist fröhlich, drei Monate lang. Und dann sind wir Juister wieder unter uns, bis auf ein paar Ausnahmegestalten, die aus gesundheitlichen, romantischen oder beruflichen Gründen die Insel außerhalb der Saison besuchen.«

»Wie hältst du es aus auf so einer Insel?«, fragte sie.

»Wenn du das nicht weißt, dann hast du noch nicht viel von hier gesehen.«

»Das stimmt. Alles, was ich bislang kenne, sind die Dünen. Also hohe, sandige Hügel mit Unkraut und stacheligen Büschen darauf. Die ganze Insel scheint daraus zu bestehen. Ein Auf und ein Ab und in den kleinen Tälern sammeln sich die Juister und trinken Bier. Ich habe Sand zwischen den Zehen, schlafe heute in einer Pension, die *Inselfreude* heißt und besuche Hotelzimmer, die über fünfhundert Mark die Nacht kosten. Eine betrunkene Frau tanzt noch vor der Sandmännchenzeit mit einer Tiefseeausrüstung. Tut mir leid, aber was kann mich hier noch erwarten, was dies alles wettmacht?«

»Du bist noch nie auf einem Strandsegler mit hundert Sachen über die brettharten Sandbänke gefegt, du hast noch nie mit einer guten Flasche Wein nachts in einem Strandkorb gesessen und das Meeresleuchten beobachtet und du bist noch nie bei mir essen gewesen.«

»Oh? Und das soll es dann sein?« Sie zog die Augenbrauen hoch.

»Ich schwöre dir, wenn du das erlebt hast, dann willst du nie wieder woanders leben.«

»Woher willst du es wissen? Hast du es denn schon einmal woanders probiert?«

»Probiert habe ich es schon, ich kenne die exotischen Buffets auf einem karibischen Kreuzfahrtschiff, ich weiß, wie man auf Skihütten Semmelknödel mit Schweinshaxe serviert, aber am besten schmeckt es immer noch zu Hause.«

»Könnte es sein, dass Ihr Beruf etwas mit … sagen wir mal … Nahrungszubereitung zu tun hat?«

»Ja, das könnte man sagen, keine fünf Mark für das Sparschwein … Und könnte es sein, dass Sie eine verdammt gute Spürnase besitzen?«

»Ich hoffe doch. Der richtige Riecher würde meinen Inselaufenthalt sicher auf angenehme Weise verkürzen.«

Er versuchte, ein enttäuschtes Gesicht aufzusetzen, sie klopfte ihm lachend auf die Schulter.

»Damit ich ein anderes Mal zum Genießen vorbeischauen kann, besser so? Ich bin übrigens Wencke.«

Ihre Hand war warm und trocken, der Griff war fest, aber nicht steif, diese Frau war einfach toll.

»Ich bin Fokke.«

Sie überlegte kurz.

»Fokke Cromminga? Der Koch vom *Dünenschloss*? Der die Sanddornbeere salonfähig machen will?«

»Jetzt weiß ich, warum du bei der Polizei bist.«

Er wunderte sich, denn sie stand auf und zog sich die Jacke über.

»Warum gehst du? Es hat doch keine peinlichen Schweigeminuten gegeben, wir haben uns so richtig nett unterhalten, ich habe weder die frauenfeindlichen Sprüche meiner Kollegen zum besten gegeben noch habe ich dich mit Kochrezepten gelangweilt. Also, was ist?«

Sie kniff sich in den Oberschenkel, ziemlich kräftig sogar, sie musste sich einen richtigen blauen Fleck beigebracht haben.

»Ich glaube, wenn ich hier sitzen bleibe, dann muss ich wieder auf alkoholfrei umsteigen.«

»Aus welchem Grund? Wir müssen ja nicht darüber reden, über Ronja meine ich.«

»Wenn es das nur wäre. Ich denke, wir werden uns morgen im Restaurant wiedersehen.«

»Ich werde dich bekochen wie die Königin von Juist …«

»Nein, ich werde dich befragen wie den Zeugen der Anklage.« Sie zuckte die Schultern. »Es ist nun mal mein Job.« Sie trank ihr Glas leer, bezahlte und nahm den Rucksack in die Hand.

»War echt nett.«

»Fand ich auch«, sagte sie, doch in ihren Augen war ein kleiner Funken Gereiztheit zu erkennen und sie ging schneller hinaus, als es seiner Ansicht nach nötig gewesen wäre.

Das Bier, das er nun allein zu Ende trinken musste, machte es ihm klar: Sie mochte ihn. Wenn sie nicht gerade die Kommissarin wäre, die ausgerechnet den Mord an seiner Kollegin aufzuklären hätte, dann wäre sie geblieben. Doch da sie es war, saß er nun einsam am Tresen, was ihn im ersten Moment etwas traurig machte, ihm dann aber ein Gefühl des Triumphes gab. Er war ihr meilenweit voraus.

Lächelnd bestellte er noch ein Bier.

Donnerstag

Nein, Hilke, dieser Raum eignet sich ganz und gar nicht für eine Sitzung. Erstens ist hier Ihr Arbeitsplatz, zweitens haben wir hier weder frische Luft noch natürliches Licht und drittens möchte ich gern einmal sehen, wie Sie und Thore privat so wohnen.«

Endlich war er da. Hilke hatte die Stunden gezählt, bis Dr. Gronewoldt auf der Insel gelandet und schließlich im Hotel angekommen war. Die Nacht über hatte sie kein Auge zugemacht, sie hatte gezittert und gelauscht, geheult und gebettelt. Seit Thore ihr von Ronja erzählt hatte, fühlte sie sich nackt und ausgeliefert. Bisher hatte sie nie daran gezweifelt, bei klarem Verstand zu sein, trotz der vielen Probleme, die sie zweifelsohne hatte. Sie hatte sich felsenfest darauf verlassen, dass all die Erinnerungen tatsächlich passiert waren und dass sie sich auch an alles tatsächlich Passierte erinnern konnte. Doch mit einem Mal war dieser letzte Schutzschild zerbrochen, Hilke begann zu zweifeln, ob sie sich noch auf sich selbst verlassen konnte. Und dabei war sie selbst schon lange die Einzige gewesen, der sie noch getraut hatte.

Nun stand er in ihrem kleinen Atelier und sie hatte seinen missbilligenden Gesichtsausdruck nicht übersehen. Die Sitzungen hatten sonst immer im sonnigen Wintergarten stattgefunden, dort standen gemütliche Sessel und es war warm und behaglich. Doch seit heute Morgen saßen dort die Leute von der Polizei. Thore hatte ihnen das Zimmer zur Verfügung gestellt, wahrscheinlich um so etwas Einfluss auf die Ermittlungen ausüben zu können.

»Ich möchte nicht nach oben, ich würde lieber hier bleiben«, sagte sie und ihr war klar, dass sie ihren Willen viel zu leise kundgetan hatte. Dr. Gronewoldt schien es gar nicht gehört zu haben.

Er hatte das Nähzimmer bereits verlassen und schaute sich auf dem langen Flur um.

»Wo geht es lang?«

Hilke blieb auf ihrem Schemel sitzen.

»Kommen Sie, Hilke. Wir wollen doch beide nicht, dass ich umsonst auf die Insel gekommen bin, oder?«

»Warum?« Das Wort schien von den Stoffballen ringsherum geschluckt zu werden, noch ehe Dr. Gronewold es vernehmen konnte. Sie räusperte sich und fragte etwas lauter, aber nur so laut wie es ihr möglich war: »Warum zwingen Sie mich, nach oben zu gehen? Ich will es nicht. Ich möchte gern, dass wir hier reden, wenn es Ihnen nichts ausmacht … Ich meine ja nur …«

Er hatte auf die Uhr geschaut. Er hatte sie ungeduldig angesehen. Und auf einmal stand sie neben ihm und zeigte ihm den Weg zum Treppenhaus. Den Lift nahm sie schon lange nicht mehr. Zum Glück bestand er nicht darauf, mit dem Fahrstuhl zu fahren, es hätte sie viel Kraft gekostet, sich dagegen zu wehren. Doch obwohl er mit gut zwei Zentnern Leibesfülle zu kämpfen hatte und nicht gerade einen sportlichen Eindruck machte, stieg er mit ihr die Treppe hinauf.

»Es sind achtundfünfzig Stufen, ich zähle sie jedesmal. Ist so eine komische Angewohnheit von mir.«

Er schwitzte. »Ich denke eher, es ist eine komische Art von Ihnen, sich Ihrer Angst vor der eigenen Wohnung zu stellen. Woher sie auch immer rühren mag.« Dr. Gronewoldt war ihr noch nie so unförmig erschienen, sie hatte ihm wohl immer einen Heiligenschein aufgesetzt, doch wie er nun Stufe für Stufe schnaufte und ächzte, da fand sie ihn für einen kurzen Augenblick abstoßend.

Die Wohnungstür begrüßte sie am Ende der Treppe mit einem großen, blumigen Kranz, der ein Messingschild einrahmte: »Willkommen bei Familie Thore+Hilke+Ilka+Dörthe Felten«. Sie hatte es lang nicht mehr wahrgenommen, dieses kleine Stück heile Welt an ihrer Tür, es versetzte ihr einen Tritt in die Magengegend. Sie schloss auf.

»Wo können Sie sich am besten entspannen?«, fragte Gronewoldt, nachdem sie in den großen Flur getreten waren.

Der Parkettfußboden glänzte jungfräulich, kein Schuh lag herum, keine Jacke war achtlos in die Ecke geworfen worden. Die großen, massiven Holztüren waren alle sorgsam verschlossen, keine Musik war dahinter zu hören, es roch weder nach Mittagessen noch nach irgendetwas anderem.

»Ich kann mich hier nirgendwo entspannen«, sagte Hilke und es wurde ihr zum ersten Mal richtig bewusst, dass es wirklich so war. Sie war hier nicht mehr zu Hause; seit die Mädchen die Räume nicht mehr mit Leben füllten, war es hier wie ausgestorben. Und obwohl sie selbst damals die alten Seekarten hatte rahmen und aufhängen lassen, obwohl sie die Stuckornamente an der Decke restaurieren ließ, sie selbst, Hilke, vermochte es nicht, diesem Ganzen hier einen Sinn zu geben.

»Dann gehen wir ins Badezimmer«, sagte Gronewoldt und öffnete die Tür zur Linken, knipste das Licht an und trat ein. »Im Badezimmer finden wir am ehesten ein Gefühl von Intimität und Entspannung. Und wenn Sie, liebe Hilke, in dieser ausgesprochen großzügigen Marmorwanne liegen, dann können doch auch Sie sicher mal entspannt die Augen schließen, oder nicht?«

Es durchfuhr sie wie der Schreck, mit dem man in der Nacht aus einem schrecklichen Alptraum erwacht: Woher wusste Gronewoldt, wo das Badezimmer war? Einen kurzen Moment schlug ihr Herz wild und unbändig, doch dann schlich sich die Müdigkeit wieder ein und sie vergaß den Gedankenblitz. Aber es blieb etwas zurück, etwas, das ihre Nackenhaare aufzurichten vermochte, das ihren Puls beschleunigte und sie in Atem hielt.

»Auf diesen Stühlen habe ich noch nie gesessen«, sagte sie leise, mehr zu sich selbst, bevor sie sich in einen der großen Korbsessel fallen ließ, die Beine anwinkelte und umfasste und den Kopf nach vorn beugte, so dass ihre stumpfen, dunklen Haarsträhnen ins Gesicht fielen.

Dr. Gronewoldt nahm sein Diktiergerät hervor. Am Anfang hatte es sie gestört, dass er bei den Gesprächen ein Band mitlaufen ließ, aber nachdem er ihr erklärt hatte, dass ein Notizzettel in seinen Augen eine unnötige Distanz zwischen ihnen aufbaue und er diese Aufnahmen lediglich für seine der Schweigepflicht unterliegenden Unterlagen benötige, da hatte sie es akzeptiert, mittlerweile hatte sie sich sogar daran gewöhnt.

»Haben Sie Ihre Medikamente regelmäßig genommen?«

Sie nickte.

»Was ist passiert, Hilke?« Er beugte sich vor und berührte mit seinen fleischigen Händen ihre Schultern.

»Ich weiß es nicht genau. Mein Kopf ist so voll. Angst und Misstrauen, sogar Hass. Ich habe es einfach nicht mehr unter Kontrolle. Ich weiß nicht mehr, was ich getan und was ich nur gedacht habe, alles … wie soll ich sagen … alles vermischt sich immer mehr. Und dann ist etwas Grauenvolles geschehen.«

Er sah sie direkt an. »Sie meinen, dass Ronja Polwinski ermordet worden ist.«

Ihre trockene Kehle ließ keinen Ton aus ihr herauskommen, sie schluckte nur.

»Ich habe es heute Morgen in der Zeitung gelesen«, fuhr er fort. »Was haben Sie damit zu tun?«

»Wenn ich es nur wüsste. Können Sie sich vorstellen, wie es

ist, wenn man jemandem von ganzem Herzen nur Tod und Verderben wünscht und dann … dann geschieht so etwas?«

»Wollen Sie damit ausdrücken, dass Sie sich in irgendeiner Art und Weise schuldig fühlen?«

»Nein, ich fühle mich nicht schuldig, ich bin es! All diese Gedanken an Blut und Rache …« Ein tiefes Schluchzen befreite sich aus ihrem Inneren und ebnete die Bahn für all die ungesagten Worte. »Diese Frau hat mein Leben zerstört. Ich habe sie gesehen, wie sie tot in den Dünen lag. Ich habe es immer und immer wieder vor Augen. Und ich kann nicht einmal mehr genau sagen, ob ich es geträumt habe oder nicht. Ich kann dies alles nicht mehr unterscheiden.«

Er lehnte sich wieder zurück, behielt sie aber im Auge. »Sie meinen, es könnte eventuell sein, dass Sie es getan haben?«

Irgendetwas an seinem Tonfall ließ sie auf der Hut sein.

»Hilke, ich meine, trauen Sie es sich zu, die Geliebte Ihres Mannes umzubringen? Haben Sie denn überhaupt die Kraft dazu?« Sein Blick wurde geradezu hypnotisch.

Sie schaute weg.

»Ronja war einen halben Kopf größer als Sie und gut durchtrainiert. Und Sie, liebe Hilke, haben morgens noch nicht einmal genug Energie, um aufzustehen. Wie wollen Sie Ihrer Nebenbuhlerin den Garaus machen, können Sie mir das vielleicht einmal erklären?«

Warum war er so wütend, so aggressiv? War dies auch einer seiner Psychotricks, mit denen er sie aus der Reserve locken wollte? Er hatte mit Sicherheit schon oft an ihr herumexperimentiert, doch so heftig hatte er sie noch nie bedrängt. Sie zitterte, biss sich auf die Unterlippe, bis es schmerzte, und schließlich begann sie zu weinen. Nein, sie weinte nicht, sie heulte.

»Wie haben Sie es gemacht, he? Haben Sie ihr mit einem Küchenmesser den Kopf abgeschlagen oder sind Sie ihr von hinten an die Kehle gesprungen? Tut mir leid, Hilke, das ist ausgemachter Schwachsinn, den Sie mir hier aufzutischen versuchen.«

»Nein, nein, nein. Ich habe es getan! Ich habe es ihr so sehr gewünscht. Seit sie in diesem Hause ist, habe ich alles verloren. Meine Mädchen sind fort, mein Mann kleidet sich wie ein versnobter Gockel und will mich am liebsten auch von der Insel jagen, mein Zuhause wird zu einem Palast aus kaltem Stein umfunktioniert, und alles nur, weil sie es so wollte.« Hilke konnte sich selbst im großen Badezimmerspiegel sehen, wie sie schrie, wie sie fast flehend ihre Schuld herausschrie und dabei aussah wie eine Wahnsinnige. »Ich habe sie nicht getötet, aber ich habe ihr das Leben genommen. So wie sie es bei mir getan hat.«

Er erhob sich und kam auf sie zu, nahm sie in den Arm und hielt sie fest.

»Ich denke«, begann er in ruhigem Ton auf sie einzureden, »ich denke, Hilke, es ist Zeit für uns zu gehen. Wir beide kommen hier und auf diese Weise nicht mehr voran.«

Sie erstarrte in seiner Umklammerung.

»Was meinen Sie damit?«

»Das wissen Sie, Hilke, das spüren Sie doch selbst. Wir laufen Gefahr, Sie zu verlieren. Wenn Sie mir schon so oft gesagt haben, Sie haben die Kontrolle verloren, Sie haben Ihr Leben nicht mehr im Griff, dann habe ich immer noch eine Möglichkeit gesehen, dass Sie es doch schaffen könnten. Doch diese Möglichkeit sehe ich nun nicht mehr.«

»Oh Gott«, entfuhr es ihr.

»Sie wissen, Sie leiden unter Depressionen, unter Phobien, unter tausenden von Zwängen. Und nun sind wir an dem Punkt angelangt, wo wir Sie vor sich selbst schützen müssen.«

»Sie wollen doch nicht …«

»Ich denke, wir wissen im Grunde beide, dass Sie nur in einer Klinik endlich zur Ruhe kommen können. Und wenn Sie es in diesem Augenblick auch noch nicht so sehen …«

»Ich werde es niemals so sehen!«, schrie sie. Sie versuchte hochzuschnellen, doch er hielt sie fest, drückte sie fast gewaltsam an seinen Oberkörper. Hilke wehrte sich, sie versuchte, sich dem engen Griff zu entwinden, zerrte an seinen Armen, doch er ließ nicht locker. Vielleicht wollte er sie beruhigen, ihr ein Gefühl von Sicherheit vermitteln, doch alles, was sie fühlte, war Panik, heraufstürmende, schmerzhafte Panik.

»Lassen Sie mich los, Doktor, ich will es nicht.«

»Es ist das Einzige, was Ihnen noch helfen kann«, sagte er mit einer Stimme, der keinerlei Unruhe anzumerken war. »Es muss nicht für lange Zeit sein, glauben Sie mir. Nur so lange, bis sich der Mord aufgeklärt hat. Nur so lange, bis hier wieder Ruhe eingekehrt ist.«

»Ruhe, Ruhe, diese verdammte Ruhe hat mich kaputtgemacht. Ich will nicht ruhiggestellt werden, ich will nicht fixiert werden. Es macht mich kaputt!«

Er hatte begonnen, sie hin und her zu wiegen wie ein kleines Kind, das sich das Knie aufgeschlagen hatte. Alles in ihr bäumte sich auf, die Angst schoss ihr wie Hagelkörner gegen die Schädeldecke, der Sturm in ihrem Inneren tobte wild. Doch er gab ihr keine Chance, mit stoischer Ruhe ließ er seinen Plauderton auf sie hinabrieseln und langsam fiel sie ein in seinen Atemrhythmus, der ein gleichmäßiges, fast schläfriges Spiel mit der Luft war. Einatmen, ausatmen, verharren, einatmen ... Sie fühlte, wie sich ihre Muskeln entspannten, wie sie nach und nach in seinen Schoß sackte und dort nach einer unendlichen Weile das Gleichgewicht wiederfand.

Sie war ein freier Mensch, dies war ein freies Land, niemand würde so einfach in einer Irrenanstalt verschwinden.

»Sie können es nicht tun, wenn ich es nicht will«, sagte sie und fühlte sich auf einmal sicher.

»Oh doch«, sagte er in derselben Ruhe. »Ich denke, Ihr Mann will auch nur das Beste für Sie und auf diesem Band hier«, er holte mit einer Hand das Diktiergerät hervor und schaltete es aus, »auf diesem Band hier ist genügend zu hören, was mir die Zustimmung im Kollegenkreis sichern kann.«

Angst raste durch ihre Adern, eine andere Art von Angst. Keine lähmende mehr, diese Angst setzte etwas frei in ihrem Körper, etwas, das ihr die Kraft gab, Gronewoldt mit einem gezielten, gewaltigen Ruck von sich zu stoßen. Im selben Moment war sie auf den Beinen, rannte aus dem Badezimmer hinaus in den Flur. Instinktiv ergriff sie ihre Jacke und flüchtete ins Treppenhaus.

»Hilke, halt an, mach es nicht noch schlimmer …« Sie hatte Gronewoldt überrumpelt, er war mit seinem massigen Körper nicht so schnell wieder hochgekommen, doch jetzt kam er aus der Wohnung gestürzt, blieb nur kurz stehen, um sie erneut zu rufen, doch dann musste er gemerkt haben, dass sie nicht mehr auf ihn hören würde.

»Scheiße«, fluchte er und dann hörte sie seine schweren, aber verdammt schnellen Schritte über sich.

Noch vierzig Stufen, sie zählte mit. Sie konnte rennen, sie konnte flüchten. Ihr Atem ging schnell, aber sie blieb nicht stehen, jetzt kam es drauf an. Noch zwanzig Stufen. Seine Schritte wurden langsamer, sie hörte ihn keuchen wie ein Tier, er würde sie nicht einholen. Noch zehn Stufen. Da sah sie ihn. Ihr Mann, Thore stand am Fuß der Treppe.

»Schatz, was ist los, ist der Teufel hinter dir her?« Er lächelte und schien sie auffangen zu wollen, es sah aus wie Wer-kommt-in-meine-Arme, noch fünf Stufen. Sie sprang. Wie eine Wildkatze stieß sie sich von der Stufe ab und riss ihn mit voller Wucht nieder. Nur kurz lag sie auf ihm, biss sich irgendwo fest, fühlte seine Haut unter ihren Fingernägeln, dann rammte sie das Knie in seinen Bauch, er jaulte auf, sie schnellte herauf und trat ihm mit dem einen Fuß direkt ins Gesicht, mit dem anderen setzte sie zum Schritt an und fand auf seinen Schultern den Absprung nach vorn. Sie war schnell, sie sah aus den Augenwinkeln Gronewoldt am Treppenabsatz auftauchen, aber da war sie schon fast an der Tür. Sie sah ihre Chance, ihre einzige Chance und rannte weiter, kopflos, atemlos, aber verdammt schnell.

Irgendeine Sorte Fisch rollte sich wie die Schaumkrone einer Welle über einen spiegelglatten See aus Sauce, duftende Kräuter schwammen darin und suchten den rettenden Tellerrand, schauten hinüber zu den kleinen Kartöffelchen, die glatt und gelb in einer silbernen Extraschale lagen.

Wencke mochte eigentlich keinen Fisch, doch diesen hier wollte sie probieren. Er hatte nichts zu tun mit dem faserigen Seelachsfilet, das sie freitags in der Kantine serviert bekamen.

»Mit schönem Gruß aus der Küche«, sagte der große, hagere Kellner, der ihnen in der Ecke hinter den großblättrigen Palmen einen Tisch gedeckt und das Essen aufgetragen hatte. Irrte sich Wencke oder umspielte tatsächlich ein vielsagendes Lächeln seine schmalen Lippen?

»Guten Appetit soll ich wünschen, vom Chefkoch persönlich, wenn Sie mir erlauben.«

Meint hatte schneller Platz genommen, als es sonst so seine Art war. Er schien so langsam Gefallen daran zu finden, in einem Luxushotel zu ermitteln. Zugegeben, dieser sonnige, mediterrane Wintergarten, den sie heute Morgen zu ihrem Arbeitsplatz umfunktioniert hatten, hatte eher mit einem Strandcafé auf einer spanischen Insel Ähnlichkeit als mit den kargen Räumlichkeiten, in denen sie sonst ihre Zeugen vernahmen. Ihre Papiere sammelten sich auf der glatten Marmoroberfläche der Caféhaustischchen, an den Wänden, wo sonst schwarz-weiße Fahndungsbilder auf mintgrüner Raufaser klebten, hingen hier edle Holzrahmen, gefüllt mit abstrakter Kunst, die es wert war, gezeigt zu werden. Doch so fürstlich die Umgebung war und so königlich das Essen, welches sie sich nun zu Gemüte führten, so kläglich waren die bisherigen Gespräche verlaufen.

»Du schwenkst schon um zur schlechten Laune, stimmt's?«, fragte Meint, der seine malerischen Kartoffeln recht unsanft plattdrückte und mit der Sauce vermengte.

»Ich lass mich halt nicht gern hinhalten, sei es mit Höflichkeitsfloskeln, mit Schmeicheleien oder mit so einem Essen wie diesem hier.« Sie stach mit der Gabel in das weiße Fleisch und es zerfiel butterweich und locker, so dass sie tatsächlich das

Verlangen spürte, sich den Fisch auf die Zunge zu legen. Er schmeckte mild und sahnig, er schmeckte köstlich.

»Überleg doch mal, wir haben heute fünf Stunden lang versucht, etwas über Ronja Polwinski zu erfahren. Wir haben mit sieben Leuten hier gesprochen, die alle jeden Tag Seite an Seite mit dieser Frau gearbeitet haben, und trotzdem kann ich mir immer noch kein Bild von der Person machen, die sie gewesen ist.«

»Ich hatte den Eindruck, dass sie sehr geachtet war. Nimm doch mal diese Dünne mit den Sommersprossen von der Rezeption, diese Mareike Warfsmann, sie hat doch gesagt, dass …«

»… dass Frau Polwinski neues Leben in das Hotel gebracht hat, dass man gern mit ihr gearbeitet hat und sie für jeden Mitarbeiter ein offenes Ohr hatte.«

»Genau, ist doch toll.«

Wencke schüttelte den Kopf.

»Es kann das heißen, was sie gesagt hat, es kann aber auch genauso gut bedeuten, dass Ronja einen Riesenhaufen Arbeit ins Hotel gebracht hat, den sie am liebsten und am besten selbst erledigen wollte, und wenn jemand nicht mitgekommen ist, dann hat sie ihm eine Standpauke über das Motivationsverständnis gehalten.«

Meint sagte nichts dazu, er hatte seinen Teller bereits leer gegessen und machte sich nun über den Salat her.

»Wenn du mich fragst, ich vermute, dass so etwas in der Art dem tatsächlichen Bild von Ronja Polwinski näher ist als dieses weichgespülte Geschwätz.«

»Und wenn du mich fragst, liebe Wencke, dann bist du schon wieder kurz davor, dich von deinem Bauch in die falsche Richtung manövrieren zu lassen.«

Wencke legte das Besteck zur Seite, schob den Teller von sich und lehnte sich mit verschränkten Armen zurück. Er hatte ihr den Appetit verdorben. Weil er an ihrem wunden Punkt herumdokterte, weil er diesen väterlichen Unterton in seiner Stimme hatte, den sie schon bei ihren anderen Kollegen hasste, und nicht zuletzt, weil er recht hatte. Sie hatte eine tiefe Abneigung gegen aufgesetztes Getue, und da man dieser

Umgangsform im Hotelgewerbe hoffnungslos ausgeliefert war, vermied sie es schon immer, überhaupt einen Schritt über eine gastronomische Türschwelle zu tun. Sie liebte zu Hause ihren Stammimbiss *Heiß & Fettig*, weil man sich dort gnadenlos selbst um sein Essen bemühen musste und der Wirt sie immer noch so unfreundlich wie am ersten Tag behandelte, da er sie selbst nach zwei Jahren regelmäßigen Essenholens nicht wahrzunehmen schien. Gut, dieses Essen hier war etwas völlig anderes, aber es war das unangenehme Gefühl in der Magengegend nicht wert. Und doch, und da musste sie Meint insgeheim recht geben, sie ließ sich von ihrer Abneigung schon wieder viel zu sehr beeinflussen, sie nahm die Menschen hier nicht ernst, sie misstraute ihnen aus vollem Herzen, nur weil sie höflich und freundlich und Hotelfachleute waren.

Selbst die Inspektion der persönlichen Räume des Mordopfers hatten für Wencke unterm Strich mehr Fragen als Antworten gebracht: Wie kann sich eine Frau Anfang zwanzig in einem »Appartement Nr. 102« wohlfühlen, in dem nicht ein Stück Leben steckt? Die edel ausgestatteten Räume in der ersten Etage hatten etwas Kulissenhaftes, so als ob sich jemand Gedanken gemacht hatte, wie das Zuhause einer Psychologin auszusehen hat: Da Vincis makelloser Hampelmann auf Leinwand gezogen, zwei Reihen Bücher von A wie »Arachnophobie« bis Z wie »Zwangsneurosen«. Eine Couch konnte sie zwar nicht entdecken, doch es hätte sie nicht gewundert, wenn sie als passende Requisite unter der kleinen Lehrbibliothek gestanden hätte. Doch von Ronja Polwinski war in diesen Räumen nichts zu entdecken gewesen. Kein geheimes Tagebuch, obwohl, so etwas fanden die Ermittler auch nur in schlechten Vorabendkrimis, keine Briefe, Akten oder Terminkalender. Es war, als wäre die Person, die hier lebte, schon vor Wochen ausgezogen. Und dies war vielleicht auch das einzig Bemerkenswerte an dem Besuch im Appartment 102.

»Vielleicht haben wir noch nicht die richtigen Leute gefragt. Bislang waren hier nur die Akteure vor den Kulissen, die Pagen und Empfangsdamen und Kellner, die für ein Trinkgeld ihre Seele verkaufen würden …«

»Wencke …«, ermahnte er sie eindringlich.

»Was ich meine, ist: Wir sollten die Leute aus der Küche, aus den Waschstuben und so weiter befragen. Das ist ein ganz anderer Schlag, könnte ich mir denken.«

»Einen davon hast du doch gestern Abend bereits kennengelernt.«

Sie grinste, denn bei der Erinnerung an gestern Abend konnte sie nicht ernst gucken, erst recht nicht mit dem guten Nachgeschmack im Mund. Doch Fokke Cromminga würde erst heute Nachmittag seine Aussage zu Protokoll geben. Thore Felten hatte sie darum gebeten, damit der Ablauf in der Küche nicht gestört würde. Doch Wencke hatte gar nichts dagegen gehabt, sich das Gespräch sozusagen als Nachtisch aufzuheben.

Der Flohwalzer piepte. Meint hatte den Mund voll und sie ging an den Apparat.

»Riemer hier, Tach Kollegin. Wir haben nun die inneren Werte der Dünenschönheit kennen gelernt.«

»Na, nun erzählen Sie mir aber bitte nicht, dass Sie sie aufgeschnitten haben und feststellen mussten, dass Ronja Polwinski eigentlich eine ganz nette Frau war, die über ein enormes Fachwissen in puncto Touristik und Psychologie verfügte. Das ist nämlich das Einzige, was wir hier bislang über sie herausgefunden haben.«

Riemer lachte, und sie konnte hören, dass sein Lachen in einem großen, gefliesten Raum widerhallte. Er war also noch im Obduktionssaal, was bedeutete, dass sie etwas besonders Wissenswertes entdeckt haben mussten, sonst hätte er sicher vom Büro aus telefoniert.

»Sie ist erfroren.«

»Quatsch«, entfuhr es Wencke.

»Sie hat eine große Menge eines Beruhigungsmittels im Blut, doch daran ist sie nicht gestorben. Wir nehmen an, dass sie erst betäubt und dann nackt in eine Art Kühlraum gelegt wurde, wo sie schließlich erfroren ist.«

»Und wann?«

»Das ist unser Problem. Wir können Ihnen zwar sagen,

dass die Leiche zum Zeitpunkt ihres Auffindens bereits seit zirka vierundzwanzig Stunden wieder Normaltemperaturen ausgesetzt war, sie muss also am frühen Dienstagmorgen in den Dünen abgelegt worden sein. Wir können aber leider absolut keine Auskunft darüber geben, wann sie zu Tode gekommen ist. Zumindest jetzt noch nicht. Wir müssen die gute Sanddornkönigin wohl noch einmal auf Reisen schicken, hier in Oldenburg fehlen uns dafür die nötigen Gerätschaften.«

»Was ist mit dem Medikament? Irgendetwas Exotisches?«

»Nein, aber verschreibungspflichtig, Benzodiazepin. Bei Angstzuständen, Schlaflosigkeit und dem ganzen Psychokram wird es verordnet. Es macht einen ziemlich fertig, ich denke, die arme Polwinski hat noch nicht einmal mitgekriegt, dass sie jetzt tot ist.«

»Ist vielleicht auch besser so. Lag Vergewaltigung oder Ähnliches vor?«

»Nein, nichts dergleichen, der Mörder oder die Mörderin scheint relativ anständig mit der armen Frau Polwinski umgegangen zu sein. Verwundert uns selber, wir haben wirklich selten einen so attraktiven Frauenkörper aufgeschnitten.«

»Riemer, ich bitte Sie! Faxt uns den Kram in die Polizeistation, wir danken.« Sie gab Meint das Telefon zurück und erzählte mit hastigen Worten, was sie gerade erfahren hatte.

»Es ist hier im Hotel passiert«, sagte sie.

»Deine Laune hat sich anscheinend erheblich gebessert«, stellte er fest.

»Überleg mal: Psychopharmaka, Tiefkühlraum, Sanddornbusch. Ich glaube, wir können uns eine ganze Menge Arbeit sparen. Wir sollten die Räume im Keller gründlichst durchsuchen lassen, vor allem die Küche und die danebenliegenden Räume. Es würde mich nicht wundern, wenn wir ein paar persönliche Sachen von Ronja Polwinski finden sollten, zum Beispiel ihre Garderobe. Sie wird wohl kaum von sich aus splitterfasernackt in das Kühlhaus gegangen sein. Und wir sollten mit der ach so leidenden Frau Felten sprechen.«

»Frau Hilke Felten-Cromminga.«

»Cromminga? Jetzt sag nicht, sie ist …«

»Doch, soweit ich weiß, ist sie die Mutter von deinem Spitzenkoch.«

Wencke fluchte. Der Fall begann langsam interessant zu werden, begann Gestalt anzunehmen und ein Gesicht zu bekommen, das war ganz in ihrem Sinne. Doch es war ganz und gar nicht nach ihrem Geschmack, dass ihr Herz auf einmal schneller schlug.

Fokke schwitzte. Es ging ihm nicht so gut heute. Er hatte gestern nicht den Dreh gefunden, zur rechten Zeit nach Hause und ins Bett zu gehen. Aber nach dem Gespräch mit dieser Frau war er wie aufgekratzt gewesen, er hatte die Striche auf seinem Bierdeckel nicht gezählt, aber es waren eine Menge gewesen. Dementsprechend fühlte er sich heute.

Kochen konnte er noch, so schlimm hatte es noch nie um ihn gestanden, dass er den Löffel abgegeben hätte. Seezungenröllchen in Champagnerschaumsauce, Butterkartoffeln und eine Komposition aus frischen Blattsalaten hatte er Wencke und ihrem Kollegen in den Wintergarten bringen lassen. Es hatte ihn einen vielsagenden Blick von Gunnar gekostet, doch das war es wert gewesen.

Nun kämpfte Fokke mit dem Geruch von heißem Fritierfett, der ihm von der Personalküche herüber in die Nase wehte. Er hatte sich gerade an seinen überfüllten Schreibtisch gesetzt, in seinem Kopf stachen die abgestorbenen Zellen von gestern Abend. Er heftete die Bestelllisten ab, eigentlich müsste alles da sein, und was jetzt noch fehlte, wäre sowieso nicht rechtzeitig auf der Insel. Gerade waren die Kartons von der Druckerei gekommen, 200 Menükarten im Sanddorndesign, Sand – Orange – Schwarz und Gold, sie waren bildschön. Das Einzige, was ihn daran wirklich störte, war »Ruccola«. Ronja hatte darauf bestanden, obwohl er so viel Wert darauf legte, seinen Gerichten keine italienischen Namen zu geben, er servierte schließlich nicht »Pasta« sondern »Nudeln« oder besser noch: »Teigwaren«.

»Kein Mensch weiß, was Rauke ist, aber alle sind wild auf Ruccola«, hatte Ronja geantwortet. Sie hatte vielleicht Ahnung von den Wünschen der Gäste, aber vom Kochen verstand sie nichts. Sie hatte auch nicht akzeptiert, dass er keine Miesmuscheln kochen wollte.

»Die Gäste wollen es nun mal, sie meinen, auf einer Insel muss man Muscheln essen, weil sie hier frischer und besser und was weiß ich was sind. Überfischung hin und Schwermetalle her, wir sind hier doch nicht bei Greenpeace.« Vielleicht hatte sie recht gehabt mit ihren Argumenten, Thore hätte ihr in jedem Fall beigepflichtet. Sie begriffen eben nicht, worum es wirklich ging.

»Ob da nun Ruccola oder Rauke steht, Hauptsache du lässt nichts anbrennen.«

Noch zwei Tage. Viel schiefgehen konnte eigentlich nicht mehr, die Ware war größtenteils geliefert worden und zum Glück war seit Dienstag auch das Kühl- und Gefrierhaus wieder in Betrieb. Letzte Woche hatte helle Aufregung geherrscht, als das Aggregat seinen Geist aufgegeben hatte und sie alle Hebel in Bewegung setzen mussten, um rechtzeitig vor der großen Lieferung ein neues eingebaut zu bekommen. Freitag waren dann die Spezialisten vom Festland auf den letzten Drücker gekommen, hatten alles wieder in Ordnung gebracht, und die Tiefkühlkost konnte zwischenzeitlich im Nachbarhotel gelagert werden. Drei Tage lang hatte das Gerät ruhen müssen, damit sich die Kühlflüssigkeit vom Transport regenerieren konnte, am Dienstag dann, gerade als der Pferdeanhänger randvoll mit Frisch- und Gefriergut vor dem Liefereingang Halt machte, war alles wieder funktionstüchtig gewesen. Fokke hatte sich fürchterlich aufgeregt, und es hatte ihn unendlich viele Nerven gekostet, die er eigentlich für seinen Job am Herd aufheben wollte. Doch andererseits ging im Vorfeld immer irgendetwas schief, besonders wenn es drauf ankam. Er war froh, dass alles so glimpflich verlaufen war.

Thore kam herein. Er sah ungeheuerlich aus. Unaufgeräumt

irgendwie, sein Hemd war ein Stück aus der Hose gerutscht, die Schuhe waren mit feuchtem Sand paniert und sein Haar lag nicht so penibel wie gewohnt, eher so, als hätte er einen elektrischen Schlag bekommen. Doch das Gravierendste an seinem Erscheinungsbild war die wulstige, aufgesprungene Lippe, an der etwas getrocknetes Blut hing.

»Fokke, komm mal mit.«

Kurz war er versucht, seinem Stiefvater ein kaltes Lächeln zu schenken und seiner Aufforderung zu trotzen. Doch, aus welchem Grund auch immer, er sprang auf und folgte Felten in den Flur. Sein Magen rebellierte gegen diese plötzliche Bewegung und gegen das Gefühl, dass etwas passiert sein musste.

»Deine Mutter ist ausgerastet«, sagte Felten knapp. Er hatte ihn hektisch in die Nähstube geführt und direkt die Tür hinter sich geschlossen.

»Meine Mutter rastet nicht aus. Sie ist depressiv, Thore. Was ist passiert?«

»Weiß der Teufel. Sie hat Dr. Gronewoldt kommen lassen, gestern hat sie ihm deswegen die Hölle heiß gemacht. Und während der Sitzung ist sie ausgeflippt. Sie hat sich von ihm losgerissen und ist abgehauen.«

»Warum losgerissen, hmm? Ich wusste nicht, dass man den Patienten bei einer Sitzung fixieren muss.«

»Keine Ahnung, warum. Ich habe keine Ahnung. Ich wollte sie aufhalten, als sie wie von Sinnen die Treppen heruntergerannt kam, ich habe ruhig auf sie eingeredet, aber sie hat mich einfach umgerissen. Wie geisteskrank hat sie mich getreten, gekratzt und gebissen. Sieh mich an, wie diese Furie mich zugerichtet hat. Ich konnte sie nicht aufhalten ...«

Um sich zu beherrschen, verbarg Fokke sein Gesicht in den Händen, rieb mit den Fingern die Schläfen, kniff die Augen zusammen.

»Wo ist sie?«, fragte er.

»Ich habe keine Ahnung. Sie war so schnell, wir haben sie nicht verfolgen können. Ich lag am Boden und als Dr. Gronewoldt zur Tür rausrannte, war sie schon verschwunden. Wie eine Wahnsinnige ...«

Fokke fuhr herum, starrte seinen Stiefvater an und ballte die Fäuste. »Dann hast du sie ja endlich so weit. Wie eine Wahnsinnige. Bist du jetzt da, wo du hinwolltest?«, schrie er.

Felten kam auf ihn zu und griff ihn bei den Schultern. »Fokke, halt's Maul. Ich war doch gar nicht dabei. Ich habe doch keine Ahnung, worüber sie mit ihrem Seelendoktor stundenlang zu reden bereit ist. Mit mir hat sie nie gesprochen, woher soll ich wissen, welcher Teufel sie geritten hat.«

Fokke spürte die Gewalt, mit der Felten ihn auf Abstand halten wollte.

»Mama war vollkommen fertig, am Ende. Dieses Hotel hat sie kaputtgemacht, du hast sie kaputtgemacht. Ich schwöre dir, wenn sie sich was antut, dann bringe ich dich um.«

»Reiß dich zusammen, Junge. Deine Mutter ist krank. Und dazu haben wir alle einen Teil beigetragen, ja, vielleicht. Wer weiß, welche Seiten an ihr die Krankheit noch zutage fördert. Sie ist gewalttätig gewesen, so habe ich sie noch nie erlebt. Und flipp jetzt nicht aus, ich ...«

»Was?« Fokke schaute sein Gegenüber hasserfüllt an.

»... ich glaube, sie hat Ronja auf dem Gewissen.«

Fokke lachte laut und voller Verachtung.

»Sie war fürchterlich eifersüchtig auf Ronja. Sie hat mir Ungeheuerlichkeiten deswegen an den Kopf geschmissen. Irgendein Idiot muss ihr eingeredet haben, dass ich sie mit Ronja betrüge, und sie hat es geglaubt.«

»Dieser Idiot war ich, Thore.«

»Wie kannst du nur so etwas erzählen, Fokke. Du weißt doch selbst, wie es um sie steht. Wieso machst du sie noch verrückter, als sie ohnehin schon ist?«

Fokke schlug Feltens Arm mit einer schnellen Bewegung von seinen Schultern und griff mit der anderen Hand an seinen Kragen. Dann brachte er sein Gesicht direkt an das seines Stiefvaters, und als er das getrocknete Blut am Kinn roch und die Kopfschmerzen für einen Augenblick sein Hirn unter Strom setzten, da fühlte er den Hass gegen diesen Mann wie noch nie zuvor in seinem Leben. Es erschreckte ihn selbst, wie ruhig seine Stimme klang, als er langsam, fast wie bei einer

Mund-zu-Mund-Beatmung, auf seinen Stiefvater einredete.

»Meine Mutter ist nicht verrückt. Sie hat niemanden umgebracht. Dazu ist sie zu schwach und zu kaputt. Und dass sie das ist, hat sie ausschließlich dir zu verdanken, da kannst du rumschwafeln wie du willst, ich habe sie früher gekannt und ich kenne sie jetzt, und während dein Scheißhotel immer piekfeiner wurde, ist sie zu einer Ruine verfallen, so sieht es aus, du Schwein.«

Dann ließ er ihn mit einem Ruck los und stürmte aus dem Zimmer.

»Wirst du sie suchen?«, rief Felten hinterher und es klang jede Menge Verzweiflung in der Stimme.

Fokke wollte sie suchen, er würde die ganze Insel umgraben, wenn er sie nur finden könnte. Panik stieg in ihm auf. Seine Mutter war lethargisch, depressiv, wie von innen ausgehöhlt, doch das war es nicht, was ihm die Angst ins Hirn trieb. Er hatte gesehen, dass sie stark war und wütend, dass das Feuer der Demütigung sie nicht ganz ausgebrannt hatte, sondern dass tief in ihr eine bedrohliche Ladung brodelte, die eine nicht einschätzbare Gefahr bedeutete. Vielleicht hatte er sie bis gestern selbst aufgegeben gehabt, als lebensmüde und verwirrt bezeichnet, doch ihre explosive Energie hatte ihn eines besseren belehrt. Sie war gesund, vollkommen gesund, und sie war keine Mörderin. Das wusste er am allerbesten. Er war ihr Sohn.

Kopflos war Fokke in die Dünen gerannt, er rief ihren Namen, er rief sie Mutter, er schrie Mama in den Wind, obwohl er sie nie zuvor so genannt hatte. Er blieb stehen, presste seine Hände gegen die Schläfen, um das Pochen hinter seinen Augen im Zaum zu halten. Dann schaute er sich um. Es war kalt und der Wind hatte zugenommen. Hier würde sie mit Sicherheit nicht stecken, sie war abgehauen und er ahnte, dass sie einen verdammt guten Grund dafür gehabt haben musste. Sie war vor diesem Mordverdacht davon gerannt, egal ob ausgesprochen oder zwischen den Zeilen gesagt, sie hatte verstanden, dass sie eine sehr gute Verdächtige abgab.

Eifersucht und ein seelisches Dilemma waren ein perfektes Motiv, vielleicht war sie in ihren Gedanken auch schon mehr als einmal diffusen Mordphantasien nachgegangen. Und nun hatte ihre ganze verkorkste Situation sich zu einem Strick verdreht, der sich immer fester um ihren Hals legte. Und davor war sie geflüchtet. Und aus diesem Grund würde er sie niemals hier finden.

Fokke setzte sich in den Sand und legte die Finger druckvoll auf seine Schläfen. Mit jeder drehenden Bewegung kam er mehr zur Ruhe, sein Atem ging wieder langsamer, er konnte in seinem schmerzenden Schädel wieder einen klaren Gedanken fassen, und als er die Hände in die Taschen steckte, war ihm der alte Jagdschuppen eingefallen.

Keine verspiegelten Wände, kein Marmorboden, stattdessen war mit einem Edding neben die quadratischen Knöpfe geschrieben worden, was man in welchem Stockwerk finden konnte. »K« für Küche, Nähstube und Mangelraum. Doch dahin wollte Wencke nicht. »Frau Felten-Cromminga ist in ihrer Wohnung, doch sie möchte sicher nicht gestört werden…« Zum ersten Mal war Wencke tatsächlich der Kragen geplatzt und sie hatte an der Rezeption zu dem blassen Mädel »Scheißegal« gesagt.

Neben der 4 stand nur *Privat*, das Licht im Druckknopf erlosch und die Türen öffneten sich. Meint klopfte an der Holztür mit dem anheimelnden Willkommensschild. Eine Zeit lang tat sich nichts, obwohl man von drinnen Schritte hören konnte. Schließlich öffnete ein Mann die Tür, er füllte mit seinen breiten Schultern nahezu den ganzen Rahmen aus.

»Wir sind die Leute von der Kripo. Ist Frau Felten-Cromminga da?«

Der Dicke schüttelte den Kopf, Wencke wollte an ihm vorbei in die Wohnung eintreten, doch er wich keinen Schritt zur Seite.

»Soweit ich weiß, ist sie aber doch da und will nur nicht so gern gestört werden, was mich aber nicht davon abhalten kann, ihr einen Besuch abzustatten.«

»Es tut mir leid, sie ist eben aus dem Haus gegangen. Ich habe auch, ehrlich gesagt, keine Ahnung, wann sie wieder zurückkommen wird.«

Wencke spürte schon wieder die Ader an ihrem Hals flattern. »Wer sind Sie überhaupt? Nach dem persönlichen Hausdiener sehen Sie nicht gerade aus.«

Der Typ lachte kurz. »Im Prinzip bin ich es aber, wenn Sie so wollen. Ich bin der Therapeut von Frau Felten-Cromminga, mein Name ist Dr. Joachim Gronewoldt.« Er trat zurück und ließ Meint und Wencke eintreten.

»Wenn Sie mögen, können wir uns auch ein wenig unterhalten, natürlich nur im Rahmen meines Schweigegebotes.« Sie folgten ihm in einen Raum, der zu groß war, um Wohnzimmer genannt zu werden, der aber anscheinend die Funktion haben sollte. Der Therapeut ließ sich auf einen grünen Ledersessel fallen und wies ihnen das ausladende Sofa gegenüber zu. Er schien sich hier wie zu Hause zu fühlen, ein gefüllter Cognacschwenker stand vor ihm und im Kaminofen brannte ein behagliches Feuer, es musste gerade erst entfacht worden sein, die Flammen nagten hungrig an den Holzscheiten. Wencke blieb lieber stehen.

»Sie ermitteln in der Mordsache Polwinski. Es interessiert mich, schließlich war diese junge Frau so etwas wie eine Kollegin und sie hatte engen Kontakt mit dem Ehepaar Felten. Darf ich Ihnen etwas zu trinken bringen?«

»Nein danke«, lehnte Meint höflich lächelnd ab. Wencke schwieg, sie war weder zu einem »Nein danke« noch zu einem »Ja bitte« fähig, so wütend war sie. So langsam spürte sie, dass ihr die Zügel aus der Hand genommen wurden in diesem Hotel. Sie konnte nicht entscheiden, wann und mit wem sie Frage-Antwort-Spiele austragen durfte, ständig bekam sie etwas vorgesetzt, nach dem sie nicht verlangt hatte und das, was sie wollte, blieb ihr höflich verwehrt. Sie sehnte sich zurück nach einem Fall, bei dem sie im Dreck wühlen konnte, bei dem sie meinetwegen auch ein wenig versank in dem Sumpf aus Kriminalität und Elend. Doch dieses Kasperltheater machte sie nicht länger mit, sie hatte das Gefühl, dass sie mit Schlittschuhen über einen See tanzte, unter dessen aalglatter

Eisfläche ein Morast waberte, an den sie nicht herankam. Sie musste endlich die brüchige Stelle finden, auch wenn sie dann mit einem Mal selbst bis zum Hals drinsteckte. Und sie wusste, Hilke Felten-Cromminga wäre ihr Durchbruch gewesen. Wo zum Teufel steckte sie?

Dr. Gronewoldt schien sie zu beobachten. Sie hasste es, wenn irgendwelche Psychoprofis mit ins Spiel kamen. Sie war es schließlich nicht, um die es hier ging, sie war nicht eine der Kasperlfiguren, sondern die, an deren Händen sie steckten. Doch zur Zeit saß sie eher im Zuschauerraum und kreischte laut, weil die arme Großmutter entführt worden war.

»Wo ist sie?«

Gronewoldt räusperte sich.

»Ich fürchte, das weiß zur Zeit niemand. Sie hat vor einer Stunde ohne ersichtlichen Grund das Hotel verlassen. Etwas überstürzt, würde ich sagen, sie hat nicht viel mitgenommen, meines Wissens nach nur ihre Jacke.«

»Ist es denn so außergewöhnlich, dass Frau Felten-Cromminga außer Haus geht?«

»Ich denke, ich verrate Ihnen nichts Neues, wenn ich sage, dass diese Frau, also meine Patientin, sehr labil und psychisch nicht belastbar ist. Unter dieser Prämisse ist es sehr ungewöhnlich, dass sie sich einfach davonmacht. Sie leidet unter etlichen Psychosen und ist zudem schwer depressiv, ich bin nun schon seit mehr als achtzehn Monaten ihr Therapeut und kann sie wahrscheinlich besser beurteilen als jeder andere hier. Sie muss unter enormem Druck gestanden haben, um etwas so Impulsives zu tun.«

»Warum sind Sie heute hier?«

»Frau Felten-Cromminga hat mich dringend um einen Hausbesuch gebeten, deshalb bin ich mit dem Flugzeug auf die Insel gekommen.«

Wencke ging ein paar Schritte auf den beleibten Mann zu, der breitbeinig in dem klobigen Sessel saß und einen Schluck aus dem Cognacglas genommen hatte.

»Dann müssten Sie doch auch am ehesten wissen, warum sie sich unter Druck gesetzt fühlte.«

»Es ist leider zu keinem Gespräch gekommen.«

»Sie war schon weg, als Sie kamen?«

»Nein, sie war noch da. Aber sie war nicht in der Lage, ein Therapiegespräch zu führen. Frau Felten-Cromminga hat die Nerven verloren, auch wenn ich dies als ihr Therapeut nur ungern zugebe, da sie in gewisser Weise meiner Verantwortung unterliegt. Und was ich Ihnen jetzt sage, das sage ich Ihnen als Privatmensch und Freund der Familie Felten, bitte notieren Sie das auch so in Ihrem Protokoll.« Er nickte mit wichtigtuerischer Geste dem schreibenden Meint zu. »Es ist der Tod von Frau Polwinski, oder das Auffinden der Leiche oder auch Ihre Ermittlungen im Haus, die Hilke unter Druck gesetzt haben, womit ich um Himmels Willen nicht sagen möchte, dass sie etwas mit dem Mord zu tun haben könnte.«

»Was möchten Sie denn damit sagen?«

Gronewoldt seufzte. »Wissen Sie, ich mag Frau Felten-Cromminga, und auch ihren Mann schätze ich sehr. Das Opfer, diese Frau Polwinski, war eine Koryphäe auf dem Gebiet der Psychologie, deswegen zolle ich auch ihr eine Menge Respekt. Aber zwischen diesen drei Personen gab es Spannungen, die über die üblichen Eifersüchteleien hinausgehen. Sie haben ja sicher auch schon von den Gerüchten um eine angebliche Affäre gehört. Das ist aber nicht der springende Punkt.«

»Ich wäre Ihnen dankbar, wenn Sie endlich auf denselben kämen«, fiel ihm Wencke ungeduldig ins Wort.

»Es gibt ein Phänomen im Dienstleistungsgewerbe, Frau Polwinski hat es sozusagen entdeckt, sie hat es das Jekyll-und-Hyde-Prinzip genannt. Es besagt, dass Ehen oder Partnerschaften, die eng mit einem Dienstleistungsgewerbe verstrickt sind, zwangsläufig zu einer Spaltung der beiden Beziehungspersönlichkeiten führen. Während der eine sich also mehr und mehr in seine Rolle als höflicher, immer freundlich-charmanter Gastgeber einfindet, lebt der andere den zurückgezogenen, misstrauisch-abwehrenden Part aus.«

»Sie wollen also behaupten, dass ein Hoteliersehepaar nach ein paar Jahren immer zur Karikatur wird, der eine also ein Dauergrinser und der andere ein Häufchen Elend?« Es klang sehr simpel, aber Wencke konnte es nachvollziehen, auch wenn es ganz und gar nicht ihrem Menschenverständnis entsprach.

»Diese Diskrepanzen treten nicht immer zutage. Wenn beide Partner in sich feste Charaktere sind, dann könne die Symptome auch konstruktiv umgesetzt werden, der eine übernimmt beispielsweise die finanziellen Dinge, während sich der andere mehr für das Personal einsetzt. Oder einer zieht sich völlig aus dem Betrieb zurück und kümmert sich um die Familie oder um andere berufliche Pläne. Oft spielt leider auch der Alkohol eine große Rolle, meist kaschiert der ‚Mister Hyde' damit seinen Wunsch nach Zurückgezogensein. Schauen Sie mich nicht so skeptisch an, Frau Kommissarin, diese These stammt, wie gesagt, nicht von mir. Doch glauben Sie mir, Frau Polwinski hat sehr langwierig und sehr ausgiebig daran gearbeitet; bevor sie hierher kam, war sie in einigen anderen Hotels tätig, auch im Ausland. Sie hat unzählige Fragebögen dazu entwickelt, verschickt und schließlich ausgewertet. Ronja war eine sehr gewissenhafte Person, ich weiß es, ich habe sie auf einigen Tagungen und Seminaren erlebt, noch bevor sie hier auf die Insel kam.«

»Haben Sie Frau Polwinski den Job hier auf Juist vermittelt?«

»Wenn Sie so wollen, ja. Ich habe sie sozusagen zueinander geführt. Mehr möchte ich Ihnen dazu nicht sagen, da es meiner Pflicht zur Verschwiegenheit widerspräche. Ich hoffe nur, dass Sie nun ein wenig besser nachvollziehen können, welche Rolle Frau Polwinski in diesem Hause gespielt hat und inwiefern es das Verhalten meiner Patientin beeinflusst haben könnte.«

Wencke schaute sich in dem riesigen Zimmer um, sie suchte nach Indizien, die diese tragische Geschichte zutage treten ließen. Sie konnte nichts finden, dieser Raum war zwar nicht das, was sie unter einem gemütlichen Zuhause verstand, dazu war alles ein wenig zu groß, ein wenig zu luxuriös, ein wenig zu sauber. Aber es war Persönlichkeit zu erkennen, bemalte Muscheln lagen auf der Fensterbank, im Bücherschrank fand sie Erziehungsratgeber und Kochbücher, neben dem Sofa standen ausgetretene Hausschuhe und ein goldgerahmtes

Familienfoto hing an der Wand, das Vater, Mutter und zwei Töchter zeigte.

»Hat Fokke nicht hier gewohnt?«, fiel ihr auf einmal ein.

»Fokke?« Gronewoldt beugte sich ein wenig vor, doch es fiel bei seinem Leibesumfang kaum auf. »Er hat hier nie gewohnt, nein. Im Hotel schon, zur Zeit hat er ja auch ein Zimmer unterm Dach, aber er ist ja wesentlich älter als seine Halbschwestern und ging auch einige Jahre auf dem Festland zur Schule und in die Lehre.«

Nirgendwo hing ein Bild von ihm, was schade war. Denn erstens sprach es nicht unbedingt dafür, dass er ein liebevolles Elternhaus hatte, und zweitens hätte Wencke gern gesehen, wie er als kleiner Junge ausgesehen hatte. Wie wohl sein Zimmer war? Appetitliche Stilleben an den Wänden oder Pin-ups? Sie würde ihn mal dort oben besuchen, zunächst rein beruflich, versteht sich.

Ein Fotokalender zog ihre Aufmerksamkeit auf sich, er hing neben dem schweren Sekretär. Das Oktoberbild leuchtete ihr mit orangefarbenen Punkten entgegen, schwarze Dornenornamente schoben sich diskret in den Hintergrund, der Sand dahinter war nur zu erahnen. Sanddorn. Sie erinnerte sich, wie leicht die bleiche Hand auf dem dunklen Geäst gelegen hatte, wie sanft der nackte Frauenkörper auf den holzige Spitzen gebettet war. Derjenige, der sie so zurückgelassen hatte, musste einen ausgeprägten Sinn für Ästhetik besitzen. Die Fotos, die der Kollege von der Beweisaufnahme geschossen hatte, würden etwas nahezu Künstlerisches an sich haben. Wencke spürte, wie etwas in ihr aufkeimte, eine Art von Traurigkeit, die ihr aus dem Bauch heraus wuchs. Diese Geschichten von all den Unabänderlichkeiten, die das Leben dieser Menschen mitbestimmt hatten und schließlich mit der schönen Toten in den Dünen endeten, wucherten in ihrem Inneren. Sie kämpfte das Gefühl herunter, es durfte nicht in ihrem Kopf ankommen, sonst wäre der Fall hier für sie verloren. Doch sie hatte, was sie wollte. Sie war nicht mehr obenauf, sie war nun eingetaucht in diese Geschichte, und es war kälter, als sie erwartet hatte.

»Eine Frage hätte ich noch, Herr Gronewoldt, ich hoffe, Sie dürfen mir diese Auskunft geben.«

Er schaute sie aufmerksam an. »Bitte!«

»Hat Frau Felten-Cromminga irgendwelche Medikamente genommen?«

»Ja, selbstverständlich. Hat das eine Bedeutung für Ihren Fall?«

»Sonst würde ich Sie nicht fragen.«

»Ich habe Tranquilizer verordnet, da sie unter Angstzuständen leidet. Benzodiazepine.«

Ihr war kalt, obwohl sie im Schrank noch eine alte Wachsjacke gefunden hatte. Der kleine Gasbrenner war zum Glück noch immer da und tat vermutlich sein Bestes, doch die Kälte schien sich hier bereits eingenistet zu haben. Hilke wusste, dies hier war keine Lösung auf Dauer, höchstens für ein paar Stunden, vielleicht auch bis morgen früh. Es kam ganz auf Fokke an. Doch schlafen durfte sie nicht, auf gar keinen Fall, es konnte jederzeit eine Silhouette auf dem Dünenkamm auftauchen und dann hätte sie nur noch wenige Sekunden Zeit, durch das angelehnte Hinterfenster zu fliehen. Sie hielt die Augen offen, was bei zunehmender Dämmerung immer anstrengender wurde.

Noch niemals hatte Hilke sich so in die Enge getrieben gefühlt, sie litt zwar schon Jahre darunter, dass Thore ihr ein Leben aufzwang, welches nicht das ihre sein sollte, doch mit einem Mal war ihr bewusst geworden, dass es hier um mehr ging als nur um ihre Ehe. Dass diese nur noch ein psychischer Gewaltakt war, damit hatte sie sich inzwischen abgefunden. Sie hatte immer gedacht, wenn sie sich nur unsichtbar machte und niemanden, besonders nicht ihren Mann, mit ihrem Dilemma belastete, dann kämen sie so über die Jahre. Doch vielleicht hatte sie auch gar nicht darüber nachgedacht, über die Zukunft, vielleicht war es schon zu viel verlangt gewesen, mehr zu überblicken als das, was man leise so hinnahm.

Nie hatte sie daran gedacht, dass sie Thore im Weg sein könnte. Dass sie ihn daran hinderte, dorthin zu kommen, wo er sich an seinem hochgesteckten Ziel wähnte. Und nun war sie davongerannt, schneller und ausdauernder, als sie es sich selbst je zugetraut hatte. Und während sie fast mechanisch ihre rasenden Schritte nur weg, weg, weg von ihm bewegte, da war es, als kämen all die verdrängten Bilder hinter ihr hergerannt. Der Vertrag, sie hatte ihn längst vergessen, schon in dem Moment, als sie ihn in den sicheren Händen des Anwaltes wusste, hatte sie ihn aus ihren Gedanken verbannt. Das *Dünenschloss* war ihres, wenn auch nur auf dem Papier und schon seit langer Zeit nicht mehr in ihrem Herzen. Doch Schwarz auf Weiß war es ihr Hotel, sie hatte es damals überschrieben bekommen, damit die Erbschulden, die Thore von seinen Eltern mit übernommen hatte, nicht an allen Ecken und Enden ihrer Existenz nagten. Es war damals nur eine Floskel für sie gewesen, doch nun war es etwas, das ihr Leben bedrohte. Sie kannte Thore, er war ein Meister des taktischen Vorgehens. Hilke wollte sich lieber nicht all die scheinbaren Nebensächlichkeiten durch den Kopf gehen lassen, die in Wahrheit zu seinem Spiel gehört hatten. Ihr wurde übel, wenn sie an die Rolle dachte, die Dr. Gronewoldt dabei übernommen haben könnte. Sie wusste nur, dass es richtig gewesen war davonzulaufen, obwohl sie nun fror wie noch nie zuvor in ihrem Leben.

Diese alte Hütte, wie lang würde sie hier bleiben können? Sie war schon einmal ihr Versteck gewesen, damals, als sie für Fokke gearbeitet hatte. Thore hätte es ihr nie erlaubt, auch nur einen Stich für ihren Sohn zu nähen. Die *Auster* war ein Tabuthema zwischen ihnen gewesen, hätte er jemals erfahren, dass ihre langen Strandspaziergänge damals in Wirklichkeit endlose Nähte in kariertem Leinenstoff waren, er hätte die Gardinen wahrscheinlich eigenhändig zerschnitten. Jeder hatte das Flair der *Auster* gelobt, nicht nur das Essen sei dort außergewöhnlich geschmackvoll, hieß es im *Waterkant-Gourmet*. Und es war für sie eine heimliche Genugtuung gewesen, Thore darüber toben zu sehen. Er hatte es nie erfahren. Nur Fokke wusste außer ihr von dieser Jagdhütte, die von allen anderen Insulanern fast vergessen in den Dünen am Ostende der Insel stand. Es konnte sein, und das hoffte sie inständig, dass Fokke verstand, worum es ging. Denn wenn er aus Sorge um sie das Falsche tun würde, dann kämen sie gleich, um sie zu holen. Und was dann auch immer geschehen würde, sie hätte mit Sicherheit keinen Einfluss mehr darauf, was mit ihr passierte. Dafür würden ihr Mann und Dr. Gronewoldt schon sorgen.

Es war dunkel und es war still. Nur in ihrem Kopf war es so hell und laut wie schon lange nicht mehr, und obwohl sie sich fürchtete und es vielleicht eine Falle war, in der sie saß, spürte sie ein bisschen etwas, das sich wie Freiheit anfühlte. Sie erhob sich von der knarrenden Holztruhe und rieb ihre Hände über der kleinen, blauen Flamme. Ihre Augen hatten sich an das Dunkel gewöhnt, doch sie konnte schemenhaft die Umrisse der spärlichen Möblierung erkennen. Es mussten in der Zwischenzeit Menschen hier gewesen sein. In einer Ecke hatte sich wohl jemand aus einem angeschwemmten Fischernetz ein Feldbett gebaut, es roch nach Seetang und alten Muscheln. Im Sommer mochten sich so manche obdachlosen Spontanurlauber ein solches Dach über dem Kopf gesucht haben. Vielleicht war diese stinkende Mulde auch ein Liebesnest, in dem verbotene Leidenschaften ausgetauscht wurden. Doch zu dieser Jahreszeit ging niemand freiwillig die fünf Kilometer hier hinaus, um sich in feuchtem Strandgut zu wälzen. Die Jäger hatten zwar bald Saison, doch machten seit Jahren die Naturschützer in diesem Teil der Insel dem Jagdinstinkt einen Strich durch die Rechnung. An den Wänden hingen wellig gewordene Vereinswimpel, daneben einige Fotografien, die stolze Männer mit toten Hasen zeigten. Die Männer darauf waren inzwischen größtenteils selbst in die ewigen Jagdgründe eingegangen.

Ein huschendes Geräusch vor der Tür ließ Hilke aufschrekken, sie sah aus dem Fenster. Es war nur ein leises Rascheln gewesen, zu leise, um wirklich bedrohlich zu sein, aber ihr schlug das Herz so hoch, dass sie meinte, ihre Augen hätten zu vibrieren begonnen. Ich muss raus hier, bei dem kleinsten Geräusch muss ich aus dem Fenster springen, ich kann nicht nachschauen, woher es kommt, dann ist es zu spät, dachte sie hektisch. Der Fasan, der langsam pickend die Düne hinauflief, beruhigte sie ein wenig. Doch ihr Blut rauschte noch in den Ohren.

Sie hockte sich vor die Kiste, auf der sie gesessen hatte. Schon damals war die Truhe mit einem Schloss gesichert gewesen, sie hatte keine Ahnung, was sich darin befand. Hilke befühlte den Metallbeschlag, er war porös und sie konnte mit den Fingerkuppen dahinterfassen, doch bewegen konnte sie ihn nicht. Mit Hilfe eines Schlüssels, den sie in der Jackentasche gefunden hatte, hebelte sie die rostige Platte ein kleines Stück aus dem morschen Holz. Es knarrte und ein paar faserige Splitter wanden sich heraus, sie stieß den Schlüssel tiefer und hieb mit der Faust dagegen, doch erst ein kräftiger Tritt mit dem Schuh hebelte die kurzen Schrauben heraus, der Beschlag löste sich mit einem Ruck und ließ sie nach hinten fallen. Sie konnte nichts erkennen, das wenige Licht gelangte nicht in die Truhe, und obwohl es sie Überwindung kostete, fühlte sie vorsichtig nach dem Inhalt der Kiste. Es schienen klamme Bücher zu sein, sie schob das aufgedunsene Papier zur Seite und griff tiefer. Ein längliches, glattes Etwas fiel ihr zwischen die Finger, es war aus Leder. Sie holte es zögernd heraus und hielt es gegen das blaue Licht des Gasfeuers. Es war ein großes Messer, eingebettet in ein braunes Etui wartete eine grausig scharfe Klinge darauf, wieder einmal einem Tier die Kehle aufzuschneiden. Hilke wog die Waffe in der Hand und wusste, dass sie sie nicht mehr in die Truhe zurücklegen würde.

Das Geräusch war diesmal zu laut, um von einem herumirrenden Tier zu stammen. Sie konnte noch nicht einmal genau sagen, ob sie vorher schon etwas gehört hatte, das Knacken des Schlosses und die Wühlerei im Inneren der Truhe hatten ihre volle Aufmerksamkeit gefordert. Es waren eindeutig Schritte, sandiges Knirschen direkt vor der Tür. Hilke schaute noch kurz zum hinteren Fenster hinüber, doch sie sah ein, dass es keinen Sinn machte, zu flüchten. Statt dessen presste sie sich an die Wand neben dem Eingang, sie war wie erstarrt und als sie an sich selbst herunterschaute, bemerkte sie, dass sie das Messer fest umklammert in der Hand hielt. Sie hob den Arm auf Kopfhöhe und schloss die Augen für einen kurzen Moment.

»Hilke ... Du bist hier, ich weiß es.«

Sie stieß den angehaltenen Atem aus. Es war Fokke, Gott sei Dank, es war Fokke und er schien allein gekommen zu sein.

»Mach auf, Mutter, ich tu dir nichts. Was ist nur los?«

Sie schob den losen Riegel zur Seite, er hätte einem kräftigen Ruck gegen die Tür wohl nie standgehalten, und ließ sich dann mit dem Rücken an der Wand zu Boden gleiten. Fokke trat nur langsam ein, so als ahnte er, dass sie bewaffnet war. Es versetzte ihr einen schmerzhaften Stich.

Doch im selben Augenblick, als er sie am Boden hocken sah, hatte er sich zu ihr heruntergebeugt und sie in die Arme genommen. Hilke roch die Feuchtigkeit, die an seinem Hals klebte, er musste gerannt sein. Nur nicht weinen, fang bloß nicht wieder an zu heulen, schalt sie sich selbst, denn sie merkte, wie die Erleichterung und diese ersehnte Umarmung in ihr einen Überschwall an Gefühlen losriss. Doch sie schaffte es, schluckte die Tränen herunter, kurz bevor sie ihr aus den Augen getreten waren, dann stand sie auf, mit wackeligen Beinen zwar, aber ohne sich von ihm stützen zu lassen. Er streckte ihr einen vollgepackten Rucksack entgegen.

»Ich habe dir das Nötigste von meinen Sachen mitgebracht, meinen Schlafsack und den Campingkocher, warme Socken und so was.«

»Oh, Fokke, du glaubst nicht, wie ...«

Er legte den Finger auf die Lippen.

»Mama, was auch immer passiert ist, ich bin mir sicher, du weißt, was du tust. Kein Mensch ahnt bislang, wo du steckst, von mir wird es auch keiner erfahren. Ich habe heißen Tee mitgebracht, den trinken wir jetzt und dann wird es Zeit, dass wir miteinander reden.«

Aus der Thermosflasche konnte sie milden Dampf aufsteigen sehen und als sie sich beide auf die Kiste setzten und die

Finger an den vollen Plastikbechern wärmten, da schnürte es ihr für einen kurzen Augenblick die Kehle zusammen, weil sie an ihrem Sohn gezweifelt hatte.

»Thore hat mir gegenüber angedeutet, was passiert ist. Ich bin heilfroh, dass du die Beine in die Hand genommen hast und ihm entkommen bist. Das hättest du schon viel früher tun sollen.«

Sie hätte ihn am liebsten in den Arm genommen und an sich gedrückt, ihm »Mein guter, guter Junge« ins Ohr geflüstert, aber sie wusste, es stand noch zu viel zwischen ihnen.

»Was haben sie dir angetan«, sagte er leise und kopfschüttelnd und es war keine Frage, sondern eine Feststellung.

»Fokke, das Hotel, es gehört mir. Ich bin es, die Verträge unterschreiben muss, die Pläne durchkreuzen kann, die im Weg stehen könnte. Erst heute ist mir klar geworden, was es bedeutet.«

Er schaute sie mit seinen großen hellen Augen an, seine Haare standen wild zu allen Seiten und sie erkannte, dass er noch immer ihr kleiner Junge war, den sie so geliebt hatte und dem sie nie so nahe sein konnte, wie sie es sich gewünscht hatte.

»Thore will dich außer Gefecht setzen ...«

»Es könnte ihm auch gelingen.«

»Wenn du es nicht zulässt, Hilke, dann wird er es nicht schaffen. Er will dir den Mord in die Schuhe schieben, er will dich für unzurechnungsfähig erklären lassen, er will das Hotel wieder in seinen Händen haben. Mama, du darfst es ihm nicht so einfach machen.«

»Ich kann nur davonlaufen. Für alles andere bin ich ... zu schwach. Es ist nicht nur seine Schuld, dass ich so geworden bin. Vielleicht hätte ich nur von Anfang an sagen sollen, was ich wirklich möchte, statt von ihm zu erwarten, für mich mitzudenken und in meinem Sinne zu handeln. Schon damals, als ich dich bei meinen Eltern gelassen habe, damit fing alles an.«

»Sei still«, sagte er sanft.

Sie schwiegen beide und tranken von dem heißen Tee. Er schenkte ihr noch einen Becher ein, dann holte er aus dem Rucksack eine große Wolldecke und legte sie um ihre Schultern. Es tat unendlich gut, ihr war warm, endlich warm.

Leise Musik legte sich über das Geklapper von Bestecken und die gedeckten Gespräche. Es waren diese Klassiker, deren Namen man nicht kannte, die aber jeder mitsummen konnte. Wencke hatte mal eine Affäre mit einem Mann gehabt, der diese Art von Musik immer dann auflegte, wenn es intim wurde, weil er mal gelesen hatte, dass der »Bolero« eine sensationelle Wirkung beim Sex haben soll. Ihr war diese Wirkung entgangen.

Vielleicht hatte ihr Liebhaber etwas verwechselt, diese Musik schien eher den Appetit zu fördern. Das Restaurant war voll besetzt, an den Tischen schoben sich die Gäste die Gabeln in den Hals, verdrehten hingebungsvoll die Augen und stießen ihre hohen Gläser zusammen.

»Auf uns.«

»Auf den Abend.«

»Auf das himmlische Essen.«

Dann lachten sie. Wencke fühlte sich nicht oft deplatziert. Im Puff trank sie mit der Putzfrau einen Piccolo und in der Kirche betete sie laut ihr »Vater unser«. Doch zwischen diesen kauenden Menschen, die sich die Lippen mit Stoffservietten abtupften, fühlte sie sich unwohl. Diese Welt der Holzstühle, die schlicht aussahen, aber extravagante Preise hatten, war nicht echt. Als würde man den Gästen ein heimeliges Gefühl aufdrängen. *Seht her, welch hochwertige Tischdecken, echtes Leinen mit eingewebten Blumenranken und handbestickter Borte, aber schmeißt bloß nicht euer Weinglas um, sie lassen sich so schlecht waschen …*

»Frau Kommissarin, Herr Kommissar, sehr erfreut. Wollen Sie heute Abend bei uns tafeln?« Es war der große, hagere Kellner, das goldene Namensschild an seiner korrekten Weste verriet, dass er »Restaurantleiter Gunnar Diekhoff« hieß.

»Nein, danke, wir haben in unserer Pension gegessen«, sagte Meint und sie hatte den Eindruck, dass es ihm leid tat, hier nicht Platz zu nehmen.

»Ich hoffe, es hat Ihnen trotzdem geschmeckt. Wo sind Sie denn hier auf der Insel untergebracht, wenn ich fragen darf?« Er lächelte sie an und Wencke war ein bißchen schockiert, dass dieses Lächeln wirklich von Herzen zu kommen schien.

»Pension *Inselfreude*«, antwortete sie einsilbig. »Wir hoffen, Herrn Felten endlich einmal persönlich anzutreffen. Seit heute Nachmittag ist er für uns nicht zu sprechen und so kommen wir ja auch nicht weiter. Wo ist Ihr Chef?«

»Ich freue mich, Ihnen behilflich sein zu können. Er sitzt im Separée. Wenn Sie mir bitte folgen wollen ...«

Er führte sie an dinierenden Herrschaften vorbei, Wencke lief mit dem Gesicht nach oben, um einen kurzen Blick auf die hohe Decke mit den makellosen Stuckornamenten und die unzähligen Lüster in Gold und Kristall zu werfen. Hier würde sie niemals putzen wollen. Als sie dann in den hinteren Teil des Restaurants gelangten, der schlechter beleuchtet und von einem mannshohen Paravent abgetrennt war, kam es ihr beinahe vor, als betrete sie ein völlig anderes Haus. Der Parkettfußboden war abgetreten. Als sollten sie das Schlimmste verdecken, lagen scheckige Teppiche darüber. Die Sitzecke sah aus wie die Requisite einer Siebziger-Jahre-Sketchsendung: kantiges, dunkles Eichenholz, bezogen mit dunkelgrünem Brokat, eine ockerfarbene Stofflampe hing von der braun vertäfelten Decke und warf ihr ungemütliches Licht auf den beige gefliesten, klobigen Tisch.

»Herr Felten, die Herrschaften von der Kriminalpolizei suchen Sie in einer dringenden Angelegenheit. Ich habe mir erlaubt, sie zu Ihnen zu führen.«

»Danke, Herr Diekhoff. Das ist in Ordnung.« Thore Felten hatte ein paar aufs Maul bekommen, er sah ein wenig beleidigt aus, weil seine Unterlippe dick geschwollen war, zudem hatte er ein blutunterlaufenes Auge und einige Kratzer im Gesicht. Er passte hervorragend in dieses schäbige Zimmer.

»Diesen Teil des Hotels haben wir noch nicht renoviert, wie Sie sicher schon festgestellt haben. Es wird spaßeshalber Separée genannt, hier nimmt das Personal seine Mahlzeiten zu sich und ich habe mich heute auch hierhin verkrochen. Wie Sie sehen, hatte ich einen kleinen Unfall.«

»Guten Appetit«, sagte Wencke nur. Felten löffelte gerade eine rosafarbene Creme aus einer Glasschale, sie meinte, irgendwelche krummen Krustentiere erkennen zu können und ihr wurde ein wenig übel. In der *Inselfreude* hatte es Hühnerfrikassee gegeben, sie hatte sogar den Geschmack aus der Polizeikantine wiedererkannt, wahrscheinlich hatten sie den selben Großküchenlieferanten, und sie hatte sich zum ersten Mal seit der Ankunft auf der Insel ein wenig heimisch gefühlt.

»Es tut mir leid, ich habe schon gehört, dass Sie mich gesucht haben. Ich war nicht in der Lage, mit irgendjemandem zu reden. Sie müssen wissen, diese Blessuren habe ich meiner Frau zu verdanken. Herr Dr. Gronewoldt hat Ihnen ja bereits erzählt, dass sie eine Art Nervenzusammenbruch hatte.«

»Das hat Ihre Frau angerichtet?« Wencke pfiff anerkennend und kassierte einen Hieb in die Seite. Meint war sicher unangenehm berührt von dem Verhalten seiner Chefin. Pech für ihn, sie wollte diesen Felten endlich einmal aus der Reserve locken. Wie weit ließ er sich reizen? Er trug seine Wunden geschickt zur Schau, hätte er wirklich gewollt, dass ihm in diesem Zustand niemand begegnet, dann hätte er in seiner riesigen Wohnung gegessen und nicht hier.

»Haben Sie sie denn inzwischen wieder eingefangen?«

Nun schaute Felten sie doch sehr erstaunt an. »Eingefangen? Sie können sich nicht vorstellen, welche Sorgen ich mir um sie mache, Frau Tydmers. Es mag für Sie ja eine alltägliche Sache sein, so ein Mord und die ganzen Emotionen, die er auslöst. Aber ich kenne meine Frau, sie ist schwer depressiv und der Tod von Frau Polwinski hat sie in eine tiefe Krise gestürzt.«

»Aber die Polizei benachrichtigt haben Sie noch nicht, soviel ich weiß.«

»Nein, in Absprache mit ihrem Therapeuten habe ich davon abgesehen, da wir ihr eine Chance geben wollen, zu sich selbst zu finden und nach Hause zu kommen. Seien Sie sich sicher, Frau Tydmers, wir machen uns unsere Gedanken darüber.«

Wencke lachte kurz auf.

»Sie genehmigen sich in Seelenruhe einen Krabbencocktail, während Ihre Frau ihr seelisches Dilemma allein ausbaden soll. Tut mir leid, ich finde es ziemlich lachhaft, dieses Getue, und ich werde umgehend bei Herrn Ellers eine Suchaktion einleiten lassen.«

Dies war anscheinend der Punkt, den sie überschreiten musste, denn nun sprang er auf und riss dabei seine feine Zwischenmahlzeit vom Tisch, die sämige Mayonnaise lief langsam auf den ausgetretenen Teppich.

»Das werden Sie nicht tun! Um Gottes Willen, mischen Sie sich nicht in Sachen ein, die in meine Privatsphäre gehören. Unterstehen Sie sich!«

Meint trat nach vorn und einen Moment dachte Wencke, er wolle nur wieder beschwichtigende Worte finden, doch auch ihr Kollege schien ihre Fährte gefunden zu haben.

»Es geht hier nicht um Ihre Privatsphäre, Herr Felten, es geht um unsere Ermittlungen in einem Mordfall. Und dass Sie dort zwangsläufig mit hineingezogen werden, gehört nun mal dazu. Bitte lassen Sie uns unsere Arbeit machen.«

»Ich will Ihnen weiß Gott keine Steine in den Weg legen, aber was hat meine Frau damit zu tun?«

»Das kann ich Ihnen genau sagen. Frau Polwinski ist mit einem Beruhigungsmittel betäubt worden, wie es bei Ihrer Frau im Arzneischränkchen steht.« Wencke versuchte erst gar nicht, in ruhigem Ton mit ihm zu reden. »Anschließend hat man sie schlafend und nackt in einen Tiefkühlraum gelegt, wo sie dann erfroren ist. Heute Nachmittag haben wir dann ausgerechnet im Nähatelier Ihrer Frau hinter einigen Stoffballen versteckt die Bekleidung von Frau Polwinski gefunden, und wenn Sie da jetzt keinen Zusammenhang zu Ihrem Privatleben sehen, dann haben Sie verdammt noch mal Tomaten auf den Augen.«

Er sagte keinen Ton mehr, doch sein Gesicht war weiterhin tiefrot, als er sich wieder setzte. »Das kann nicht sein, das kann einfach nicht sein. Meine Frau könnte so etwas doch nie tun.«

»Das hat auch kein Mensch behauptet. Aber dass wir sie in den engeren Kreis der Verdächtigen aufnehmen müssen, leuchtet Ihnen doch wohl ein.«

Felten nickte schwach.

»Sie war eifersüchtig, das haben Sie selbst gesagt, sie hat schwache Nerven und mit ihrer Flucht hat sie sich nicht unbedingt weniger verdächtig gemacht.«

»Vielleicht haben Sie recht«, sagte er schwach. Dann kramte

er aus seiner Sakkotasche ein kleines Tonband und legte es auf den Tisch. »Es ist von Herrn Dr. Gronewoldt, er hat es mir gegeben, bevor er heute Abend die Insel wieder verlassen hat. Sie sollten es sich mal anhören.«

»Was ist darauf zu hören?«

»Er hat es heute aufgenommen, kurz bevor meine Frau hinaus gestürmt ist. Ich habe es selbst noch nicht gehört, aber er sagte mir, ich solle es gut verwahren, es ginge um den Mord.«

»Na, da hat der Herr Doktor es aber nicht ganz so genau genommen mit seiner Schweigepflicht.« Wencke nahm die Kassette an sich.

»Er hat es mir gegeben und ich gebe es jetzt Ihnen. Ich bin mir sicher, er wollte nur das Beste für meine Frau. Deswegen …«

Wencke holte ihr Diktiergerät hervor und hoffte, dass die Batterien nicht leer waren.

Fokke war zu müde zum Treten. Die Kopfschmerzen waren zwar verschwunden, aber an ihre Stelle war ein Gefühl getreten, das tausendmal mehr peinigte. Er kämpfte sich mit dem Fahrrad gegen den Wind und war froh, als er die Pferdeställe erreicht hatte, es waren beinahe die ersten Häuser des Inseldorfes, da sah er eine kleine Gruppe Feuerwehrmänner, die mit Taschenlampen ausgerüstet über den Deich marschieren. Er hielt an. Sie waren auf der Suche, damit hatte er nicht gerechnet. Er hatte gedacht, dass sein Stiefvater sich noch etwas Zeit damit ließ in der grausigen Hoffnung, dass sich das Problem von selbst löste.

Doch vielleicht war auch nicht die Sorge um seine Mutter der Anlass für die Suchaktion, vielleicht war Hilke inzwischen auf der Fahndungsliste gelandet. Ihm blieb nicht viel Zeit, das Schlimmste zu verhindern, in einer halben Stunde würden die ersten Lichtkegel die Jagdhütte beleuchten und dann wäre es zu spät. Er musste das Ganze abblasen, wie auch immer, diese Männer durften seine Mutter nicht finden, denn dann wäre sie verloren. Sie hatte nicht die Kraft, sich gegen falsche Beschuldigungen zur Wehr zu setzen, und in ihrer Verfassung würde sie sich Wort für Wort in einer Mischung aus Wahrheit und Hirngespinst verwickeln, die sie zwangsläufig in eine Ecke drängen würde, in die sie nicht gehörte.

Und um dies zu vermeiden, musste er den Menschen finden, der als Mörder dieser unseligen Ronja Polwinski überführt werden konnte. Denn erst dann wäre seine Mutter wirklich frei. Und er wusste, dieser Mann, den er finden musste, war Thore Felten.

Eine Vision tauchte in seinem Inneren auf, eine Vorstellung, die ihn beflügelte: Feltens Verhaftung zum Dessert! Wenn sie am Samstag alle voll und zufrieden auf das süße Finale warteten, wenn mehr als nur einmal das Tischgespräch um die Geschehnisse im Dünental gekreist war, dann wollte er ihnen den Gastgeber als Mörder servieren. Es dürfte keinen Moment früher und keine Sekunde später passieren und wenn ihm dies gelänge, dann würden sie sein Essen nie wieder vergessen.

Fokke stieg auf sein Fahrrad und fuhr dem Inseldorf entgegen. Sein Herz raste.

Wollen Sie damit sagen, dass alles, was Sie bislang zustande gebracht haben, eine Suchaktion für eine verschwundene Zeugin ist?« Wencke hielt den Hörer etwas vom Ohr ab, denn ihr Chef wurde grundsätzlich laut, wenn er sich aufregte. Und er schien sich diesmal wirklich aufzuregen.

»Es stand heute schon in den überregionalen Zeitungen, Sie wissen schon, weil anscheinend sämtliche Prominenz am Wochenende auf ausgerechnet diese Insel kommen will wegen dieses Fressgelages. Ich habe keine Lust, dass wir uns vor allen blamieren, bis dahin sollte die Sache nun wirklich gegessen sein. Auf einer kleinen Insel kann es doch nicht so schwer sein, wenigstens ein paar Anhaltspunkte zusammenzutragen!« Er musste kurz und heftig Luft holen, um weiterzuschreien: »Wissen Sie was, Frau Tydmers, ich werde Ihnen morgen Verstärkung nach Juist schicken. Wenn Sie es genau wissen wollen, ich dachte dabei an Ihren lieben Kollegen Axel Sanders. Sie sind sich doch im Klaren, was das für Sie und Ihre Karrierepläne bedeutet, verehrte Kollegin.«

Wencke legte den Hörer auf. Im selben Moment wusste sie schon, dass es ein Fehler war, doch sie hatte keine Ahnung, was sie hätte erwidern sollen. »Tut mir leid, Herr Hauptkommissar, aber die Menschen, mit denen ich hier zu tun habe, sind irgendwie ein verdrehtes Völkchen«? Oder »Immerhin weiß ich schon, dass die vermisste Person ein Mordmotiv hat und dass ihr Mann ein ziemlich unsympathischer Zeitgenosse ist«?

Vielleicht hatte er auch recht mit seinen Vorwürfen, weit waren sie wirklich noch nicht gekommen. Meints Sammelmappe, deren Inhalt auf dem Schreibtisch des kleinen Polizeibüros vor ihr ausgebreitet lag, zählte sechs Vernehmungsprotokolle und eine Handvoll weiterer Notizen. Das war es, was sie sehen wollten. Ermittlungen Schwarz auf Weiß bitte sehr. Dass sich in ihrem Kopf ein Puzzle zusammenzufügen begann, interessierte keine Menschenseele. Das Faxgerät spuckte graue Fotokopien von der toten Sanddornkönigin aus, die Papiere landeten in dem eckigen Auffangkorb und niemand schenkte ihnen Aufmerksamkeit, bis Meint sie mit den anderen Unterlagen in seine Mappe steckte.

»Soll ich uns einen Tee aufsetzen?«, fragte der freundliche Inselpolizist.

Wencke und Meint schüttelten beide die Köpfe. Ständig bekam man hier etwas angeboten, dachte Wencke, ihr stand es bis zum Hals. Besonders der Gedanke an Sanders, der nun ab morgen mit von der Partie sein und ihr alle naselang klugschwätzerische Sätze um die Ohren hauen würde, machte ihre Kehle trocken vor Wut. Diese Insel war weiß Gott schon eng genug; mit diesem Besserwisser an der Seite würde sie bald Platzangst bekommen, so viel war sicher. Wenn sie nur diese

Felten-Cromminga bald zu packen bekämen, dann stünde sie morgen wenigstens nicht ganz so dämlich da.

»Ich gehe kurz an die frische Luft«, sagte sie.

Meint saß an der Schreibmaschine und tippte seine Berichte ins Reine. Er blickte nur kurz auf, und sie sah in seinem Blick einen Funken Mitleid. Er kannte sie gut genug, um zu wissen, dass sie eben eine gehörige Abreibung hatte einstecken müssen.

Draußen, ein paar Schritte von der kleinen Polizeidienststelle entfernt, stand unter einer großen Silberpappel eine verwitterte Bank, auf die sie sich setzte, die Beine hochgezogen und den Kopf darauf gelegt.

»Scheiße, scheiße, scheiße ...«, stieß sie leise in die kalte Abendluft. Dann entfuhren ihr grummelnde Laute, von denen sie wusste, dass sie über kurz oder lang ihre Wut abbauen konnten. Bis sich jemand neben sie setzte.

»Du bist wütend«, sagte Fokke.

Sie nickte nur. Er sagte eine Zeit lang gar nichts, dann legte er den Arm um sie. Sie erschrak, doch nicht wegen dieser vertraulichen Geste, sondern weil sie nicht für einen Moment daran dachte, ihn von sich zu stoßen. Dass seine Berührung auf ihrer Schulter ein warmes, beruhigendes Gefühl hinterließ, war ihr unangenehm bewusst, denn es war nicht ihre Art, sich von jemandem Trost zu borgen und es war vor allem nicht gerade professionell, dies ausgerechnet bei dem Sohn einer flüchtigen Tatverdächtigen zu tun. Doch es tat verdammt gut.

Sie griff in ihre Jackentasche und holte die Zigaretten heraus.

»Möchtest du?«, fragte sie.

»Ich rauche nicht, hab ich noch nie getan. Es schadet den Geschmacksnerven.«

»Was ist mit deiner Mutter?«

»Es geht ihr gut, ich war gerade bei ihr.«

Wencke hob den Kopf und schaute ihn an. Sein Blick war in die Ferne gerichtet.

»Es wäre gut, wenn ihr sie in Ruhe lassen könntet.«

»Wie stellst du dir das vor? Dir ist doch wohl klar, dass

sie sich durch ihr Verhalten in eine ziemlich schlechte Lage gebracht hat. Sie steht ganz oben auf unserer Hitliste der Verdächtigen. Wir können sie nicht einfach so in Ruhe lassen.«

»Dann hat mein Stiefvater ja mal wieder alles perfekt manipuliert.«

»Thore Felten, der Puppenspieler, oder was? Ich kann dich beruhigen, er lässt weder mich noch meine Kollegen an seinen Fäden tanzen.«

»Ich kenne ihn. Er bringt es sogar fertig, dass meine Mutter ein Geständnis ablegt, ohne es gewesen zu sein. Frag mich nicht, wie er das macht, aber er schafft es.«

Sie seufzte. Der Gedanke an Manipulation gefiel ihr absolut nicht, schon gar nicht, wenn sie selbst davon betroffen sein sollte. Doch die Fakten lagen nun mal eindeutig auf der Hand.

»Sie hat es quasi schon getan ...«

Fokke blickte ihr nun direkt ins Gesicht, sie konnte ihm ansehen, dass seine Gedanken einen Salto schlugen.

»Was hat sie schon getan?«

»Gestanden. Es gibt da ein Tonband, man hört zwar nicht viel, in erster Linie unverständliche, gestammelte Worte, doch es lässt sich nicht leugnen: Sie fühlt sich in irgendeiner Weise schuldig an Ronja Polwinskis Tod in den Dünen. Darüber hinaus haben wir in ihrem Kellerzimmer Klamotten von Ronja gefunden, etwas zu halbherzig versteckt für meinen Geschmack, aber ein eindeutiges Indiz. Und ihr Motiv, verdammt noch mal, Eifersucht ist nun mal ein klassisches Mordmotiv. Etwas abgedroschen vielleicht, aber es kommt direkt nach dem allseits beliebten Raubmord am häufigsten vor, dass vermeintliche Nebenbuhler um die Ecke gebracht werden.« Wencke fühlte sich ganz und gar nicht wohl in ihrer Haut als kühl kalkulierende Kriminalkommissarin, die eins und eins zusammenzählt und dem Mann neben sich die Rechnung präsentiert, dass seine Mutter eine 1a Mörderin abgibt. Denn ihr Bauch, dieses gefühlsduselige Wesen, das sie krampfhaft zu ignorieren versuchte, soufflierte ihr eine ganz andere Wahrheit. *Was wäre, wenn wir sie in Ruhe ließen?*

»Lass alles seinen Weg gehen und ich verspreche dir, dass

sich Thore Felten am Ende selbst entlarvt.« Fokke hatte nun auch die Beine nach oben gezogen. Er nahm den Arm von ihrer Schulter und zog seine Schnürsenkel fester. Seine braunen Boots waren sandig.

»Versprochen?«

Er nickte. Weder pathetisch noch ironisch, er nickte einfach nur. Und sie beschloss, dieses eine Mal noch auf ihren Bauch zu hören. Klar, es war ein Blindflug zwischen Himmel und Hölle und ihre Intuitionen hatten sich bislang als recht dürftiger Autopilot erwiesen. Doch sie konnte nicht anders, Augen zu und durch, Wencke.

Freitag

Sie war nicht eingeschlafen. Ihr waren noch nicht einmal für einen kurzen Moment die Augen zugefallen. Doch sie war froh, dass es wieder hell wurde. Der Schreck saß ihr noch in den Gliedern, als sie kurz nach Fokkes Abschied die Männer über die Dünen kommen sah. Flucht wäre nicht möglich gewesen, es waren zu viele, sechs oder sieben mit Lampen und Funkgeräten. Unsinnigerweise hatte sie sich unter dem Fischernetz zu verbergen versucht, ein denkbar schlechtes Versteck, wenn ein halbes Dutzend Feuerwehrmänner in diesen Raum kämen, um ihn zu kontrollieren. Doch sie kamen nicht. Hilke hatte sicher eine halbe Stunde unter den stinkenden Tauen gekauert, bevor sie wieder hervorzukriechen wagte. Und dann war nichts mehr zu hören gewesen. Eine Weile hielt sie sich trotzdem noch geduckt, dann blickte sie aus dem Fenster und wusste, dass sie wieder mit der Dunkelheit allein war.

Das Herzklopfen und die panische Angst hielten sie aber die ganze Nacht wach. Ihr war nicht kalt, der Junge hatte noch etwas Tee dagelassen und sein Schlafsack hielt die klamme, kühle Luft von ihrem Körper fern. Sie saß einfach nur am Fenster und schaute so lange, bis sich ihre Augen in der Finsternis so gut zurechtfanden, dass sie meinte, sogar die Fußspuren erkennen zu können, die die Männer einen Steinwurf entfernt in den Dünensand getreten hatten. Ihre Ohren nahmen Töne wahr, die man fast schon als Stille hätte bezeichnen können, wenn das Meer nicht gewesen wäre. Es war immer da und rauschte, wie um seine Gegenwart zu demonstrieren, und sie hatte es so viele Jahre nicht gehört, niemand hörte es mehr hier auf der Insel. Doch in der letzten Nacht war es ihr so vertraut vorgekommen, dass sie den Atem angehalten hatte, um ihm zu lauschen. Sie würde nie woanders leben wollen als hier.

Sie sah Fokke zwischen zwei Dünen hindurch, er war noch einige Schritte von ihr entfernt und sie beschloss, ihm entgegenzugehen. Als sie den Reißverschluss aufzog, musste sie ein wenig nach Luft schnappen, die Morgenluft umfasste ihren Körper mit kalten, gierigen Fingern. Sie stieg aus dem Schlafsack heraus und ging vor die Tür. Erst jetzt fiel ihr auf, wie verbraucht die Luft in dem kleinen Raum gewesen sein musste. Der Wind blies ihr die letzte Müdigkeit aus dem Gesicht und sie überlegte einen kurze Moment, wie es wäre, den Rest des Lebens hier zu verbringen.

»Hilke, guten Morgen«, rief ihr Sohn, als er sie erblickte. Es war erst sieben Uhr, wenn Fokke den ganzen Weg zu Fuß gekommen war, dann musste er ziemlich früh aufgestanden sein. Er winkte ihr mit einem Stoffsack zu; wie sie ihn kannte, hatte er sicher ein kleines Frühstück mitgebracht. Dankbar lief sie ihm entgegen.

»War es schlimm heute Nacht?«, fragte er.

»Nein, nicht schlimmer als tausend andere Nächte vorher.«

Er nahm sie in den Arm und rieb sie warm.

»Es waren Männer hier.«

»Ich weiß, ich habe sie gesehen, als sie den Deich hinuntergingen.«

»Wie hast du sie dazu bewegen können umzukehren?«

Fokke schüttelte nur den Kopf und lächelte. »Lass uns erst einmal hineingehen, Mutter.«

Er breitete auf der Holztruhe eine kleine Tischdecke aus, es war eine braune von früher, sie hatte einmal *Hotel Dünenschloss* auf die Ecke gestickt. Warmer Kaffeeduft kämpfte gegen den feuchten Mief der Holzhütte und gewann. Hilke trank einen Schluck und fühlte sich gut.

Fokke holte aus dem Stoffsack einige in Servietten gewickelte Brote heraus.

»Ich konnte mich nicht allzu sehr in der Küche bedienen, ohne dass es aufgefallen wäre. Deswegen sind hier nur ein paar Sandwiches mit allem, was ich so auftreiben konnte.«

Hilke spürte ihren Hunger. Die Brote waren reichlich belegt, als sie hineinbiss, quollen an der anderen Seite der Käse und die Tomatensauce hervor. Fokke lachte kurz, dann nahm er das alte Jägermesser, welches auf der Truhe gelegen hatte, und zerteilte das Sandwich diagonal.

»Wir haben einen großen Vorteil in diesem ganzen Schlamassel«, begann er. Sie schaute ihn erwartungsvoll an, da sie sich nicht vorstellen konnte, was er damit meinte.

»Diese junge Kommissarin, hast du sie mal gesehen? Sie ist in Ordnung. Ich will damit sagen, dass sie Thore auch nicht über den Weg traut, sie scheint eine gute Menschenkenntnis zu haben. Ich habe sie dazu überreden können, dich vorerst in Ruhe zu lassen.«

»Wie stellst du dir das vor? Wie lange soll das denn gutgehen? Dann müsste sie doch etwas Konkretes in der Hand haben, oder nicht?«

»Wir werden ihr etwas Konkretes bieten, Mutter.« Er verschüttete ein wenig Kaffee, der Fleck sah auf der Decke aus wie Wasser. »Wir müssen ihr Beweise liefern, dass Thore den Mord begangen hat.«

Hilke starrte ihn an. Er hatte dieses eben so gelassen ausgesprochen, doch es wühlte sie auf, es war ein Gedanke, den sie selbst nie gefasst hatte, der ihr ungeheuerlich vorkam, doch der auch einen ganz neuen Weg für sie aufzeigte.

»Bitte, Mutter, schau mich nicht so schockiert an. Er ist das Schwein, er ist schon immer eins gewesen.«

»Fokke, ich weiß, dass du ihn hasst. Er hat dir sicher auch genügend Gründe dafür geliefert. Aber es ist absurd, ihn eines solchen Verbrechens zu beschuldigen.«

Er lachte bitter auf. »Dass ausgerechnet du ihn jetzt in Schutz nehmen willst, das ist absurd. Überlege doch mal, wohin er dich gebracht hat. Warum geht es dir denn so schlecht, warum musst du vor ihm in die Dünen flüchten wie ein kleines Kaninchen? Er hat dich so weit gebracht. Wegen ihm musstest du Ilka und Dörthe ins Internat geben und bist deinen Töchtern fremder geworden als eine entfernte Verwandte. Wegen ihm wurde dein Zuhause zu einem scheißfeinen Luxushotel, in dem du dir wie eine Gefangene vorkommst. Wegen ihm rennst du zu diesem fetten Psychiater, der dir den Kopf noch mehr verdreht …«

»… und wegen ihm habe ich dich mit zehn Jahren allein gelassen und du musstest bei deinen Großeltern aufwachsen, wurdest ausgestoßen von unserer kleinen Familie, warst auf dich selber angewiesen, bist mit der *Auster* gescheitert. Nein, mein Junge, so einfach ist das nicht, daran bin ich genau so schuldig. Ich hätte stark sein müssen, von Anfang an, dann wäre dies alles nicht passiert.«

»Du konntest nicht stark sein, er hat dich in die Knie gezwungen, du hattest keine Chance.«

»Selbst wenn es so wäre, es gibt uns dennoch kein Recht dazu, ihm einen Mord in die Schuhe zu schieben, den er nicht begangen hat. Er hat diese Ronja verehrt, vielleicht sogar geliebt. Warum sollte er ihr das Leben nehmen?«

Es war keine Bitterkeit in ihrer Stimme und Hilke wunderte sich selbst darüber. Erst in diesem Moment wurde ihr bewusst, was sie bislang nicht hatte verstehen wollen: Sie empfand keinen Groll gegen ihren Mann. Sicher, er hatte ihr das Leben alles andere als leicht gemacht, vielleicht hatte er sie sogar mit seiner Assistentin betrogen, doch das war es nicht, was sie in die Tiefe hinabgezogen hatte. Es war sie selbst gewesen, es war die Wut darüber, dass sie dem Leben nicht die Stirn geboten hatte. Sie konnte Thore nicht ans Messer liefern, nur weil sie nicht in der Lage gewesen war, ihren Willen durchzusetzen.

»Ich bin mir sicher«, sagte Fokke mit fester Stimme, »ich bin mir sogar verdammt sicher, dass er einen Grund dafür hatte. Mein lieber Stiefvater hat diese schöne, kluge Frau ausgesaugt wie eine Auster, er hat sich mit ihr geschmückt, er hat sich ihr Wissen angeeignet und er hat sie wahrscheinlich auch gevögelt, und ich schwöre dir, er hat dies alles getan, um dich kaputt zu kriegen. Denn das Einzige, was ihm wirklich etwas bedeutet, ist das Hotel. Und das kann er nur haben, wenn du aus dem Weg bist.«

Hilke lief ein Schauer über den Rücken, als sie das Fünkchen Wahrheit in dem erkannte, was er sagte. Sie hätte sich am liebsten die Ohren zugehalten. Wie schon so oft.

»Doch Ronja war nicht dumm. Sie hat ihn durchschaut, sie hat erkannt, dass auch sie für ihn nur Mittel zum Zweck war. Und wie ich Ronja Polwinski kannte, hat sie ihm ganz genau erzählt, was sie davon hielt. Was meinst du denn, warum sie so kurz vor den Sanddorntagen noch mal für eine Woche aufs Festland wollte? Sie war außer sich, sie war in Rage, sie wollte Thore eins auswischen, denn sie war keine Frau, die sich nur für eine Sekunde jemandem untertan machen würde. Und das wusste Thore, er befürchtete das Schlimmste, seinen Untergang, oder schlimmer noch, dass sie dich zu ihrer Komplizin machen könnte. Und dann hat er sich an deinem Medizinschränkchen bedient, bevor er sie im Kühlhaus zum Schlafen niedergelegt und ein paar Tage später, steif wie eine Schaufensterpuppe, in die Dünen getragen hat. Im Hinterkopf hat er sich die ganze Zeit überlegt, wie er dir den Mord anhängen kann. Mutter, man hat Ronjas Kleidung in deinem Atelier gefunden und er hat der Polizei ein Tonband übergeben, auf dem du angeblich den Mord gestehst. Thore Felten ist ein Meister der Berechnung, und er lässt sich von niemandem so leicht einen Strich durch die Rechnung machen.«

Eine Träne lief ihre Wange hinunter und tropfte leise in den Kaffee. Sie wischte sich das Gesicht am Arm ab, an Fokkes Wollpullover, den sie gegen die Kälte trug, die Ärmel waren viel zu lang. Es war ein anderes Weinen als das, welches sie in den letzten Jahren so oft übermannt hatte. Es war still und es tat nicht weh, es wusch die Augen aus und sie begann zu erkennen, dass Fokkes Worte kein Märchen waren.

»Warum?«, fragte sie, ohne eine Antwort darauf zu verlangen.

Fokke begann, die Sachen in den Beutel zu packen. Er sah Hilke entschuldigend an.

»Ich lass dich nicht gern allein hier, Mutter, erst recht nicht, nachdem ich dir so etwas Schwerverdauliches zugemutet habe. Es tut mir leid, aber ich muss los. Es könnten Fragen im Hotel gestellt werden, wenn ich erst so spät zurück bin, dass es alle mitkriegen. Außerdem, Mutter, du weißt, wie ich bin, ich habe bis morgen noch verdammt viel zu tun. Ich muss morgen gut sein, nein, ich muss noch besser sein. Es ist wichtig, es ist meine Art, es allen zu zeigen. Auch Thore.«

»Ich weiß«, sagte Hilke.

»Ich lass dir mein Telefon da. Wenn irgendetwas ist, dann lasse ich es zweimal klingeln, hörst du? Und dann nimmst du deine Sachen mit und verschwindest, so schnell du kannst. Ich werde mich dann wieder bei dir melden, was du tun sollst. Aber bitte geh nur an den Apparat, wenn meine Nummer auf dem Display erscheint, okay?«

Er rannte durch die Dünen davon. Sie schaute ihm noch lange nach an ihrem kleinen Fenster. Wenn sie zurückblickte, dann kostete sie jeder Tag eine Träne, an dem sie nicht eine Mutter gewesen war, wie sie es ihm hätte sein sollen. Es waren viele Tränen. Ihr Sohn, er war so warm, so gut, es war wunderbar, dass er jetzt bei ihr war.

Die Gedanken an ihn, sie waren die einer Mutter, sie übersah den kleinen Stich, den er ihr versetzt hatte, als sie für einen flüchtigen Augenblick nur erkannte, wie berechnend er war.

Das Frühstücksei blieb unberührt und den Rosinenstuten hatte Wencke trocken und nur zur Hälfte hinuntergewürgt. Zum Glück gab es Kaffee. Als sie sich die vierte Tasse einschenkte, bemerkte sie Meints sorgenvollen Blick.

»Aus dir soll mal einer schlau werden. Gestern Abend bläst du mit vollen Trompeten die Suchaktion ab, ohne mir als Kollegen einen triftigen Grund dafür zu nennen und heute Morgen bist du noch nicht einmal in der Lage, eine anständige Mahlzeit zu dir zu nehmen. War deine Aktion vielleicht doch nicht so gelungen?«

Wencke beneidete Meint um seinen gesegneten Appetit, ihm schien der Fall keine Magenschmerzen zu bereiten. Manchmal wünschte sie ihren Ehrgeiz zum Teufel, dann könnte es ihr auch egal sein, dass der Chef tobte und ihre Kompetenz in Frage stellte. Warum wollte sie eigentlich partout diese Beförderung, wenn sie es so viel einfacher haben könnte, wenn sie Entscheidungen anderer einfach nur hinnehmen müsste, ohne Fragen zu stellen. Sie wusste die Antwort: Weil sie dafür zu gut war. Sie hatte sich schon so oft beweisen müssen. »Werde doch was Künstlerisches«, hatten ihr damals, zu Hause in Worpswede, alle geraten, und sie hatten es gut gemeint. Doch Wencke hatte einen anderen Weg für sich gewählt. Sie kannte dieses Künstlerleben, in ihrer Familie schien eine solche Karriere in den Genen zu liegen, es bedeutete schlafen bis mittags, dann erst einmal mit der ersten hysterischen Kreativitätskrise fertig werden, Tee trinken, Musen treffen, bis man dann abends nach zehn endlich so weit ist, all die Kunst aus sich herausfließen zu lassen und sich die Nacht damit um die Ohren schlagen muss. Sie wurde von allen belächelt, als sie ankündigte, die Beamtenlaufbahn einzuschlagen, sie wurde zum Sonderling in der Familie. Bereits auf der Polizeischule hatte sie geglaubt, es könne schlimmer nicht kommen, da sie es nicht gewohnt gewesen war, sich schikanieren zu lassen oder Männern in Uniformen zu gehorchen, die im Befehlston von ihr verlangten, über eine Drei-Meter-Wand zu klettern. Doch es kam schlimmer, denn sie wurde für mehr als ein Jahr zu Büroarbeit und Kaffeekochen verdonnert. Hätte dieser Job nur eine Woche länger gedauert, sie hätte aufgegeben und irgendetwas Künstlerisches studiert, und keiner hätte es ihr angekreidet außer ihr selbst. Doch dann kam dieses Angebot, nach Ostfriesland zu gehen. Aurich, Polizeidienst in der Mordkommission, flaches Land und hauptsächlich Fälle von Selbstmord. Es war kein begehrter Job, aber Wencke griff zu und war endlich zufrieden. Die Provinz war lebendiger, als sie gedacht hatte, die kleine Kreisstadt hatte auch ihre Kriminellen und Wencke beschloss zu bleiben. Anfangs bekam sie noch viel Besuch aus der Heimat, doch als Ostfriesland mehr und mehr zu ihrem neuen Zuhause wurde, blieben die alten Freunde und Bekannten weg. Auf einmal war sie wieder Single, auf einmal war sie erwachsen und auf einmal war es so weit, dass ihr der Beruf Spaß machte.

»Tut mir leid, dass ich dich gestern Abend übergangen habe. Ich denke nur, dass wir einen Fehler gemacht hätten, wenn wir auf dieser winzigen Insel mit einem Großaufgebot an Mannschaften nach Frau Felten-Cromminga gefahndet hätten wie nach einer überführten Mörderin. Denn ich denke nicht, dass sie es ist.«

»Was weißt du denn, was mir bislang entgangen ist? Wir kennen diese Frau doch noch nicht einmal.«

Wencke zuckte mit den Schultern.

»Ich warne dich, Wencke. Mach hier keinen Alleingang. Das endet im Chaos, da gebe ich dir mein Wort drauf.« Meint war sauer und er hatte auch jeden Grund dafür, das war ihr klar. Doch sie hatte nicht die Energie, ihn zu beschwichtigen, sie konnte ja noch nicht einmal selbst zur Ruhe kommen. Gestern Abend, als dieser Fokke so ruhig und selbstverständlich den Arm um sie gelegt und mit ihr gesprochen hatte, da war ihr alles ganz plausibel erschienen. Sie war ins Büro marschiert und hatte Siemen Ellers die Suchtrupps zurückpfeifen lassen, ohne mit der Wimper zu zucken. Selbst das ungläubige Kopfschütteln ihrer Kollegen und das erneute Gebrüll aus dem Telefonhörer hatten sie nicht einen Moment an der Richtigkeit ihres Entschlusses zweifeln lassen: keine weitere Suche nach Hilke Felten-Cromminga! Niemandem hatte sie von Fokke erzählt, schon gar nicht von dem Hauch, den ihre Lippen jetzt noch spürten und den man vielleicht für einen Kuss hatte halten können.

Meint schälte sich einen Apfel, er war so ein Typ, der das Obst in acht gleich große, entkernte Spalten schnitt und in einer Tupperdose verpackt zur Arbeit mitnahm. Wencke biss immer vom ganzen Apfel ab und hatte dann ein viel zu großes Stück im Mund und Schale zwischen den Vorderzähnen.

»Wer war es denn deiner Ansicht nach? Ich sollte schon ein bisschen mehr in petto haben, wenn Sanders gleich hier auftaucht, sonst bin ich noch gezwungen, mich an ihn zu halten, um überhaupt irgendetwas von dem Fall hier mitzukriegen.«

Wencke klaute sich ein Stück Apfel. »Sagen wir es so: Ich habe gestern einen Tipp bekommen, der mir irgendwie plausibler erscheint als diese Eifersuchtskiste, die Felten uns gestern auftischen wollte.«

»Was war denn daran unglaubwürdig?«

»Thore Felten an sich ist unglaubwürdig. Er scheint uns den Weg zu ebnen und in Wirklichkeit schmeißt er uns Knüppel zwischen die Beine. Seine kontrollierte Art, verstehst du, zum passenden Zeitpunkt ein Tonband in der Tasche zu haben, zum Beispiel.«

»Meine liebe Wencke, sag jetzt nicht, dass du so etwas wie eine Intrige vermutest …«

»Doch, das sag ich«, sagte sie. Aber sie dachte etwas anderes. Verflucht, warum mussten manche Dinge in der Dunkelheit völlig klar erscheinen und dann bei Sonnenaufgang zu Staub zerfallen?

»Wir sind hier auf einer klitzekleinen, friedlichen Insel. Eintausendachthundert Menschen leben hier einträchtig nebeneinander. Seit Jahren hat unser Kollege Ellers mit nichts Schlimmerem zu tun als mit Fahrraddiebstahl oder nächtlicher Ruhestörung. Und deine blühende Phantasie will nun ausgerechnet hier ganz besonders finstere Machenschaften erkennen. Tut mir leid, Wencke, dann bin ich froh, dass Sanders kommt, auch wenn er ein affektierter Schnösel ist. Aber bei deinen Theorien komme ich leider nicht mehr mit.« Meint knüllte seine Serviette zusammen, warf sie auf den verkrümelten Teller und ging.

Zu diesem Zeitpunkt hätte Wencke noch aufstehen und ihm nachgehen können, doch sie blieb sitzen. Von diesem Moment an war sie allein.

»Frau Kommissarin, darf ich Ihnen vielleicht noch etwas Rührei auftun?«

Wencke schaute hoch. Die Pensionswirtin stand in ihrer gestärkten Schürze an ihrem Tisch und auf dem Tablett in ihrer Hand lag eine klumpige, dampfende Masse.

»Ich kann mir vorstellen, dass Sie in Ihrem Job ein gutes Frühstück brauchen. Es muss schrecklich aufregend sein bei der Mordkommission.«

»Na ja«, Wenckes Stimme klang müde. »Im Grunde ist es so, als käme man ins Kino und der Film ist schon vorbei. Der rechte Nachbar sagt, es war ein Trauerspiel und der Mann zur Linken findet, es sei eine Komödie gewesen. Und Sie sehen den Nachspann und versuchen herauszufinden, wer von beiden recht hat.«

Die dicke Frau lächelte, obwohl sie den Sinn wahrscheinlich nicht verstanden hatte.

»Nett haben Sie es hier«, sagte Wencke.

»Es freut mich, wenn Sie sich in unserem Haus wohlfühlen. Und? Möchten Sie noch etwas Rührei?«

Wencke hob den Teller an.

»Ja, bitte. Wenn Sie haben, mit Speck.«

Zufrieden häufte die Wirtin einen kleinen Berg auf Wenckes Teller, dann ging sie durch die Tür, auf der »KÜCHE – Zutritt nur für Personal« stand und wackelte ein wenig mit ihrem dicken Hintern.

Die hat sicher auch 'ne Leiche im Keller, dachte Wencke. Das Rührei schmeckte köstlich, der Speck war salzig und kross. Die Frau hatte recht, Wencke würde bei ihrem Job noch ein gutes Frühstück brauchen.

Meint »Lexikon« Britzke war in Axel Sanders' Augen ein Schlappschwanz, schließlich war Meint fünf Jahre älter als er, doch der Titel Hauptkommissar war für ihn tabu. Niemand würde je auf den Gedanken kommen, einem schnauzbärtigen Familienvater mit Hang zum Spießertum das Sagen über die gesamte Auricher Mordkommission zu übertragen. Glücklicherweise schien sich der Kollege mit seiner Rolle abzufinden, er holte Sanders brav vom Hafen ab und zeigte ihm in dem kleinen Kabuff, welches man kaum als Polizeirevier bezeichnen konnte, die bisherigen Vernehmungsprotokolle, Beweise und den ganzen schriftlichen Kram. Von Wencke Tydmers war nichts zu sehen und zu hören. Entweder schlief sie noch, jetzt, um zehn Uhr, doch vorstellbar war bei der Frau ja alles, oder sie führte im Alleingang wieder irgendwelche tiefschürfenden Gespräche mit Zeugen, die ihr das Blaue vom Himmel erzählten. Sollte sie doch ihren Weiberkram erledigen, er widmete sich den Fakten, schwarz auf weiß lagen sie vor seiner Nase und dank Britzkes akribischer Pingeligkeit fand Sanders sich schnell zurecht.

»Warum um Gottes Willen hat Frau Tydmers denn gestern Abend die Suchaktion abgebrochen?«, fragte Sanders gereizt. Er hatte keinerlei Erklärung oder wenigstens einen Anhaltspunkt für dieses Verhalten gefunden. Seiner Ansicht nach war die Suchaktion das einzig Produktive, das seine werten Kollegen bislang auf Juist ins Rollen gebracht hatten. »Diese Felten-Cromminga muss gefunden werden, und zwar so bald wie möglich. Sie kann hier zwar nicht unbemerkt von der Insel verschwinden, aber in ihrem Zustand kann sie sich etwas antun und dann werden wir nie erfahren, ob und was sie uns zu sagen hatte. Und dass sie etwas weiß, ist doch wohl offensichtlich.«

Britzke sortierte die Blätter neu, Sanders hatte sie achtlos zur Seite gelegt. Er sagte nichts dazu, was für Sanders schon Antwort genug war. Sie hatte wieder mal Mist gebaut, sein Chef hatte gestern Abend schon so etwas angedeutet, als er ihn gebeten hatte, die Kollegen auf der Insel zu unterstützen. Und sogar für Britzke schien diesmal etwas völlig aus dem Ruder zu laufen, Sanders kannte ihn sonst nur mit respektvollem Blick an Tydmers Seite.

»Kollege Ellers, ich meine, wir sollten die Suche wieder aufnehmen. Können Sie das veranlassen?«

Der winzige, graue Mann trug noch eine Uniform, die in Aurich bereits seit zehn Jahren ganz hinten in den Schränken hing. Sanders konnte sich noch erinnern, dass sie aus reinem Polyacryl war und man nach einer Stunde schon erbärmlich nach Schweiß roch. Bei der Umstellung auf atmungsaktive Berufskleidung hatte man diesen armen Zwerg auf der Insel wohl vergessen. Sanders wettete, dass man in Siemen Ellers' Nähe bereits einer unangenehmen Geruchsbelastung ausgesetzt war, denn der alte Mann war blass und fahrig, er schien mit der ganzen Situation hier überfordert zu sein.

»Herr Sanders, es tut mir leid, mir ist nicht eindeutig gesagt worden, wer jetzt das Oberkommando in diesem unglückseligen Fall hat. Ihre Kollegin hat nämlich gestern unmissverständlich angeordnet, dass keinerlei Anstrengungen zur Auffindung von Frau Felten-Cromminga mehr unternommen werden sollen.«

»Was meinen Sie denn nun, warum unser Chef mich auf die Insel geschickt hat? Er hielt die Vorgehensweise meiner Kollegin für unhaltbar und hat mir den Fall übertragen.«

»Davon weiß ich nichts …«, sagte Ellers hilflos und schaute in Meint Britzkes Richtung. Dieser zögerte, er schaute von einem zum anderen, dann sah er aus dem Fenster.

»Leiten Sie die Suchaktion wieder ein, Herr Ellers«, sagte Meint schließlich. Er zupfte sich mit der Unterlippe an seinem Schnauzbart herum, ein sicheres Zeichen, dass er sich wünschte, ganz woanders zu sein, vielleicht bei seiner mageren Frau oder dem ewig brüllenden Kind, doch das war Sanders eigentlich egal, wichtig war, dass er sich auf seine Seite geschlagen hatte.

Ellers hatte den Hörer bereits am Ohr und veranlasste das Nötige. Dumm war, dass die Männer noch einmal ganz von vorn beginnen mussten und die flüchtige Person durch die gestern begonnene Suche vielleicht schon gewarnt war. Doch wohin sollte sie fliehen? Heute, am Tag, hatte sie keine Chance mehr.

»Kollege Britzke, wir gehen in dieses Hotel. Zwei Männer von der Spurensicherung haben das Kühlhaus bereits unter die Lupe genommen.«

Sanders warf sich die Daunenjacke über. Es ärgerte ihn, dass sein Sakko unten ein Stück herausschaute, das sah lächerlich aus. Doch heute Morgen hatte er sich entschieden, für den Inselaufenthalt lieber etwas praktischer zu denken, sein heller Mantel wäre vielleicht etwas zu empfindlich für den Job hier gewesen. Als sie vor die Tür traten, pfiff ihnen eine zickige Böe um die Füße und er war sich sicher, das Richtige getan zu haben.

Sanders machte einen Bogen um die großen Haufen frischer Pferdeäpfel. Es war wirklich originell, dass es hier keine Autos gab, doch hätte er in diesem Moment auch nichts dagegen gehabt, in einem Dienstwagen warm und trocken bis vor den Hoteleingang zu fahren. Im Sommer und bei gutem Wetter mochte Juist vielleicht eine hübsches Fleckchen Erde sein, doch wenn einem wie heute die grauen Regenwolken in die

Kleidung zu kriechen versuchten, war es nur trostlos und kalt hier.

»Britzke, Sie sind doch immer so irrwitzig belesen, wissen Sie eigentlich, was der Name ‚Juist' bedeutet?«

Sein Kollege, der ohnehin schon duckmäuserisch durch die Welt ging, schien sich noch wenig kleiner zu machen.

»Ich war schon einmal mit meiner Frau auf Juist, nur ein verlängertes Wochenende, da haben wir auch das Küstenmuseum besucht. Ein sehr interessantes Museum übrigens, zumindest, wenn man sich für Sturmfluten und Inseldurchbrüche interessiert. Na ja, auf jeden Fall meine ich da gelesen zu haben, das ‚Juist' so viel wie ‚unfruchtbar' bedeutet, da durch den ewigen Flugsand und die Hochwasserkatastrophen so gut wie keine Landwirtschaft möglich war. Das Wort kommt wahrscheinlich aus dem Holländischen.«

»Dieses *Dünenschloss*, es ist ein Wahnsinnshotel, nicht wahr?«, wechselte Sanders das Thema, um sich nicht noch mehr Weisheiten aus dem Juister Küstenmuseum anhören zu müssen.

»Sie kennen es?«

»Ich habe in der Zeitung über die Wiedereröffnung gelesen. Der Besitzer hat Großes geleistet, das muss man ihm lassen. Aus einem piefigen Familienhotel so ein Schmuckstück zu zaubern, ist ein Mordsaufwand, das muss viel Nerven und vor allem viel, viel Kohle gekostet haben.«

Britzke nickte vor sich hin, er war für seine Verhältnisse wirklich nicht sehr gesprächig heute. Seine Aktentasche hielt er wie einen Schutzschild vor dem Körper.

»Es ist schon erstaunlich, wen dieser Felten morgen in seinem Hause begrüßen kann. Kein Mensch würde freiwillig bei diesem Wetter auf die Insel kommen, da muss man schon mit etwas ganz Besonderem aufwarten. Der Ministerpräsident wird auch anreisen, wussten Sie das?«

»Ja«, antwortete Britzke knapp.

»In der Presse hat er sogar angekündigt, dass er den nächsten Parteitag auf diesem Eiland abhalten will. Das wäre für alle hier natürlich eine ziemlich gute Werbung. Die Juister können froh sein, einen Mann wie Thore Felten unter sich zu haben, sonst würde dieser Ort hier vielleicht irgendwann komplett vergessen werden.«

Zu allem Überfluss begann es nun zu regnen und Sanders hatte keinen Schirm bei sich. Der hätte aber wahrscheinlich auch nicht allzu viel gebracht, es schien hier irgendwie von der Seite zu regnen, die Nässe kam sogar um die Ecken gefegt, und obwohl er dicht an den roten Hausmauern entlangging, holte sie ihn ein und klebte ihm seine Hose an die Beine.

»Es ist nicht mehr weit«, beruhigte ihn Britzke. Sie waren dem Wetter nun ausgeliefert, als sie den Weg durch die Dünen hinaufgingen. Sanders beschleunigte seinen Gang und war froh, als sie tatsächlich einen kurzen Moment später vor dem imposanten Gebäude angekommen waren. Bevor sie durch die gläserne Eingangstür das Hotel betraten, richtete er sich vor dem Spiegelbild das Haar, es war verklebt und wirr und er fühlte sich sehr unwohl, wenn seine Frisur nicht das tat, was er wollte.

Im Foyer stand Wencke Tydmers und sprach gestenreich mit einem gut gekleideten Herrn, den Sanders sofort als den Hotelier Thore Felten erkannte. Er konnte dieses Feuer in ihren Augen erkennen, das immer dann aufglühte, wenn sie sich für ihre eigenwillige Art rechtfertigen musste. Sie war auf ihre Weise attraktiv, das hatte Sanders niemals bestritten, wenngleich er fand, dass ihre Jeans- und Ledermode etwas zu leger für ihren Beruf war. Doch unter anderen Umständen hätte er vielleicht ein Auge auf sie geworfen, er hatte nichts gegen Frauen, die etwas störrisch waren. Mit dieser unkonventionellen Art konnte sie einem Mann mit Sicherheit den Kopf verdrehen. Seiner Ansicht nach hatte sie den falschen Beruf, vielleicht hätte sie etwas Künstlerisches studieren sollen.

Als sie ihn sah, verzog sie ihre Miene, sie machte keinen Hehl daraus, dass sie ihn nicht mochte. Er zog die dicke Jacke aus, ein junges Mädchen eilte herbei und nahm sie ihm ab, dann kamen Tydmers und Felten auf ihn zu.

»Ich bin froh, dass Sie gekommen sind, Herr Kommissar Sanders. Wenn ich ehrlich bin, habe ich so meine Schwierigkeiten mit Ihrer jungen Kollegin«, begrüßte ihn der Hotelier. Sanders war froh, dass er sein neues Hemd und die Seidenkrawatte trug, so machte er auf diesen Felten einen ebenbürtigen Eindruck, was zuerst einmal eine wichtige Voraussetzung für gute Zusammenarbeit war.

»Herr Felten, ich bewundere Sie und Ihr wundervolles Hotel, es ist mir eine Freude, Sie persönlich kennenzulernen, wenn auch die Umstände mehr als traurig sind.«

Eine Spur von Anerkennung huschte über das Gesicht seines Gegenübers.

»Darf ich fragen, welcher Art Ihre Schwierigkeiten mit Frau Tydmers sind?«, erkundigte sich Sanders.

»Das können Sie mich auch selbst fragen«, schaltete sich seine Kollegin ein. Sie ging ihm und Thore Felten höchstens bis zur Brust, beide mussten hinunterschauen, um ihrem wütenden Einwurf zu folgen. »Es passt Herrn Felten nicht, dass wir seine Frau nicht finden wollen, obwohl er selbst bis gestern Abend keinen Finger dafür krumm gemacht hat. Dann stößt es ihm auf, dass unsere Freunde von der Spurensuche das Kühlhaus in Beschlag nehmen, wo er dort doch seine kulinarischen Schätze für morgen Abend aufbewahrt, und einen Termin mit seinem Küchenpersonal für die Ermittlungsgespräche will er uns auch nicht gewähren. Lieber Kollege Sanders, schön, dass Sie da sind, bitte übernehmen Sie!«

Sie drückte ihm irgendwelche Papiere in die Hand, es waren die Durchsuchungsbeschlüsse, dann drehte sie sich um und wollte gehen.

»Also, im ersten Punkt kann ich Sie schon einmal beruhigen, Herr Felten.«

Tydmers blieb für einen kurzen Moment stehen.

»Die Suche nach Ihrer Frau habe ich soeben wieder in Gang gesetzt, es ist also nur noch eine Frage der Zeit, wann Sie sich keine Sorgen mehr zu machen brauchen.« Seine Kollegin stob davon, an ihrem heftigen Schritt konnte er erkennen, wie sehr es sie in Rage versetzte, dass er nun das Kommando übernommen hatte.

»Ich bin Ihnen sehr dankbar, Herr Sanders. Wollen wir nicht in mein Büro gehen? Mareike, bringen Sie uns doch bitte zwei Kaffee, ja?«

Wencke rannte die Treppe hinunter, immer dem Geruch nach, dann fand sie die Küche. Obwohl es noch lange nicht Mittag war, standen mehrere riesige Töpfe auf dem Feuer, das Brodeln darin war trotz des Abzugsgebläses zu hören. Ein Radio spielte zudem noch unüberhörbar eine merkwürdige Musik, die irgendwie russisch klang.

»Mach den Scheiß aus«, schrie eine Männerstimme aus der Ecke, »Ich kriege das Kotzen bei diesem Gejaule.«

»Leck mich, Gunnar.« Eine zierliche, dunkelhaarige Frau zerhackte Kräuter mit einem abgerundeten Messer, dessen Schneidefläche dreimal so groß war wie ihre Hand. Das rasende Tempo, mit dem sie die Klinge hin und her schwang, war beängstigend.

»Du lahme Schnecke, bei deinem polnischen Heimatgedudel wirst du noch gemütlicher. Wenn du so weitermachst, können wir das Parfait erst nächstes Jahr zu Ostern servieren.«

Die Frau wischte sich ihre Finger an der weißen Schürze ab und ging zum Radio. Sie drehte es lauter und lachte. Der Mann stürzte aus der Ecke hervor und riss den Stecker aus der Dose. Wencke erkannte den Restaurantleiter. Er hatte sie noch nicht bemerkt und schnippte mit den Fingern die Kochmütze der Frau tiefer, sie rutschte ihr vor die Augen und im selben Moment schnitt sich die Küchenhilfe in den Finger.

»Arschloch«, sagte sie, schob sich die Kappe zurück und lutschte an ihrem Daumen. Dabei lächelte sie immer noch.

»Hallo«, machte sich Wencke bemerkbar. Die beiden schauten sie an. »Ich muss sehr dringend zu Fokke Cromminga.«

»Er ist im Kühlhaus«, sagte der schlaksige Kellner knapp und wies mit dem Kopf in eine Richtung. Sie konnte nicht glauben, dass dies derselbe Kerl sein sollte, der ihr gestern noch am liebsten die Füße geküsst hätte.

Sie ging an den langen Edelstahlplatten vorbei, unter den von der Decke hängenden Regalflächen baumelten Unmengen von Schöpflöffeln, Schneebesen und langen Gabelspießen, die sich sicher auch hervorragend als Mordwerkzeug eigneten. Töpfe, Pfannen, skurrile Formen und schwere Deckel von der

Sorte, die man nicht im Supermarkt kaufen konnte, es musste ein System in diesem Chaos stecken, ansonsten würde sich nie ein Mensch in dieser Küche zurechtfinden.

Im hinteren Teil der Küche schälten zwei milchgesichtige Jungen Kartoffeln und erzählten sich schmutzige Witze. Als sie Wencke kommen sahen, wurden sie rot.

»Kühlhaus?«, fragte sie knapp.

»Da lang, hinter der Salatküche rechts.«

Sie ging weiter und die beiden kicherten hinter ihr her.

Sie hatte Schwierigkeiten, die dickwandige Tür zu öffnen, dahinter war es hell und kühl. Bis zur Decke stapelten sich Kisten mit Obst und Gemüse. Eine Art Salat, der aussah wie eine missratene Dauerwelle, stand vor ihren Füßen, sie musste darübersteigen. In einer Holzbox lagen dicke Bambusrohre, Wencke nahm sie in die Hand und fuchtelte ein wenig damit herum, da legte sich eine kalte Hand um die ihre. Fokke war von hinten an sie herangetreten.

»Vorsicht.«

»Warum bewahrt ihr eure Deko im Kühlschrank auf?«

Er lachte, brach ein Stück davon ab und klopfte damit gegen das Metallregal. Der gelbliche Stengel zerbarst, Fokke riss eine Faser des saftigen Marks ab und steckte es ihr in den Mund.

»Es ist Kaugummi«, sagte Wencke, als sich der süße Geschmack auf ihrer Zunge ausbreitete.

»Es ist Zuckerrohr. Aus Südamerika. Wir werden es morgen mit der hiesigen Sanddornbeere vereinen, dann wird die Vorspeise ein multikulinarisches Ereignis. Soll ich dich noch mehr kosten lassen? Wir haben hier einige saftige Babacos, sie sehen aus wie Zucchini und schmecken wie Erdbeeren, Papaya und …«

»Fokke, ich wünschte, ich wäre deswegen gekommen. Es ist wegen deiner Mutter. Sie sind wieder auf der Suche nach ihr, ich konnte es nicht verhindern. Du musst dich beeilen.«

»Ich kann hier nicht weg. Jeder würde es merken und außerdem muss ich das Durcheinander deiner lieben Kollegen wieder ordnen, die, aus welchem Grund auch immer, ausgerechnet unsere Kühlräume durchsuchen wollten.«

Wencke rieb sich die Arme, dies war kein Ort, an dem sie sich schlafen legen wollte.

»Gehen wir kurz nach oben? Dort ist es wärmer und wir können miteinander reden.« Er nahm eine grün-gelbe Frucht in die Hand und führte Wencke aus dem Kühlhaus. »Ich nehme uns eine Babaco mit. Und … danke, dass du gleich gekommen bist.«

»Ich hoffe, es ist noch nicht zu spät.«

Fokke hastete durch die Küche. Neben der Tür hing ein Telefon, er nahm den Hörer ab und wählte eine lange Nummer, legte dann aber nach kurzer Zeit wieder auf, ohne mit jemandem gesprochen zu haben.

»Gunnar, ich bin fast schon wieder da. Frau Tydmers muss mich kurz in Beschlag nehmen.«

Sein Kollege nickte kurz und klopfte grinsend mit der Handfläche auf seine Faust. Wencke hatte diese Geste noch nie verstanden.

»Tut mir leid, Wencke, manchmal benimmt er sich ziemlich peinlich.«

»Lass nur, so ist er mir wesentlich lieber, als wenn er seine Bücklinge im Hotel aufführt.«

Schweigend benutzten sie den Personalaufzug, Fokkes Zimmer war ein Stockwerk über Feltens Wohnung, es war winzig, wenn man bedachte, dass ein erwachsener Mann darin lebte.

»Nicht so schlimm, ich bin nur selten hier. Mein Zuhause ist die Küche, und sonst bin ich lieber an der frischen Luft als hier drinnen.«

Sie warf einen Blick aus dem kleinen Fenster, man schaute direkt auf ein kleines Vordach, dahinter zeigten sich die Dächer der Juister Häuser. Das *Dünenschloss* überragte sie alle, lediglich der Kirchturm, der aussah wie ein spitzer Bleistift, hatte dieselbe Höhe. Sie hörte die Glocken läuten, die Töne schienen in all den verwinkelten Strassen und Häuserecken widerzuhallen, das Geläut schwoll an und wurde unüberhörbar. Es war zwölf Uhr. Zu Hause hatte sie schon seit Ewigkeiten nicht mehr die Mittagsglocken wahrgenommen.

Aus Platzmangel setzte Wencke sich auf den schwarzen

Drehstuhl, der vor einem vollbepackten Schreibtisch unter der Dachschräge stand. Kein Computer, keine Fotos, keine ausgerissenen Kochrezepte aus *Bild der Frau*, dieses Zimmer gab nur wenig Auskunft über den Mann, der darin wohnte und für den sie weiter gegangen war, als es ihrem Berufsethos entsprach. Er schnitt mit einem Brotmesser die Babaco in Scheiben und legte sie mit einer Drehbewegung auf eine Untertasse, die Frucht zerfiel in einen harmonischen Fächer und Wencke dachte an Meints kantige Apfelspalten, die kreuz und quer auf dem Teller gelegen hatten.

»Essen ist etwas Wunderbares, die Zunge ist eines der sinnlichsten Organe, viel sensibler als diese anderen Körperteile, denen wir immer so viel Bedeutung beimessen.« Es klang kein bisschen schlüpfrig, wie er das sagte, obwohl es vielleicht durchaus so gemeint war. Doch es stieß Wencke nicht ab. »Eben unten, am Telefon, ich habe sie gewarnt. Sie wird sich aus dem Staub gemacht haben, kaum dass der letzte Piepton verklungen war. Wir müssen nur eine neue Lösung für meine Mutter finden.«

»Tut mir leid, das Ganze, aber ich befürchte, ich habe nicht mehr allzu viel Einfluss auf den Fall. Mein Chef hat einen meiner Kollegen auf die Insel geschickt und das ist ein ziemlich unangenehmer Kommissar. Wenn ich ihm unsere Beweggründe darlege, wird er deine Mutter um so intensiver suchen. Und wenn ich ehrlich bin …«

»Ja …?«, fragte er nach einem längeren Zögern.

Sie konnte es ihm nicht sagen, die Gedanken überschlugen sich in ihrem Kopf, sie hätte keinen vernünftigen Satz zustande gebracht. Er hatte ja keine Ahnung von dem Dilemma, in dem sie sich befand, er wusste nichts von ihren Rivalitäten mit Sanders, von den Vorwürfen, die sie sich selbst von Meint hatte anhören müssen und von ihrer Einsamkeit, die weit über diesen Fall hinausging. Als sie Axel Sanders vorhin in die Eingangshalle hatte kommen sehen, hatte sie verstanden, dass sie auf verlorenem Posten stand, sollte sich ihre Entscheidung von gestern Abend als Fehler erweisen. Eigentlich hatte sie nur noch eine Chance: Sie musste den eingeschlagenen Weg zu

Ende gehen. Entweder sie fand letztendlich die richtige Fährte und Sanders stand im Regen, oder sie konnte in Aurich ihre Koffer packen. Ihr großer Vorteil bei der Sache war, dass sie Sanders bei diesem Spiel in die Karten schauen konnte, sie würde ihm scheinbar hilfreich zur Seite stehen, wie man es von ihr erwartete. Der Nachteil war, dass sein Blatt eindeutig mehr Asse enthielt, auf ihrer Hand lag alles Mögliche und ein Herzbube.

Wencke holte ihren Rucksack hervor, sie wusste, die Zimmerschlüssel waren irgendwo in der Seitentasche, ein schwerer Anker war der Anhänger.

»Sie soll sich bei mir verstecken. Dort wird sie mit Sicherheit niemand suchen.«

Fokke nahm mit großen Augen die Schlüssel entgegen. »Bist du dir sicher?«

»Es ist Zimmer sieben. Dass sie sich nicht sehen lassen soll und das Licht ausbleibt, versteht sich von selbst. Zum Abendbrot und Frühstück werde ich in der Pension auftauchen, dann wird niemand etwas bemerken. Nur schlafen muss ich woanders, ich bin mir sicher, unsere eifrige Vermieterin würde sonst dahinterkommen, dass ich nicht allein gewesen bin, und das würde mich um Kopf und Kragen bringen.«

Er kam auf sie zu und umarmte sie für einen kurzen Augenblick mit festem Druck.

»Ich will dich nicht zu irgendetwas drängen, Wencke, und ich bin mir sicher, du würdest dies auch niemals zulassen, aber es wäre am einfachsten, wenn du heute Nacht bei mir schläfst. Ich meine, in meinem Bett, für mich ist es kein Problem, eine Nacht in der Küche zu verbringen. Besonders in Hinblick auf morgen würde es niemanden verwundern. Bist du einverstanden?«

»Mal sehen«, sagte sie zögernd, doch sie war froh, dass er ihr entgegenkam.

Fokke nahm kurz ihre Hand, dann ging er zum Telefon. Er schien auf eine Verbindung zu warten, doch Wencke hörte kaum hin, sie versuchte, sich ganz auf ihr Vorgehen zu konzentrieren. Es würde nicht einfach sein, Sanders zu täuschen, er war ein ziemlich gerissener Kerl und sie konnte nicht gut lügen. Wenn sie nicht wollte, dass jemand die Wahrheit erfuhr, dann hielt sie lieber ihren Mund, statt Dinge zu sagen, die so nicht stimmten. Dieses Mal würde es sich nicht vermeiden lassen, das war ihr klar. Wenn sie am Ende dem richtigen Täter die Handschellen umlegte, dann würde man ihre Unwahrheiten als clevere Taktik verzeihen, wenn Sanders triumphierte, so konnte sie wegen Behinderung der Ermittlungsarbeit mit einer saftigen Disziplinarstrafe rechnen, wenn sie nicht sowieso gleich den Dienstausweis in den Reißwolf stecken konnte. Wencke war kein Typ für Stoßgebete, doch in diesem Moment ertappte sie sich dabei, wie sie kurz und inbrünstig ihr Schicksal um Gnade anflehte.

Als das Telefon zum ersten Mal klingelte, war Hilke hellwach. Sie hatte keine Ahnung, wie lange sie bereits geschlafen hatte. Die Müdigkeit musste sie hinterrücks überfallen haben, sie saß noch immer auf der Truhe am Fenster, den Oberkörper an die Wand gelehnt. Nie hätte sie es für möglich gehalten, dass sie in der Lage war, in einer solchen Position zu schlafen, ihre Knochen schienen zu jammern und der Nacken war steif. Sie fühlte sich hundsmiserabel, schlechter als vor ihrem unfreiwilligen Nickerchen, doch als das Handy nach dem zweiten Klingeln verstummte, vergaß sie ihre Schmerzen. Sie waren wieder hinter ihr her.

Ohne überlegen zu müssen, hatte sie ihre wenigen Dinge beisammen, sie steckte die Kleinigkeiten in den Schlafsack und warf ihn sich über die Schulter wie ein Dieb auf Beutezug.

Es war nicht möglich, den kleinen Trampelpfad zu nehmen, obwohl es bequemer gewesen wäre, denn als sie hastig die Jagdhütte verließ, hörte sie bereits Stimmen aus dieser Richtung kommen. Es blieb nur Zeit für einen kurzen Rundumblick, dann entschied sie sich, weiter in den Osten zu fliehen. Sie musste so schnell wie möglich außer Hörweite kommen, falls das Telefon erneut ging. Hinter der Hütte erhob sich eine Düne, dichtes Brombeergestrüpp erschwerte ihr den Aufstieg doch als sie in geduckter Haltung die höchste Stelle überquert hatte, kam sie schneller voran.

»Jibbo, schau in der Jagdhütte nach«, hörte sie ein lautes Männerrufen hinter sich. Ihre hastigen Schritte wurden von dem losen Dünensand gebremst, es kam ihr vor, als bewegte sie sich kaum von der Stelle, so zäh war das Vorankommen. Der Schlafsack machte es nicht leichter für sie, zwischen dem engen Buschwerk am Ende der kleinen Kuhle hindurchzukriechen, er blieb an einem spitzen Ast hängen und sie überlegte kurz, ihn zurückzulassen, riss ihn dann aber mit einem kräftigen Ruck los. Sie durfte keine Spuren hinterlassen, es würde schwierig genug werden, den Verfolgern zu entkommen, und wenn sie erst wussten, dass sie hier war, dann hätte sie keine Chancen mehr.

Der Abstieg in das Dünental war steil, sie wand sich an einem scharfkantigen Abriss vorbei und machte einen gewaltigen Satz nach unten, die Wucht des Aufkommens zwang sie für einen kurzen Moment in die Knie, dann rannte sie weiter. Wenn sie die nächste Düne hinter sich gelassen hatte, würde ihr der kurze Vorsprung einen Moment zum Atemholen lassen. Ihr rechter Fuß versank im weichen Sand eines Kaninchenloches, sie blieb darin hängen und musste sich ein Stück emporziehen. Sie bekam einen Bund Strandhafer zu fassen, die Halme schnitten in ihre Handflächen, waren aber verwurzelt genug, um ihr genügend Halt zu geben. Sie hatte es fast geschafft, auf allen vieren kroch sie über den Dünenkamm. Dahinter breitete sich der Kalfarmer aus, ein neues Stück Insel, das erst vor zwanzig Jahren mit Juist zusammengewachsen war. Hilke erinnerte sich noch gut, wie dieses Stück Land bei jeder höheren Flut überspült worden war. Die bewachsene Fläche war unbarmherzig weit und flach, nahm ihr jede Möglichkeit, unbemerkt davonzukommen. Hier waren die Dünen und somit auch ihre Flucht zu Ende. Sie legte sich schwer auf den sandigen Untergrund, eine Welle von Übelkeit übermannte sie.

Ein vorsichtiger Blick zurück ließ sie kurz aufatmen, es

war ihr niemand gefolgt. Vielleicht hatte sie Glück und der Suchtrupp hielt sich etwas länger in der Hütte auf. Es blieb ihr nichts anderes übrig, sie musste es schaffen, von den Männern unbemerkt in die andere Richtung zu gelangen. Fokke würde sich bestimmt bald melden und ihr weitere Anweisungen geben. Dann würde es irgendwie weitergehen, da war sie sich sicher. Sie musste nur diese Dünen hier verlassen, denn hier saß sie hoffnungslos in der Falle.

In südlicher Richtung waren die Dünen stärker bewachsen, Hilke ließ sich ein Stück weit den Dünenabhang zum Strand hinunter und versuchte zu rennen. Es kam ihr vor wie die Fahrt in einer Achterbahn, die sanften, nahezu unbewachsenen Sandberge zwangen sie zu einem steten Auf und Ab. Sie wusste, sie kam nur langsam voran, doch waren die Männer hinter ihr mit Sicherheit auch nicht viel schneller zu Fuß.

Erst meinte sie, es sei nur eine stürmische Windböe, doch als das grummelnde Geräusch lauter wurde, schaute sie in den grauen Himmel. Der Hubschrauber war noch über dem äußersten Zipfel der Nachbarinsel Norderney, doch er kam sehr schnell näher. Sie erstarrte kurz, dann stieg sie im rechten Winkel die Randdüne empor, bei jedem Schritt nach oben sackte sie ein, als ob sie eine nach unten laufende Rolltreppe hinaufgelangen wollte. Sie hörte das Telefon, doch es war ihr unmöglich, an den Apparat zu gehen. Das flatternde Dröhnen der Rotoren rückte näher, Hilke warf sich mit letzter Kraft über die letzte Erhöhung und ließ sich mit geschlossenen Augen den Abhang hinunterrollen. Es war ihr egal, wo sie landete, sie war am Ende. Wenn der Hubschrauber ihretwegen in der Luft war, dann war alles verloren. Der Schlafsack wand sich um ihren Körper, schnürte ihn ein und schützte ihn vor den unsanften Stößen des festen Wurzelwerkes. Ein dorniger Strauch bremste ihren Absturz, sie spürte einen reißenden Schmerz in der Wange, und als sie die Augen öffnete, sah sie, dass sie sich in einem Sanddorngebüsch verfangen hatte. Sie war unter die dichten, schwarzen Äste gerollt und lag nun in einer engen Höhle, die sich um den Stamm herum gebildet hatte. Als Kinder hatten sie früher in solchen Verstecken die

Nachmittage verbracht. Jeder hatte seinen eigenen Geheimplatz gehabt. Und dies war nun ihrer. Das Telefon war wieder still, Hilke hoffte, dass Fokke es wieder versuchen würde und behielt den Apparat in der Hand. Sie zerrte den Schlafsack von ihrem Körper und stieg hinein, die dunkle Tarnfarbe konnte ihr von Nutzen sein, dann rollte sie sich zusammen, machte sich so klein wie möglich und kauerte dicht am Stamm.

»Wenn sie hier nicht ist, dann hat es keinen Sinn, überhaupt weiterzusuchen.« Keine fünfzig Schritte entfernt tauchten zwei junge Männer auf. Der eine schob die Zweige einer Apfelrosenhecke auseinander, der andere blickte angestrengt um sich. Sie kannte die beiden, es waren Schulfreunde von Fokke, gerade erwachsen gewordene Jungen, die sie früher ausgeschimpft hatte, wenn sie die Schuhe nicht abgetreten hatten. Nun hatte sie Angst vor ihnen.

»Wenn wir sie nicht finden, dann die Verstärkung aus der Luft«, sagte der größere von beiden, der David oder Daniel hieß und einmal ein frecher kleiner Kerl gewesen war. Er schaute an den Himmel, der Hubschrauber hatte die Insel jetzt erreicht, er flog ziemlich tief und der Lärm wurde ohrenbetäubend. Sand pustete durch die dornigen Äste.

Fast hätte Hilke das erneute Telefonklingeln überhört. Ängstlich schaute sie zu den Jungen, sie kamen immer näher heran, doch das Getöse von oben hatte sie nichts mitbekommen lassen.

»Mama? Mama, was zum Teufel ist da los? Wo steckst du?«

Sie musste den Apparat ganz fest an ihr Ohr pressen, um überhaupt ein Wort zu verstehen.

»Ich steck in den Dünen, ein Hubschrauber scheint das Gelände abzusuchen und dicht neben mir stehen zwei von der Feuerwehr. Mach schnell, solange der Lärm alles übertönt.«

»Okay. Pension *Inselfreude*, Zimmer sieben, gleich neben der Treppe links. Kein Licht oder Lärm, das versteht sich von selbst. Der Schlüssel ist …«

Der Flieger ging noch weiter herunter, sie duckte sich, hoffentlich hatten sie nichts gesehen, sie verstand Fokke am anderen Ende nicht mehr. Sie konnte den Piloten erkennen, er gab den beiden unten stehenden Männern Zeichen, dann drehte er noch eine tiefe Runde im Dünental und stieg fast senkrecht wieder auf. Langsam driftete der Hubschrauber gen Norden.

»Wo ist der Schlüssel?«, schrie sie in den Hörer. Doch es kam keine Antwort mehr. Fokke musste aufgelegt haben oder die Verbindung war aus einem anderen Grunde gekappt worden.

Sie steckte das Handy in ihren Schlafsack, dann schaute sie wieder auf und erschrak.

Neben dem Busch standen zwei dunkelblaue Stiefel, sie hörte die Äste über sich knacken.

Dann ein hervorgestoßener Fluch: »Scheiß Sanddorn, Mist. Hab mir 'nen Stachel reingejagt.«

»Lass uns aufhören«, rief der andere. »Die Jungs da oben haben bessere Chancen, sie hier zu finden. Außerdem haben wir jetzt wirklich jeden Stein umgedreht und jedes Gebüsch durchforstet. Schluss für heute!«

»Du sprichst mir aus der Seele.«

Hilke wagte nicht zu atmen, als sich die Stiefel langsam von ihrem Versteck entfernten. Sie rechnete jeden Moment damit, dass sie noch mal kehrtmachen könnten und dann mit der Spitze gegen ihren Schlafsack stießen. Doch zu diesem Paar Stiefel gesellte sich noch ein zweites, und die beiden Burschen gingen über den Dünenkamm und hinunter an den Strand.

Nach ein paar Minuten war es wieder still, der Hubschrauber schien sich weiter entfernt zu haben und es waren keine Männer mehr aufgetaucht. Hilke hoffte, dass Fokke sich noch einmal meldete, doch das Telefon schwieg. Wahrscheinlich hatte er gedacht, sie hätte bereits alles verstanden. Sie war froh, überhaupt etwas mitbekommen zu haben, auch wenn sie sich beileibe keinen Reim darauf machen konnte, wie und warum Fokke sie ausgerechnet in einem Pensionszimmer unterbringen konnte. Doch sie vertraute ihm, langsam befreite sie sich aus dem Schlafsack, der sie sicher vor den Entdecktwerden bewahrt hatte, dann kroch sie auf allen vieren unter dem Dornenstrauch hervor. Sie richtete sich auf, Wirbel für Wirbel, es tat unendlich gut und sie verspürte endlich keine Angst mehr.

So ließ es sich arbeiten. Der Regen tropfte auf das gläserne Dach und konnte ihm nichts mehr anhaben. Ein kleines Tablett mit schmackhaft belegten Broten stand neben seiner halbvollen Tasse Tee. Das Gespräch mit Thore Felten war vielversprechend verlaufen. Zwar hatte sich der Hotelier als wenig auskunftsfreudig gezeigt, wenn es um persönliche Dinge ging, vor allem seine nervenkranke Frau schien ein Tabuthema für ihn zu sein, aber Axel Sanders hatte es mit einem alten Trick versucht und schon hatte Felten geplaudert. Es war ein Kniff aus dem Lehrbuch der Polizeischulen: Stelle dich mit deinem Gesprächspartner auf eine Stufe und er wird Vertrauen zu dir fassen.

Sanders hatte nur ein wenig über sensible, gefühlsduselige Frauen reden müssen, in diesem Fall über Wencke Tydmers und ihre wenig professionelle Art der polizeilichen Ermittlung. Gleich nachdem er in freundschaftlichem Plauderton sein Leid geklagt hat, wie gut eine Frau es vermag, mit einem ewigen »Nun-sieh-aber-auch-mal-die-andere-Seite« den Fortschritt zu bremsen, kannte er Feltens Geschichte: ein heruntergekommenes Hotel und die Vision, daraus ein Schmuckstück zu machen, eine Ehefrau, die lieber ein wohlgeordnetes Familienleben als beruflichen Erfolg haben wollte und zudem noch eine gluckenhafte Mutter war, dann die attraktive und begabte Mitarbeiterin, die nur als Nebenbuhlerin angesehen wurde, bis hin zu der Weigerung, die eindeutig diagnostizierte Depression in einer Klinik behandeln zu lassen …

Sanders konnte sich aus diesen Erzählungen sowohl ein Bild von Thore Felten als auch eines von der ihm bislang noch unbekannten Hilke Felten-Cromminga machen. Es war kein schönes Bild, eher ein frustrierendes, welches Polwinskis »Jekyll-and-Hyde«-Theorie, von der er in den Ermittlungsakten gelesen hatte, leider bestätigte.

Meint Britzke brachte ihm mehrere Blätter Millimeterpapier, weiß der Himmel, woher er es so schnell aufgetrieben hatte. Sanders hatte seines zu Hause vergessen, doch er brauchte es für jeden Fall, den er zu lösen versuchte. Er hatte sich diese Methode bei einem Karrierecoaching angeeignet. Ein Diagramm, waagerecht standen Begriffe wie »Motiv«, »Potential«, »Beweislage« und »Alibi«, die Senkrechte war eine nach oben und unten offene Richterskala und jedes Blatt war ein Verdächtiger. Er brauchte vorerst zwei: für Hilke Felten-Cromminga und Thore Felten. Der erste Verdacht lag klar auf der Hand, aber auch der zweite hatte sich für Sanders schnell ergeben: Felten hatte zwar kein Motiv, eher war der Tod Polwinskis ein Verlust für ihn und so trug Sanders einen nach unten verlaufenden Balken bei »Motiv« ein. Dafür schoss bei »Potential« der Wert in die Höhe: Felten war vom Ehrgeiz besessen, was in Sanders' Auge zwar keine negative, aber in jedem Fall eine typische Eigenschaft für einen potentiellen Mörder war. Die Beweislage unterschied sich nicht von der seiner Frau, beide hatten an das Schlafmittel und in die Tiefkühlräume gelangen können, auch wenn es ihm sicher ein wenig leichter gefallen wäre, die Leiche anschließend in die Dünen zu schleppen. Dafür hatte man aber an ihrem Arbeitsplatz die Bekleidungsgegenstände der Toten gefunden. Natürlich konnte sie jeder dort hinter den Stoffballen versteckt haben, aber es sprach in erster Linie gegen Hilke Felten-Cromminga. Ärgerlich war, dass er bei »Alibi« gar nichts einzutragen vermochte. Es war lediglich bekannt, dass Ronja Polwinski am Freitag zum letzten Mal lebend gesehen wurde, sämtliche näheren Angaben zum Todeszeitpunkt waren von der eisigen Kälte vernichtet worden.

»Es konnten keine Beweismittel im Kühlraum gefunden werden«, berichtete Britzke.

»Also könnte Frau Polwinski in jeder anderen x-beliebigen Tiefkühltruhe erfroren sein«, schlussfolgerte Sanders ärgerlich.

»Wie man es nimmt.« Sein Kollege schien etwas in den Unterlagen zu suchen, dann hielt er ein Aussageprotokoll in der Hand. »Der Restaurantleiter Gunnar Diekhoff hat gestern zu Protokoll gegeben, dass hier im Hotel das Kühlaggregat defekt war und am Freitag von einer Kältetechnikfirma ausgewechselt wurde. Bis Montag war das Kühlhaus dann außer Betrieb, Dienstagmorgen wurde es gründlich gereinigt und wieder in Gang gesetzt, am Nachmittag wurde wieder Ware darin gelagert.«

Sanders rechnete nach. »Wie lange braucht ein Kühlhaus, um kalt genug zu sein und wie lang, um wieder aufzutauen?«

Britzke zuckte mit den Schultern. »Keine Ahnung. Soll ich die Firma mal anrufen, die die Reparaturarbeiten gemacht hat?«

»Ja, bitte. Wenn wir diese Daten haben, dann können wir eventuell Genaueres über den Todeszeitpunkt erfahren. Denn wenn in der Zeit, wo das Ganze angeblich außer Betrieb war, das Kühlhaus in Gang gesetzt und wieder abgetaut und dazwischen die Polwinski noch tiefgekühlt wurde, dann haben wir mit Sicherheit eine etwas enger gesteckte Spanne, in der der Mord passiert sein könnte.« Er strich sich mit der Hand über sein glattrasiertes Kinn. »Und dann muss dieser Mord zudem geplant gewesen sein.«

Er setzte sich wieder an die Diagramme und zeichnete bei Thore Felten ein Stück an den »Potential«-Balken an. Bei dessen Frau zeichnete er an derselben Stelle nach unten.

»Wo ist eigentlich die Aussage von Fokke Cromminga?«

»Wir haben noch keine Aussage von ihm.«

Sanders schnappte gereizt nach Luft. »Warum nicht?«

»Nun, Frau Tydmers hat bereits mit ihm gesprochen, allerdings ohne mein Beisein, da ich zu diesem Zeitpunkt am Telefon verlangt wurde.«

»Von Ihrer Frau?«, konnte Sanders sich nicht verkneifen.

Doch Britzke ließ sich nicht aus der Ruhe bringen. »Wir wollten gestern nochmals zu Cromminga, doch leider war er nicht aufzufinden. Uns erschien es zu diesem Zeitpunkt auch wichtiger, mit Felten über das Verschwinden seiner Frau zu sprechen.«

»Ist denn keiner von Ihnen auf die Idee gekommen, dass dieser Cromminga vielleicht etwas zu sagen hat, was wir wissen sollten? Es wäre doch denkbar, dass er längst weiß, wo seine Mutter steckt. Viele Frauen haben zu ihren Söhnen ein innigeres Verhältnis als zu ihren Angetrauten.«

Meint Britzke gehorchte, noch bevor Sanders ihm den Auftrag erteilt hatte, Fokke Cromminga in den Wintergarten zu holen. Sanders lehnte sich zurück, schloss die Augen und genoss den kurzen Moment der Ruhe. Es gefiel ihm, hier zu sein, vor allem, hierher gerufen worden zu sein. Der Fall war fast schon Nebensache für ihn, es kam auf etwas ganz anderes an: Wencke Tydmers. Sie war gescheitert, und das legte ihm ein leises, vielleicht etwas boshaftes Lächeln auf die Lippen. Nicht, dass er seine Karriere jemals als ernsthaft gefährdet gesehen hatte, doch als er davon erfahren hatte, dass auch sie sich für die Beförderung interessierte, da war er seiner Sache nicht mehr ganz so sicher gewesen. Es war nicht ihr Können, das ihn verunsicherte, es war diese lächerliche Frauenquote und das Glück, das seine Kollegin so oft zu haben schien. Anders konnte er es sich nicht erklären, dass sie mit ihrer planlosen Ermittlungsarbeit auch nur einen Mörder hatte überführen können. Diese Person machte sich weder Notizen noch folgte sie irgendeinem nachvollziehbaren Schema. In seinen Augen quatschte sie nur in ihrer flapsigen Art daher, stellte oft abstruse Vermutungen an und ließ sich von den billigsten Ganoventricks hinters Licht führen. Warum sie dabei bislang so viel Erfolg gehabt hatte, war ihm schleierhaft. Doch der Fall mit dem fetten Zuhälter hatte ihr schon fast das Genick gebrochen, und diese erbärmlichen Ermittlungen, die sie bislang hier auf der Insel fabriziert hatte, würden ihren Kopf wohl endgültig ins Rollen bringen. Fast tat sie ihm leid, er hatte ja nichts gegen sie.

Er fühlte sich in seinen Gedanken ertappt, als sie mit einem Mal neben ihm stand, die Hände in den Taschen und ein provokantes Lächeln im Gesicht.

»Axel Sanders, mein Lieblingskollege, herzlich willkommen auf der Insel. Wie war Ihr Gespräch mit dem Schlossherren?«

Er nahm die Beine zusammen, die er für einen kurzen Moment behaglich lang ausgestreckt hatte.

»Ich hatte den Eindruck, er ist froh, wenn der Spuk hier vorbei ist. Sie nicht?«

Sie zog die Augenbrauen hoch. »Wollen wir gemeinsame Sache machen oder direkt in den Zweikampf übergehen?«

»Schön, dass Sie das Thema ansprechen, Tydmers.« Er reichte ihr seine Rechte. »Von mir aus gehen wir ab jetzt gemeinsam vor. Wenn wir das schaffen …«

Sie drückte seine Hand, vielleicht eine Spur zu fest, ihm war die Geste mit einem Mal etwas peinlich. »Meint Britzke hat Ihnen ja bereits die Unterlagen zu lesen gegeben, es ist wahrscheinlich nicht allzu viel in Ihren Augen, Sie kennen ja meine Art, alles hinter der Stirn zu notieren.«

»Zum Glück war ja unser fleißiger Kollege bei Ihnen, sonst müssten Sie mir nun Rede und Antwort stehen, damit ich überhaupt erfahre, was Sie bislang so auf Juist getrieben haben, dienstlich, versteht sich. Er holt uns übrigens gerade den *Chef de cuisine* nach oben, diesen Fokke Cromminga. Ich hörte, Sie hatten bereits das Vergnügen?«

»Sowohl kulinarisch als auch kommissarisch, ja.«

»Was können Sie mir denn nun aus Ihrem hübschen Köpfchen servieren?«

Sie verzog keine Miene, obwohl er wusste, dass er sie auf diese Weise aus der Reserve locken konnte. Es war zu schade.

»Ich halte Fokke Cromminga für einen authentischen Mann, der viel arbeitet und froh ist, in diesem Hotel hinter den Kulissen zu arbeiten. Er mag seinen Stiefvater nicht besonders, wohl weil er als uneheliches Kind seiner Mutter in der neuen Familie niemals eine Chance bekommen hat. Doch ich glaube, dass er mit sich und der Welt im Reinen ist.«

Sanders amüsierte sich über die Art, wie Wencke Tydmers Personenbeschreibungen vornahm. Ein wenig blumig für seinen Geschmack, er hätte dieselbe Person wahrscheinlich ganz sachlich als »charakterstark« bezeichnet.

»Wie ist seine Beziehung zur Mutter?«

»Das müssen Sie ihn selbst fragen, so weit waren wir noch nicht.«

»Kann es sein, dass Sie mich doch ein klein wenig ablehnen, hier an Ihrer Seite?«

»Wieso?«

»Tydmers, bitte keine Spielchen, ja? Wir haben hier unsere Arbeit zu verrichten und es würde uns beiden gut zu Gesicht stehen, wenn wir unsere zweifelsohne bestehenden Konkurrenzkämpfe ein anderes Mal austragen.«

Sie nickte ernsthaft.

»Ich werde dieses auch lobend bei unserem Chef erwähnen.«

Er hatte genau gesehen, dass sie kurz davor war, ihm mit einer bissigen Antwort zu kommen, doch in diesem Moment trat Meint Britzke ein, kurz dahinter ein kleiner, stämmiger Kerl mit Kochmütze.

»Herr Kommissar, ich wäre Ihnen dankbar, wenn wir es kurz machen könnten. Sie haben doch von unserem großen Gala-Abend morgen gehört …«

»Kommt ganz auf Sie an, Herr Cromminga.«

»Ich werde mein Bestes geben.«

Sanders schaute den Koch skeptisch an. Er schien clever zu sein und das schien er auch zu wissen. Und solche Gesprächspartner erwiesen sich oft als harte Nuss.

»Hatten Sie privat und beruflich mit Frau Polwinski zu tun?«

»Ja, in beiderlei Hinsicht. Privat bin ich mit ihr ein paar Mal aus gewesen, zumindest am Anfang ihrer Zeit hier. Als sie sich dann immer besser mit meinem Stiefvater verstand, ist der Kontakt zwischen uns abgeflaut.«

»Warum?«

»Es hatte keine weltbewegenden Gründe. Dass ich meinen Stiefvater nicht besonders gern mag, ist ja allgemein bekannt, und so kollidierte ihr Kontakt mit ihm ein wenig mit unserem guten Verhältnis. Aber es war keine Eifersucht oder ähnliches im Spiel, falls Sie darauf anspielen.«

»Das hatte ich nicht vor.«

»So ganz glaube ich Ihnen das nicht.« Cromminga lächelte ihn direkt an, sein Selbstbewusstsein war unverschämt. »Ronja Polwinski war eine schöne Frau, ganz ohne Zweifel. Doch sie war sich dessen zu bewusst und hat für meinen Geschmack zu sehr damit kokettiert. Das war schade, denn sie war außergewöhnlich intelligent und gebildet, manchmal hatte ich den Eindruck, dass ihr gutes Aussehen diese viel wertvolleren Eigenschaften in den Hintergrund gedrängt hat.«

»Und wie kamen Sie beruflich mit ihr zurecht?«

»Sie hatte viel Ahnung von Psychologie, von der Erwartungshaltung der Gäste und den Problemen des Personals und so weiter, sie hatte viel Ahnung von Touristik, von Werbemaßnahmen und Logistik, ja, Sie hatte verdammt viel in ihrem hübschen Kopf. Aber in der Küche war sie eine Niete. Sie konnte noch nicht einmal ein Spiegelei braten und schmeckte keinen Unterschied zwischen Lamm und Wild. Hätte sie sich aus meiner Arbeit herausgehalten, dann wäre alles in Ordnung gewesen. Leider meinte sie aber, auch hier ihren Senf dazugeben zu müssen, so sind wir öfter mal aneinandergeraten.«

»Wollte Sie Ihnen Vorschriften machen?«

Cromminga schüttelte lachend den Kopf. »Das hätte sie nie gewagt. Aber sie konnte sehr belehrend sein.«

Sanders sagte einen Moment lang gar nichts. Er wusste, dieser Cromminga hatte es eilig, er sah, wie sein Gegenüber auf dem Stuhl hin und her rutschte. Ungeduld war ein bewährter Helfer auf dem Weg zur Wahrheitsfindung.

Leider spielte Cromminga nicht mit. »Sie werden mich sicher gleich nach meiner Mutter fragen. Ich habe keine Ahnung, wo sie steckt. Gestern war ich auf der Suche, so um die drei Stunden lang, leider ohne Erfolg.«

Sanders tat ihm nicht den Gefallen, etwas zu erwidern.

»Und da wir gerade bei meiner Mutter sind: Mein Verhältnis zu ihr ist gut, wenn auch zur Zeit durch ihre Krankheit und meinen Stress bedingt etwas auf Eis gelegt. Ich trage es ihr nicht nach, dass sie mich nach ihrer Hochzeit mit Felten bei ihren Eltern zurückgelassen hat, da sie mir ansonsten immer zur Seite gestanden hat, wie es sich für eine anständige Mutter gehört.«

»Wie sah das denn aus?«

Cromminga zögerte einen kleinen Augenblick. »Als ich damals das Restaurant meines Vaters, die *Auster*, übernahm, hat sie mir bei der Renovierung geholfen. Sie hat sämtliche Tischdecken, Servietten und Gardinen genäht, heimlich, müssen Sie wissen.«

Sanders horchte auf.

»Ihr Mann durfte davon nichts wissen, mein Stiefvater hätte mir bei meinem beruflichen Fortkommen am liebsten wortwörtlich in die Suppe gespuckt, ihm war die *Auster* ein Dorn im Auge. Ich würde sagen, zum Teil aus Neid, zum Teil aus Rivalität. Jedenfalls weiß er bis heute nicht, dass Mutter hinter seinem Rücken mehrere hundert Meter Leinenstoff für die Konkurrenz genäht hat. Es wäre auch besser, wenn es so bliebe.«

»Und warum sind Sie jetzt ausgerechnet bei ihm in der Küche angestellt?«

»Ich konnte den Laden meines Vaters nicht halten, leider. Wissen Sie, wie die Menschen sind? Wenn die Geflügelleberpastete im Restaurant um die Ecke zwei Mark weniger kostet, dann gehen sie dort hin, egal, wie sehr das arme Tier gestopft und gequält wurde.«

»Könnte es nicht vielleicht sein, dass Ihre Ansprüche zu hoch waren?«

»Bitte, Herr Kommissar, erzählen Sie mir nichts über Ansprüche. Ich habe mein Lehrgeld bezahlt, nun habe ich hier meine Arbeit und ich bin dabei, es wieder zu schaffen, wieder dort anzukommen, wo ich in der *Auster* den Löffel abgeben musste. Thore Felten hat die Gelegenheit ergriffen, zu seinem neuen Hotel passte die gutbürgerliche Kost nicht mehr, er ist froh, in mir einen Koch gefunden zu haben, der den Stil des Hauses auf die Teller bringt. Ansonsten gehen wir uns nach wie vor aus dem Weg.«

»Hatte Ihr Stiefvater ein Verhältnis mit Ronja Polwinski?« Sanders warf diese Frage scharf in den Raum. Man musste die wirklich wichtigen Fragen ohne Voranmeldung stellen, dann konnte man der Antwort am meisten abgewinnen.

»Ich denke ja«, antwortete Cromminga schnell und ohne Irritation in der Stimme.

»Halten Sie es für möglich, dass Ihre Mutter den Mord begangen haben könnte?«

»Zwar ist sie nun schon seit einem Jahr in Therapie bei einem gewissen Dr. Gronewoldt, der sie noch kränker zu machen scheint, als sie ohnehin schon ist. Ich bin mir aber sicher, so kaputt ist sie nicht, dass sie es getan haben könnte.«

»Und wer ist Ihrer Meinung nach der Täter?«

»Das ist Ihr Job.«

»Hatte Frau Polwinski Feinde?«

»Bestimmt jede Menge, sie war eine intelligente Frau.«

Sanders stoppte das Verhör, er hatte ein sicheres Gespür dafür, wenn ein Zeuge dichtmachte und man nichts mehr an ihm gewinnen konnte. Bei Crominga war es so weit. Trotzdem gab Sanders ihm kein Zeichen, sich zu erheben, er wollte diesem unerschütterlich wirkenden Mann noch ein paar Minuten demonstrieren, dass er als Kommissar eindeutig in der besseren Position war.

Alle schwiegen. Meint Britzke schien einige Protokollangaben zu ergänzen, Wencke Tydmers saß hinter seinem Rücken an der gläsernen Wand des Wintergartens, er wollte sich nicht zu ihr umdrehen, doch er war sich sicher, dass sie einen verständnislosen Gesichtsausdruck hatte.

»Herr Kommissar, wie gesagt, ich bin in Eile …«

Darauf hatte Sanders gewartet, es war seine Genugtuung. Mit einer gebieterischen Geste zeigte er in Richtung Tür. »Vielen Dank, Herr Cromminga.«

Als sie wieder unter sich waren, konnte Sanders nicht widerstehen, er wandte sich seiner jungen Kollegin zu und gab ihr mit einem zufriedenen Lächeln zu verstehen, dass er sein Handwerk verstand.

Sie wandte den Kopf zur Seite und sah aus dem Fenster.

Sanders trat zu ihr. Merkwürdigerweise sagte erst niemand ein Wort, als sie Fokke Cromminga eilig durch die Dünen verschwinden sahen.

»Er geht eine rauchen«, sagte Wencke. »Und vielen Dank für die Lehrstunde, Herr Kollege.«

»Bitte, bitte!«, gab er im selben bissigen Tonfall zurück.

»Wir haben sie gefunden.« Siemen Ellers trat in den Wintergarten und nahm in einer altmodischen Geste seinen Dienstmütze vom Kopf.

Sanders fuhr hoch, doch ihm entging es nicht, dass Wencke Tydmers ebenfalls aus ihrer Lethargie erwacht zu sein schien.

»Nun ja, ich meine, wir haben die Stelle gefunden, wo sie heute Nacht gewesen sein muss.« Er drehte seine Kappe verlegen in den Händen, dann holte er eine beige-braune Decke hervor. »In einer Holzhütte am Ostende der Insel lag diese

Tischdecke, sie stammt aus dem Hotel. Wir nehmen an, dass sie Frau Felten-Cromminga gehört.«

»Glauben Sie wirklich, dass sie in ihrer panischen Flucht gestern daran gedacht hat, unbedingt eine Tischdecke mitzunehmen?« Wencke Tydmers stieß einen verächtlichen Ton aus.

»Außerdem haben wir das hier gefunden.« Er hielt ein großes Messer hoch, so eines, wie man es zum Schlachten oder Ausnehmen benutzte. Sanders hatte solche Waffen bei einem früheren Fall bereits kennengelernt.

Der Griff war mit abgewetztem Leder bezogen, doch die Klinge glänzte wie neu. Blutrote Spuren zogen sich über das Metall.

Wenckes Ohr war klebrig und heiß, sie war froh, als sie den Hörer endlich aus der Hand legen konnte. Und obwohl sie kein Mensch war, der sich Notizen machte, starrte sie nun auf einen Stapel vollgeschriebener Blätter. Nur sie würde in der Lage sein, diese flüchtige Sauklaue zu entziffern und die Kritzeleien, die sie in die Ecken gezeichnet hatte, sollte besser nie ein Graphologe zu sehen bekommen: ein tausendmal umrandetes Messer, dunkle Tropfen an dessen Spitze, Stufengebilde, die weder nach oben noch nach unten zu führen schienen. Es war normalerweise Meints Aufgabe, dienstliche Telefonate zu führen, doch Sanders hatte heute sie dazu verdonnert. Er hatte sie damit sicher demütigen wollen, zumindest ließ sein kühles Lächeln darauf schließen, das seine Lippen umspielte, als er mit Meint zu weiteren Ermittlungen in die Juister Inselwelt hinausging. Er konnte nicht ahnen, dass er Wencke einen Gefallen damit getan hatte.

Schon während des Verhörs mit Fokke waren ihr unzählige Fragen in den Kopf geschossen, die sie lieber auf eigene Faust beantwortet haben wollte. Es hatte ihr regelrecht unter den Nägeln gebrannt, dass die Kollegen endlich den Wintergarten verließen und sie in aller Ruhe den eigenen Spuren folgen konnte. Der Anruf bei der Firma für Kältetechnik war schnell erledigt gewesen. Sie suchte die Notizen, die sie Sanders vor die Nase knallen würde, wenn er von seinen wichtigen Ermittlungen zurückkam. Sie nahm sich vor, ein grimmiges Gesicht dabei zu machen, sollte er ruhig glauben, er hätte sie getroffen. Der Zettel war so gut wie unleserlich:

Neues Kühlsystem, Kaltluftvermischung durch Ventilatoren, zwölf Kubikmeter, rasches Einfrieren durch Schockfroster, Alarmsystem bei Temperaturanstieg, Auftauzeit bei offener Tür etwa zwei Stunden … Wencke hatte sich bemüht, dem Fachchinesisch zu folgen.

Doch Sanders hatte sich von diesem Telefongespräch sicherlich mehr erhofft.

Sie legte das lose Blatt Papier auf den Tisch, den er sich wie ein Pult in die Mitte des Raumes hatte stellen lassen.

Die anderen Blätter steckte sie sich in den Rucksack. Auf diesen Seiten standen ganz andere Dinge, es hätte ihn brennend interessiert, wenn er davon auch nur die leiseste Ahnung gehabt hätte.

Denn er hatte Dr. Gronewoldt nicht kennengelernt, er hatte nicht gesehen, wie dieser dicke Mann breitbeinig in der Wohnstube der Feltens gesessen hatte. Dass sich ein Therapeut gut im Seelenleben seiner Patienten auskennt, mag eine unverdächtige, wenn auch nicht selbstverständliche Tatsache sein. Doch dass er sich in deren Privaträumen herumlümmelt, kam ihr in dem Moment auffallend vor, als Fokke so distanziert vom Seelendoktor seiner Mutter sprach. Aus dem Verhalten Gronewoldts und auch aus dem Gespräch mit ihm hatte Wencke gedeutet, dass er so etwas wie der Freund der Familie sein musste. Doch Fokkes Worte hatten diesen Eindruck verwischt. Was nur eine Erklärung zuließ: Dr. Gronewoldt schien zwar ein Freund von Thore Felten, jedoch weniger von Hilke Felten-Cromminga zu sein. Ein Anruf bei seiner Sekretärin tat ein Übriges:

»Hotel *Dünenschloss* auf Juist, Rezeption, Warfsmann am Apparat. Herr Felten möchte sich gern noch mal den Termin mit Herrn Dr. Gronewoldt bestätigen lassen. Könnten Sie mal nachschauen?«

Am anderen Ende hörte Wencke ein kurzes Rascheln.

»Ich finde hier nichts, ging es denn um Herrn oder Frau Felten?«

»Es ging um den Termin, den Herr Felten mit Ihrem Chef gemacht hat.«

»Privattermine notiere ich nicht für meinen Chef und ich nehme mal an, dass sich die Herren außerhalb unserer Praxis treffen«, sagte die hilfsbereite Stimme am Telefon. »Soll ich Sie verbinden?«

»Nein, vielen Dank. Ich werde Herrn Felten Bescheid geben, dann kann er sich selbst darum bemühen.«

»Wenn Sie meinen …«

Es bewies im Grunde nichts, außer dass sich die beiden Männer privat kannten und trafen, doch Wencke war sich sicher, dass diese Tatsache irgendetwas zu bedeuten hatte. Und sie brauchte nicht lange darüber nachzugrübeln, was dahinterstecken könnte. Ein Anruf beim zuständigen Liegenschaftsamt bestätigte ihre Vermutung: Es ging um das Hotel.

Thore Felten war eigentlich ein Nichts und Niemand, wenn man die Grundbucheintragungen betrachtete: Alles gehörte seiner Frau. Welcher Teufel ihn auch immer geritten haben mochte, vielleicht war es eine romantische Geste gewesen oder es steckten Erbschulden dahinter, Fakt war, dass er selbst seit dem Tag der Eheschließung arm wie eine Kirchenmaus war. Und bei all seinen hochtrabenden Plänen war ihm stets seine Frau im Wege gewesen. Vielleicht hatte sie sich nie richtig dafür interessiert und somit auch kein Hindernis für ihn dargestellt. Doch wenn er sich von ihr lossagen wollte, dann sah die Sache anders aus.

Er konnte nicht mir ihr und nicht ohne sie. Es gab eine Möglichkeit, einen Zwischenweg, eine Lösung, die mehr Abgründigkeit von einem Menschen verlangte, als Wencke es sich vorzustellen wagte. Er musste sie zerstören, nicht wirklich, denn wenn sie starb, fiel ihr Erbe in mehrere Hände, in die der Töchter und, was Thore mit Sicherheit zu vermeiden suchte, in die Hände des unehelichen Sohnes, in Fokkes Hände. Thore Felten musste die Hülle seiner Frau bewahren, doch ihr Innerstes zu zerstören, das war eine andere Sache. Eine Frau, die keine Kraft mehr hatte, sich gegen Intrigen zu wehren, die vielleicht sogar zum Pflegefall entmündigt in einem Sanatorium den Rest des Lebens verdämmerte, das brachte Thore Felten genau dorthin, wo er allem Anschein nach sein wollte. Er hätte freie Hand, was das Hotel und auch, was sein Liebesleben anginge.

Wencke versuchte, objektiv zu denken, versuchte, ihre Abneigung gegen diesen Menschen außer Acht zu lassen, doch sie kehrte immer wieder zu diesem Ergebnis zurück. Es war ein Ränkespiel um Macht und Geld, eines von der Art, wie man es kopfschüttelnd und ungläubig in einem schlechten Kriminalroman vorgesetzt bekam. Es war ein Verbrechen.

Aber es war kein Mord. Ronja Polwinski hatte vielleicht ihre Finger im Spiel gehabt, hatte den reichen Hotelier eventuell um dieselben gewickelt und seiner Frau noch kräftig zugesetzt. Doch dass sie ermordet worden war, dass sie betäubt in die eisige Kälte eines Gefrierhauses gelegt und anschließend steif gefroren in den Dünen zu Grabe getragen worden war, das passte nicht ins Bild. Wencke war sich sicher, dass Hilke Felten-Cromminga übel mitgespielt wurde, doch die Tote im Sanddorn war womöglich ein anderes Kapitel.

Auf Sanders' Tisch lagen Zettel, ungeheftete Skizzen, die zwar ordentlich zusammengelegt waren, jedoch handgeschrieben. Wencke hatte schon einmal einige Kollegen über Sanders' Diagrammtick witzeln hören, sie nahm die Blätter zur Hand.

Es waren drei, das erste war mit Hilke Felten-Cromminga betitelt, auf dem nächsten stand der Name ihres Mannes. Beide Diagramme sahen in Wenckes Augen etwas unverständlich aus, doch sie konnte daraus ersehen, dass ihr Kollege auf diese Art und Weise seine Hauptverdächtigen zu katalogisieren versuchte. Sie blätterte um. Auf dem dritten Blatt stand Fokke Cromminga.

Wencke überlegte kurz, dann griff sie zum Telefonbuch.

Sanders erkannte seine Kollegin kaum wieder, als er sie schon von weitem auf der eintönigen Flugplatzstraße auf sich zukommen sah. Sie hatte ihn bereits per Handy darüber informiert, dass sie etwas herausgefunden hatte, und ließ sich nicht davon abbringen, ihnen entgegenzulaufen. Sie winkte ihnen zu, dann schien sie ihre Schritte zu beschleunigen, so als könne sie es nicht erwarten, ihn und Meint Britzke zu treffen. Über ihren Köpfen setzte gerade eines dieser kleinen aber lauten Propellerflugzeuge zur Landung an, die Maschine machte einen ohrenbetäubenden Lärm, doch vielleicht fiel es ihm auch nur so auf, weil er seit heute Morgen kein Motorengeräusch mehr gehört hatte.

Für einen kurzen Moment war Sanders geneigt, seine Meinung über Wencke Tydmers zu revidieren. Vielleicht war sie wirklich und ernsthaft an ihrem Job interessiert und dazu eventuell auch noch lernfähig. Wenn er die Leitung in Aurich übernahm, dann würde sie schon eine Bereicherung für sein neues Team darstellen, denn erstens war sie eine Frau und konnte mit ihrer bloßen Anwesenheit die männlichen Kollegen zu mehr Disziplin und weniger Flegelhaftigkeit animieren, zweitens hatte sie eine Art, die als Ergänzung zu seinem logischen und taktischen Vorgehen sicherlich auch das eine oder andere sinnvoll in einen Fall einbringen konnte. Man nannte es wohl weibliche Intuition.

»Haben Sie etwas erreicht?«, fragte Tydmers, als sie in Hörweite herangekommen war.

»Nein, der Weg hat sich wirklich nicht gelohnt«, stöhnte Britzke. Nun gut, er hatte zwar die schwere Aktentasche zu tragen, jedoch kam Sanders zu der Vermutung, dass Frau und Kind schlechte Auswirkungen auf die Kondition eines Mannes hatten.

»Sie scheint wirklich in dieser Hütte übernachtet zu haben, doch jetzt ist keine Spur von ihr zu erkennen. Dieses Jagdhäuschen ist allerdings ungefähr drei Kilometer von hier entfernt, und nur um sich zu vergewissern, dass sie dort gewesen sein könnte, dafür ist der Gewaltmarsch eindeutig zu lang. Autofreiheit ist im Urlaub zwar eine ganz nette Idee, im Berufsleben ist es ein Hohn.«

»Was ist mit dem Messer?«, fragte Tydmers.

»Es scheint aus der Hütte zu stammen. Eine Truhe war aufgebrochen und darin lagen noch andere Waidmannsutensilien.«

»Und das Blut?«

Sanders schüttelte den Kopf und er sah, dass Britzke ebenfalls einen resignierten Gesichtsausdruck hatte.

»Fragen Sie lieber nicht, ob wir uns darüber freuen oder ob wir enttäuscht sind, keine Spuren von Gewalt gefunden zu haben. Warten wir die Laborberichte ab. Das Messer und die Decke sind eben mit dem Flieger zum Festland gebracht worden. Aber liebe Frau Kollegin, was gibt es so Aufregendes? Sagen Sie bloß, Sie haben den Fall aufgeklärt.«

Obwohl Sanders damit gerechnet hatte, verzog Tydmers keine Miene. Stattdessen ging sie friedlich an seiner Seite zurück in die Richtung, aus der sie gekommen war. Zu ihrer Linken blubberte das Watt. Es schickte seinen modrigen Duft mit dem Wind zu ihnen herüber, genau wie die kurzen, spitzen Schreie der Möwen, die sich in der braungrauen Schlickmasse niedergelassen hatten. Doch Sanders hörte nicht hin, er lauschte Wencke Tydmers, die ihm eine Geschichte vortrug, auf die er im selben Moment, da er sie hörte, eingestiegen war. Ein kleines Fünkchen Achtung für die Kollegin stob in sein Bewusstsein, denn es passte alles zusammen, was sie ihm ein wenig atemlos erzählte:

Der Ehemann und der Psychotherapeut sind nachweislich alte Freunde, sie machen gemeinsame Sache und versuchen, die Ehefrau systematisch zugrunde zu richten mit dem Ziel, im Falle einer Entmündigung das alleinige Sagen über das Familienhotel zurückzubekommen. Als Verstärkung kommt eine junge, attraktive Psychologin ins Team, was den seelischen Schaden der latent eifersüchtigen Ehefrau noch verschlimmert. Kurz vor dem Ziel verkracht sich das Dreiergespann, Gründe dafür mag es genug geben, vermutlich mal wieder das liebe Geld, zumindest hat es dazu geführt, dass ein Mord geschehen musste. Diese Tat hat den praktischen Nebeneffekt, dass man sie hervorragend der ohnehin als psychisch krank abgestempelten Frau in die Schuhe schieben konnte, mit einem mehr oder weniger erzwungenen Stammelgeständnis auf Band kein großes Problem.

Sanders blickte seine kleine Kollegin respektvoll von der Seite an.

»Es hört sich griffig an, Frau Tydmers, zugegeben. Wie können Sie ihre Vermutungen belegen?«

»Das Übliche. Erstunkene und erlogene Vorwände, um unter falschem Namen bei den richtigen Personen anzurufen. Ich habe inzwischen erfahren, dass Felten und Gronewoldt dasselbe Internat besucht haben und zwar zur selben Zeit, 1965 in Bederkesa. Zudem hat Dr. Gronewoldt seit seiner Scheidung finanziellen Notstand, wie mir seine Ex-Frau bereitwillig erzählt hat. Ronja Polwinski hat er nach Juist geholt, er kannte sie nach eigener Aussage von einem Seminar und durch ihre Forschungen am Jekyll-and-Hyde-Prinzip und wollte sie aus diesem Grunde mit Thore Felten und Frau bekannt machen. Merkwürdigerweise haben aber alle anderen Personen aus diesem Hotel ausgesagt, dass sie sich mit der Gästebetreuung und dem Personal beschäftigte. Zudem habe ich von der Gerichtsmedizin erfahren, dass die Medikamente, die Frau Felten-Cromminga verschrieben bekommen hatte, absolut daneben waren. Mal angenommen, Herr Dr. Gronewoldt hat tatsächlich eine Depression bei ihr diagnostiziert, dann hätte er seiner Patientin Aufputschmittel oder zumindest Antidepressiva verordnen müssen. Statt dessen hat Hilke Felten-Cromminga laut der Aussage ihres Apothekers eine hohe Dosis eines Mittels genommen, das als Nebenwirkung unter anderem Persönlichkeitsverlust und Wahrnehmungsstörungen auf dem Beipackzettel anführt.«

»Es ist unglaublich, welche Informationen Sie innerhalb von …«, Sanders schaute auf die Uhr, »… zwei Stunden auftreiben konnten. Ich hoffe, Sie haben nicht zu sehr geschummelt.« Er klopfte ihr freundschaftlich anerkennend auf den Rücken, und erst als sie einen Schritt nach vorn machte, um das Gleichgewicht wiederzuerlangen, fiel ihm auf, dass er diese kumpelhafte Geste einer Frau hatte zuteil werden lassen. »Entschuldigung«, murmelte er.

»Wir müssen Hilke Felten-Cromminga finden«, sagte Britzke mit fester Stimme.

»Ja, das müssen wir so schnell wie möglich«, pflichtete Wencke ihrem Kollegen bei.

Sanders nickte nur mit nach unten verzogenen Mundwinkeln. Er war zufrieden, es schien alles nach Plan zu verlaufen. Er hatte seine Leute voll im Griff.

Er war der richtige Mann.

Der Schlüssel war unter dem losen Stein im Gemäuer ihres Elternhauses versteckt. Es war vielleicht ein wenig riskant von Fokke gewesen, dieses Versteck zu wählen. Zwar lag das kleine Gebäude etwas abseits, doch die lebhafte Friesenstraße würde sie nicht umgehen können. Außerdem wurde dieser Ort sicher beobachtet, da man damit rechnen konnte, sie hier zu treffen. Hilke war sich sicher, dass Fokke nichts Unüberlegtes getan hatte, er vermochte die Situation sicher gut einzuschätzen. Als sie das poröse Stück Backstein aus der Wand neben dem Geräteschuppen lockerte, da musste sie mit dem Verlangen kämpfen, sich auf die Erde sinken zu lassen und den Erinnerungen freien Lauf zu lassen. Es war schon immer ihr geheimer Platz gewesen, sie hatte dieser alten Mauer schon mehr Geheimnisse anvertraut als einem Menschen aus Fleisch und Blut.

Alles hatte damit angefangen, dass sie dort mit ihrer ersten großen Liebe die Dinge getauscht hatte, die niemanden etwas angingen. Erst waren es Liebesbriefchen gewesen, dann es Kinokarten und als sie sechzehn war, hatte sie dem Jungen aus der Nachbarschaft den Haustürschlüssel bereitgelegt. Einige Zeit darauf hatte sie wieder einen Zettel in die unauffällige Nische gelegt. »Ich bin schwanger. Was sollen wir tun?« Dann hatte jahrelang nichts mehr in dem Versteck auf sie gewartet.

Bis sie sich als junge Frau wieder daran erinnert und dort einen Umschlag mit einem großen Schein und einem kleinen Brief deponiert hatte. »Lieber, lieber Fokke. Es tut mir unendlich leid, mein neuer Mann will nicht, dass du zur Hochzeitsfeier kommst. Gib ihm etwas Zeit, mein lieber Sohn, er wird dich eines Tages in sein Herz schließen und dann sind wir eine richtige Familie, versprochen! Deine Mama«

Es schnürte ihr die Kehle zusammen, wenn sie daran dachte, dass sie damals wirklich an diese Worte geglaubt hatte. Sie hatte ihm noch tausendmal auf diese Weise etwas zukommen lassen, zuerst wurde sie von ihm deshalb mit selbstgemalten Bildern belohnt oder er legte ein Schulheft hinein, wenn unter einer Arbeit eine gute Note gestanden hatte. Irgendwann hatte sie dann keine Antworten mehr erhalten. Sie fühlte, wie ihr ein warmer Schauer durch das Herz floss, denn er hatte sich heute an dieses gemeinsame Geheimnis erinnert, und dass sie nun den rettenden Schlüssel in der Hand halten durfte, war wie ein Verzeihen seinerseits.

Ihr Elternhaus war bereits seit Jahren verkauft, die neuen Eigentümer waren nur in den Sommermonaten auf der Insel und aus diesem Grund konnte sie unauffällig um die Hausmauern schleichen. Der weitere Weg wurde schwieriger. Es war zwar bereits ein wenig dunkel, der graue Himmel hatte die Sonne an diesem Tag in Schach gehalten und nun war es bereits früher Abend. Doch Hilke konnte es nicht vermeiden, sie musste zwei Straßen überqueren, auf denen die Juister nun wie im Feierabendverkehr unterwegs waren. Es kannte sie jeder, und sie war sich auch nur zu sicher, dass jeder von ihrem Verschwinden und der Suche nach ihr wusste. Auf einer so kleinen Insel war man einander so vertraut, dass man sich bereits durch den typischen Gang oder die jedem bekannte Wetterjacke verriet.

Hilke fiel die Tischdecke ein, sie wollte sich das Tuch irgendwie über den Kopf werfen, doch ein Blick in den Schlafsackbeutel jagte ihr einen kurzen Schauer über den Rücken: Sie hatte also eine Spur in der Hütte hinterlassen. Schließlich steckte sie sich den Schlafsack unter den Pullover und warf ihre Jacke linksherum über die Schultern. Auf die Idee mit dem Handy kam sie, als ihr das Telefon aus der Brusttasche fiel. Niemand würde sie näher betrachten, wenn sie sich das Telefon zwischen Schulter und Kinn klemmte und polnisch in den Hörer quatschte, oder zumindest ein Kauderwelsch, das irgendwie polnisch klang. Ihr lief der Schweiß den Körper hinab, als sie auf die Straße trat. Eigentlich waren es nur ein paar Schritte, vielleicht achtzig Meter bis zur Pension *Inselfreude*, doch begegneten ihr nahezu sofort zwei Vereinsmitglieder aus der plattdeutschen Theatertruppe, für die sie noch bis vor drei Jahren die Kostüme genäht hatte, dann überholte sie ein Getränkelieferant, mit dem sie sogar per Du war. Er blickte sich kurz um, knurrte ein »Moin« und fuhr weiter. Er hatte sie nicht erkannt, er grüßte alles, was weiblich war. Sie fühlte den harten Schlüssel warm in ihrer Hand liegen. Dann war sie endlich da.

Die Haustür war verschlossen, was sie irgendwie erleichterte. Auf der Insel wurden die Türen wenn überhaupt nur dann verschlossen, wenn niemand zu Hause war.

Sie schlich sich durch den langen Pensionsflur, stolperte über ein kleines Körbchen, in dem sich Reinigungsbenzin und ein Schild »Bitte die Schuhe vom Teer am Strand reinigen« befand. Die Treppe am Ende des Ganges knarrte, wie es sich für eine Holztreppe gehörte, Hilke hastete hinauf und hielt den Zimmerschlüssel bereits im Anschlag, mit dem sie die Tür Nummer sieben öffnete. Das Zimmer dahinter konnte sie im Dämmerlicht kaum noch ausmachen, nur das Bett breitete sich unübersehbar vor ihr aus. Dankbar ließ sie sich darauf sinken, zweimal wandte sie noch den Kopf, dann war sie endlich, endlich eingeschlafen und bewegte sich jenseits der Angst, die nun schon seit mehr als vierundzwanzig Stunden ihre Begleiterin gewesen war.

Ein lautes Klopfen riss sie kurz aus ihrem traumlosen Schlaf, sie versuchte unter größter Anstrengung auf die leuchtenden Ziffern des Radioweckers zu schauen, es war 20.45 Uhr.

»Frau Kommissarin, haben Sie das Schild im Flur nicht gelesen? Ihre verschmutzten Schuhe haben mir den ganzen Teppich versaut, vom Eingang bis direkt vor Ihre Zimmertür.

Frau Kommissarin? Sind Sie da?« Hilke vernahm ein mürrisches »Dann eben nicht«, gleich darauf entfernten sich die Schritte von ihrer Tür und sie hörte die Stufen knarren.

Hilke wurde von ihrem rasenden Herzklopfen kurz daran gehindert, doch nach nur wenigen Augenblicken war sie wieder eingeschlafen, noch fester als zuvor.

Wencke hasste es, angezogen zu schlafen. Egal ob Sommer oder Winter, sie brauchte im Bett das Gefühl von uneingeengter Gemütlichkeit, sie liebte das Streicheln der ungebügelten Bettwäsche auf der Haut. Sie zögerte. Zwar war Fokke wie versprochen sofort wieder aus dem Zimmer gegangen, nachdem sie ihren Rucksack abgestellt hatte, doch ein wenig befremdlich war die Situation schon.

Die Gewohnheit siegte, es war noch nicht sehr spät, gerade kurz nach halb zehn, als sie sich nach einer dürftigen Katzenwäsche nackt unter die frischbezogene Bettdecke verkroch. Ihre Augen gewöhnten sich an die Dunkelheit, sie erkannte ein Foto an der Wand neben dem Bett, auf dem Fokke vor dem Eingang eines Restaurants stand, stolz lächelnd die Hand an der Kochmütze, neben sich den schlaksigen Kellner von unten. Drei mittelgroße Zimmerpflanzen machte sie in den Schatten der Ecke gegenüber aus, eine Luftaufnahme der Insel prangte an der Tür. Wencke hatte nicht gewusst, wie schmal und lang dieses Eiland wirklich war, es hob sich vom Wasser rundherum ab wie ein sandiges Versehen.

Genau wie ich, dachte sie. Ständig musste sie sich beweisen, vor den männlichen Kollegen, den Unkenrufen aus der Heimat und, was am allermeisten an die Substanz ging, vor sich selbst. Es war, als müsse sie jeden Tag aufs neue eine Rechtfertigung dafür finden, nicht ihrer Begabung, sondern ihren Interessen gefolgt, nicht Schauspielerin oder Grafikerin, sondern Polizistin geworden zu sein. Eigentlich ging es nun schon so viele Jahre gut, bislang hatte niemand sie wirklich einer

Nachlässigkeit bezichtigen können. Doch sie war immer noch auf der Hut und sie war immer noch verdammt verwundbar.

Heute Nachmittag nach den Telefonaten, da hätte sie wirklich glauben können, auf dem richtigen Weg zu sein: Sie hatte tatsächlich eine fiese, hinterhältige Intrige aufdecken können, an die niemand außer ihr vorher glauben konnte. Doch Sanders' Verdacht war auf Fokke gefallen und aus welchem Grund auch immer, sie sah sich dazu verpflichtet, diesen Verdacht auszuräumen und hatte dafür all ihre Trümpfe in Sanders' Hand gelegt. Letztendlich würde sie dann für die Mithilfe an diesem Fall eine lobende Äußerung von ihrem Vorgesetzten bekommen, doch die Beförderung konnte Sanders nun einstreichen. Warum hatte sie ihre letzte Chance vertan? Wegen Fokke? Sie kannte ihn kaum, er lebte in einer völlig anderen Welt als sie, er sah noch nicht einmal besonders aufregend aus mit seinem harmlosen Jungengesicht. Doch er war dagewesen, als sie sich am Ende geglaubt hatte, er hatte den Arm um sie gelegt, als sie sich von Gott und der Welt verlassen fühlte, er hatte irgendetwas in ihr zum Pochen gebracht, was zwar in dieser Situation mehr als unangemessen, aber trotzdem ein wunderbar lebendiges Gefühl war. Er war zur Zeit der einzige Mensch, bei dem sie nicht dieses unglückselige Gefühl des Erfolgsdruckes verspürte. Und das dankte sie ihm.

Egal, wenn das elende Selbstmitleid vorhatte, ausgerechnet hier und heute mal wieder Besitz von ihr zu ergreifen, dann wollte Wencke sich nicht zur Wehr setzten. Sie war zu müde dazu, also ließ sie Rotz und Tränen in das unbekannte Kissen laufen in der Hoffnung, dass die Personalbutzen nicht allzu hellhörig waren und im Zimmer nebenan sich niemand Gedanken um das weibliche Geheul aus Fokkes Zimmer machte.

Dummerweise fiel der Lichtstrahl ausgerechnet auf ihr verquollenes Gesicht, als Fokke die Tür öffnete. Wencke versuchte, sich noch schnell zur Seite zu drehen, doch er hatte sie bereits in ihrem Zustand gesehen.

»Hey, was ist denn mit meiner sonst so unerschütterlichen Kommissarin los?«, sagte er, als er sich auf die Bettkante setzte wie ein Vater, der die heulende Tochter zu trösten versuchte.

Der Schuss ging nach hinten los, sie fühlte sich von einem erneuten Gefühlsausbruch übermannt und verbarg den Kopf unter dem Kissen.

Dumpf konnte sie seine Worte hören. »Ich habe dir noch gar nicht richtig danke gesagt, und das wollte ich jetzt noch unbedingt loswerden. Du hast einiges auf deine Kappe genommen, um meiner Mutter und mir zu helfen ...«

Sie schluchzte erneut.

»Ich hoffe, du heulst nicht deswegen?« Sanft nahm er das Kissen herunter, sie drehte sich mit dem Gesicht zur Wand und atmete tief durch. Dann spürte sie seine Hand auf ihrem Haar und sie wusste sofort, dass sie ihn nicht abweisen würde, wenn er anfangen sollte, sie zu streicheln.

»Ich heule doch gar nicht«, kam es stockend über ihre Lippen, die vom Schluchzen ganz spröde geworden waren.

Er lachte kurz und warm.

»Es ist nur«, Wencke zögerte kurz, »vielleicht mag es lachhaft klingen, aber ich bin doch auch nur ein Mensch aus Fleisch und Blut, so ein Mist aber auch ...«

Nun begannen seine Daumen, ihren Nacken zu massieren. »Das war sogar das Erste, was mir an dir aufgefallen ist.«

Nun hatte sie den Mut, sich umzudrehen und ihm ins Gesicht zu sehen. Er nahm seine Hände nur kurz von ihr fort, dann legte er sie wie selbstverständlich an ihre Schläfen und begann, den Haaransatz mit den Daumen zu streicheln. Auch er schaute sie an.

»Ich habe mir, ehrlich gesagt, Kriminalkommissarinnen immer ganz anders vorgestellt«, sagte er.

Sie lächelte. »Vielleicht bin ich ja gar keine echte Kriminalkommissarin ...«

»Wenn nicht du, wer dann sonst?«

Er konnte nicht ahnen, wie gut ihr diese Worte taten.

»Musst du nicht Kartoffeln schälen?«, fragte sie, als er sich weiter zu ihr herunterbeugte.

»Wenn ich morgen so ein gutes Gefühl im Bauch habe wie jetzt gerade in diesem Moment, dann werde ich sowieso das Essen versalzen, also vergiss die Kartoffeln.«

Samstag

Rote Haare kitzelten ihn wach, er blinzelte nur kurz, der Schein der Hotelbeleuchtung drang durch die Jalousien ins Zimmer und hinterließ streifige Schatten auf der schlafenden Gestalt neben ihm. Sie hatten viel zu lange geschlafen. Gerade heute. Fokke lächelte bei dem Gedanken, dass dieser Tag nicht besser hätte beginnen können.

Eine Erinnerung zwang ihn, sich noch einmal umzudrehen. Eine Erinnerung an einen anderen Morgen im Sommer, als rote Haare ihn wach kitzelten und er das Gefühl hatte, für einen Tag die Hebel der Welt zu bewegen. Ronja und er waren erst um zehn der Wärme des Bettes entstiegen und hatten auf dem Flachdach vor seinem Zimmerfenster Avocados und Hummer gefrühstückt. Die Sicht war schöner gewesen als jemals zuvor oder danach, die nahezu unbewohnte Vogelinsel im Westen gab sich ungewöhnlich freizügig. Man konnte sogar das alte Gestell im Wattenmeer erkennen, auf dem vor Jahren das Memmertfeuer gethront hatte, welches nun im Juister Hafen die erwartungsfrohen Sommergäste mit einem kulissenhaften Leuchten begrüßte. Sie hatten in der Ferne das Festland mit den riesenhaften Windkraftanlagen ausmachen können und sich davon inspirieren lassen, eine moderne Variante von Don Quichotte zu ersinnen. Genau wie dieser literarische Antiheld war auch Fokke damals ein weltfremder Idealist gewesen, der meinte, sich mit einem schönen Frühstück ein schönes Leben erkaufen zu können. Der Sommertag war vielversprechend gewesen, das Meer hatte beschlossen, ausnahmsweise mal über siebzehn Grad warm zu sein, und als er Ronjas schlanken Körper die Schaumkrone einer gewaltigen Welle durchbrechen sah, da hätte er schwören können, dass es immer so weitergehen würde. »Wer am längsten tauchen kann«, hatte Ronja ihm zugerufen, und er war mit geschlossenen Augen in ihre Richtung geschwommen, bis ihre Köpfe unter Wasser aneinandergestoßen waren und sie sich am Meer verschluckt hatten vor lauter Lachen. »Komm mit«, hatte sie geflüstert, hatte er damals eigentlich auch etwas gesagt? Er war ihr gefolgt, unterbrochen von salzigen Küssen waren sie bis zum Deich gelaufen, dessen Gras so hoch gestanden hatte, dass man sie nicht sehen konnte, als sie sich nur drei Meter vom Fußweg entfernt geliebt hatten. Zwei Kinder hatten ihren bunten Drachen direkt über ihnen steigen lassen und waren dicht an ihnen vorbeigerannt, lachend und kreischend, keiner hatte Ronjas Seufzen gehört.

Dann waren sie durch den lebendigen Ort zurückgeschlendert, sie hatten das Gefühl gehabt, dass jeder ihnen ansehen konnte, was sie eben noch getrieben hatten, und es war ihnen vor wie eine Provokation vorgekommen, sich neben ein älteres Ehepaar auf eine Bank zu setzen und dem Kurorchester beim »Ave Maria« zu lauschen. Hatte er es damals laut gesagt oder nur gedacht, dass er sich kleine rothaarige Kinder wünschte, die ihn mit verschmierter Schnute um ein Zimteis anbettelten?

Es war nur dieser eine Tag im Sommer gewesen. Am nächsten Tag hatte er zum ersten Mal von dem Gerücht gehört, dass Thore und Ronja es miteinander trieben.

Sanders hatte nicht gut geschlafen. Obwohl es eigentlich gar nicht seine Art war, hatten ihn die Gedanken an den Fall und merkwürdigerweise auch die Gedanken an Wencke Tydmers wach gehalten. Er war froh, als es endlich sieben Uhr war und aus dem Frühstücksraum nebenan der Geruch von starkem Kaffee in sein Zimmer drang.

Es war ungewohnt, ohne Morgenzeitung zu frühstücken. Daran konnte auch das Geplauder der eifrigen Pensionswirtin nicht viel ändern. Und so begann sein Gedankenkarussell wieder zu rotieren. Beim ersten Glas Orangensaft schwor er sich, noch heute Hilke Felten-Cromminga ausfindig zu machen. Sie konnte schließlich nicht spurlos von der Insel verschwunden sein, es sei denn, sie wäre geschwommen.

Als er das Ei köpfte, nahm er sich vor, Thore Felten in die Mangel zu nehmen, ihn auf Herz und Nieren zu den neuesten Erkenntnissen zu befragen. Als er die dritte Tasse Kaffee getrunken hatte, stand er auf.

Er hatte keine Lust zu warten, bis seine Kollegen so weit waren, um halb acht stand er in der klaren Morgenluft und beschloss, nicht auf dem kürzesten Weg zum *Dünenschloss* zu gehen, sondern der geschrienen Einladung der Möwen ins Watt zu folgen. Er brauchte nur die Straße zu überqueren, sie war einseitig bebaut, gegenüber breitete sich bereits der Deich aus und dahinter lag eine graugrüne Wiese, die nahezu nahtlos ins Wattenmeer überzugehen schien. Er ging fast bis zu der Stelle, wo das Salzwasser bereits müde an den Grassoden leckte. Die Halme sahen fast außerirdisch aus, sie waren zerrauft und faserig und rochen nicht, wie Pflanzen zu riechen pflegen, eher wie vermoderter Fisch oder eine Muschelkonserve. Sanders sog trotzdem den Atem tief durch die Nase ein, er hatte während seiner schlaflosen Nacht versucht, sich mit einer Insellektüre abzulenken und hatte dort etwas über den ungewöhnlich hohen Anteil an Jod, Salz und Brom in der Juister Luft gelesen. Vielleicht konnten heilsame Aerosole ihm diese Hirngespinste aus dem Kopf vertreiben, die ihn so gnadenlos wach gehalten hatten.

Es ging um Thore Felten, es ging um Ronja Polwinski und es ging zu seinem Erstaunen immer wieder um Wencke Tydmers. Sie hatte sich gestern wider Erwarten als effiziente Mitarbeiterin erwiesen. Sie hatte nachgehakt, sie hatte kombiniert, sie hatte ihn an ihrem Wissen kollegial teilhaben lassen. Er wünschte sich, in Zukunft öfter in einem Team mit ihr zu ermitteln, doch wenn er erst einmal die Leitung übernommen hatte, lag es ohnehin in seinem Ermessen, die Gruppen einzuteilen.

Er war nur wenige Schritte am Wasser entlanggegangen, als sich vor ihm ein schmaler, feuchter Schloot auftat. Sanders schaute sich um, der Graben reichte fast bis zum Deichfuß, es hatte also wenig Sinn, um ihn herumzulaufen. Er ging ein kleines Stück rückwärts, überprüfte mit einem kurzen Blick, ob er unbeobachtet war, dann nahm er Anlauf und sprang hinüber. Sein Herz spürte einen kleinen Ruck kindlicher Freude, wie es bei Sanders schon viel zu lange nicht mehr vorgekommen war. Als er den nächsten Graben sah, rannte er wieder schneller, nach dem zweiten Sprung wurde er gar nicht mehr langsamer, sondern tollte ausgelassen über die Hellerwiesen, bis ihm die Luft ausging und noch ein bisschen länger. Atemlos ließ er sich am Deichfuß nieder, der Boden war noch feucht von gestern, doch das störte ihn kaum, er stützte sich nach hinten mit den Ellenbogen ab und bekam erdige Flecken am Jackenärmel, doch es war ihm egal. Er wollte noch einen Augenblick auf das friedliche Wattenmeer starren, die gesunde Luft in sich hineinlassen und warten, dass sein Herz wieder im gewohnten Rythmus schlug. Er wartete lange, die Nässe kroch in seine Kleidung und ihm wurde kühl, doch sein Herz schien noch immer zu tanzen. Er hatte es geahnt. Oder auch nicht. Es war der Gedanke an Wencke Tydmers, der den Puls beschleunigte.

Du hättest mich wecken müssen«, fluchte Wencke. Sie waren um neun Uhr im Frühstücksraum verabredet, wenn sie nicht innerhalb einer halben Stunde dort auftauchte, dann würden Meint und Sanders anfangen, sorgenvoll gegen die Zimmertür zu klopfen. Fokke kam bereits frisch geduscht in das Zimmer, er sah zweifelsohne appetitlich aus. Doch obwohl sie gestern mit einem breiten Grinsen auf dem Gesicht eingeschlafen war, hatte ihr der Schreck, verschlafen zu haben, die Lust und Laune für heute gründlich verdorben.

»Ich bin selbst erst vor zehn Minuten aufgewacht. Tut mir leid, nach so viel Entspannung gestern Abend muss ich heute Morgen wohl den Wecker überhört haben.«

Sie grinste nicht zurück, sie ertappte sich dabei, sein jungenhaftes Gehabe ein wenig zu lässig zu finden. Es ging hier nicht um Schmusen und Knutschen bei Sonnenaufgang, es ging um ihren Job.

»Du bist ein Morgenmuffel? Passt zu dir«, sagte er keine Spur schlechter gelaunt. Sie stand auf und schämte sich einen kurzen Augenblick für ihre hängenden Brüste, dann stieg sie umständlich in ihre Lederhose und warf den hellen Baumwollpulli über. Ein grüner Fettfleck, es war die Salatsoße von gestern Abend, versetzte ihrer Verfassung einen empfindlichen Schlag, sie konnte nur noch lustvoll an eine warme Dusche denken.

»Ich mach mich dann jetzt an die Kartoffeln«, sagte Fokke und trotz der lieb gemeinten Anspielung auf den Verlauf des gestrigen Abends drehte sie den Kopf zur Seite, als er sie auf den Mund küssen wollte. Seine Lippen trafen ihr Ohr, er flüsterte irgendetwas Zärtliches, auf das sie keine Lust hatte, dann ging er hinaus.

Wencke wünschte sich, sie hätte etwas mehr Zeit zum Durchatmen und Revue-passieren-Lassen. Statt dessen kämpfte sie sich mit dem Herrenkamm durch die vom Wühlen in den Kissen zerzausten Haare, spülte den Mund mit Leitungswasser aus und schnappte sich ihren Kram, um so schnell wie möglich zu verschwinden.

Leise schloss sie die Tür hinter sich. Der Flur war noch halbdunkel und sie fand den Lichtschalter nicht, also versuchte sie, in der Dämmerung den Weg zur Treppe zu finden. Den Fahrstuhl zu benutzen, wäre zu riskant. Eine Tür wurde geöffnet, eine lange Gestalt trat in den Gang, blieb vor ihr stehen und knipste die Deckenstrahler an. Wencke fühlte sich ertappt.

Es war Gunnar Diekhoff.

»Guten Morgen, Frau Kommissarin«, sagte er. Es klang weder ironisch, noch klang es verwundert.

Sie blickte zu ihm auf.

»Ich möchte Sie nicht erschrecken und am allerwenigsten möchte ich sie maßregeln, verehrte Frau. Ich habe es mir schon gedacht, dass ich Sie heute Morgen auf unserem Stockwerk antreffen könnte.«

»Wie Sie sich sicher vorstellen können, habe ich es ein wenig eilig, damit außer Ihnen nicht unbedingt jeder weiß, dass ich heute nicht in der Pension *Inselfreude* genächtigt habe.«

»Von mir wird es sicher auch keiner erfahren. Wir Hotelmenschen sind Diskretion gewohnt und zudem mag ich meinen Chef eigentlich ganz gern und gönne ihm jeden Leckerbissen außerhalb des Jobs. Ich bin nur hier, weil ich dachte, Sie sollten sich dies hier mal anschauen.«

Er reichte ihr einen Schnellhefter, unter der durchsichtigen Plastikhülle konnte sie das Titelblatt erkennen. *Alternativvorschläge zur effektiveren Arbeit in Küche und Restaurant.*

»Was soll ich damit?«, fragte sie und wagte kaum, die Papiersammlung entgegenzunehmen, da sich in ihrem Hinterkopf bereits ein kleiner Verdacht breitmachte.

»Es ist wissenswert für Sie. Frau Polwinski hat es erarbeitet und zwei Tage vor ihrem Verschwinden an Fokke und mich weitergereicht. Ich hoffe wirklich, es erweist sich als unwichtig, aber ich konnte es Ihnen einfach nicht vorenthalten. Besonders jetzt nicht, wo sie mit so viel ... Körpereinsatz dabei sind.«

Die letzte Bemerkung hätte er sich sparen können.

»Ich werde es lesen«, versprach sie, dann ließ er sie vorbei und Wencke hastete zur Treppe, den Hefter unter dem Pullover verborgen.

Es war perfekt. Fünf Mädchen waren damit beschäftigt, den Saal herzurichten. Über jedem Tisch spannte sich ein sanfter Baldachin, die Tafel war mit schwarzem Samt bedeckt und die Dekorateurin drapierte den orangen Tischläufer gekonnt zufällig, arrangierte dazu Sand und Zweige, an denen pralle, leuchtende Sanddornbeeren hingen.

Hilke fehlte. Fokke wusste, wie sehr sie das Ausstaffieren einer festliche Gesellschaft liebte, er wusste auch, dass sie die

Urheberin dieser Ideen aus Form und Farbe war, es tat ihm leid, dass sie das Ergebnis nicht mit eigenen Augen sehen konnte.

Der erste Tisch war eingedeckt. Er kontrollierte die silbernen Platzteller auf Wasserflecken, rückte die polierten Orgelpfeifen aus Gläsern hier und da etwas zurecht, doch er hatte nichts wirklich zu beanstanden. Die Menükarten wiesen aufrecht den Weg durch den heutigen Abend, das schwere Besteck stellte die Weichen, die Messerspitzen zeigten exakt zu den Weingläsern, die den dazugehörigen Gang begleiteten, bis zum Dessertlöffelchen gab es kein Entrinnen aus der Melodie, die er für heute Abend komponiert hatte. Es war perfekt.

Die Musik hatte ihm lange Zeit Kopfzerbrechen bereitet. Ronja hatte bereits einer Chansonette aus Bremen den Auftritt an diesem Abend mündlich zugesagt gehabt, was in Fokkes Augen wiederum ein Indiz dafür war, dass diese Frau von seinen Vorstellungen nichts begriffen zu haben schien.

»Es werden Menschen kommen, die jeden Abend überdurchschnittliche Musik aller Kategorien zu hören bekommen und dabei perfekt kredenzte *Nouvelle Cuisine* futtern wie andere ihre Stullen bei der Daily Soap. Wenn wir einen Abend rund um die Sanddornbeere gestalten, dann können wir keine Musik spielen, die wie Schokolade klingt. Wir müssen diese Menschen an unserem Sanddornabend wachrütteln, sonst haben wir keine Chance, mehr als nur eine recht angenehme Erinnerung für sie zu werden.«

Ronja hatte ironisch die Augen gerollt, doch als er ihr dann die Kassette vorspielte, eine laienhafte Aufnahme eines niederländischen Sängers, der eigenwillige Experimente auf dem Akkordeon wagte, da hatte sie ihn für verrückt erklärt.

»Besser eine recht angenehme Erinnerung als ein Witz, über den noch Jahre später gelacht wird«, war ihr Kommentar gewesen. Er hatte sich durchgesetzt.

Der Musiker war gerade angekommen und stellte sich einen schwarzen Barhocker auf die kleine Bühne, er brauchte keinen Verstärker, kein Mikrofon, keinen Bühnenstrahler. Das Gesicht des Künstlers war von Narben gezeichnet, sein Bart sah ungepflegt aus und das Instrument war sicher genauso alt wie er, kein Teil aus Plastik, der Klang etwas schräg. Fokke wusste, er hatte die richtige Entscheidung gefällt. Das Publikum würde ihn lieben.

Stimmengewirr schallte von der Eingangshalle herein. Fokke blickte durch die Glastür. Die ersten Gäste waren eingetroffen, niemand Besonderes, er erkannte lediglich den Chefredakteur der *Ostfriesen-Zeitung* und dessen Frau. Doch gleich würden die Menschen kommen, auf die es ankam. Es waren noch zwei Stunden Zeit, dann erlebten sie seine Inszenierung.

Er sah Thore Felten zwischen den Menschen. Er schüttelte Hände, verbeugte sich leicht und schien den ankommenden Damen mit geneigtem Kopf originelle Komplimente zu machen.

»Ja, zeig dich nur von deiner besten Seite«, dachte Fokke. »Lass sie nur alle glauben, du wärest der Allergrößte. Denn je höher sie dich jetzt jubeln, desto tiefer wirst du heute Abend fallen. Sei dir deiner Sache sicher, glaube nur, dass dir und deinen fiesen Machenschaften keiner je auf die Schliche kommen wird. Denn dann wirst du beim süßen Dessert einen bitteren Nachschlag erhalten. Wenn du meinst, du bist ganz allein auf dem Höhepunkt angekommen, dann werde ich hinter dir stehen, dich vom Thron stoßen und deinen Platz einnehmen. Denn nur vom Händeküssen ist noch keiner in den Olymp aufgestiegen. Ich habe heute Nacht die Kommissarin geküsst, mein Lieber, und das ist die Einzige, auf die es heute ankommt bei unserem Duell, von dem du noch gar nichts ahnst.«

Als diese kleine, etwas burschikose Frau ins Zimmer kam, da hätte Hilke sie am liebsten in die Arme genommen. Teils aus Dankbarkeit, dass sie sich das Bett und die Unbescholtenheit der Kommissarin für eine Nacht hatte ausleihen können, teils, weil sie froh war, dass diese Wencke Tydmers die Sorte Mensch war, der sie Vertrauen entgegenbringen konnte.

»Ich bin Ihnen etwas schuldig«, sagte sie leise.

»Gut, dann tun Sie mir doch bitte den Gefallen und lesen sich das hier mal durch.« Wencke warf ihr einen Plastikhefter auf die Bettdecke. »Ich muss dringend duschen; wenn ich fertig bin, sagen Sie mir, was das zu bedeuten haben könnte. Ach, ich hatte heute Morgen keinen Appetit ...«

Sie hatte sich zwei belegte Brötchen mit nach oben genommen und reichte sie Hilke. Dann entkleidete sie sich rasch, Hilke vermied einen Blick auf ihre Nacktheit, und verschwand ins Badezimmer.

Das erste Brötchen war mit getrocknetem Schinken belegt, eigentlich war es Hilke zu salzig, aber da sie seit gestern Morgen nichts Vernünftiges mehr gegessen hatte, war sie nicht wählerisch. Schon gestern Abend hatte der Magen geknurrt, zum Glück hatte sie noch zwei kleine Gummibärchentüten gefunden, die wohl als Betthupferl gedacht auf den Kopfkissen gelegen hatten. Doch im Grunde störte sie der Hunger gar nicht so sehr. Sie bemerkte nur immer mehr, dass sie ihre Medikamente nicht dabeihatte. Zuerst hatte sie es am Zittern der Finger bemerkt, was sie als Müdigkeit abgetan hatte. Doch dann war ihr der kalte Schweiß ausgebrochen, einfach so, ohne Grund, sie hatte gefroren und geschwitzt und ihr Puls war in eine rasende Frequenz umgeschlagen. Dieser Zustand hatte sie in dieser Nacht mehrere Male aus dem Schlaf gerissen und nur die endgültige Erschöpfung hatte sie immer wieder in einen Halbschlaf versetzt. Nach den ersten Bissen fühlte sie sich wunderbar gestärkt. Das Wissen, zumindest für eine kurze Zeit nicht mehr allein im Zimmer sein zu müssen, machte sie ruhiger.

Sie lehnte sich gegen das Kopfteil des Bettes, zog die Beine an und begann zu lesen.

Alternativvorschläge zur effektiveren Arbeit in Küche und Restaurant.

Es war von Ronja.

Sie schluckte und musste ein paar Krümel forthusten, die sich in ihrem trockenen Hals festgesetzt hatten. Auf dem Nachttisch stand ein Becher mit Leitungswasser. Sie spülte nach.

Nur flüchtig überflog sie das Anschreiben auf der ersten Seite. Es war an Fokke gerichtet, jedoch standen auch Thore und der Restaurantleiter Diekhoff als Empfänger zwecks Kenntnisnahme notiert. Doch die erste Seite brachte sie bereits zum Stocken:

Wer besucht unser Hotelrestaurant?
70 % Hotelgäste, 20 % Inselgäste, 10 % Insulaner
Wie sind die Altersstrukturen?
80 % über 60, 12 % zwischen 40 und 59, 7 % zwischen 20 und 39, 1 % zwischen 0 und 19
Wie sind die Altersstrukturen auf der Insel?
13 % über 60, 43 % zwischen 40 und 59, 38 % zwischen 20 und 39, 6 % zwischen 0 und 19
Fazit: Wir decken mit dem Angebot unseres Restaurants zwar den Bedarf unserer Hotelgäste gut ab, vernachlässigen aber den Bedarf der Juisturlauber.«

Es bestand kein Zweifel und Hilke hatte es eigentlich bereits gewusst: Ronja Polwinski war eine gewiefte Geschäftsfrau gewesen, die Dingen auf den Grund ging, die bislang noch niemand in Frage gestellt hatte. Hilke las weiter:

Wie ist die Erwartungshaltung bei einem Restaurantbesuch
a) bei unseren Restaurantgästen
b) bei den Juistgästen, die nicht unser Restaurant besuchen?

a) 37 % gutes Essen, 24 % gehobenes Ambiente, 22 % Nähe zum Hotel , 9 % guter Service, 6 % Preis-Leistungsverhältnis, 1% Familienfreundlichkeit, 1 % Vielseitigkeit des Angebotes.

b) 31 % gutes Essen, 20 % Familienfreundlichkeit, 15 % Preis-Leistungs-Verhältnis, 14 % Vielseitigkeit des Angebotes, 10 % guter Service, 8 % gehobenes Ambiente, 2 % Nähe zum Hotel
Fazit: Das gute Essen steht bei beiden Gruppen an erster Stelle, ansonsten differieren die Erwartungshaltungen auffällig voneinander. Eine gezielte Umstrukturierung des Restaurants wird uns bessere Auslastung garantieren. In erster Linie müss-ten die Punkte »Familienfreundlichkeit« und »Preis-Leistungs-Verhältnis« überarbeitet werden, wobei wir den guten Service und das gehobene Ambiente nicht außer Acht lassen sollten. Wenn wir im gewohnten Stil weiterarbeiten, ist zu befürchten, dass wir in absehbarer Zukunft nur noch Hausgäste beköstigen. Da wir hier aber bereits an einer Konzeption zur Verjüngung unserer Hotelgäste arbeiten, wäre es ratsam, die Entwicklung des Restaurants in die Planung mit einzubeziehen.«

Hilke wickelte das zweite Brötchen aus der Serviette und biss hinein. Sie war wie gebannt. Diese Entwicklungen hatte sie in keiner Weise miterlebt, sie begann sich zu fragen, wo ihr Kopf in den letzten Monaten gesteckt haben könnte. Mit zitternden Händen griff sie zum Becher und es war, als gäbe ihr der eigene Körper bereits eine Antwort: die Tabletten. Niemand hatte sie gezwungen, diese Pillen zu schlucken, sie hatte einfach nur klein beigegeben, als sie merkte, dass es mit ihnen einfacher war.

Wie können wir unser Restaurant sinnvoller einsetzen, ohne bereits vorhandene Stammgäste zu vertreiben?
1. Die Qualität der Küche muss erhalten bleiben
2. Der Service und das Ambiente sollten ihr Niveau halten
3. Wir sollten Familien ein einladenderes Auftreten bieten (vielleicht ist Schwellenangst bei Familien mit Kindern ein Grund für das Fernbleiben)
4. Die Preise sollten heruntergesetzt werden
5. Die Auswahl an Speisen und Getränken sollte vielseitiger sein.
Wir können diese Punkte erreichen, indem wir eine neue Restaurantform anstreben: das Buffetrestaurant!

Hilke klappte den Hefter zu. Die junge Kommissarin war aus dem Badezimmer gekommen und frottierte sich das kurze Haar. Ihr Blick ging zu Hilke herüber.

»Sie lesen nicht mehr weiter? Was ist?«

»Es liegt schwer im Magen.«

»Die Brötchen oder die Lektüre?« Wencke Tydmers kramte ihre unausgepackte Reisetasche aus dem Schrank und wühlte darin, bis sie eine Jeanshose und einen schwarzen Pullover hervorgezogen hatte.

»Diese Ronja Polwinski war drauf und dran, meinem Sohn ein zweites Mal seinen Lebenstraum zu zerstören.«

Den Pulli nur halb über den Kopf gezogen, hielt die junge Frau inne. »Was soll das heißen?«

»Sie wissen es vielleicht nicht, aber mein Sohn war schon einmal Besitzer eines Feinschmeckerlokales.«

»Die *Auster*?«

Hilke war erleichtert, dass Fokke oder sonst jemand dieser Frau bereits davon erzählt hatte, sie wäre sich sonst wie eine Verräterin vorgekommen.

»Er hatte es von seinem leiblichen Vater geerbt, genau wie er auch dessen Hang zum Perfektionismus und das Talent zum Kochen in die Wiege gelegt bekommen hat.«

»Und es ist Konkurs gegangen, nicht wahr?« Die Kommissarin setzte sich zu ihr auf die Bettkante. Sie saßen jetzt beieinander wie zwei dicke Busenfreundinnen, die sich ihre allerletzten Geheimnisse anvertrauten, jedenfalls stellte Hilke sich vor, dass es bei Busenfreundinnen in etwa so aussehen musste, denn sie selbst hatte nie so etwas erlebt. Zu der Zeit, als ihre Mitschülerinnen kichernd auf ihren Tagesdecken geplaudert hatten, war sie schon Mutter gewesen, ausgestoßen von der Schule und gemieden von den anderen Insulanern. Nur mit Ronja, mit ihr hatte sie einmal so etwas wie eine Frauenfreundschaft gehabt, anfangs …

»Fokke konnte das Lokal nur drei Jahre halten. Es stand bereits bei der Übernahme in den roten Zahlen, doch er wollte das Pferd von hinten aufzäumen: alles renovieren, Toppersonal, Essen nur vom Besten und Feinsten und leider eben auch vom

Teuersten. Mein Mann stand damals in direkter Konkurrenz zu Fokke, und da ein großes Hotel anders kalkulieren kann als ein kleines Restaurant, hat er meinen Sohn mit einem harten Preiskampf in die Knie gezwungen. Ich weiß, es hat Fokke damals härter getroffen, als wir alle es nur ahnen. Es ging erst wieder bergauf, als er seinen Stolz über Bord geworfen und die Küchenleitung im *Dünenschloss* übernommen hat. Zum Glück hat Thore ihm hier weitestgehend freie Hand gelassen und auch die Sanddorntage sind eine enorme Herausforderung, die mein Sohn braucht, um das Selbstwertgefühl wieder zu mobilisieren. Es schien sich eigentlich alles zum Guten gewendet zu haben.«

Wencke Tydmers nahm die Mappe zur Hand und blätterte darin herum, scheinbar ohne sich den Inhalt wirklich anzusehen. »Was hat es dann damit auf sich? Was steht in diesen Blättern, was Fokkes Lebenstraum ... wie sagten Sie ... zerstören könnte?«

»Nun, so wie ich es auf den ersten Blick verstanden habe, hat Ronja Polwinski einen Vorschlag erarbeitet, wie man den Stil des Restaurants dem Bedarf und der Altersstruktur der Juist-Gäste anpassen kann. Sie schreibt hier etwas von einem familienfreundlichen Buffetrestaurant. Warten Sie, ich lese mal weiter.« Sie nahm Wencke Tydmers die Mappe aus der Hand und schlug die nächste Seite auf.

Familien mit Kindern müssen oft auf gehobenes Ambiente, Spitzenservice und exzellente Küche verzichten, da unter »Familienfreundlichkeit« meist verstanden wird, dass alles abwaschbar ist, es ruhig laut sein kann und auf der Speisekarte Spaghetti Bolognese steht. Wir sollten diese Marktlücke schließen:
Kinderbetreuung in einem abgetrennten Raum, in dem die Kleinen auch essen können (ebenso hochwertige Küche wie bei den »Großen«).
Flexibleres Esserlebnis in kalt/warmer Buffetform, das thematisch wechseln kann (»Italienische Nacht«, »Aus Neptuns Schatzkiste«, »Ostfriesenbuffett« ect.), durchgehend von 11.30 Uhr bis 22.30 Uhr geöffnet.

Weitere Vorteile dieser Idee: Zwei Personalstellen im Restaurantbereich werden eingespart, effektiveres und preisgünstigeres Einkaufen als bei à la Carte, *mit Buffet-Abo können Stammgäste gefunden werden, neue Werbeidee »Familien-Gourmet-Restaurant«.*

Hilke nahm einen Schluck Wasser, ihr Mund war trocken.

Die Kommissarin biss in einen Apfel, den sie aus ihrem Rucksack geholt hatte. »Ich finde, die Idee klingt großartig. Warum sollte Fokke sich darüber aufregen?«

»Weil er es nie zulassen würde, dass aus seinem Feinschmekkertreff ein Laden wird, in dem sich die Gäste Essensberge einverleiben, um möglichst viel für ihr Geld zu bekommen. Wissen Sie, mein Fokke ist wirklich ein Künstler, nichts liegt bei ihm zufällig auf dem Teller, es ist alles eine wohldosierte Liebkosung der Sinne, sowohl für den Gaumen, als auch für das Auge. Ich glaube, er würde daran zu Grunde gehen, für Menschen zu kochen, die sich dann die Vorspeise direkt neben den Hauptgang klatschen, um nicht zweimal aufstehen zu müssen.«

»Ist er so?«, fragte die Frau an ihrer Bettkante nachdenklich. Hilke nickte und dann schwiegen beide für einen kurzen Moment und Hilke konnte förmlich spüren, dass die Gedanken in dem Kopf neben ihr fast dieselben waren wie ihre.

Wie weit würde Fokke für seinen Traum gehen?

»Würde er so etwas tun?«, fragte die Kommissarin.

Diese Frage schmerzte Hilke geradezu. Sie dachte an Fokke, wie er als kleiner Junge voller Stolz erzählt hatte, dass er einer Schnecke beim Überqueren der Friesenstraße geholfen und ihr somit den sicheren Tod unter einem Fahrradmantel oder Pferdefuhrwerk erspart hatte. Und würde er heute so etwas tun?

»Fokke würde vielleicht über Leichen gehen, wenn es seinen Ehrgeiz betrifft. Aber ich kann mir einfach nicht vorstellen, dass er Ronja Polwinski mit meinen Schlafmitteln betäubt und dann im Kühlhaus jämmerlich erfrieren lässt.«

Wencke Tydmers starrte sie an.

»Woher wissen Sie das?«

»Was meinen Sie?«

»Woher kennen Sie diese Details?«

»Fokke hat es mir erzählt. Wieso?«

Sie konnte genau beobachten, wie es im Kopf der jungen Frau zu arbeiten begann.

»Weil Fokke es nicht wusste. Zumindest gestern Vormittag noch nicht. Er hat sich gewundert, warum die Spurensuche das Kühlhaus inspiziert hat. Ich habe es ihm nicht gesagt.«

Hilke spürte ein Pochen hinter ihrer Schläfe, fast wünschte sie, dieses Gespräch einfach so beenden zu können, bis hierher und nicht weiter. Denn sie befürchtete, dass die Worte sie zu einer Erkenntnis bringen könnten, die sie lieber im Dunklen lassen würde.

»Frau Felten-Cromminga, was hat Ihr Sohn Ihnen noch erzählt?« Diese Frau drängte sie weiter, es gab kein Entkommen, kein Ohrenzuhalten.

»Er hat mir eine Geschichte erzählt, die von seinem Stiefvater handelt, von unserem Hotel und von einem Mord, der nun mir in die Schuhe geschoben werden soll.«

»Ich fürchte, diese Geschichte stimmt. Ich habe gestern eine Spur verfolgt und dabei festgestellt, dass Ihr Mann und Ihr Therapeut Dr. Gronewoldt gemeinsame Sache gemacht haben.«

Obwohl sie es bereits geahnt hatte, versetzte ihr die Bestätigung des Verdachtes einen Schock.

»Wie sind Sie denn auf diese Spur gekommen?«

»Weibliche Intuition«, sagte Wencke Tydmers schlicht.

Hilke fühlte in diesem Moment, dass sie dieser Frau trauen konnte, ohne Zweifel und ohne doppelten Boden, diese Frau war ehrlich, und dieses Gefühl tat unendlich gut.

»Fokke hat mir gesagt, dass er Sie dazu überreden konnte, ein Auge auf meinen Mann zu haben und mich zu verschonen. Dass Sie eine von den Guten sind, hat er gesagt.«

Die Kommissarin lachte kurz und es klang irgendwie bitter. »Von den Guten ... Es kommt immer darauf an, aus welchem Blickwinkel man schaut.« Dann sah sie Hilke direkt ins Gesicht und ohne Zweifel schien ihr diese Frage schwer von den Lippen zu kommen: »Frau Felten-Cromminga, versuchen Sie, objektiv zu sein, wem trauen Sie diesen Mord eher zu, Ihrem Mann oder Ihrem Sohn?«

Hilke musste nicht lange überlegen.

»Beiden.«

»Wie können wir weiterkommen?«

»Ich denke, wenn ich mit einem von beiden reden könnte, ihm diesen Verdacht auf den Kopf zu sagen könnte, dann würde ich erkennen, ob er es war oder nicht.«

»Woran würden Sie es erkennen, Frau Felten-Cromminga? Woran?«

Sie zuckte schwach mit den Schultern. »Weibliche Intuition«, antwortete sie.

»Dann sollten wir es versuchen.«

Aperitif

Thore Felten stieg die drei kurzen Stufen zum Bühnenpodest empor. Seine Präsenz ließ das allgemeine Getuschel im Saal verstummen, ohne dass Felten hierzu hätte aufrufen müssen. Eine mädchenhafte Bedienung balancierte ein Tablett mit einem orangeroten, prickelnden Aperitif durch die Menschengruppen, auch Sanders wurde ein Glas angeboten, doch er lehnte ab, da er im Dienst war.

Thore Felten stand jetzt einfach nur da, ein, zwei Köpfe höher als die anderen Anwesenden, die noch nicht Platz genommen hatten, kein Scheinwerfer warf einen auffälligen Lichtkegel auf ihn und kein Mikrofon kündigte durch ein rückkoppelndes Kreischen seine Rede an. Er lächelte in seinem makellos schwarzen Anzug und überblickte die illustre Schar, die sich in seinem Hotel eingefunden hatte.

Sanders, der sich diskret hinter einer weißen, verzierten Säule platziert hatte, konnte nicht anders, als ihm heimliche

Bewunderung zuteil werden zu lassen. Charisma war eine der wichtigsten und beachtenswertesten Eigenschaften, die auch Sanders sich brennend wünschte, denn er wusste, diese allgegenwärtige Aura besaß er noch nicht. Seine Freunde und Kollegen mochten ihn wohl als Respektsperson und Charakterkopf bezeichnen, doch mit dem bloßen Auftreten hunderte von Leuten in seinen Bann zu ziehen, das war ihm noch nicht gelungen. Er wusste, er würde Thore Felten allein deswegen heute besonders im Auge behalten, doch auch, weil er ihn mit ziemlicher Wahrscheinlichkeit für den Mörder von Ronja Polwinski hielt. Wenn Felten heute nur ein einziges Mal den Anlass bot, dann würde er mit Freuden die Handschellen um seine gestärkten Manschetten schnappen lassen, auch wenn es hier vielleicht nicht der richtige Ort war.

»Meine sehr verehrten Damen, meine hochgeschätzten Herren, es ist eine wunderbare Aussicht von hier oben und das Wissen, das Sie alle unserer Einladung zu den ersten Juister Sanddorntagen gefolgt sind macht mich und das gesamte Personal des Hotels *Dünenschloss* sehr stolz.« Seine Stimme klang über das Mikrofon fest und freundlich, trocken und angenehm. Sanders würde sich diesen Tonfall merken, er spürte, wie der Hotelier seine Gäste allein mit dem Klang der Stimme herzlich willkommen heißen konnte.

»Sie werden sicherlich verstehen, dass ich eine Begrüßung noch besonders hervorhebe: Wir haben heute auch den niedersächsischen Ministerpräsidenten und seine verehrte Gattin unter uns. Wir freuen uns ganz besonders, Sie aus Ihren Amtsgeschäften heraus auf unsere zauberhafte Insel im Herbst gelockt zu haben. Dies ist ein sehr erfreulicher Anlass, der uns auch die Aufmerksamkeit der Presse sichert. Leider war der Anlass, mit dem die Medien sich in den letzten Tagen beschäftigten, alles andere als erfreulich.«

Eine dunkle Stimmung legte sich spürbar auf die lauschenden Gäste.

»Unsere von allen geschätzte Mitarbeiterin Ronja Polwinski, deren konstruktiver Arbeitsweise auch die Idee zu den heutigen Sanddorntagen entsprungen ist, weilt leider nicht mehr unter uns. Zu unserem Entsetzen müssen wir davon ausgehen, dass sie einem Gewaltverbrechen hier auf der Insel zum Opfer gefallen ist. Wir hoffen auf die Arbeit der Auricher Kriminalpolizei, die seit einigen Tagen ihre Ermittlungen in diesem Fall führt. Frau Polwinski werden wir ein ehrenvolles Andenken in unserem Hause bewahren. Sie sollte heute Abend die Repräsentantin sein, die ‚Sanddornkönigin' haben wir sie genannt. Nun können wir dieses Gourmettreffen lediglich in ihrem Sinne, leider aber für immer ohne ihre so angenehme Anwesenheit zelebrieren.«

Am anderen Ende des Saales öffnete sich die schwere Glastür, jemand kam herein, doch Sanders konnte nicht erkennen, wer es war. Das Raunen, das durch die Menge ging und Thore Feltens aschfahles Gesicht ließen ihn ahnen, dass niemand damit gerechnet zu haben schien.

Die Menschenmenge bildete einen Gang und dann konnte auch Sanders sie sehen: Eine schöne, stolze Frau schritt über das Parkett der Bühne entgegen, schaute lächelnd nach links und nach rechts und umhüllte alle Anwesenden mit ihrem Blick. Das Kleid an ihrem Körper war vielleicht ein wenig zu grell für ihr Alter, es war orangerot und mit Pailletten kunstvoll bestickt, doch da es sicherlich als Hommage an die Sanddornbeere zu verstehen war, konnte man diese stilistische Sünde ohne weiteres verzeihen. Das kinnlange, tiefschwarze Haar war schlicht und edel nach hinten gekämmt, auf Make-up und Schmuck hatte die ihm völlig Unbekannte ganz verzichtet, eine feine Schramme zog sich über die linke Wange, doch war diese Frau reizvoller und auf natürliche Art schöner als die meisten der zurechtgemachten Damen hier im Saal. Sie ging ebenfalls die Bühnentreppe hinauf, stellte sich neben Thore Felten und ergriff das Mikrofon. Das Lächeln, welches sie den Menschen vor ihr schenkte, war strahlend und schön, es zog die Aufmerksamkeit aller auf diese Frau, und Thore Felten wirkte ein bisschen blutleer neben ihr. Sein Blick verriet, dass er um Fassung rang.

Sanders erwartete, dass diese Frau zu singen begann, sie war sicherlich die Musikerin des Abends und hatte ihren Auftritt etwas zu früh gewählt.

»Vielen Dank an meinen Mann für diese warmen Worte, an dieser Stelle möchte auch ich Sie in unserem Hotel begrüßen und Ihnen einen unvergesslichen Tag sowohl kulinarischer als auch unterhaltsamer Art wünschen.«

Die Menschen applaudierten.

Sanders klatschte ebenfalls. Es war Hilke Felten-Cromminga. Die Frau, nach der sie ergebnislos gesucht hatten, stand nun einfach hier, inmitten von hundert oder hundertfünfzig Menschen, und hielt eine Rede, eine kleine, kurze, überaus charmante Rede. Sanders erwog nur einen kurzen Augenblick, auf die Bühne zu stürzen und sie in Gewahrsam zu nehmen. Doch dann ließ er dieser bemerkenswerten Frau ihren Auftritt, denn er vermutete, dass sie irgendetwas in der Hand haben musste, um so zu handeln. Sie war so wach, so klar bei Verstand, sie würde sich nicht zum Abschuss freigeben, wenn sie nicht irgendetwas damit bezwecken wollte. Sie war ganz anders, als Sanders es vor seinem inneren Auge gesehen hatte: keine schwache, unscheinbare Person in Grau. Sie war stark, attraktiv und lebensfroh. Sie hakte sich bei ihrem Mann unter. Dieser schien sich inzwischen mit dem Spiel abgefunden zu haben und hatte ein Lächeln auf den Lippen, wenngleich auch ein etwas gezwungenes.

»Und so erlaube ich mir, zusammen mit meinem Mann für uns alle das Glas zu erheben, es ist Champagner mit einem, na sagen wir mal, mit dem Kuss der Sanddornbeere. Wir trinken auf Ihr Wohl, vielen Dank, dass Sie erschienen sind!«

Alle Gläser im Raum hoben sich nahezu tänzerisch für einen kurzen Moment in die Höhe, ein paar diskrete »Zum Wohle« wurden gemurmelt, dann sah er Dutzende von Lippen an den zarten, dünnen Gläserwänden nippen. Es war fast geräuschlos in dem riesigen, prunkvollen Saal und als mit einem Mal der traurig-kreischende Klang eines Schifferklaviers ertönte, erschraken die meisten Gäste und ein wenig Champagner wurde verschüttet.

Ein Kellner trat an die Menschen heran und wies ihnen die Sitzplätze zu. Als die Ersten sich gesetzt hatten, stellte Sanders fest, dass Thore Felten und seine Frau nicht mehr in seinem

Blickfeld waren. Er schaute sich um. Der Saal war groß, es gab ein paar Nischen und Ecken, doch nirgendwo waren die Gastgeber zu entdecken. Sanders ärgerte sich über seine eigene Unaufmerksamkeit und kam hinter seiner Säule hervor.

Auf der Bühne saß nun ein abenteuerlich aussehender Mann mit Akkordeon, Sanders versuchte, so unauffällig wie möglich zu ihm hinauf und dann hinter den dunkelblauen Vorhang zu gelangen. Da der Anblick des Musikers nicht gerade appetitanregend war, schienen sich die Augen der Gäste bereits abgewandt zu haben, vielleicht hatten sie die Ohren noch auf Empfang, doch Sanders machte keinen Lärm und niemand bemerkte ihn. Hinter dem Vorhang war eine Tür wie er vermutet hatte, sie war nur angelehnt und dahinter brannte Licht. Zuerst wollte er gleich hindurchgehen, doch dann bemerkte er, dass Hilke Felten-Cromminga und ihr Mann ganz allein in diesem Garderobenräumchen zu sein schienen. Zum Glück war Thore Felten kein leiser Zeitgenosse, Sanders verstand jedes Wort.

»Du gehörst in eine Anstalt und nicht hierher. Allein schon diese Geschmacklosigkeit, in Ronjas Kleid aufzutauchen, ist doch ein Zeichen, dass du nicht mehr klar bei Verstand bist.«

»Es ist mein Kleid. Ich habe es entworfen, ich habe es genäht, es passt mir wie angegossen. Das einzige Mal, wo ich nicht bei Verstand gewesen bin, war, als ich es Ronja auf den Leib geschnitten habe. Ansonsten geht es mir nämlich sehr gut.«

»Schatz, du siehst wirklich fabelhaft aus.«

Sanders konnte in seinem Versteck den ironischen Unterton hören.

»Nach all den Jahren traust du dich mal wieder, aus der Versenkung aufzutauchen und meinst, alles könnte sein wie früher, als du noch jung und attraktiv warst. Da lebst du aber verdammt noch mal an der Realität vorbei, meine Liebe. Dr. Gronewoldt hat es mir wirklich dringend ans Herz gelegt, dich einweisen zu lassen und nach deinem Auftritt vorhin bin ich mir immer sicherer, dass er recht hat.«

»Nun tu doch nicht so, als richtest du dich nach dem, was Dr. Gronewoldt sagt. Ist es nicht viel eher so, dass er sich mit dem, was er sagt, nach dir richtet?«

Eine kurze Weile war es still im Raum hinter der Bühne, dann zischte ein bitteres Lachen aus Feltens Mund.

»Verfolgungswahn ist wohl auch so eine Psychose von dir.«

»Wenn mein Psychotherapeut weiß, wo mein Badezimmer ist, ohne vorher mit mir in unserer Wohnung gewesen zu sein, dann werde ich trotz dieser Hammerpillen, die er mir verordnet hat, hellhörig. Und wenn mir seine Sekretärin von euren freundschaftlichen Treffen als alte Schulkameraden erzählt, ich von Gronewoldts akuten Geldsorgen erfahre und mich dann wieder daran erinnere, dass das *Dünenschloss* mir und nur mir allein gehört, dann kommt mir ein sehr konkreter Verdacht, mein Lieber.«

»Erzähl mir von deinen Hirngespinsten, Hilke ...«

»Auch wenn es das Schäbigste ist, was man einem Menschen antun kann und ich meinen Töchtern absolut keinen Vater wünsche, der zu so etwas imstande ist, denke ich, du wolltest mich für unzurechnungsfähig erklären lassen, um im Hotel weiter schalten und walten zu können, wie es dir gefällt.«

»So ein Schwachsinn. Du bist krank, Hilke, es ist noch schlimmer, als ich befürchtet hatte. Du hast dich doch seit Jahren schon für nichts mehr interessiert, warum sollte ich mit dieser Situation nicht einfach zufrieden sein und dich in Ruhe lassen?«

Feltens Stimme klang in Sanders' Ohren nicht mehr annähernd so beherrscht und sicher, wie noch vor ein paar Minuten auf der Bühne. Nur seine Frau ließ sich nicht beirren, ihre Worte waren gefasst und klar.

»Vielleicht wolltest du immer mehr? Noch mehr Geld ausgeben für die Erfüllung deines Traums vom Luxushotel auf Juist. Das hätte ich nicht zugelassen, du weißt es. Ich hätte zu verhindert gewusst, dass du sämtliche Sicherheiten unserer Familie, unserer Kinder, auf eine Karte setzt.«

»Ja, weil du halt keinen Sinn für's Geschäft hast. Wenn alles nach dir gegangen wäre, dann säßen wir immer noch in diesem muffigen Zwei-Sterne-Hotel mit Etagendusche und Essengeruch in den Tapeten.«

»Vielleicht wolltest du mich auch einfach loswerden? Mich,

den ewigen Klotz am Bein, diese graue Maus ohne einen Funken Ehrgeiz …«

»… die alte Übermutter …« Jetzt hatte sie ihn so weit.

Sanders traute seinen Ohren nicht. Diese Hilke Felten-Creminga zog mit ihrem eigenen Ehemann ein Verhör durch, das es in sich hatte. Nur noch ein paar Minuten und er hätte das Mordgeständnis, ohne einen Finger krumm gemacht zu haben.

»Du wolltest mich eintauschen gegen eine wie Ronja Polwinski, ist es nicht so? An ihrer Seite ist dir erst bewusst geworden, was bei mir fehlt.«

»Soll ich anfangen, es aufzuzählen?«

»Nein danke, das kannst du mir mal aus dem Knast schreiben, wenn sie dich eingelocht haben. Da hast du viel, viel Zeit, dir zu überlegen, ob es so gut war, die Geliebte gleich mit aus dem Weg zu räumen, als sie anfing, dein schäbiges Spiel zu durchschauen.«

»Ja, klar. Ich werde dir dann einen langen Brief zukommen lassen mit all den Details. Wie sie Mitleid mit dir hatte, weil ich so berechnend mit dir umging. Wie sie kurz erschrak, dass sie auf einmal so müde wurde von dem Getränk, in das ich deine Schlaftabletten gemixt hatte. Willst du all diese Schauerlichkeiten wirklich wissen? Du bist verrückt, Hilke, du bist hoffnungslos verrückt.«

Es war still, der Musiker hatte aufgehört zu spielen, höflicher Beifall setzte ein. Sanders schob sich an der Wand entlang, hinter einem Rednerpult konnte er sich verstecken, dann kam der Künstler schon nach hinten, schob den Vorhang zur Seite und betrat das Hinterzimmer.

»Verzeihen Sie, wir gehen selbstverständlich sofort«, hörte er Felten sagen. »Es wird Zeit, den ersten Gang anzusagen.«

Sanders schaute ein kleines Stück hinter dem Pult hervor, Felten musste schon gegangen sein, seine Frau stand noch hinter dem Vorhang und richtete sich vor einem halbblinden Spiegel das Kleid. Sie sah weder erschüttert noch triumphierend aus, vielleicht nur ein wenig traurig. In Sanders' Augen sah sie ganz und gar nicht so aus wie eine Frau, die ihrem Mann soeben ein Mordgeständnis entlockt hatte.

Vorspeise

Wencke hatte Hilkes Einzug mit Genugtuung vom Foyer aus beobachtet. Bereits im kleinen Nähatelier war eine Verwandlung mit dieser Frau geschehen, die ihr den Atem geraubt hatte. Eben waren sie noch wie zwei Kriminelle durch die Dünen zum Hotel geschlichen, hatten nach links und nach rechts geschaut, als wären sie auf der Flucht, dabei waren sie dabei, sich möglichst unauffällig direkt in die Höhle des Löwen zu begeben. Die Idee war noch nicht einmal ihrem kreativen Köpfchen entsprungen. Nachdem sie mit Leitungswasser aus Zahnputzbechern auf ihre gemeinsame Sache und ihre Vornamen angestoßen hatten, war Hilke aufgestanden, hatte sich vor den Ganzkörperspiegel gestellt und gefragt: »Meinst du, Orange würde mir stehen?«

Der Plan war genial: Wenn sie selbstverständlich in den voll besetzten Speisesaal hineinspazierte, dann hätte Thore Felten keine Wahl, als sie gewähren zu lassen. Einen Eheskandal vor all diesen für ihn bedeutsamen Menschen würde er in jedem Fall vermeiden wollen. Dass sie bei der Begegnung auch noch das Kleid von Ronja Polwinski tragen würde, bedeutete für Felten noch einen weiteren Hieb, der ihn in die Ecke manövrieren könnte, in der sie ihn haben wollten: Er sollte außer sich sein, er sollte zum Zerreißen gespannt sein, er sollte schutzlos ihren direkten Anschuldigungen ausgeliefert sein. Denn was er dann sagen würde, wäre die Wahrheit.

Wencke ahnte, dass es für Hilke ein ebenso befreiendes wie grausames Spiel sein musste, genau wie auch sie selbst nicht zu sagen vermochte, ob sie den Enthüllungen gewachsen wäre. Denn der Verdacht, der beiden Frauen gleichzeitig fast schleichend, aber mit Gewalt gekommen war, brächte für keine von beiden den Sieg: Fokke Cromminga hatte einen verdammt guten Grund gehabt, Ronja aus der Welt zu schaffen, vielleicht hatte er sogar das stärkste Motiv von allen. Er wollte nicht ein zweites Mal als Spitzenkoch den Traum vom Gourmetrestaurant zu Grabe tragen, er wollte bei einem Zweikampf mit dem Stiefvater nicht schon wieder den Kürzeren ziehen, er wollte sich von niemandem mehr Steine in den Weg legen lassen, den er entschlossen war zu gehen.

Wencke sah vor dem inneren Auge diese seltsamen Diagramme ihres Kollegen Sanders vor sich, und bei Fokke stand nicht nur der Balken beim »Motiv« an oberster Stelle, nein, auch die anderen Kriterien konnte er ohne weiteres erfüllen: Er hatte die Möglichkeit, ohne Aufsehen zu erregen, das Kühlhaus in Beschlag zu nehmen, er hatte das Potential, da er von seinem Perfektionismus besessen war. Wenckes weibliche Intuition hatte noch einen weiteren Punkt auf Sanders' Werteskala hinzugefügt: die »Handschrift«. Eine malerische Schönheit in den Dünen, es konnte kein Zufall sein, dass Ronja Polwinski wie dekoriert ausgesehen hatte, wie garniert. Ihr kam die Leichtigkeit und Selbstverständlichkeit in den Sinn, mit der Fokke ihr das exotische Obst gereicht hatte. Und ab diesem Moment war sie sich fast schon zu sicher gewesen, den größten Fehler ihres Lebens begangen zu haben: Sie war mit einem Mörder ins Bett gegangen.

Wencke stand noch immer im Foyer, Felten hatte seine Frau nach dem Trinkspruch hinter die Bühne gezerrt, unauffällig und mit sanfter Gewalt, außer ihr hatte es wohl niemand bemerkt. Sie suchte in der verwirrenden Menschenmenge nach Meint und Sanders, doch selbst als die Gäste die Plätze eingenommen hatten, war ihr noch keiner der beiden Kollegen aufgefallen. Sie hatte damit gerechnet, dass sie sich unter die Leute gemischt hätten und ein wenig Befürchtungen gehabt, Sanders könnte in seinem blinden Ehrgeiz Hilke Felten-Cromminga von der Bühne holen. Nichts dergleichen war geschehen. Vielleicht waren die beiden gar nicht hier, sie gingen heute alle getrennte Wege, Sanders war noch nicht einmal zum Frühstück erschienen, was Wencke nur recht war.

Den Musiker am Akkordeon nahm sie erst so richtig wahr, als er seine erste Pause machte. Nach einem höflichen Applaus verließ er die Bühne, Wencke schaute gebannt, was nun geschehen könnte. Nach nur wenigen Augenblicken trat Thore

Felten ans Mikrofon, Hilke war nicht zu sehen, sie musste immer noch hinter dem dunklen Vorhang stecken. Wencke wünschte, sie könnte für einen Moment zu ihr. Sie konnte aus der Entfernung nicht einschätzen, in welcher Verfassung Thore Felten war. Auf den ersten Blick wirkte er, als wäre nichts geschehen. Erst als er die ersten Worte an das Publikum richtete, wurde sie seiner Angespanntheit gewahr.

»Vielen Dank an unseren Musiker, ähm … entschuldigen Sie vielmals. Noch einmal: vielen Dank an Ruven Aechterbroek aus Groningen am Schifferklavier. Er wird uns durch das heutige Menü musikalisch begleiten.«

Der Applaus, der nun einsetzte, war verhalten, Wencke registrierte einige Köpfe, die sich irritiert einander zuneigten, und ein leises, kaum wahrnehmbares Flüstern erfüllte für einen kurzen Moment den Saal. Felten suchte mit den Fingern in seiner Innentasche und holte ein kleines Blatt hervor. Er musste seine Rede ablesen. Wencke hätte schwören können, dass er es anders geplant hatte.

Er räusperte sich. »Seine Musik ist keine gewöhnliche Tafelmusik, genau wie die Sanddornbeere, die wir heute sozusagen adeln möchten, keine gewöhnliche Zutat für Tafelfreuden ist. Doch wer ein bisschen Bitterkeit schätzt und weiß, dass diese die Süße erst zum Glänzen bringen kann, der wird heute sowohl von der Musik als auch von dem Menü begeistert sein.«

Der schwere Vorhang hinter ihm schob sich auseinander und Hilke betrat die Bühne. Sie war strahlend und ruhig, Wencke konnte es fast nicht glauben, dass dies dieselbe Frau sein sollte, die man ihr als verängstigt und gebrochen beschrieben hatte. Genau wie bei ihrem ersten Auftritt nahm sie Felten erneut das Mikrofon aus der Hand. Vereinzelte Lacher an den Tischen ließen darauf schließen, dass die Gäste das Ganze für eine originelle Art der Unterhaltung hielten. Im Grunde war es auch nichts weiter als Theater. Wenn es nicht bereits so todernst geworden wäre.

»Mein Mann ist kein guter Redner, wenn er hungrig ist«, sagte Hilke trocken und die Lacher wurden lauter. »Was er Ihnen sagen möchte, kann er nicht, da ihm dann das Wasser im

Munde zusammenläuft. Wir präsentieren Ihnen jetzt die Vorspeise: Carpaccio vom Wild auf Zuckerrohr-Sanddornsorbet! Genießen Sie, liebe Gäste! Anschließend wird unsere Küche Sie mit einem Austernschaumsüppchen mit Sanddorngarnelen begeistern.«

Ein Raunen schwoll an den Tischen an, die Damen und Herren rückten sich auf ihren Stühlen zurecht und einige entblätterten die kunstvoll geformten Servietten. Hilke verließ das Podest und wurde kurz von ihrem Mann am Ärmel gehalten, es war wieder diese Geste kaum sichtbarer Gewalt, der sie sich flüchtig entzog. Felten schaute sich um, er schien von hinten gerufen worden zu sein und mit einem heftigen Schrecken sah Wencke, dass ihr Kollege Sanders vor den Behang getreten war. Er musste die ganze Zeit über dort gesteckt haben, er war Zeuge gewesen, alles das, was Hilke ihr nun gleich erzählen würde, hatte er selbst mit angehört. Er war ihr wieder einmal zuvorgekommen. Doch ihr blieb keine Zeit, sich darüber zu ärgern, sie nahm die kleine Treppe, die hinter der Rezeption in den Keller führte, und eilte zum Atelier.

Hilke war schon dort, sie hatte den Weg durch die Küche genommen. Sie saß auf dem Tisch, ihre Miene war versteinert und Wencke war unfähig, eine Regung darin zu erkennen.

Sie schloss die Tür. Keiner hatte bemerkt, dass sie sich hier trafen. Hoffentlich.

Hilke blickte auf und schüttelte kaum merklich mit dem Kopf.

»Was soll das heißen?«

»Er hat es nicht getan.«

»Was genau hat er gesagt, Hilke, wie hat er reagiert?«

»Er war zornig, er hat versucht, mir die Sicherheit zu nehmen, wie er es immer getan hat. Damit habe ich auch gerechnet.« Hilke sprach seltsam langsam und stockend, fast klang es, als wäre sie nicht mehr in der Lage, ein klares Wort über die Lippen zu bringen.

»Und was ist mit der Sache mit Gronewoldt?« Wencke wollte nicht so ungeduldig klingen, doch man konnte ihr anmerken, dass sie es keine Sekunde länger aushielt.

»Ja, das hat er getan. Er hat es zugegeben, mit seiner unbarmherzig kalten Art hat er mir gesagt, dass er mich nicht mehr sehen wollte, dass er mich entsorgen musste. Er war noch nicht einmal schockiert, dass ich dahintergekommen bin.«

Wencke ging auf sie zu und nahm sie sanft bei den Schultern. Hilke zitterte.

»Ja, aber was ist mit Ronja Polwinski?«

Hilkes Kopf fiel schwer nach vorn, sie fing ihn mit dem Oberarm auf und ließ ihn dort liegen. Hilkes Worte konnte Wencke kaum verstehen. »Er hat so lapidar dahergeredet, dass man meinen könnte, ihm wäre diese schreckliche Tat nicht einen ernsthaften Gedanken wert. Er hat mich sogar glauben lassen, er hätte sie selber verübt.«

»Aber?«

»Ich kenne meinen Mann. Ich kenne ihn in- und auswendig. Mit dieser Finte wollte er mich nur zur Verzweiflung bringen, aber die Wahrheit ist anders. Ich bin am Ende, ich fühle mich, als hätte er mir mit seiner Eiseskälte die Sinne blockiert. Aber eines weiß ich genau: Er hat es nicht getan! Denn wäre er es gewesen, hätte er Ronja Polwinski das Leben genommen, er hätte es mir niemals gesagt.«

»Bist du dir sicher? Du weißt, was das bedeutet?«

Hilke hob den Kopf wieder an, sie hatte nicht geweint, sie sah makellos aus, noch nicht einmal ihre Haare waren in Unordnung. Wie hatte jemals ein Mensch von ihr denken können, sie wäre verrückt?

»Du musst Fokke verhaften. Er hat es getan.«

Die beiden Frauen schauten sich an. Wencke zweifelte nicht einen Moment an der Wahrheit, die lediglich auf einem Gefühl, auf einer Intuition beruhte, die noch nicht einmal ihrem eigenen Bauch entstammte. Sie wusste, diese Frau hatte etwas gesagt, das ihr schwerer fiel als eine Verleumdung, mit der sie ihren Mann hätte strafen können. Sie hatte ihren eigenen Sohn verraten. Es blieb keine Zeit, sie zu trösten.

»Hilke, bitte sag meinem Kollegen Sanders Bescheid, er soll in die Küche kommen, sofort! Ich habe ihn vorhin bei deinem Mann gesehen. Sag ihm, ich brauche dringend seine Unterstützung.« Wencke ließ sie in dem kleinen Raum zurück und hoffte, dass sie ihr ein klein wenig Stärke zurückgelassen hatte.

Sie rannte den Gang hinunter, obwohl ihre Beine schwer waren und sie sich selbst gern ein wenig Zeit gelassen hätte, bevor sie die Tür zur Küche öffnete.

Dahinter war die Luft heiß und feucht, sie konnte im ersten Moment kaum eine Gestalt ausmachen, doch dann erkannte sie weißgekleidete Menschen, die zwischen den kantigen Küchenelementen in alle Richtungen hasteten, alle schienen einer einvernehmlichen Ordnung zu gehorchen, es wurde sich geduckt, wenn ein anderer mit schweren, fettspritzenden Pfannen über die Köpfe hinweg hantierte, man drängte zur Seite, wenn dampfende Töpfe von der Größe eines Kleinkindes zum Abgießen gewuchtet wurden, fast ohne Worte funktionierte diese Welt. Wencke konnte darin kein System erkennen, sie fühlte sich hin- und hergeschoben, obwohl sie noch immer am Eingang und dicht an die Wand gedrängt stand.

Dann entdeckte sie Fokke. Er war der Dirigent. Seine Augen schienen überall zu sein und mit seinen beiden Händen vermochte er in diesem Moment wohl zehn verschiedene Handgriffe zu verrichten. Er war präsent, er war bis in die letzte Sehne genau bei dieser Sekunde, in der er die schalenförmigen, weißen Suppentassen mit sämiger Suppe gefüllt mit den Fingern nur zu überfliegen schien. Ein kleines Bild schien er darauf zu pinseln, ein wenig grün und orange, eine Skulptur nach oben ziehend, ein Teller um den anderen wie viele kleine Noten in einer Partitur, fast identisch aussehend ergaben sie für sich und als Gesamtheit einen Einklang.

»Weg, weg, weg«, rief er nur kurz und nicht laut, fast hatte er es noch nicht ausgesprochen, da waren die Teller von einer anderen Hand davongetragen, er war nur einen Meter weiter gerückt und dirigierte erneut.

»Weg, weg, weg.«

»Fokke.«

Die Hände hielten für den Bruchteil einer Sekunde inne. »Wencke.«

»Wer ist die Schnepfe? Raus mit ihr!« Eine Stimme schien

sich zu überschlagen.

»Sie können Herrn Cromminga jetzt nix stören, auf gar keine Fall.« Die kleine, dunkelhaarige Polin trat auf sie zu und wollte sie hinausschieben.

»Marietta, ist schon in Ordnung.« Fokke schaute nicht auf, er verlor nicht den Rhythmus und nicht die Ruhe. »In drei Minuten, Wencke. Geh nach hinten durch.«

»Bist du verrückt, Chef? In drei Minuten? Wir stehen kurz vorm Hauptgang!«

Wencke zögerte nur kurz, dann schob sie sich an der Wand entlang. Sie versuchte, zum Gefrierhaus zu gelangen. Ein Kellner fluchte, als sie ihm für einen kurzen Augenblick in die Quere kam, er ging weiter zu einem Tisch, auf dem die Suppen abgestellt wurden, fasste mit jeder Hand zwei der bauchigen Teller und trug sie davon. Eine junge Frau kam ihm entgegen und tat es ihm gleich, so ging es wie in einem unhörbaren Takt herein und hinaus, einer um den anderen, sie beobachtete das Treiben und hatte schon nach kurzer Zeit den Überblick verloren, wie oft jede Bedienung nun schon an ihr vorbeigehastet war. Sie kamen mit angespannten Blick und verließen die Küche kerzengerade mit einem Lächeln auf den Lippen, keiner schwitzte, keiner war außer Atem, keiner wurde langsamer oder schneller, fast wie Aufziehpuppen.

Dann blieb der Tisch leer, keiner kam mehr durch die Tür, es schien ein kurzer Moment einzutreten, in dem alle stillstanden. Dem war natürlich nicht so, es wie ging ein Ruck durch die Menschen, die in dieser Küche standen, jemand hatte den Hebel umgelegt, Kochgeschirr wurde fortgetragen und neue Töpfe und Pfannen fanden ihren Platz auf dem Feuer. Auf einmal stand Fokke neben ihr. Seine Augen waren voll von irgendwelchen Gefühlen, die ihn in einen Trancezustand zu heben schienen.

Einen flüchtigen Augenblick hatte Wencke Mitleid, sie überlegte, es nicht zu tun.

»Ist was mit meiner Mutter? Ich habe gehört, sie ist hier?«

»Wo können wir nur für einen kurzen Moment unter vier Augen sprechen?«

Er wies sie in das Kühlhaus.

Auf einem riesigen silbernen Tablett vor ihr breitete sich die Silhouette der Insel aus. Schlank und schön schien sie auf einem Meer aus Früchten und geschlagener Creme zu schwimmen, Dünen aus weißem Samt erhoben sich sanft, kleine orange Häuser bevölkerten zuckersüß die Täler aus Kristall. Juist aus Eis.

»Es ist nicht wegen Hilke, es geht ihr gut. Fokke, ich muss dich verhaften.«

»Du musst was?« Er trat auf sie zu. Hoffentlich kommt Sanders gleich, ging es ihr durch den Kopf. Auf einmal verspürte sie Angst.

»Wegen Mordes an Ronja Polwinski. Du bist es gewesen.«

Fokke starrte sie an. Er unternahm keinen Versuch, sich zu rechtfertigen, er sagte keine Silbe, die ihn hätte entlasten können. Seine Hände griffen hart an ihren Hals. »Du kannst das jetzt nicht machen, Wencke. Jetzt nicht!«

»Ich muss es jetzt machen. Verstehst du? Es ist mein Job, es ist meine verdammte Pflicht, den Mörder von Ronja Polwinski sofort zu verhaften. Du hattest Zeit genug, dich aus dem Staub zu machen, als ich noch dumm genug war, auf deine Spielereien hereinzufallen. Jetzt ist es aus.«

»Ich warne dich, wenn du auch so dumm bist, dich mir in den Weg zu stellen. Ich lasse mich von dir nicht ruinieren! Von dir genauso wenig wie von Ronja!«

»Fokke, du hast dich selbst ruiniert. Warum auch immer dir diese beschissene Kocherei das Hirn kaputtgemacht hat, jetzt ist Schluss damit.«

Er drängte sich fest an sie, sein Atem schlug ihr wie Nebel ins Gesicht. Sie flehte still, dass endlich die Tür aufgehen und Sanders sie aus dieser Lage befreien würde. Doch die Tür blieb geschlossen. Fokkes Hand legte sich enger um ihre Kehle und sie musste quälend nach Luft schnappen.

»Du kannst mich hier nicht erwürgen«, keuchte sie, »das wäre krank, Fokke. Hör auf damit.«

Er presste sie gegen die kalte Wand, sein Ellenbogen keilte sich schmerzhaft unter ihre Brust, dann sah sie, dass er mit der anderen Hand eine Tür hinter sich öffnete. Eiskalter Dunst quoll hervor. Mit einem gewaltigen Ruck drehte er sie um und hob sie an seinen Körper, sie stemmte sich mit beiden Beinen gegen den Türrahmen, doch er schlug mit der freien Hand gegen ihre Kniekehlen, die nachgaben. Sie schrie, doch ihr Hals war noch immer von seinen sehnigen Fingern umklammert, sie versuchte, ihn zu treten, wohin auch immer, ihre Arme fuchtelten wild herum und bekamen seine Schürze zu packen, doch sie schaffte es nicht, sich aus seiner Umklammerung zu lösen. Fast hatte er sie in den dunklen Raum geschoben, mit letzter Kraft hob sie das Knie und stieß mit ihrer Hacke fest zwischen seine Beine, er fiel ein Stück nach hinten und riss das silberne Tablett mit sich. Aus den Augenwinkeln konnte sie erkennen, wie die eisige Insel an der glatten Fläche herunterrutschte, wie die Soßen auf die Fliesen tropften, bis alles nur noch ein erbärmlicher Brei aus süßen Zutaten war.

Die Gewalt, mit der er sie nun packte, nahm ihr jede Chance. »Du hast es geschafft, du verfluchte Schlampe, du hast es tatsächlich geschafft.«

Er riss sie hoch und warf sie durch die Tür. Sie schlug mit dem Kopf gegen eine Kante, raffte sich auf, zog sich mit einer Hand hoch, sah ihm direkt ins Gesicht. Dann schloss sich die Tür.

Sie warf sich dagegen, versuchte mit ihren eisigen Fingern den Griff zu bewegen, doch sie konnte diesen Raum nicht verlassen.

Es war dunkel. Und es war kalt. Es war zum Sterben kalt.

Wo steckte Wencke Tydmers? Sanders hatte sie bereits von der Bühne aus im Publikum zu finden gesucht, doch er hatte ihren kurzen, roten Haarschopf zwischen all den ondulierten, hochgesteckten und pomadisierten Frisuren nicht entdecken können. Er hätte sie jetzt gut gebrauchen können. Thore Felten war zwar ohne größere Schwierigkeiten mit ihm in den Wintergarten gegangen, doch als er hörte, worum es ging, entwickelte sich das Gespräch zu einem Desaster. Meint Britzke hatte kaum eine Chance, dem Wortgefecht zu folgen, sein Kugelschreiber raste über den Block und beschrieb bereits das dritte Blatt Papier.

»Hören Sie, ich hatte Sie eigentlich für einen umgänglicheren und intelligenteren Polizisten gehalten als Ihre vorlaute Kollegin, aber was Sie mir hier nun unterstellen, entbehrt jeder Vernunft.« Thore Felten hatte sichtlich Mühe, sich auf dem Platz zu halten, sein Verhalten schwankte zwischen unterdrücktem Zorn und aggressiver Demut, er schien alle Register zu ziehen, um dieser Situation so schnell wie möglich zu entkommen. »Und es ist mir auch egal, was Sie meinen, mit angehört zu haben, Fakt ist, dass meine Frau mich hier vor allen Leuten zum Vollidioten gemacht hat. Sie verschwindet zwei Tage lang und ich vergehe vor Sorge um sie, und dann taucht sie so mir nichts dir nichts auf, als wenn nichts gewesen wäre, noch dazu in einem Kleid, das Ronja Polwinski auf den Leib geschneidert wurde, und konfrontiert mich mit Vorwürfen, dass ich sie angeblich aus böser Absicht in die Klapsmühle einweisen lassen wollte. Wie hätten Sie denn reagiert, Kommissar Sanders? Vernünftig und besonnen? Hätten Sie ganz ruhig geantwortet: Nein, mein Liebling, du irrst dich, ich habe niemanden in den Wahnsinn getrieben und auch niemanden getötet … Ich bitte Sie, Herr Kommissar, machen Sie sich nicht lächerlich.«

»Herr Felten, der Verdacht gegen Sie bestand schon, bevor ich das Gespräch zwischen Ihnen und Ihrer Frau zu hören bekam.« Sanders war es langsam leid, das Gespräch drehte sich im Kreise. Er hoffte inständig, dass Tydmers endlich käme, er hatte mehrere Leute darum gebeten, nach ihr zu suchen. Nur sie konnte dem leidigen Verhör einen neuen Impuls geben, er gab es nur ungern zu, aber ihre weibliche Ader konnte ihm in diesem Moment von Nutzen sein.

Thore Felten erhob sich ruckartig von seinem Sessel, seine Stirn glänzte schwitzend und Sanders meinte, hektische Flekken in seinem Gesicht erkennen zu können.

»Ich werde hier keine Sekunde länger sitzen bleiben.«

»Oh doch, das werden Sie!«

»Hören Sie, machen Sie Ihre Arbeit gründlich und lassen Sie mich die meine tun. In meinem Speisesaal sitzen hundertachtzig geladene Gäste, die von ihrem Gastgeber erwarten, dass er sie erstklassig betreut. Und von Ihnen wird erwartet, dass Sie den Mörder von Ronja Polwinski erwischen, und da ich nicht der bin, den Sie suchen, lassen Sie mich gehen und erledigen Sie endlich Ihren Job.« Er ging zur Tür, erst zögernd, doch ohne sich umzublicken. Als er sicher war, dass niemand ihn aufhalten würde, beeilte er sich, die Chance wahrzunehmen.

»Warum haben Sie ihn gehen lassen?«, fragte Britzke.

»Wohin sollte er flüchten?«

»Sie hätten ihn verhaften können nach all dem, was Sie gehört haben.«

Britzke hatte einerseits recht, andererseits hatte er die Situation nicht wirklich durchschaut. Es wäre möglich gewesen, Thore Felten jetzt und hier festzuhalten und ihn zu verhören, bis ihm die Nerven blank lagen und er gestand. Doch eleganter war es, ihn so weit zu bringen, dass er von selbst über seine eigenen Nerven strauchelte. Die Sanddorntage, das plötzliche Auftauchen seiner Frau, die immer enger werdenden Verstrikkungen, dies alles würde er nicht mehr lange ertragen können und wenn er, Sanders, nur im richtigen Moment an Feltens Seite auftauchen würde, dann wäre das Geständnis vor Gericht doppelt so viel wert wie eines, das nach stundenlangem Verhör fast lustlos zu Protokoll gegeben wurde.

»Keine Sorge, Kollege, wir werden ihn heute noch in Handschellen abführen«, sagte er zu Britzke, der ihn mit ungläubigem Blick anstarrte. »Was im Moment viel wichtiger ist: Wo steckt Wencke Tydmers?«

Hauptgang

Langsam wurde Hilke panisch. Sie hatte Wencke das Versprechen gegeben, dem Kollegen Bescheid zu sagen, doch sie konnte dieses Versprechen nicht einlösen. Sie war wie gelähmt. Das Zittern von heute Morgen hatte sich verschlimmert, schon als sie neben Thore auf der Bühne gestanden hatte, konnte sie den Tremor, der von ihren Händen bereits auf beide Arme übergegriffen hatte, kaum unterdrükken. Sie hatte an diesem Aperitif nur genippt, doch der Alkohol hatte ihren Zustand allem Anschein nach verschlimmert. Der Gang durch die Hintertür bis in ihr Nähatelier war eine Tortur für sie gewesen, jeder kleine Schritt bedeutete für Hilke eine enorme Anstrengung. Dann, schon während des Gespräches, war ihr die Kontrolle über den eigenen Körper entglitten. Sie hatte es Wencke nicht gesagt, doch als diese den Raum verließ, saß Hilke apathisch auf dem Schneidertisch und beobachtete hilflos ihre Muskeln, die hemmungslos zu zittern begonnen hatten. Sie musste an die Tabletten kommen, um Gottes Willen, sie musste eine dieser Pillen nehmen, sonst würde sie gleich hilflos wie ein Säugling in ihrem Atelier liegen. In die Wohnung konnte sie unmöglich kommen; wenn sie keine Medikamente mehr in ihrer Schublade unter der Nähmaschine fand, dann konnte sie es nur noch bis zum Telefon schaffen. Der Mund war trocken wie Watte, von rechts und von links schoben sich Nebelwände in ihren Blick, bis sie nur noch geradeaus sehen konnte wie ein Pferd mit Scheuklappen. Langsam, unendlich langsam schob sie sich an den Rand des Tisches, dann ließ sie sich über die Kante gleiten. Den Boden unter den Sohlen spürte sie kaum noch, er schien ihr morastig zu sein, die Füße versanken bis zu den Knöcheln darin, dann ging sie in die Knie. Auf allen vieren schob sie sich Zentimeter für Zentimeter vorwärts, bis sie das Stuhlbein zu fassen bekam. Die Schublade schien nahezu unerreichbar zu sein, so weit oben, wie sollte sie jemals dort hinaufkommen und sie öffnen?

Sie ließ den Kopf auf den Boden sinken, Schweiß und Tränen klebten das Gesicht auf dem Linoleum fest, so verharrte sie einen Augenblick. Nun war Wencke sicher bereits in der Küche, sie hatte keine Ahnung, wie lange sie schon fort war. Ein paar Minuten, eine halbe Stunde oder schon länger? Sie würde warten, bis Verstärkung eintraf, sie würde nicht so unvernünftig sein und Fokke allein mit dem ungeheuerlichen Verdacht gegenübertreten. Sie musste doch wissen, dass Fokke unberechenbar sein konnte, wenn ihn jemand daran hinderte, sein Ziel zu erreichen. Hilke fühlte einen tiefen Schmerz in sich, es war ein Reißen tief im Inneren, das ihr für einen kurzen Augenblick den Atem nahm und wie ein Stromschlag durch den linken Arm fuhr. In diesem Moment schlossen sich vielleicht schon die Handschellen um die sanften Handgelenke ihres Sohnes, sie wusste, es war das Einzige, was für Fokke noch übrig zu bleiben schien. Man musste die Welt vor ihm schützen, vor seinem Perfektionismus, der gleichzeitig so viel destruktive Energie freisetzte, man musste Fokke vor sich selbst retten. Hilke sah vor ihren Augen eine Lache aus Speichel, die ihr aus dem Mundwinkel herausgelaufen war. Fokke war kein Ungeheuer, er war so empfindsam, so verletzlich, er war ein armes Kind, das nur eines wollte: Anerkennung. Anerkennung, die sie ihm als Mutter versagt hatte. Sie selbst war die Schuldige, sie hatte Fokke zu diesem ausgehungerten Wesen werden lassen, das um sich schlug, um sein eigenes Leben zu retten.

Spitze Pfeile durchbohrten ihren Schädel, als sie sich mühsam aufrichtete. Ein Blick auf die verkrampften Finger, die sich am hölzernen Stuhl emporkämpften, ließ sie nicht glauben, dass es ihre eigenen Hände waren. Sie befahl diesen Klauen, den Griff am Nähtisch zu umfassen, doch die Bewegungen waren fahrig, erst im vierten Versuch bekam sie den Knauf zu packen und zog mit hilfloser Restkraft die Schublade auf. Die Augen suchten verzweifelt in dem dunklen Kasten, die Fingerspitzen griffen ins Leere. Es war nichts darin. Hilke heulte auf. Der schwarze Tunnel zog sich enger, kurz blitzten grelle Gestalten vor ihrem Auge, dann sank sie schlaff in sich zusammen und blieb regungslos auf dem Boden liegen wie ein Vogel, der gegen eine Fensterscheibe geflogen war.

Nur zehn Zentimeter über der offenen Schublade stand das Telefon unberührt und stumm.

Wencke hasste die Kälte. Sie fühlte sich wie in einem Gladiatorenkäfig, nur dass das Ungetüm, gegen das sie kämpfen musste, nicht aus Fleisch und Blut, sondern eine Temperatur von ungefähr minus achtzehn Grad war. Doch die Wunden, die ihr der Gegner zufügte, waren nicht weniger schmerzhaft. Wenckes Fingerspitzen schienen von tausenden kleiner Nadeln durchbohrt, nachdem sie die ersten Minuten in ihrem frostigen Gefängnis vergeblich versucht hatte, den Türgriff zu bewegen. Es hatte keinen Zweck; das sichere Wissen, im nächsten Augenblick von Meint oder Sanders aus der fatalen Lage befreit zu werden, sank wie ihre eigene Körpertemperatur. Irgendetwas musste passiert sein, irgendetwas hatte Hilke davon abgehalten, die Kollegen einzuschalten, doch Wencke wusste, sich den Kopf darüber zu zerbrechen, was es gewesen sein könnte, ergab keinen Sinn, sie musste handeln.

»Wencke, Wencke, versuch dich zu erinnern, was dir der Typ von der Kältetechnikfirma erzählt hat, scheiße, konzentriere deine wenigen noch nicht schockgefrosteten grauen Zellen und denk nach …«

Das Selbstgespräch war leise und nicht so eindringlich, wie es nötig gewesen wäre. Die Kälte drang durch ihre Lippen und schien die Zähne mit eisigem Griff zu umklammern. Wencke schwieg, sie hörte nichts, der Lärm von der Küche drang durch keine Ritze, deswegen würde es auch keinen Sinn machen, aus Leibeskräften zu brüllen. Das Summen der Ventilatoren war leise, fast ein wenig beruhigend in der Dunkelheit und Wencke bemerkte mit Schrecken, dass sie begann, müde zu werden.

Woher kam das Ventilatorengeräusch? In dem kleinen Raum konnten ihre Ohren nur schwer die ungefähre Richtung nachvollziehen, sie tastete die Wände ab, bis sie meinte, ein feines Plastikgitter zu fühlen, aus dem ein eisiger Luftzug geblasen wurde. Sie musste dieses Gerät zum Stehen bringen, das war eine Chance. Wenn die Luft in diesem Raum nicht mehr zirkulierte, würde die kalte Luft nach unten sinken und sie hatte eine reelle Chance, im oberen Bereich keine Erfrierungen zu erleiden. Mit einem langen, flachen Gegenstand könnte sie zwischen den Gitterlamellen hindurch das rotierende Blatt zum Stehen bringen, vorausgesetzt sie fände etwas, das stabil genug wäre. Wenn sie doch wenigstens nur einen winzigen Lichtstrahl hätte, doch in dieser gnadenlosen Finsternis war es aussichtslos, zu suchen.

Das Feuerzeug fiel ihr ein, es klemmte in der Gesäßtasche, sie zog es hervor und versuchte, es zu entzünden. Ihre Fingerkuppen waren jetzt taub, sie schmerzten nicht mehr, doch sie hatten auch jegliches Gefühl verloren, waren ihr fremd und machten es nahezu unmöglich, das Feuer anzureißen. Mit beiden Händen hielt sie das Feuerzeug nun fest umklammert, mit der einen drehte sie das winzige Rädchen, mit der anderen drückte sie das Gasknöpfchen nieder, doch der Funke erlosch. Sie versuchte es erneut, vergeblich, dann noch einmal und diesmal hielt sie die kleine spärliche Flamme für einen kurzen Augenblick am Brennen. Eilig schaute sie sich um, sah auf dem Regal weiße Styroporkästen, einen Stapel Margarinedosen und eine kleine Obsttorte. Dann war es wieder finster. Sie hantierte erneut mit dem Feuerzeug, die Metallteile hatten sich durch die Flamme kurz erhitzt, sie spürte ein beißendes Brennen irgendwo an ihrer Hand, konnte es aber nicht mehr lokalisieren, ihre Nerven waren unfähig, zu funktionieren.

Bitte, bitte lass mich irgendetwas finden, dachte sie. Der kurze Flammenschein zeigte ihr eine Holzbox, als sie sich dorthin drehte, erlosch das Licht erneut. Sie tastete sich voran, bis sie die Obstkiste gefunden hatte, entleerte polternd den Inhalt auf den Boden und riss mit aller Kraft die dünnen, splitternden Bretter auseinander. Damit musste es gehen, sie setzte sich auf alle viere und kroch in die Ecke, in der sie den Lüfter vermutete. Das Holzstück war ein wenig zu stark, nur die Spitze ließ sich in den schmalen Gitterspalt schieben, doch Wencke gab nicht auf, sie setzte sich hin, erfühlte mit dem Fuß das Ziel und trat mit einem heftigen Ruck dagegen.

Ein Splittern drang aus der Ecke, gefolgt von einem kurzen Brummen, dann stand der Motor still. Sicherheitshalber schob sie den Keil noch ein wenig nach und überprüfte, ob noch ein Luftzug aus dem kleinen Schacht kam, doch es schien funktioniert zu haben. Sie konnte sich nicht darüber freuen, die Kälte nahm ihr die Kraft dazu. Wenn sie durchhalten wollte, so musste sie nach oben auf das Regal gelangen. Ein Styroporblock diente ihr als Stufe, sie räumte die oberste Regalreihe leer, indem sie mit dem Arm darüberfegte, dann trat sie mit dem einen Fuß auf die mittlere Schiene und zog sich elend langsam hinauf. Es war nicht viel Platz zwischen Bord und Decke, sie musste sich zusammenkauern, doch die Minustemperaturen zwangen sie ohnehin, die restliche Körperwärme zusammenzuhalten.

Ein scheußlicher Gedanke kam ihr in den Sinn: Sie stellte sich Ronja Polwinski vor, diese schöne Frau, die sie nie kennen gelernt hatte, und der sie sich nun irgendwie so nahe fühlte. Schicksal verbindet, flüsterte ihr eine Stimme aus dem Nichts ins Ohr. An dieser Stelle hatte schon einmal ein Herz aufgehört zu schlagen, es war ein grausamer Ort zum Sterben, Dunkelheit, Einsamkeit und Kälte als letzte Gefährten. Wenkke merkte, dass nicht nur die Kälte ihr Feind war, vielleicht hatte sie dieser Gegnerin einen Etappensieg abgerungen, denn die fehlende Luftzirkulation machte sich bemerkbar, die Temperaturen stachen ihr nicht mehr in die Haut. Eine andere Befürchtung machte sich in ihr breit. An der Stelle, wo nur noch der blanke Überlebenswille das Kommando über sie hatte, rechnete sie die Kubikmeter geteilt durch den Sauerstoff, den sie pro Minute verbrauchte. Das Ergebnis war niederschmetternd. Wenn sie nicht bald aus dieser finsteren Zelle befreit würde, dann wäre sie erstickt … wenn sie nicht bereits vorher zu Eis gefroren war. Schlechte Aussichten. Wieder musste sie an Ronja Polwinski denken, dann dachte sie an

Axel Sanders und dass er dann wohl den Chefsessel besetzen würde, wenn sie tot war. Es war ein absurder Gedanke, es war unwichtig, unsinnig und absolut daneben, so etwas zu denken. Aber es war der letzte Gedanke, bevor sie einschlief.

Er musste umdenken. Der Seeteufel war bereits rausgegangen und sein Körper war in vollem Einsatz, den Fasan auf die Teller zu bringen. Doch sein Kopf war bereits beim Dessert. Ein Fehler, das wusste er. Wenn er nicht mit voller Konzentration den Fond ablöschte und daraus die Sauce zog, dann war es nicht dasselbe, dann konnte ihm ein Missgeschick passieren, eine Prise zu viel Thymian, eine zu herbe Note Rotwein, sein Triumph basierte auf schmalem Grat. Er durfte nicht zu hastig vorgehen, ein Fehltritt wäre programmiert. Doch er war aus dem Gleichgewicht geraten.

»Hey, Fokke, zieh nicht so ein Gesicht. Es läuft wunderbar«, rief Gunnar ihm zu. »Ich habe gerade ein Gespräch aufgeschnappt, wenn mich nicht alles täuscht, ist dir ein Stern sicher!«

Warum war für ihn der Weg nach oben immer blockiert? Wenn alles zum Greifen nahe war, wenn das Glück endlich auf seiner Seite zu sein schien, dann stürzte immer alles zusammen. Er war ein glückliches Kind gewesen, zwar ohne Vater, aber er hätte seiner Mutter doch so viel geben können, sie hätten es so schön haben können … bis Thore Felten kam. Und als die *Auster* von Lobeshymnen weit über die norddeutschen Grenzen hinaus überschüttet wurde, da stand er so kurz davor, sein Restaurant in die schwarzen Zahlen zu bringen – bis der Gerichtsvollzieher kam, von Thore Felten geschickt. Das kurze Glück mit Ronja, die erste Ahnung von Familie – bis ihm ein guter Freund erzählte, dass sie mit Thore Felten ins Bett ging. Schlimmer noch war es gewesen, als sie letzte Woche mit einem breiten Grinsen in die Küche gekommen war und ihm diese verhängnisvolle Mappe auf den Tisch gelegt hatte.

»Wir werden das Lokal hier schon zum Renner machen, das schwöre ich dir«, hatte sie gesagt, ein ahnungsloses Lächeln hatte sie ihm geschenkt, als sie ihm das Todesurteil für seine Ziele überließ. Schon nach den ersten Seiten hatte er gewusst, dass er handeln musste. Sie hatte eine Reise nach Hannover geplant, wollte dort mit einem Unternehmensberater die Details für ihre Idee von einem Buffetrestaurant durchsprechen, dann wollte sie die Pläne Thore Felten unterbreiten. Sein Kopf hatte rotiert, der Stress um das kaputte Kühlhaus hatte ihn bereits an den Rand des Erträglichen gebracht. Und dann war alles so einfach gewesen, es hatte sich nahezu von selbst so ergeben. Er hatte sie mit guter Miene zum bösen Spiel auf eine kleine Weinprobe in die Küche eingeladen, er fände die Idee mit dem Buffetrestaurant sehr reizvoll und bei dieser Gelegenheit könne man ja näher darüber sprechen.

»Fokke, mir fällt ein Stein vom Herzen. Ich dachte, an dir beiße ich mir die Zähne aus. Auf unseren gemeinsamen Weg zum Erfolg«, hatte sie gesagt, dann hatte sie mit ihm angestoßen und den Rotwein fast mit einem Zug geleert. Er brauchte gar nicht so lange zu warten, bis sich die Wirkung des Beruhigungsmittels in ihrem Körper auszubreiten schien. Soweit er sich zu erinnern vermochte, waren ihre letzten Worte: »Ich vertrage einfach keinen Rotwein, aber er schmeckt so wunderbar.« Dann hatte sie sich auf der Küchenbank langgemacht, war so schnell weggetreten, dass er sein Glas nicht einmal mehr zu Ende trinken konnte. Er trug sie in das neue Gefrierhaus, die Temperaturen hatte ihren Tiefstand noch nicht erreicht, er hatte es erst vor zwei Stunden angestellt, doch Ronja Polwinski würde sicher noch eine Weile schlafen.

Und jetzt war es wieder so weit, er hatte sich die Seele wund gekocht, er hatte hundertachtzig Gourmets dazu gebracht, die Teller leer zu essen, er brauchte nur mit dem Finger zu schnippen und Thore Felten würde endlich seine gerechte Strafe erhalten ... und dann war ihm alles aus den Händen geglitten. Er mochte Wencke Tydmers, er hielt sie für eine verständige Frau, warum konnte sie nicht nachvollziehen, was in ihm vorging? Konnte sie ihm nicht diese eine Chance lassen, dieses eine Mal?

Er hatte sie doch auch unterstützt, hatte ihre Selbstzweifel in der letzten Nacht weggeküsst, hatte Wencke den Fall in die Hände gelegt, damit sie ihren Kollegen zeigen konnte, was in ihr steckte.

»Chef, wir müssen uns sputen, die Teller kommen wieder rein.«

Seine Hände arbeiteten wie von selbst, er schmeckte kaum etwas, als er den kleinen Löffel zum Mund führte. Es konnte gut sein, eine Sauce, der man ganz neue liebevolle Adjektive zusprechen wollte, es konnte aber auch schmecken wie ein alter Hering aus dem Eimer. Er war nicht in der Lage, einen Unterschied zu schmecken. Doch er ließ es sich nicht anmerken, nickte und schob dem Küchenhelfer den Topf hinüber. Es war egal.

Dann blickte er auf. Thore Felten stand vor ihm. Warum saß er nicht bei den anderen?

»Du bist ein guter Junge, Fokke.«

»Warum sagst du mir das ausgerechnet jetzt? Ich habe absolut keine Zeit für Sentimentalitäten, schon gar nicht auf welche aus deinem Mund.«

Doch Thores Gesichtsausdruck blieb unverändert, es schien eine Mischung aus Zufriedenheit und Wehmut zu sein. Hatte Wencke ihren Verdacht bereits allen mitgeteilt?

»Ich wollte es dir nur sagen. Deine Kunst wird unser Haus in die Richtung bringen, die wir beide uns immer gewünscht haben. Lass uns gemeinsame Sache machen, Fokke, ab heute bist du meine zweite Hand.« Mit einem Lächeln im Gesicht ging sein Stiefvater fort.

Fokke hielt inne, er konnte sich keinen Reim darauf machen. Er spürte nur eine widerliche Übelkeit in sich aufsteigen, die es ihm unmöglich machte, weiterzuarbeiten. Er sah, wie Felten zur Tür hinausging. Gleich würde er wieder auf der Bühne stehen und sich räuspern und ein großkotziger Gastgeber sein. Fokke wusste, gleich war es so weit. Auch ohne Wencke Tydmers wollte er den Weg zu Ende gehen und seinen Stiefvater vernichten. Er legte den Kochlöffel zur Seite und folgte Felten aus der Küche. Es würde kein Dessert geben.

Dessert

Sanders hörte so gut wie nie auf seine innere Stimme. Doch er wurde das hartnäckige Gefühl nicht los, dass etwas außer Kontrolle geriet. Irgendetwas schien hinter seinem Rücken vorzugehen, er konnte nicht sagen, was es war, doch seine innere Unruhe hielt ihn nicht länger in der Abwartehaltung, in die er sich eigentlich begeben wollte. Es war nicht ihre Art fernzubleiben, wenn es drauf ankam. Wencke Tydmers hatte so viel Enthusiasmus an den Tag gelegt, warum sollte sie ausgerechnet jetzt nicht in Erscheinung treten?

»Bleiben Sie hier und beobachten Sie Felten. Ich werde sie suchen gehen«, sagte er zu Britzke, der etwas erwidern wollte, doch wie immer zu langsam war. Sanders hatte den Saal bereits verlassen.

Außerhalb der Speiseräume schien das Hotel menschenleer. Sanders hatte keine Ahnung, wo er beginnen sollte, doch erschien es ihm am wahrscheinlichsten, seine Kollegin irgendwo hinter den Kulissen ausfindig zu machen. Sie hatte schon immer im Hintergrund vor sich hin gewerkelt, während er sich mit dem Offensichtlichen abgegeben hatte. Ein wenig lachhaft kam er sich schon dabei vor, einer Ahnung folgend nach einer erwachsenen Person zu suchen, doch er schob dieses Gefühl beiseite und ging die Treppe hinter der Rezeption hinab. Ein langer, weißer Flur erstreckte sich vor ihm, die meisten Türen waren verschlossen, er konnte kein Geräusch hören, und als er durch die Schlüssellöcher blickte wie ein kleiner Junge beim Detektivspielen, sah er nirgendwo ein Licht. Eine Tür am Ende des Ganges war angelehnt, Sanders öffnete den Spalt und schaute in eine dunkle Kammer, bis an die Decke stapelten sich Stoffe und Kartons, ansonsten konnte er niemanden entdecken. Er knipste das Licht an und schaute sich kurz um, gerade wollte er kehrtmachen, als er am Boden eine Ecke des orangefarbenen Stoffes ausmachte, Pailletten glitzerten im Schein der Neonröhren. Mit einem großen Schritt war er da und hob die Frau vorsichtig auf. Sie war leichenblass, getrockneter Schaum verklebte ihren Mund und an den flimmernden Speichelresten konnte er erkennen, dass sie noch atmete.

»Frau Felten-Cromminga, kommen Sie zu sich.« Natürlich hätte er eigentlich wissen müssen, wie man in einem solchen Fall erste Hilfe leistete, doch in diesem Moment war sein Kopf wie leergefegt, er hob instinktiv die Beine der Bewusstlosen an, um den Kreislauf wieder in Schwung zu bekommen, dann tätschelte er sanft die weißen Wangen.

»Kommen Sie zu sich, bitte. Frau Felten-Cromminga, können Sie mich hören?« Auf einem Tisch über ihr stand ein Telefon, er wählte die Null in der Hoffnung, die Rezeption in irgendeiner Weise erreichen zu können. Erst nach endlosen zwanzig Sekunden meldete sich eine Frauenstimme.

»Hier ist Kommissar Sanders. Wir brauchen dringend einen Arzt für Frau Felten-Cromminga, sie liegt hier unten im Keller bewusstlos, ich nehme mal an, es ist das Nähatelier. Bitte rufen Sie schnell einen Arzt. Und schicken Sie mir jemanden aus dem Hotel, der sich mit erster Hilfe auskennt.« Dann legte er auf.

Die Augenlider der Frau flackerten leicht, er streichelte ihr sanft über das Haar und versuchte, beruhigende Worte zu finden, dabei fühlte er sich hilfloser als je zuvor in seinem Leben. Bislang war er noch nie in einer solchen Situation gewesen. Wie denn auch, wenn man die Ermittlungen in erster Linie am Schreibtisch durchführte. Wencke Tydmers, die hätte jetzt sicher sofort gewusst, was zu tun sei. Er wünschte sich meilenweit fort.

»Bitte ...« Sie begann, Worte zu formen, die er nicht verstehen konnte. Er beugte seinen Kopf bis dicht an ihren Mund.

»Ganz ruhig, Frau Felten-Cromminga. Ganz ruhig, ich habe bereits einen Arzt kommen lassen.«

Sie schüttelte kaum wahrnehmbar den Kopf. »Nein, bitte ... Sie müssen ... Wencke ...«

Er fühlte, wie sein Herz für einen Moment aussetzte.

»Was ist mit ihr? Wo steckt sie?«

Der Mund der Frau öffnete sich mit schalen Schmatzlauten, sie schien sich entsetzlich zu bemühen. »Küche ... bei Fokke ...

bitte, Sie müssen …«

»Ich lasse Sie nicht hier allein liegen, Frau Felten-Cromminga.« Er sah, wie sich ihre Augen wieder schlossen, hörte aber nicht auf, den Scheitel zu streicheln, um ihr zu zeigen, dass er noch da war und auch, um sich selbst zu beruhigen. Nach endlosen Minuten hörte er Schritte im Gang, ein älterer Mann kam herein und der Schrecken in seinem Gesicht war nicht zu übersehen.

»Was hat sie?«

»Ich habe keine Ahnung. Bleiben Sie bei ihr, bis der Arzt kommt. Ich muss sofort weg. Wo ist hier die Küche?«

Der Kerl wies mit dem Kopf nach links.

»Und hören Sie nicht auf, ihr das Haar zu streicheln, hören Sie?«

Sanders stürzte aus dem Raum und lief in die Richtung, die ihm der Mann gezeigt hatte. Er konnte das Geräusch von klirrendem Geschirr und Dunstabzugshauben hören, dann öffnete er die Tür.

»Wo ist Fokke Cromminga?«

Die weiß gekleideten, verschwitzten Männer und Frauen blieben stehen, es war, als hätte sein Auftritt bei ihnen einen Filmriss verursacht. Ratlose Gesichter starrten ihn an.

»Wenn wir das wüssten. Der Meister hat uns mit dem letzten Hauptgang allein gelassen.«

»Hat jemand meine Kollegin Frau Tydmers gesehen?«

Die meisten schüttelten die Köpfe, sie begannen wieder, sich zu bewegen, irgendwie langsam und träge räumten sie Pfannen und Töpfe von einer Ecke zur anderen.

Eine kleine, dunkle Frau trat auf ihn zu.

»Diese Kollegin, sie war auch hier, hat Chef von Arbeit abgehalten, keine Ahnung, wo jetzt ist.«

»Wohin sind sie gegangen?«

Sie schien es nicht zu wissen.

»Nach hinten durch.«

»Wie lange ist es her?«

»Ich habe nix mehr Zeitgefühl. Heute war sehr anstrengend, ich glaube es war vor Fisch.«

»Danke«, sagte Sanders und ging an den Tischen vorbei.

»Was ist jetzt mit dem Dessert«, brüllte eine Männerstimme von hinten. »Machen wir jetzt ohne Fokke weiter oder was?«

»Bevor es schmilzt«, kam die Antwort. Ein stämmiger Koch öffnete die Tür, die in das Kühlhaus zu führen schien.

»Verdammte Scheiße, guckt euch das mal an. Welcher Idiot hat den Bockmist verzapft?«

Sofort stürmten drei andere Leute aus der Küche zu ihm und Sanders konnte hören, wie sich alle furchtbar aufregten. Er wollte über die Schultern schauen, konnte aber nichts erkennen. Er bekam nur mit, dass irgendetwas mit dem Nachtisch nicht in Ordnung war. Es war ihm egal, er wollte Wencke Tydmers finden, und hier war sie nicht.

Im hinteren Teil der Küche standen schwarz-weiße Kellner und Kellnerinnen und rauchten.

»Wie komme ich ins Restaurant?«, fragte er.

Ein langer Kerl, der sogar einen Kopf größer war als er selbst, nahm ihn beim Arm und führte ihn durch eine Schiebetür, hinter der eine lange, großzügige Treppe nach oben führte. Am Ende tat sich erneut ein Durchgang auf, dann standen sie im Saal. Sanders bemerkte sofort, dass an den Tischen Unruhe herrschte, er ließ seinen Blick schweifen und konnte Britzke in der Menge entdecken, er war aufgestanden und starrte in Richtung Bühne.

Sanders folgte seinem Blick. Thore Felten und Fokke Demminga standen auf dem Podest, sie hielten jeder ein Glas in der Hand und lächelten um die Wette. Sanders konnte sich dieses Bild nicht erklären, nach einem gestörten Vater-Sohn-Verhältnis sah das absolut nicht aus.

»Meine Damen und Herren, ich bin sehr froh und stolz, dass Ihnen unsere kulinarische Liebeserklärung an die Juister Sanddornbeere allem Anschein nach so gut gemundet hat«, sagte Felten in diesem Augenblick und im Saal schwoll ein prasselnder Applaus an, lächelnde Gesichter blickten zur Bühne, wo Felten sich immer und immer wieder verbeugte.

»Es ist mir eine besondere Freude, Ihnen jetzt unseren Zauberer am Herd, unseren Magier an den Töpfen, unser Genie an den Pfannen vorzustellen. Ihm, und nur ihm allein, haben Sie diese einzigartige Geschmackseuphorie zu verdanken. Es ist mein lieber Sohn Fokke Cromminga, der Ihnen auch gleich das süße Finale ankündigen wird. Vielen Dank.«

Das Klatschen schien sich noch zu steigern, die ersten Gäste erhoben sich respektvoll von ihren Plätzen, andere taten es ihnen gleich, bis unter anhaltendem Applaus jeder im Saal stand und lächelte und nickte und anerkennende Rufe von sich gab.

Sanders wurde von hinten angestoßen, und als er sich umblickte, konnte er das Küchenpersonal die Treppe heraufkommen sehen. Er stellte sich ein Stück zur Seite.

Fokke Cromminga nahm das Mikrofon zur Hand, er räusperte sich, die Menschen klatschten weiter, er bedankte sich auf nette, fast bescheidene Art und räusperte sich erneut, bis die Gäste die Hände langsam sinken ließen und sich eine feine, neugierige Stille im Saal breit machte.

»Sehr verehrte Gäste, glauben Sie mir, jede Prise Salz in diesem Menü, jeder Teelöffel Kräuter, jedes Gramm Butter und jeder Zentiliter Sahne war mir eine Ehre, denn für solch dankbare Zungen wie die Ihren zu kochen, ist das Schönste und Erstrebenswerteste, was sich ein wahrer Koch nur vorstellen kann. Ich bin stolz, auch auf jeden Kollegen und jede Kollegin, der oder die mir heute in der Küche zur Seite gestanden hat. Danke auch an den Service, ohne den meine Kochkunst nur lauwarm und halb verschüttet auf Ihrem Tisch ankommen würde.«

Ein kurzer, herzlicher Applaus mit erhobenen Händen und nickenden Köpfen unterstützte Crommingas Worte.

»Doch das Dessert, wenn man es denn als solches bezeichnen kann, wird vielleicht ein wenig anders ausfallen, als Sie es sich gerade vorstellen.«

»Das Dessert ist ein Haufen Matsch, Fokke, vergiss es«, hörte Sanders ein Flüstern hinter sich.

Fokke Cromminga legte den Arm um seinen Stiefvater, doch irgendwie ahnte Sanders, dass diese Geste nicht gerade freundschaftlich zu deuten war. Er ging eng an der Wand entlang in Richtung Bühne. Britzke schien auch in Bereitschaft versetzt zu sein.

Wo steckte Wencke, verdammt noch mal, wo steckte sie bloß?

»Ich möchte Ihnen nämlich als Nachtisch eine kleine Geschichte erzählen, eine Geschichte über meinen Stiefvater, Ihren lieben Gastgeber Thore Felten.«

Felten schaute seinen Stiefsohn verwundert an, nicht erschrocken, nur verwundert.

»Es ist eine Geschichte, die man ohne weiteres mit dem Sanddorn vergleichen kann: Sie ist bitter und sie hat Dornen, sie wird Ihnen vielleicht beim ersten Mal nicht besonders schmecken, doch es ist immer eine Frage der Zubereitung, wissen Sie?«

Langsam setzten sich die ersten Gäste wieder auf die Plätze, nicht ohne das Gesicht mit voller Aufmerksamkeit auf Fokke Cromminga zu richten.

»Es ist die Geschichte von einem Mann, der seine Familie zur Hölle schickt, um sich den Himmel auf Erden zu verwirklichen. Es ist die Geschichte von einem Mann, der seine Frau in den Wahnsinn treiben will, um für sich klare Verhältnisse zu schaffen. Und es ist leider auch die Geschichte von einem Mann, der schließlich zum Mörder von Ronja Polwinski wird, um so das letzte Hindernis aus der Welt zu räumen, um allein an der Spitze zu stehen und alle anderen vor die Hunde gehen zu lassen.«

Es war still, es war totenstill. Niemand rührte sich, niemand klapperte mit Geschirr, niemand putzte sich die Nase. Es war wirklich still.

Thore Felten blickte fassungslos und mit leerem Blick in die Menge, er war getroffen, sein Stiefsohn hatte ihm einen Schlag versetzt und er hatte keinen Schutz davor gehabt. Fast tat er Sanders leid. Britzke und er schienen die Ersten zu sein, die sich aus der Erstarrung lösten. Parallel liefen sie auf Felten zu, mehr um ihn zu stützen, als um ihn zu verhaften.

Sie legten jeder eine Hand fest um den Oberarm des Mannes, er erschien Sanders auf einmal kleiner geworden zu sein, Feltens Kopf schien nicht mehr auf dem Hals zu sitzen, er war zwischen die Schultern gesunken. Dann gingen sie von der

Bühne, verfolgt von den Blicken der Gäste, verfolgt von den Blicken der Angestellten, verfolgt von Fokke Crommingas Blick. Sanders meinte, ein leises Lächeln auf den Lippen des Kochs entdeckt zu haben.

Sie waren schon fast an der Glastür, als die Stille von einem schrillen Summen zerschnitten wurde. Vielleicht war es gar nicht so laut, es schien von unten zu kommen, doch die fast spürbare Anspannung schien in diesem Moment zu zerreißen und im Saal brach Panik aus. Frauen griffen ihre Handtaschen und rannten schreiend auf ihren hochhackigen Schuhen auf den Ausgang zu. Die Männer waren nicht so schnell, sie sahen sich noch zu allen Seiten um, als ob sie sich ihres eigenen Schreckens bewusst werden mussten, doch dann ergriffen auch sie die Flucht.

Sanders riss Felten mit sich an die Wand, damit sie von den rennenden Menschenmassen nicht übermannt wurden.

»Felten, was zum Teufel ist das für ein Geräusch?«, schrie Sanders ihn an, damit seine Stimme im allgemeinen Tumult nicht überhört wurde.

»Ich hab keine Ahnung«, jammerte Felten, »Also, Feueralarm ist es nicht. Es kommt aus der Küche, es könnte vielleicht …«

»Was?«

»… es könnte vielleicht das Abtausignal sein.«

»Was bitte ist das genau?«

»Wenn die Kühlung ausfällt oder nicht mehr richtig läuft, dann haben wir einen Alarmsignal, damit die Ware keinen Schaden nimmt. Es ist bestimmt nichts Bedrohliches!«

Sanders wollte erst lachen über eine solche Belanglosigkeit, doch das Lachen blieb ihm im Halse stecken. Wencke! Sie war in den hinteren Teil der Küche gegangen, wo er das Kühlhaus gesehen hatte. Sie war nicht wieder aufgetaucht. Im Kühlhaus war etwas zu Bruch gegangen …

Sanders ließ Feltens Arm los und stürzte den Leuten entgegen, schob sich zwischen den hektischen Körpern hindurch und rannte schließlich die Treppe zur Küche herunter. Als er atemlos die Schiebetür passiert hatte, sah er sie schon am Boden liegen. Sein Magen drehte sich.

»Lassen Sie mich durch.«

Ihre Lippen waren blau, die Augen geschlossen, sie war in einer merkwürdig zusammengekauerten Position und auf den ersten Blick war er sich sicher, dass Wencke Tydmers nicht mehr am Leben war. Der große, junge Kellner brachte eine Wolldecke, zwei Mädchen hatten sich bereits an Wenckes Seiten gehockt und rieben ihre starren Hände.

»Gehen Sie in den Flur, ich habe vorhin einen Arzt rufen lassen, vielleicht haben wir Glück und er ist noch da.« Nun setzte sich auch Sanders neben den kalten Körper, er zog Tydmers die Schuhe aus und massierte die frostigen Zehen. Gott sei Dank, ein Rettungssanitäter stürmte in die Küche und beugte sich über Wencke Tydmers. Er untersuchte sie kurz.

»Was ist mit ihr?«, fragte Sanders und er hatte Angst, er könnte antworten, sie sei tot.

»Sie ist stark unterkühlt, aber sie lebt. Ich denke schon, dass wir sie gleich wieder wach bekommen.«

Sanders ließ sich fallen in ein Gefühl der Erleichterung.

»Und was ist mit Frau Felten-Cromminga?«

»Wir nehmen an, sie hatte so etwas wie einen epileptischen Anfall aufgrund von akutem Medikamentenentzug. Sie wird gleich mit dem Hubschrauber ins Krankenhaus Norden gebracht. Und Ihre junge Kollegin hier werden wir wohl gleich daneben legen.«

»Kann mir einer sagen, wie so etwas passieren kann?«, fragte er in die Menge.

»Die Tür war von außen verriegelt, ein Besen ist unter den Türgriff geschoben worden, so konnte sie sich nicht alleine befreien. Zum Glück muss sie das Gerät irgendwie überlistet haben, so dass der Alarm wegen ansteigender Temperaturen losgegangen ist.«

»Ja, aber wer kann mir sagen, wie sie dort hineingekommen ist?«, schrie Sanders wütend und ein wenig hilflos in die Menge. Er bekam nur ein Schulterzucken zur Antwort.

»Jetzt hören Sie mir aber mal zu: Diese Frau hier ist eine phantastische Kollegin von mir. Sie hat mehr Mumm in den Knochen und mehr Verstand in der Birne als Sie alle zusammen. Es kann doch wohl nicht so schwer sein, sich zu erinnern, wer als Letzter mit ihr gesprochen hat, hier, vor Ihrer aller Augen, wenn Sie mir das nicht sagen können, dann …« Als er merkte, dass seine Stimme nicht mehr mitmachte, entschied er sich, zu schweigen, nur eine Frage wollte er noch stellen: »War es Thore Felten?«

Der schlaksige Kellner trat einen Schritt vor.

»Herr Kommissar, ich habe es nicht gesehen, aber … aber ich könnte mir sehr gut vorstellen, dass es Fokke Cromminga war.«

»Warum sollte er so etwas tun?«

»Weil die Kommissarin ihm auf die Schliche gekommen ist. Wegen der Sache mit der Polwinski.«

Sanders dröhnte der Schädel. Er wusste nichts, aber auch gar nichts mit dem Gerede des jungen Mannes anzufangen, doch er hatte das ungute Gefühl, dass der Kellner recht hatte. Vielleicht hatte er mit Thore Felten zwar einen Schuldigen, aber nicht den Mörder von Ronja Polwinski verhaftet. Wencke Tydmers schien ihm mal wieder einen kleinen Schritt voraus gewesen zu sein. Ihre forsche Vorgehensweise hätte sie fast das Leben gekostet.

Langsam bekamen ihre blutleeren Lippen wieder Farbe, die Füße, die er immer noch knetete wie ein Besessener, schienen leicht zu zucken. Sie war wieder da. Sanders erhob sich und überließ dem Sanitäter den schlaffen Körper seiner Kollegin.

Nur kurz schenkte er seinen Zweifeln Beachtung, die seinem Verstand die konkret vorliegenden Beweise gegen Thore Felten und die vagen Indizien gegen Fokke Cromminga vorzurechnen schienen. Und zum zweiten Mal in seinem Leben traute Sanders seiner Intuition.

»Sehen Sie zu, dass Sie diesen Schweinehund zu fassen kriegen.«

Epilog

Wir werden in wenigen Minuten im Juister Hafen festmachen. Bitte steigen Sie unten in der Eingangshalle aus und halten Sie beim Verlassen des Schiffes Ihre Fahrkarten bereit. Die Besatzung der *Frisia II* wünscht Ihnen im Namen der Reederei einen erholsamen Urlaub auf der wunderschönen Insel Juist.«

Das Fährschiff drehte nach Steuerbord ab und die Insel lag nun direkt voraus, die Zinnen des *Dünenschlosses* erhoben sich über die geduckten roten Dächer. Wencke ließ die Reling los, an der sie fast die ganzen anderthalb Stunden der Überfahrt gestanden und auf das Meer geschaut hatte. Sie hatte eigentlich nie wieder hierher kommen wollen. Als sie das Ticket im Rucksack suchte, fiel der Brief heraus, sie hob ihn auf, bevor ihn der frische Seewind zu fassen bekam, faltete ihn auseinander und las ihn noch einmal durch, wie um sich noch einmal schwarz auf weiß den Grund für ihr Kommen bestätigen zu lassen.

Liebe Wencke,
nun steht sie unmittelbar bevor: die erste Saison in meinem Hotel! Die Belegungszahlen können sich sehen lassen, das Personal ist motiviert und, was dich wahrscheinlich am meisten interessieren wird, ich bin guter Dinge. Es hat einige Veränderungen gegeben, nachdem Thore die Koffer packen musste. In erster Linie haben wir wieder die Freundlichkeit in dieses Haus gebracht, die bei all den Renovierungen und Modernisierungen auf der Strecke geblieben ist. Und die Gäste in der Vorsaison haben es uns bestätigt: Echte, von Herzen kommende Gastlichkeit kann man mit keinem Marmor, Gold und Stuck der Welt wettmachen. Schade, dass meinem Exmann diese Erkenntnis abhandengekommen ist, sonst wäre vielleicht alles nicht passiert. Doch nun möchte ich es mir nicht nehmen lassen, mich ein klein wenig bei dir zu revanchieren, auch wenn die Nacht

in der Pension Inselfreude *dich mehr Großzügigkeit und Risikobereitschaft gekostet hat, als ich dir jemals zurückzahlen kann. Bitte, sei mein Gast, ich werde im Juni ein Zimmer für dich frei halten und würde mich unbändig freuen, wenn du die Einladung annimmst und dich auf diese Art und Weise mit unserer Insel ein klein wenig versöhnen kannst. Zudem ist es mir wichtig, dass wir uns noch einmal unter vier Augen wiedersehen könnten, bevor in zwei Wochen der Prozess gegen Fokke beginnt. Es geht ihm übrigens ganz gut, manchmal habe ich sogar das Gefühl, dass er in der Haft freier ist, als er es hier auf Juist jemals war.*

In Freundschaft
Hilke

Mit einem kleinen, überraschenden Ruck machte das Schiff fest. Wencke verließ das Oberdeck und ging die Treppe hinunter, die Halle war voll mit Menschen, die gut gelaunt und ein wenig ungeduldig darauf zu warten schienen, dass sie endlich ihre ersten Schritte auf die Insel setzen konnten.
»Oh wie blass«, riefen die Leute am Hafen lachend, obwohl sie auch nicht viel brauner waren. Die Sonne hatte sich wohl erst seit heute Morgen hinter den Wolken hervorgewagt, und laut Wettervorhersage würde es in der nächsten Woche das erste Mal sommerliche Temperaturen geben. Wencke staunte, wie verändert sich die Insel Juist für sie präsentierte. Lag es nur am Wetter oder vielleicht doch daran, dass sie sich nach der ersten harten Eingewöhnungszeit als Leiterin der Auricher Mordkommission nun tatsächlich auf ein paar Tage Erholung zu freuen begann?
Der Deich, der das Inseldorf hinter sich beschützte wie ein Festungsgraben, war fast gelb, unzählige Löwenzahnblüten bevölkerten das saftige Gras. Die Kinder, die eben noch brav neben ihren Eltern dem Familienurlaub entgegengegangen waren, liefen auf einmal los und belagerten jubelnd den Spielplatz zur Linken.
»Wenn die Glocken läuten, kommt ihr aber zum Essen, kennt

ihr noch den Weg?«, riefen die Mütter hinterher.
»Lass sie nur laufen, was soll ihnen hier schon passieren«, beruhigten die Väter.
Wencke ließ sich Zeit, die Inselwelt wiederzuerkennen. All die Geschäfte luden mit bunten Fahnen zum Eintreten, auf den Terrassen der Strassencafés saßen freundliche Leute mit geschlossenen Augen in der Sonne, an einer Ecke des blühenden Kurplatzes standen zwei kleine Mädchen und spielten Blockflöte, ohne dass ein Hut davorstand. Wencke gönnte sich ein Matjesbrötchen, obwohl sie Fisch eigentlich immer noch uninteressant fand, doch der Mann hinter dem Verkaufswagen auf Rädern sprach so herzerfrischend Platt, dass sie nicht widerstehen konnte. Dann waren es nur noch wenige Schritte die Strandstraße hinauf. Kurz studierte sie die Schaukästen, über denen gelbe Sonnenmilchreklame Lust auf Sommer machte. Diese »Inselradtour mit Poppy« klang interessant, sie würde sich heute noch einen Drahtesel mieten und auf diese Weise einen neuen Annäherungsversuch an die Insel wagen.
Dann ging sie die Stufen zum Dünenschloss empor, zugegebenermaßen nicht ohne einmal tief durchzuatmen, doch der herzliche Empfang ließ sie das ungute Gefühl vergessen, ehe es ihr die Laune verdarb.
Als sie dann am Fenster stand, an diesem Fenster mit der einmaligen Aussicht auf den Strand und das Meer, beschloss sie, keinen Gedanken mehr an die schrecklichen Ereignisse zu vergeuden. Sie drehte sich um, lächelte über den liebevollen Sanddornstrauß auf dem Glastisch und streifte die Schuhe ab. Wie in Zeitlupe ließ sie sich auf das Himmelbett fallen und blickte auf die goldene Kompassrose über ihr.
»Die Hochzeitssuite, ganz für mich allein. Das Leben kann so schön sein«, dachte sie.

Sandra Lüpkes

Der Brombeerpirat

Inselkrimi

Ruhestörung

Manchmal hab ich das Gefühl
ich bin der Mensch, der hier zu viel ist
der dann was sagt, wenn alle schweigen
der das fixiert, wo alle wegschauen
der dann beginnt, wenn alle gehen
Dann bin ich lauter
als das Klingeln in den Kassen
für das hier alles passiert
Dann bin ich lauter
als das Rauschen des Meeres
für das man einfach kassiert
Dann bin ich lauter
als vier Wände es schlucken
Dann steh ich einfach nur da
und bin euch allen im Weg
Ruhestörung
Manchmal hab ich das Gefühl
ich bin der Mensch, der hier gebraucht wird
der dann nur schweigt, wenn alle reden
der dann wegschaut, wenn alle drauf zeigen
der dann geht, wenn alle kommen
Dann bin ich stiller
als ihr in euren Häusern
feig ein Geheimnis vertuscht
dann bin ich stiller
als das Nichts in euren Augen
welches mein Leben verpfuscht
dann bin ich stiller
als der Wind leise weht
Dann steh ich einfach nur da
und bin euch allen im Weg
Ruhestörung

Heiter bis wolkig, 26° C im Schatten

1. Kapitel

Das Mädchen hatte bereits vor dem Bunker gesessen, mitten im Brombeergestrüpp, die Knie angezogen und den Blick, diesen seltsam grauen, teilnahmslosen Blick, in die Ferne schweifen lassen. Sie schien zu warten. Auf ihn bestimmt nicht.

Remmer ließ den Motor mit einem blubbernden Geräusch absaufen, dann stieg er vom Mofa. Seine Oberschenkel klebten auf dem schwarzen Kunstleder, die Sonne hatte den Sattel ziemlich aufgeheizt, jetzt zeichneten sich hinten knapp unterm Po wahrscheinlich rote, schwitzige Falten ab. Er hoffte, dass die Neurodermitis nicht wieder aufblühen würde. Sie hatte ihn seit langem verschont, doch die Hitze leistete seiner Krankheit, die ihn wie eine alte Bekannte durchs Leben begleitete, Vorschub. Die Fahrt hier heraus war einfach zu weit, um mit dem Fahrrad zu kommen. Zumindest, wenn er wie heute seinen Bass dabei hatte. Er löste die ausgeleierten Gummizüge, die er am unteren Rand des Gepäckkarrens festgeklemmt hatte. Schreckliche Sommerhitze, sicher müsste er das Instrument gleich stimmen. Seine Laune war nicht gut heute, obwohl er sich auf die Probe freute, vor allem auf das »Nachher«, wenn sie in Jaspers Vierzigsten reinfeiern würden. Doch er war kein Freund von Temperaturen über 25 Grad, selbst der Aufkleber auf seinem Koffer war weichgeschmolzen. Als er den Kasten aufstellte, ratschte die Kante des Gepäckträgers über die ovale Folie und von »Die *Piraten*« blieb nur noch ein welliges »Die *P…en*« übrig. Vielleicht hatte Jasper noch einen neuen Sticker dabei.

Das Mädchen starrte immer noch in Richtung Birkenwäldchen, obwohl es dort wirklich nichts Besonderes zu sehen gab. Eigentlich hatte Remmer vorgehabt, sie zu ignorieren. Sie war ihm unangenehm. Doch als er den rostigen Schlüssel in der Bunkertür umdrehte, murrte er: »Hast du nichts Besseres zu tun, als um diese Zeit hier am Ende der Welt Löcher in die Luft zu starren?«

Sie wandte langsam den Kopf, fast, als hätte sie ihn jetzt erst bemerkt, und Remmer bereute, dass er überhaupt den Mund aufgemacht hatte.

»Ich warte auf Jasper«, sagte sie tonlos.

»Na, dann warte mal, der kommt nie pünktlich.« Remmer stieß die Tür auf und betrat den abgedunkelten, winzigen Raum, in dem jede, aber auch wirklich jede Ecke mit irgendetwas vollgestellt war, das schwarz war und Kabel hatte. Jede Menge teure Sachen, zwölftausend Euro auf zwölf Quadratmeter gequetscht. Wenn die Musik nicht so verdammt viel Spaß machen würde, dann wäre dies hier wirklich eine Zumutung. Doch wer laut war auf der Insel, für den war eben kein Platz. Die Gäste waren schließlich schon laut genug.

Remmer steckte erst die rosaroten Wachskügelchen in die Ohren, dann das Kabel in den Verstärker. Er kippte den Schalter auf »ON«, drehte die Regler nur ein paar Millimeter im Uhrzeigersinn. Ein paar Minuten für sich, die hatte er jeden Sonntagabend. Er war immer der Erste. Ein satter, dumpfer Ton floss aus dem vibrierenden Tieftöner. Es war nicht der, den er erhofft hatte, die Hitze hatte wie vermutet die Saiten verstimmt. Seine Finger fanden den passenden Bund wie von selbst, er bemerkte nicht mehr die Kraft, die das Herabdrükken der dicken Metallseile erforderte, dazu spielte er schon viel zu lang. Das Stimmgerät zeigte die Tondifferenz, und er drehte an der Saitenmechanik, bis das Instrument so klang, wie es klingen musste.

Vielen Menschen war nicht klar, worin der Reiz beim Bassspielen lag. Remmer wusste es. Tiefe, Substanz und Hintergründigkeit, ohne das klang Musik flach wie eine Spieluhr. Im Grunde war er auch nicht der Mann, der sich in den Vordergrund spielte, dafür war Jasper zuständig. Jasper reimte sich nicht umsonst auf Kasper. Jasper sah gut aus, trotz der vierzig Jahre, die er morgen auf dem Buckel hatte, er lachte auf seine ganz eigene Weise, eigentlich strahlte er mehr. Seine Bewegungen erfassten den ganzen Körper, wenn er Gitarre spielte und sang. Eigentlich wunderte es niemanden, dass selbst die ganz jungen Mädchen für ihn schwärmten, von den erwachsenen Frauen ganz zu schweigen. Nun gut, Norderney war nicht die große Bühne und Jasper nicht Bon Jovi, aber wenn sie die *Piraten* waren, dann war Jasper der Kapitän.

Und er, Remmer, er war der Maschinist. Vielleicht war er viel zu dickbäuchig und ein wenig zu dünnhäutig, doch der Kapitän konnte schreien, wie er wollte, ohne den Motor ging es nicht, ohne ihn war alles Flaute. Remmers Fingerkuppen liefen über den hölzernen Steg wie bei einem Tanz auf der Straße, und er schloss die Augen.

»Hee, Remmer. *Watt'n Meer*? Hast du geübt. Klingt gut.«

Tido saß bereits hinter den Trommeln, als Remmer die Augen öffnete. Tido war kein Mann der vielen Worte, deshalb kümmerte es Remmer wenig, dass er sich so leise hereingeschlichen hatte. Um so lauter knallten nun die hölzernen Sticks auf die klirrenden Becken, die rasselnde Snare und die dröhnenden Toms. Remmer drückte die Ohropax tiefer in den Gehörgang. Tido spielte sich warm, und das konnte sehr laut werden.

Remmer sah auf die Uhr, es war gleich halb neun, acht Uhr war ausgemacht. Er hasste Unpünktlichkeit. Jasper wusste doch genau, dass sie heute noch was zu tun hatten. Jede Probe zählte, wenn sie es eines Tages schaffen wollten. Nicht berühmt werden, nur bekannt, nicht unbedingt erfolgreich, nur geachtet.

Watt'n Meer, Watt'n Wind, Watt'n schöner Inseltag,
watt'n Gefühl, watt'n Traum,
watt 'ne Sandbank, die ich mag,
watt'n Blick watt'n Stück vom großen Watt'n Glück,
einmal richtig angekommen, will ich nie mehr zurück.

Nicht gerade originell, zugegeben, der Text war von Jasper, und der hatte auch schon Anspruchsvolleres verfasst. Aber für diesen Zweck war es genau das Richtige. Und die Norderneyer kannten den Text in- und auswendig. Es war ihre Hymne, ihre Liebeserklärung an die Insel, die von oben aussah wie eine Rohrzange.

Remmer war kein kleiner Junge mehr, und man hatte ihm

schon früh die Flausen aus dem Kopf getrieben. Aber er hatte immer noch den einen Traum: Anerkennung! Einen vernünftigen Probenraum vielleicht oder ein paar Gigs auf dem Festland, vielleicht ein Interview im Regionalfernsehen, egal was. Nur diesen fast vergessenen Bunker am Ende der Insel, eingerahmt von Dünenrosen und Brombeergestrüpp, viel zu malerisch für Rockmusik, den wollte er hinter sich lassen. Er wusste, dass man sie hinter dem Rücken »Brombeerpiraten« nannte, und er wollte diesen lächerlichen Beinamen ein für allemal los sein.

Time is cash, Time is money, Jasper, sieh zu, dass du hier antanzt.

Die Tür öffnete sich und das grellrote Abendsonnenlicht fiel durch den Spalt. Er dachte für einen Moment, es wäre Jasper, doch es war das Mädchen. Sie schob sich herein.

Tido stoppte abrupt inmitten eines gewitterartigen Percussionsolos. Es war sehr still, beide Männer schauten zu diesem blassen, verschreckten, etwas zu groß geratenen Kind an der Tür. Und keiner sagte ein Wort.

Remmer wurde ärgerlich. Er wollte jetzt endlich loslegen, spielen, Mucke machen, und auf keinen Fall wollte er mit einer von Jaspers magersüchtigen Groupies Probleme wälzen. Es war einfach zu lächerlich.

Das Mädchen reichte Tido mit leiser, langsamer Bewegung ein beschriebenes Blatt. Remmer hatte sie wohl so wütend angestarrt, dass sie nicht wagte, es ihm zu geben.

»Es sollte eigentlich für Jasper sein.« Ihre Lautstärke war dem Schweigen näher als dem Reden.

»Was?«, raunzte Remmer.

»Das Blatt hier.« Sie schien sich wirklich anzustrengen, damit wenigstens ein einigermaßen verständlicher Satz über ihre Lippen kam. »Ich wollte es eigentlich Jasper geben. Aber der kommt ja wohl nicht mehr und ich muss jetzt nach Hause.«

»Das würde ich aber auch sagen, dass du nach Hause musst.«

Das Mädchen drehte sich im selben Moment um und schlüpfte wieder durch den schmalen Spalt nach draußen. Für einen kurzen Augenblick tat es Remmer leid, dass er sie so herzlos angemault hatte, das arme kleine Ding, aber es ging ihm eben so auf die Nerven mit Jasper und seinen Pubertätsmäuschen und der ewigen Unpünktlichkeit, außerdem hatte er schlechte Laune wegen der Hitze und wollte jetzt endlich spielen.

»Was ist es denn? Ein Liebesbrief?«

Tido hatte den Zettel achtlos beiseite gelegt. »Interessiert mich nicht. Ist schließlich für Jasper.«

Remmer zwängte sich zwischen Bassdrum und Equalizer hindurch und ergriff das Papier. Rosarotes Umweltschutzpapier. Eine Handschrift, die so gar nicht nach Kind aussah.

»Es ist ein Liedtext«, sagte er und überflog die Zeilen. »Ruhestörung ... von Leefke Konstantin ... und gar nicht mal schlecht.«

Heiter, 27 °C im Schatten

2. Kapitel

Wencke kannte die Regeln. Immer, wenn alles gut zu laufen schien, kam etwas dazwischen, das ihr die Laune verdarb, oder viel mehr noch, das ihr das Gefühl gab, vom Pech verfolgt zu sein.

Dieser unglückselige Heiratsantrag hatte sie heute Morgen im Bett bleiben lassen, die leichte Baumwolldecke über den Kopf gezogen, damit die Sonnenstrahlen sie nicht zum Aufstehen zwingen konnten.

Und dabei war heute ihr erster Urlaubstag, lange herbeigesehnt. Sie war sich eigentlich sicher gewesen, dass sie heute energiegeladen in den Morgen springen könnte: Frühstück auf dem Balkon, Rucksack packen, noch ein Nickerchen in der Sonne und dann würde Ansgar mit dem Auto vorfahren, ihr Gepäck neben seinem verstauen und zum Flughafen fahren. Auf nach La Palma, mit Wanderstiefeln im Gepäck, 14.30 Uhr ab Bremen. Und dann nur Sonne, eine verwinkelte, friedliche, weißgetünchte Finca in den Bergen und zwei Wochen kein Wort wie Durchsuchungsbefehl oder Obduktionsergebnis mehr in den Mund nehmen, stattdessen Rotwein auf der Zunge, direkt vom Erzeuger und aus einem versteckten Wasserhahn an der Hauswand gezapft.

Doch diese Frage, diese ohne Vorwarnung gestellte Frage, hatte alles zunichte gemacht.

Wencke hatte keinen Appetit auf irgendetwas außer vielleicht auf Kaffee, und den Rucksack würde sie auch nicht aus dem Fahrradkeller heraufholen. Sollte er doch allein nach La Palma fliegen. Sie hatte sich einen abenteuerlichen Auf-eigene-Faust-Urlaub vorgestellt, doch Ansgar hatte daraus eine Prüfungssituation gemacht.

»Wenn du mir heute noch keine klare Antwort geben kannst, dann lass es. Ist nicht schlimm. Verschieb es auf nach dem Urlaub. Wenn wir beide diese herrlichen zwei Wochen auf *La Isla Bonita* hinter uns haben, dann werde ich noch mal darauf zurückkommen. O.k., mein Schatz?«

Nichts war o.k.. Gar nichts. Knapp tausend Euro und eine Menge Vorfreude zum Fenster hinausgeschmissen. Sie würde nicht mitkommen.

Wencke vermisste ihren Kater, den sie gestern schon zu ihrem Kollegen Meint Britzke gebracht hatte. Der Getigerte spielte nun mit Meints kleiner Tochter auf dem gepflegten Rasen hinter dem Einfamilienhaus in Tannenhausen. Wenckes Füße, auf denen er sonst jeden Morgen weich und wohlig lag, waren kalt. Das Einzige, was sie heute tun würde, war, ihn wieder nach Hause zu holen. Als Schutz gegen die Einsamkeit und gegen die Ungerechtigkeit dieser Welt.

Sie wollte Ansgar doch nicht heiraten, davon war auch nie die Rede gewesen. Es war unfair von ihm, überhaupt daran zu denken.

Wencke Barlickhaus – pah! Auch wenn man heutzutage den Nachnamen nicht mehr ändern musste, sobald man einen Ring am Finger hatte, es wand sich ihr der Magen bei dem Gedanken, nicht mehr Wencke Tydmers zu sein. Und wenn er noch so schlagfertig war und sie bei Wortwitz immer schwach wurde, und auch wenn er in der Lage war, in ihrem Leben ein klein wenig aufzuräumen, ohne ihr die Gemütlichkeit zu nehmen, es hatte keinen Zweck. Schon allein sein Wunsch nach einem Trauschein ließ sein Ansehen bei ihr ins Bodenlose fallen. Es war zwar schade, aber es war nun mal so.

Der Plastikpolizist made in Taiwan, der sie sonst jeden Morgen um halb sieben mit der Durchsage *»Achtung hier spricht die Polizei«* weckte, hatte seit heute auch dienstfrei. Er tickte beharrlich vor sich hin und zeigte ihr, dass es bereits später Vormittag war. Gleich würde Ansgar unten hupen, mit gutgelauntem Strahlemanngesicht, das Gepäck auf der Rückbank verstaut. Wie sollte sie es ihm sagen? Vom Balkon herunterrufen: »Fahr allein. Ich komme nicht mit«? Oder einen Zettel an die Wohnungstür heften: »Mir ist was dazwischengekommen, sorry! W.« ?

Ihr ging es so schlecht, sogar an richtig fiesen, stressigen Tagen in der Mordkommission Aurich war es ihr nie so schlecht gegangen wie jetzt. Die Decke musste noch weiter über das rote Haar gezogen werden, vergiss mich, Welt, bitte vergiss mich nur für einen Tag und geh deinen Gang ohne mich …

Fast hätte sie in ihrer sauerstoffarmen Höhle das Telefon überhört.

Sie schnellte hoch, die kalten Füße fanden den Dielenboden nur mit Mühe, dann schwankte sie aus dem Schlafzimmer in den Flur, wo unter der Jeansjacke der Apparat ungeduldig weiterquengelte, wie ein kleines Kind, das nicht länger im Bett liegen wollte.

»Ja?«

»Wencke, hier ist Isa. Gott sei Dank bist du noch da, ich dachte, du wärest schon unterwegs.«

»Nee, ich bin noch da. Was gibt's denn so Wichtiges, Mama?«

»Jasper hat doch heute Geburtstag, er wird vierzig…«

»Habe ihm bereits gestern von der Dienststelle aus eine Glückwunschmail nach Norderney geschickt, heute komme ich sicher nicht dazu, ihn anzurufen.«

Durfte man seine eigene Mutter belügen? Eine Notlüge, natürlich hatte Wencke den Geburtstag ihres Bruders vergessen. Dass sie auch immer so eine Unordnung in diesen Dingen an den Tag legte, die anderen Menschen so leicht von der Hand gingen. Ansgar zum Beispiel.

»Darum geht es ja gerade. Er ist gar nicht da.«

»Vielleicht ist er mit Rika unterwegs. Ich könnte mir gut vorstellen, dass er dem ganzen Rummel entfliehen will. Ich würde es zumindest so machen.«

»Rika ist da. Ich habe gerade mit ihr gesprochen, sie weiß auch nicht, wo Jasper steckt. Er ist heute Nacht nicht nach Hause gekommen.«

»Dann hat er wohl mit seinen *Piraten* gefeiert?«

Wencke hörte ein Seufzen am anderen Ende der Leitung. Isa war alles andere als eine gluckenhafte, überängstliche Mutter, im Grunde schien sie sogar ganz froh darüber zu sein, dass beide Kinder aus dem Hause waren und ihr eigenes Leben weit weg von Worpswede führten. Dieser Anruf war alles andere als typisch für sie.

»Hat er nicht. Er ist gestern Abend noch nicht einmal zur Probe erschienen. Seine Bandkollegen waren sogar ziemlich sauer, weil er ihnen eine kleine Party versprochen hatte.«

»Machst du dir Sorgen, Mama?«

Einen kurzen Moment war es still. Wencke konnte förmlich spüren, wie ihre Mutter sich überwinden musste, etwas zu sagen.

»Schatz, ich weiß, ich habe dich und deine Arbeit bei der Polizei mehr als einmal durch den Kakao gezogen, das tut mir auch leid, aber …«

»Ja?«

»… könntest du deine Kollegen nicht ein bisschen dazu verleiten, der Sache auf den Grund zu gehen? Ich weiß, du fliegst heute mit Ansgar in den Urlaub, aber dir wird doch sicher ein Polizist einfallen, der sich dieser Sache ein wenig annehmen könnte. Du bist doch sozusagen die Chefin.«

Wencke ließ diese Sätze auf sich herabrieseln wie eine erfrischende Dusche an einem so warmen Tag wie heute.

Ihre Mutter hatte eben, wenn auch durch die Blume, eine gehörige Portion Anerkennung durch den Telefonhörer geschickt. Diesen Tag würde sie sich merken. Sie hatte keinen Terminkalender, sonst hätte sie heute ein rotes Kreuzchen hineingemalt. Dann würde sie auch nie wieder den Geburtstag ihres großen Bruders vergessen. Vielleicht sollte sie sich sogar zu diesem Anlass endlich einmal einen dieser ledergebundenen Multifunktionsorganizer anschaffen, so einen in der Art, wie Kollege Britzke ihn besaß, mit Taschenrechner und Zyklustabelle nach der Knaus-Ogino-Methode. Diese Genugtuung, auf die Wencke schon lange vergeblich wartete, hatte nichts mit einem unvollendeten Abnabelungsprozess oder irgendetwas Diffus-Psychologischem zu tun. Es war nur einfach so, dass ihr seit dem Tag, an dem sie sich bei der Polizeischule angemeldet hatte, die heimische Künstlerfamilie immer unterschwellig vorwurfsvoll und verständnislos in die Augen blickte. Und heute war endlich der Tag, an dem ihre Mutter zugegeben hatte, dass man mit Meditation und extrovertierter Malerei keine wirklichen Probleme lösen konnte. Jetzt brauchten sie sie: Wencke.

»Ja, ich bin die Leiterin der Mordkommission Aurich, Mama, schon seit gut einem Jahr. Ich hatte schon gedacht, das würde nie so richtig zu dir vordringen.«

»Tut mir leid, mein Kind, ich kann manchmal ganz schön verletzend sein, ich weiß. Aber ich möchte dich noch einmal bitten, Wencke, deine Kollegen sollten unbedingt nach Jasper Ausschau halten.«

»Also, so ganz nachvollziehen kann ich deine Sorge aber nicht, Mama. Lass meinen großen Bruder doch mal für ein paar Tage verschwinden. Du müsstest ihn doch eigentlich kennen, er ist doch so, wie ihr euch einen Sohn immer gewünscht habt: ein wenig unkonventionell, ein Lebenskünstler. Nicht zuverlässig, aber schöngeistig. Komm ich heute nicht, komm ich morgen.«

»Es ist mir ernst, Wencke.«

»Das habe ich vermutet. Sonst hättest du dich wohl kaum an deine Beamtentochter gewandt.«

Doch ihre Mutter ignorierte diese kleinen Stiche, die Wencke ihr nun einfach versetzen musste, weil sie den Triumph auf ihre Art genießen wollte.

»Rika hat mir etwas erzählt. Es gab Ärger auf Norderney. Ziemlichen Ärger, an dem Jasper wohl nicht ganz unschuldig ist. Was es genau ist, wusste selbst Rika nicht, sie machte sich nur die allergrößten Sorgen, hat sogar geweint am Telefon, und du weißt selbst, dass sie kein Sensibelchen ist. Sie hat mich übrigens auch gebeten, dich einzuschalten. Sie sagte, wir sollten uns unbedingt nach einem Veit Konstantin erkundigen, der hatte anscheinend etwas gegen ...«

Ein Auto hupte unten vor dem Haus. Wencke hatte es vorhin schon mit halbem Ohr wahrgenommen, jetzt wurde ihr klar, dass Ansgar wahrscheinlich ungeduldig im Wagen saß und nicht ausstieg, weil er niemals in zweiter Reihe parkte und vor ihrer Tür selten ein Parkplatz frei war. So träge Wenckes Gedankenfluss noch vor einer halben Stunde dahingeplätschert war, so gewaltig rauschte jetzt eine Idee in ihrem Kopf, als wäre im Hirn ein Staudamm gebrochen.

»Mama, mach dir keine Sorgen mehr. Ich werde mich selbst darum kümmern.«

Ein seltsamer Laut drang an ihr Ohr, war es ein erleichtertes Schluchzen oder ein unterdrücktes Erstaunen? »Aber Wencke, du wolltest doch mit Ansgar auf die Kanaren!«

»Solange ich nicht weiß, ob meinem Bruder etwas zugestoßen ist, fahre ich nicht in den Urlaub. So bin ich nun mal, Mama. Mit Haut und Haar Polizistin. Wenn ich von dir höre, dass du dir Sorgen machst, weil er verschwunden ist, dann packe ich selbstverständlich meine Koffer und fahre nach Norderney.«

Dieses Mal war sie sich sicher, ein leises, gerührtes Zittern in der Stimme ihrer Mutter zu vernehmen.

»Gott sei Dank, Wencke. Und denk an diesen Veit Konstantin. Meine Güte, bin ich froh.«

Ich auch, dachte Wencke.

3. Kapitel

Der erste Montag ohne überflüssiges Palavern über dampfenden Kaffeepötten. Als Wencke Tydmers gestern den persönlichen Kram vom Schreibtisch weggepackt und, die Jeansjacke um die Hüfte gebunden, strahlender Laune das Polizeikommissariat verlassen hatte, musste Axel Sanders sich richtig zusammenreißen, um nicht sofort die Sekretärin zu beauftragen, seine Akten und Unterlagen hinüberzuräumen.

Doch nun saß er da, hatte endlich mal ein Büro für sich allein und einen Stuhl unterm Hintern, der zu ihm passte. Aus Leder und zum Drehen, mit verstellbarem Sitz und federnder Rückenlehne, eigentlich viel zu groß für die kleine, zierliche Person, die ihn normalerweise in Beschlag nahm. Wenn Wencke Tydmers ihn zu sich ins Zimmer kommen ließ, was selten geschah, da sie meist selbst kam, wenn sie etwas wollte, wenn sie da also in dem Zimmer saß, auf dessen Tür *Hauptkommissarin Wencke Tydmers* stand, dann wirkte sie eigentlich ein wenig verloren. Sanders hatte schon mal mit Britzke darüber reden wollen, doch der schien es anders zu sehen. Aber der hatte ja auch jahrelang an Wenckes Seite gearbeitet und war somit befangen.

Es war knapp gewesen, damals vor einem dreiviertel Jahr, als die Entscheidung fiel, welcher Name auf diesem Schild stehen würde: *Axel Sanders* oder *Wencke Tydmers*. Und er erinnerte sich noch allzu gut an die Rede, die der Polizeipräsident am Tag der Beförderung geschwungen hatte: »Wir alle wissen, Frau Tydmers ist vielleicht nicht so, wie man sich eine Kommissarin aus dem Lehrbuch vorstellt, sie ist nicht immer pünktlich und, wie mir ihr langjähriger Assistent Meint Britzke verraten hat, ist sie auch nicht besonders ordentlich, wenn es um die bürokratische Seite unseres Berufes geht ...« Und an dieser Stelle hatten alle Kollegen gut gelaunt und herzlich gelacht, alle außer Axel Sanders, denn er fand es eigentlich nicht besonders witzig.

»Aber Wencke Tydmers hat dieses Team auf eine ganz

andere Art und Weise bereichert: Sie ist engagiert, kollegial und verfügt über die außergewöhnlich erfolgreiche Gabe, zwischen den Zeilen zu denken, manche nennen es weibliche Intuition. Egal, wie es heißen mag, es ist selten und es ist der Grund, weshalb wir sie heute zur Leiterin der Auricher Mordkommission ernennen.« Und dann gab es Applaus und Händeschütteln und Blumen und Sekt. Und Wencke Tydmers hatte an diesem Tag noch schöner ausgesehen, als sie es ohnehin schon war. Es hatte Axel Sanders einen zusätzlichen Stich versetzt, denn sie war doch eigentlich gar nicht sein Typ. Sie war zu klein, zu lässig gekleidet, zu vorlaut sowieso. Und er dachte trotzdem viel zu oft an sie. An ihren hellen Kopf, dem Gedanken entschlüpften, die ihm selbst nie kommen würden. An den Moment, als er ihr zur Beförderung gratulierte und eine Rose überreichte, keine rote, um Himmels Willen. Eine einzelne gelbe Rose als Symbol ihrer Versöhnung nach dem Kampf um den Stuhl aus Leder, als Zeichen, dass er ihr die Beförderung durchaus gönnte, wenn auch mit leichtem Sodbrennen. Und sie hatte ihn angesehen, vielleicht sogar in ihn hinein, jedenfalls hatte sie sofort verstanden, dass diese Rose ohne weiteres auch rot hätte sein können. Er war froh, dass sie nun eine Zeit lang nicht da war. Nicht nur sie brauchte Urlaub, auch ihm würden sie gut tun, zwei Wochen ohne dieses unerwünschte Herzklopfen im Büro.

Und in diesen zwei Wochen würde er als Wenckes Vertreter sein Können unter Beweis stellen. In seinem letzten Urlaub hatte er auf Menorca ein Seminar für Teamfähigkeit und Führungsqualitäten besucht. Am ersten Abend hatten sie ein paar Rollenspiele gemacht, nicht irgendwelches Laientheater, sondern außergewöhnliche Situationstests, die das bereits vorhandene Potential auf die Probe stellten. Sein Ergebnis war niederschmetternd gewesen und er hatte sogar kurzfristig überlegt, den Lehrgang zu schmeißen, da er sich falsch verstanden fühlte. Doch dann hatte sein Ehrgeiz gesiegt, und siehe da, hartes Extremtraining, schweißtreibende Strategieperformances und knallharte Individualdiagnosen hatten aus ihm in nur acht Tagen einen neuen Menschen gemacht. Es hatte viel Geld gekostet, und er bekam diesen Kurs nicht als Weiterbildungsmaßnahme anerkannt, weil das verknöcherte Polizeisystem noch nie etwas von dieser bahnbrechenden Methode gehört hatte, was typisch war. Doch er hatte diese Tage auf Menorca noch nicht einmal bereut, auch wenn er dort drei Kilo abgenommen hatte und trotz des Sonnenscheins kreidebleich nach Hause gekommen war. Denn seitdem konnte er die Fehler seiner Chefin mit Röntgenblick entlarven. Fehler, die im Team vielleicht noch gar nicht aufgefallen waren, die niemanden störten, die aber auf lange Sicht der gesamten Mordkommission erheblich schaden konnten. Fehler, die Wencke Tydmers so beliebt machten, weil sie aus menschlichen Schwächen resultierten.

Er behielt sie im Blick. Er wollte ihr nicht wirklich schaden, beileibe nicht. Vielleicht half es ihr sogar, wenn er hier erst einmal richtig aufräumte. Vor allem dieses sogenannte Meeting am Montagmorgen, wenn sie alle fast schweigend über ihren Kaffeepötten saßen, war in Axel Sanders' Augen ein fatales Ausleben der mangelnden Motivation am Wochenanfang. Deswegen hatte er es heute Morgen anders gemacht. Statt Kaffee klare Anweisungen: »Wiemers und Strothmann, Sie tragen noch mal alles Wissenswerte über den Betrunkenen im Hager Kiesteich zusammen und übergeben die Unterlagen umgehend der Staatsanwaltschaft mit Antrag auf Einstellung des Verfahrens. Gut, das ist jede Menge Schreibarbeit, ich bitte Sie, je eher Sie damit beginnen, desto schneller liegt der Fall bei den Akten.« Die ersten bösen Blicke trafen ihn direkt, doch er ignorierte sie, wandte sich statt dessen den anderen zu. »Blomberg und Muttge, besuchen Sie noch einmal den Feuerwehrhauptmann in Norden, diesen Hittekamp, befragen Sie ihn erneut wegen des Stallbrandes in Großheide. Wir sollten schon ausschließen können, dass es Brandstiftung und eventuell versuchter Totschlag war.«

Die schlechte Laune war seinen Leuten ins Gesicht geschrieben. Dafür befand sich die seine auf einem ersten Höhepunkt, er erwartete in den nächsten vierzehn Tagen noch einige dieser kurzen Momente vollkommener Selbstzufriedenheit.

Endlich war es so weit: Das Telefon klingelte, und er konnte abnehmen und sich mit »Polizeikommissariat Aurich, Leitung der Mordkommission, Axel Sanders« melden.

»Hallo, bin ich da richtig? Man hatte mir gesagt, dass ich mit einer Hauptkommissarin Tydmers verbunden würde.«

Eine junge, etwas fiepsige Frauenstimme, sicher ein privater Anruf für Wencke Tydmers, aber so etwas würde es bei ihm nicht geben.

»Bedaure, Frau Tydmers ist mit ihrem Schatz auf die Kanaren geflogen. Sonne, Strand und Meer, Sie verstehen?«

Die Frau am anderen Ende zögerte kurz. »Sind Sie die Vertretung?«

»So ist es. Und mit wem habe ich das Vergnügen?« Gleich legt sie beschämt auf, dachte Sanders.

»Hier ist die Polizeidienststelle Norderney, Kommissarin Lütten-Rass. Es geht um einen Todesfall hier auf der Insel, wahrscheinlich Selbstmord.«

Sanders spürte, wie ihm der Schweiß am Hemdkragen emporkroch, es war aber auch wirklich heiß heute und das Büro hatte keine Klimaanlage. »Aha«, sagte er nur knapp, weil ihm für mehr Worte einfach zu warm war.

»Man hat noch versucht, zu reanimieren, Sprung von der Sonnenterrasse der *Maritim-Klinik*, da war jede Menge Fachpersonal zur Stelle. Die inneren Verletzungen waren aber zu schwer, der Tod ist gegen Mitternacht eingetreten.«

»Soso, dann müssen wir wohl mal jemanden auf die Insel schicken. Ich werde zwei Kollegen für Sie abstellen, in Ordnung?«

Die fast kindlich hohe Stimme bekam einen aufgeregten Unterton, es sollte wohl wütend klingen, kam aber eher hysterisch in Sanders' Ohr an. »Nun seien Sie mal nicht so gönnerhaft, werter Kollege. Mir ist schon klar, dass niemand sich darum reißt, auf die Insel zu kommen. Aber wie gesagt: Wir haben hier eine Leiche und wir müssen schnell klären, wie die Person zu Tode gekommen ist, weil uns sonst nämlich die Kurgäste und die Vermieter aufs Dach steigen. Wir haben Hochsaison, da können wir absolut keine Toten gebrauchen. Verstanden?«

Sanders lachte leise und drehte den Hörer zur Seite, damit die kleine Piepsmaus auf Norderney seinen Spott nicht mitbekam. »Verstanden!«

»Sie können die Insel heute noch wieder verlassen, die letzte Fähre geht erst abends um elf. Ihre Leute werden gar nicht merken, dass sie auf einer Insel sind, versprochen. Aber ich bitte Sie, kommen Sie so bald wie möglich, am besten schon mit dem Schiff ab Norddeich um 13.30 Uhr. Ist das möglich?«

»Ich denke schon«, sagte Sanders. »Sagen Sie noch, wer ist denn zu Tode gekommen? Ein Kurgast, ein Insulaner? Jung oder alt? Männlich oder weiblich? Solche Informationen sollten Sie der Mordkommission beim nächsten Mal direkt am Anfang des Gespräches und ohne Nachfrage mitteilen, junges Fräulein, damit wir uns hier ein Bild machen können, was uns erwartet.«

Er hörte die Kollegin nach Luft schnappen und hielt sein Ohr ein wenig auf Abstand, falls sie vorhatte, in dieser Stimmlage gleich loszuschreien. Doch sie blieb ruhig. »Insulaner, jung, weiblich. Besser so? Der Name der Toten ist Leefke Konstantin, sie war erst vierzehn. Reicht das?«

Sanders fehlten für einen kurzen Augenblick die Worte.

4. Kapitel

Im Prinzip hatte Wencke die Konfrontation nur hinausgezögert. Ansgar war nun sicher schon am Flughafen. Und sie stand in Norddeich am Fähranleger und wartete inmitten einer Menschentraube darauf, dass die große weiße Fähre ihre Passagiere von Bord gehen ließ, damit sie mit der kleinen Tasche in der Hand, viel hatte sie nicht mitgenommen, die Fähre um halb zwei nach Norderney nehmen konnte.

»Es tut mir wirklich leid, Ansgar. Meine Mutter hat mich geradezu angefleht, dass ich selbst auf die Insel gehe und nach dem Rechten schaue. Es wird sicher nicht lange dauern, mein Bruder taucht wahrscheinlich heute noch unversehrt auf und dann komme ich nach.« Feige, feige, feige war sie gewesen. Aber sie hatte weder die Zeit noch die Lust gehabt, mit Ansgar ein Gespräch über Gefühle und Beziehungen zu führen, womöglich noch in seinem Wagen auf der Straße vor ihrem Haus. Und ganz aus der Luft gegriffen war die Geschichte ja nicht, die sie ihm nun aufgetischt hatte. Ihr Gewissen hatte sich jedenfalls noch nicht bei ihr gemeldet.

»Liebe Passagiere, aufgrund eines technischen Defektes müssen wir Sie leider bitten, die hier liegende *Frisia V* nicht zu betreten. Die Abfahrt nach Norderney wird sich um voraussichtlich eine halbe Stunde verzögern und vom Juistanleger am rechten Ende des Molenkopfes abgehen. Wir bitten Sie um Verständnis.«

Die Lautsprecherdurchsage wurde noch ein paarmal wiederholt, sie schallte blechern aus jeder Ecke des gesamten Hafenbereichs, doch man konnte kaum noch ein Wort verstehen, da die Menschen in ein hektisches, aufgeregtes Schimpfen verfallen waren.

»Das fängt ja gut an …«

»Unverschämtheit!«

»Was die einem hier so alles zumuten …«

Wencke machte sich nichts daraus, sie schlenderte mit der Tasche direkt an der Kaimauer entlang in die Richtung, in der sich der geschäftige Hafen mit einem schmalen Schlauch aus Steinwällen in das Meer erstreckte. Ständig fuhren Autos im Kreis herum, in einigen saßen Familien zwischen ihrem Reiseproviant, in den anderen, den nicht ganz legal umgerüsteten Golf GTIs und röhrenden 3er BMWs, schaukelten stoppelhaarige Führerscheinneulinge mit ihren dauergewellten Beifahrerinnen zu basslastigem Lärm von der umgebauten Rückbank.

Die »Molenheizer« wurden sie bei den Kollegen in Norden genannt, erinnerte sich Wencke und grinste. Es roch mehr nach Abgasen als nach Wattenmeer. Für einen kurzen Augenblick schlich sich ein kleiner Funken Vorfreude auf die Insel in Wenckes Herz.

Sie hatte Jasper noch nie besucht. Er wohnte nun schon seit drei Jahren dort, aber ihr Verhältnis war nicht so innig, dass sie ihn unbedingt auf Norderney hätte besuchen müssen. Zumal seine Freundin Rika nicht gerade zu ihren Busenfreundinnen zählte. Sie arbeitete als Krankenschwester in einer dieser riesigen Inselkliniken, ob sie nun Oberschwester war, wusste Wencke nicht genau, doch ihr resolutes Auftreten und dieser »Wie geht es uns denn heute« -Ton hätten Rika auf jeden Fall für diesen Job qualifiziert. Rika war es auch, die Wenckes Bruder zu einem Insulaner umgeschult hatte. Doch er profitierte davon, Jasper war Fotograf, aber eigentlich hatte sich noch nie jemand für seine Bilder interessiert. Bis er nach Norderney kam und Dünen, Strand und Himmel ablichtete. Jetzt produzierte er Postkarten, Prospektaufnahmen und Inselkalender und verdiente so gut wie nie zuvor in seinem Leben. Wencke freute sich schon ein wenig für ihn. Und Wenckes Mutter war mächtig stolz.

Auf Jasper war sie schon immer stolz gewesen. Schon damals, als sie mit der ganzen Familie in der Schule antanzen mussten, weil Jasper die Wände im Flur mit Graffitis besprüht hatte. Statt kleinlaut den Schaden über die Haftpflichtversicherung abzuwickeln, fotografierte ihre Mutter die Schmierereien und verewigte sie vergrößert und eingerahmt im Hausflur, wo bei anderen Eltern immer die Einschulungsfotos hingen.

Wencke hatte als Teenie ihren Bruder diskret aber innig gehasst. Er hatte diese Art, jedem seine unkonventionelle Art aufzuzwingen: Mitte der Achtziger zelebrierte er eine öffentliche Verbrennung ihres lebensgroßen Bravo-Starschnittes von Duran-Duran im Garten, er hatte sogar Freunde aus seiner Schauspielgruppe dazu eingeladen. Und bei ihrer Abiturfeier, kurz bevor sie vom Schuldirektor das Zeugnis überreicht bekam, war er auf die Aulabühne gesprungen und hatte ins Mikrofon gerülpst. Sie hatte ihn zum Teufel gewünscht, damals, sicher an die tausend Male.

Doch als sie jetzt daran dachte, sie saß inzwischen auf den Stufen am Molenkopf und sah in der Ferne die Häuser von Norderney, da spürte sie ein kleines, warmes Stück Blutsverwandtschaft aus ihrem Herz herauswachsen. Heute wurde er vierzig, ihr Bruder Jasper, der verrückte Kerl. Sie hatte mit einem Mal riesige Lust, ihn heute ganz fest in die Arme zu nehmen und mit ihm anzustoßen auf die vergangenen Tage, die zu schade zum Vergessen waren.

»Kling-klang-klong«, dröhnte es aus den trichterförmigen Lautsprechern über ihr. »Liebe Fahrgäste nach Norderney, die *Frisia I* nach Norderney wird in wenigen Minuten ablegen. Bitte beachten Sie, dass wir keine Pkw mehr aufladen können. Die nächste Abfahrt geht in einer halben Stunde wieder ab dem Norderneyanleger.«

Wencke hatte tatsächlich die Zeit vergessen. Der Blick auf das Wattenmeer und die Inseln am Horizont, dazu ein weicher, streichelnder Wind und die Augustsonne auf der Haut, da konnte so etwas passieren. Sie erhob sich von der Treppe und ging die wenigen Schritte zur Fähre etwas schneller, als es ihrer Urlaubsstimmung entsprach. Die schimpfenden Menschenmassen waren anscheinend bereits alle an Bord, die *Frisia I* war zwar riesig, aber trotzdem nahezu überfüllt. Grauhaarige Rentnerinnen in kreischbunten Blusen aßen Bockwurst im Stehen. Eine überforderte Zwillingsmutter machte gerade ihren zeitunglesenden Ehemann zur Schnecke »Nun tu du auch mal was, dafür fahre ich nicht in die Ferien, dass ich mich weiterhin um alles allein kümmern soll.« Recht hatte sie, fand Wencke. Dann setzte sie sich in der kargen Eingangshalle auf den genoppten Fußboden und rauchte eine Zigarette. Endlich Urlaub!

5. Kapitel

Wo ist denn das Wasser?« Axel Sanders ärgerte sich. Erstens hatte er seinen Kollegen so viel Arbeit aufgehalst, dass er nun selbst nach Norderney übersetzen musste. Zweitens hatte die Reederei einen riesigen Aufstand in Norddeich veranstaltet wegen eines technischen Defektes, der sich auf Anfrage bei dem zuständigen Fahrdienstleiter lediglich als verstopfte und ein wenig übergelaufene Damentoilette herausstellte. Diese Lächerlichkeit hatte ihn und Britzke eine halbe Stunde Zeit gekostet, die sie unter unzumutbaren Bedingungen am Hafen verbringen mussten. Sanders hatte sich bereits den Text für die schriftliche Beschwerde zurechtgelegt. Und drittens hatte er im unteren Salon keinen Sitzplatz mehr bekommen, obwohl er eigentlich vorgehabt hatte, eine Kleinigkeit zu essen. Statt dessen stand er nun auf dem Schiffsdeck zwischen vollgepackten Autos und starrte auf den Schlick links und rechts der Fahrrinne.

»Norderney kann man auch bei Niedrigwasser anlaufen. Und zur Zeit haben wir gerade Niedrigwasser.« Meint Britzke wieder mit seinem Allgemeinwissen.

»Meine Güte, das riecht aber.«

»Wattenmeer eben!« Der Kollege hatte es gut. Seine Frau hatte ihm heute Morgen ein belegtes Brötchen zum Mittagessen eingepackt, Salami und Käse, ein Salatblatt dazwischen, es sah appetitlich aus.

Er hatte weder Frau noch Stulle, da er es normalerweise vorzog, in der Mittagspause allein in einem Auricher Bistro zu speisen. Niemand hätte auch nur ahnen können, dass er heute bis spät in die Nacht auf der Insel zu tun hatte. Sein Magen knurrte, leider nicht laut genug, dass Britzke es trotz der Schiffsmotoren hören konnte und ihm vielleicht etwas abgegeben hätte. Andererseits war er eventuell auch noch sauer wegen des abgeblasenen Montagmorgenkaffees und hätte ihn lieber verhungern lassen.

Hätte er dieses verdammte Meeting nicht sausen lassen,

dann wäre der Anruf in ihr morgendliches Miteinander hineingeplatzt und er hätte diesen Inselaufenthalt Wiemers und Strothmann oder sonst wem in den Magen drücken können. Oh ja, Axel Sanders ärgerte sich wirklich.

Der einzige Lichtblick war die Publicity, die der Tod eines jungen Mädchens zweifelsohne mit sich brachte. Er würde als derzeitiger Leiter der zuständigen Mordkommission sicherlich auch eine Zeile in der Lokalpresse wert sein. Aber da der Sturz vom Klinikdach allem Anschein nach sowieso nur ein Selbstmord war, verebbte das öffentliche Interesse an dieser Sache mit Sicherheit schnell.

Die Fähre schien bereits fast die Insel erreicht zu haben, Sanders erkannte den bevölkerten Badestrand und winkende Leute auf der steinernen Promenade. Kurz vor Tuchfühlung bogen sie rechts ab.

»Ist rechts jetzt Steuerbord oder Backbord?«, fragte er Britzke, der so etwas immer wusste.

»Ist das irgendwie wichtig in unserem Fall?«, entgegnete dieser mit vollem Mund. Sein Kollege war also tatsächlich noch wütend. Nachtragender, kleinkarierter Familienvater.

»Wir werden in wenigen Minuten im Hafen von Norderney festmachen. Bitte gehen Sie nur unten in der Eingangshalle von Bord und halten Sie beim Verlassen des Schiffes ihre Norderneycard bereit. Alle Mitreisenden mit PKW werden gebeten, sich umgehend zu ihren Fahrzeugen zu begeben und beim Verlassen der Fähre den Anweisungen unseres Personals Folge zu leisten. Wir wünschen Ihnen einen angenehmen Inselaufenthalt und erinnern Sie daran, dass montags keine 23-Uhr-Abfahrt stattfindet. Die letzte Fähre nach Norddeich verlässt also bereits um 18.30 Uhr die Insel.«

»Na toll«, motzte Britzke ihn an. »Hatten Sie mir nicht eine Nacht im heimischen Bett garantiert?«

»Vielleicht sind wir bis dahin ja mit unserer Arbeit durch.«

»Na, Sie sind ja sehr optimistisch. Mit unserer Verspätung sind wir jetzt erst gegen 14.45 Uhr auf der Insel, bis wir am Tatort sind, ist wieder eine halbe Stunde vergangen. Und wenn wir bis 18 Uhr nicht wieder zum Hafen aufbrechen, dann verpassen wir das Schiff sowieso. Dazwischen Vernehmungen der Eltern und Freunde, was ohnehin immer sehr mühsam ist, gegebenenfalls Tatverdächtige besuchen und so weiter. Und nun sagen Sie mir mal, wie wir in weniger als drei Stunden unseren Job erledigen sollen, Sie Witzbold.«

Täuschte er sich, oder war Britzke ihm gegenüber schon einmal respektvoller aufgetreten? Als er, Axel Sanders, noch als Favorit für den Chefsessel in Aurich gehandelt wurde, da war ihm dieser schnauzbärtige Niemand bewundernd um die Füße gestrichen. Wencke Tydmers hatte in ihrer Abteilung ganz neue Saiten aufgezogen, und dabei war allem Anschein nach auch ein vernünftiger Umgangston flöten gegangen. »Vielleicht hat unsere Norderneyer Kollegin ja schon das Wichtigste erledigt«, beschwichtigte er, glaubte seinen eigenen Worten allerdings kaum.

»Kennen Sie sie denn?«

Sanders war dieser Person niemals begegnet, doch er hatte sich bereits am Telefon sein Bild von ihr gemacht. »Na ja, Kommissarin Lütten-Rass, so 'ne Kleine, Zierliche. Sie wird uns gleich vom Hafen abholen. Dann werden Sie sie kennen lernen, Britzke.«

Die Fähre bog erneut ab, diesmal nach links, Backbord oder Steuerbord eben, und der Hafen tauchte vor ihnen auf. Sanders meinte fast, er wäre wieder in Norddeich angekommen. So hatte er sich einen Inselhafen nicht vorgestellt: Taxen, Busse, Menschenmassen. Er kannte nur Juist, wo man direkt ankam und das Gefühl hatte, die Zeit sei stehen geblieben. Hier hatte die Zukunft bereits begonnen. Das Schiff legte routiniert und ohne einen Ruck an, die Motoren der Autos jaulten auf und ehe er sich versah, war das Schiffsdeck wie leergefegt. »Na, das geht doch schon hier ein rasantes Tempo an, Britzke. Nun machen Sie sich mal keine Sorgen, heute Abend sind wir wieder auf dem sicheren Festland.«

Sie gingen die Autorampe hinauf. Die Ebbe hatte das Schiff wie in einer kleinen Kuhle verschwinden lassen. Erst nach und nach konnte er den Hafen überblicken. Ein paar Meter weiter ragten leuchtend bemalte Seetonnen wie ein kleiner, signalfarbener Wald in die Höhe, an der Kaiseite gegenüber nahm gerade ein altes, hölzernes Segelschiff seine Fahrt Richtung See auf. Die junge, ein wenig ungewaschen wirkende Besatzung winkte beiläufig den an Land Zurückgebliebenen zu, und ein zotteliger Mischlingshund kläffte schallend von der vorderen Bootsspitze, war das jetzt Bug oder Heck?

Am Ende der asphaltierten Rampe stand ein Streifenwagen. Als sie näher kamen, öffnete die Frau hinterm Steuer die Autotür, stieg aus und kam auf sie zu.

»Soso, Sie sagten also, Sie kennen unsere Kollegin. Klein und zierlich, hmm?«

Sanders war einsneunzig groß und schaute der massigen Frau direkt in die Augen. »Schön, dass Sie da sind. Jutta Lütten-Rass, wir haben telefoniert«, fiepste sie.

Sanders schluckte und schaute weg. Ein kurzer Ruck ging durch seinen Körper: Wenn er nicht genau gewusst hätte, dass Wencke Tydmers heute Mittag auf die Kanaren fliegen wollte, dann hätte er schwören können, sie eben für einen kurzen Augenblick von hinten gesehen zu haben. Wenckes jungenhafte, etwas nachlässig gekleidete und ihm so unangenehm vertraut gewordene Gestalt am Norderneyer Hafen? Aber das konnte schließlich nicht sein.

»Was ist los, Kollege? Schon 'nen Inselkoller?« Die dicke Uniformierte quetschte sich hinter das Lenkrad, Sanders setzte sich mit Britzke auf die Rückbank. Es ging ihm irgendwie gar nicht gut.

6. Kapitel

Pinki saß in dem kleinen, quadratischen Raum und nagte sich den Lack von den Nägeln. Sie war schon einmal hier gewesen, als man sie im Drogeriemarkt erwischt hatte, wie sie sich einen neonfarbenen Lippenstift in die Tasche gesteckt hatte. Damals war Leefke dabei gewesen.

Nun war Leefke tot.

Ihre Mutter hatte sie heute Morgen damit geweckt. Die letzte Woche Sommerferien, sie hatte ausschlafen wollen, in den Tag hineindösen, bis es Mittagessen gab. Doch ihre Mutter war ins Zimmer gekommen, hatte sich an ihr Bett gesetzt und ihr über die Haare gestreichelt. Schon da hatte sie geahnt, dass etwas nicht stimmte.

»Leefke ist tot. Sie hat sich letzte Nacht zu Tode gestürzt.«

Fast im selben Moment schon hatte Pinki geschrien. Die Mutter hatte sie fest in den Arm genommen. »Nicht so laut, mein Schatz, denk doch an die Gäste.« So war dieser plötzliche Schock, diese gefrorene Trauer im T-Shirt der Mutter erstickt worden.

Geheult hatte sie später, das war dann auch nicht mehr so laut. Nur die Wimperntusche hatte es weggespült und sie hatte sich mit dem Gesicht kaum auf die Straße getraut. Doch was hätte die Menschen, die sie kannten, mehr gestört? Verweinte Augen oder ein makelloses Make-up? Ihre beste Freundin war tot.

Und sie hatten sich gestritten, gestern Abend noch, Viva geschaut und sich dabei in die Haare gekriegt. Wegen dieser Sache mit Jasper. Mal wieder.

»Lass es, Leefke. Behalt es für dich. Wenn du es jemandem erzählst, gibt es nur noch mehr Ärger.«

»Na und? Ist mir egal! Die Klappe haben wir lang genug gehalten.«

Klar war sie ein wenig eifersüchtig auf ihre Freundin gewesen. Aber das war es nicht, was sie so wütend gemacht hatte. Eigentlich war es eher die Angst, dass sie alle dran waren, wenn Leefke nicht schwieg.

Und als Leefke ging, hatte sie ihr hinterhergerufen: »Pass auf, Leefke Konstantin. Ich schwöre dir, unsere Freundschaft ist tot, wenn du es tust.«

Sie hatte ihre beste Freundin mit dieser irrsinnigen Wut von sich fortgeschoben. Die Enge in Pinkis Hals zerriss in einem schmerzenden Schluchzen.

Der Polizist ihr gegenüber hörte auf, wie verrückt auf die Tastatur des PC zu hämmern. Er hatte Tetris gespielt, seit einer halben Stunde schon. Pinki kannte ihn vom Sehen. Er war wohl die Saisonverstärkung und sah eigentlich ganz süß aus. Aber mit ihren roten Augen hatte sie sowieso schon bei ihm verschissen.

»Mädel, kann ich dir irgendetwas Gutes tun?«

Sie brachte nur ein klägliches Kopfschütteln zustande.

»Die Kripo vom Festland ist sicher gleich da. Das Warten ist oft das Schlimmste.«

Sie versuchte sich zusammenzureißen. »Kannst du mir nicht die Fragen stellen?« Mist, ihre Stimme klang quakend und albern. Er fand sie sicher lächerlich.

»Tut mir leid. Wir haben da so unsere Dienstwege. Und mich haben sie heute nur zum Getränkeholen für dich abgestellt. Willst du 'ne Cola?«

Sie nickte, um nicht wieder so peinliche Töne von sich zu geben.

Als er das Zimmer verlassen hatte, schaute sie sich um. Es war kein Spiegel im Raum, das Einzige, was sich für ihre Zwecke eignete, war der silberne Papierkorb unterm Schreibtisch. Sie hockte sich davor und wischte mit dem Handrücken die zerlaufene Farbe von den Augen. In ihrer kleinen, fransigen Handtasche hatte sie zum Glück den Abdeckpuder dabei. Schnell tupfte sie den Schwamm über die brennende Haut ihrer Wangen. Dann öffnete sich die Tür, sie kniete immer noch vor dem Abfalleimer. Wie peinlich. Hastig zog sie sich wieder am Stuhl empor. Sie versuchte, sich nichts anmerken zu lassen.

Der Typ reichte ihr eine kalte Dose. Was er wohl trug, wenn er nicht diese geschmacklosen Polizistenhemden anhatte? Er lächelte.

»Ist schon gut. Das braucht dir nicht unangenehm zu sein.

Ich kann mir gut vorstellen, wie mies du dich fühlst.«

Warum musste er gerade so etwas sagen. Sie fühlte sich wie ein kleines Kind. »Hör zu, ich werde bald sechzehn.« Warum sie das sagte, wusste sie selbst nicht genau.

Zum Glück spielte er weiter. Sie schaute aus dem Fenster. Die *Maritim-Klinik* versperrte ein paar Schritte weiter groß und dunkel den Blick auf das Meer. Der eckige, moderne Kasten mit verspiegelten Fenstern und sandfarbenem Stein breitete sich klobig zwischen vereinzelten Dünengräsern aus. Da arbeitete Jaspers Frau. Was die wohl gerade machte?

Sie fand noch einen Rest Nagellack am kleinen Finger.

Endlich ging die Tür auf. Die dicke Qualle in Uniform und zwei Fremde kamen herein und lächelten ihr aufmunternd zu wie Lehrer, wenn es Zeugnisse gab.

»Tut uns leid, die Verspätung, Pinki. Die Fähre hat getrödelt und dann musste ich meinen Kollegen hier auch erst den Tatort zeigen. Aber jetzt sind wir da und wir sind froh, dass du auf uns gewartet hast.«

Alle drei nahmen auf der braunen Couch hinter ihr Platz, sie drehte sich mit dem Bürostuhl zu ihnen um und ließ sich nicht anmerken, dass ihr das Herz bis zum Hals schlug.

»Hallo Kleine«, sagte der Größere von den beiden Fremden, und schon war er bei ihr unten durch. »Mein Name ist Axel Sanders, ich leite zur Zeit die Auricher Mordkommission. Der Mann hier heißt Meint Britzke, er ist sozusagen mein Assistent. Und wie heißt du?«

»Pinki.«

Er tat ein wenig so, als müsse er husten. »Ich bin ja nicht von hier und kenne mich mit den eigenartigen ostfriesischen Namen nicht so gut aus. Aber Pinki, denke ich, ist nicht dein richtiger Name, stimmt's?«

»Rosa Grendel.«

»Ach so, Rosa gleich Pinki? Clever, clever! Pinki, hast du schon einmal einen Krimi im Fernsehen angeschaut?«

Meine Güte, war der schrecklich. Sie überlegte sogar einen kurzen Augenblick, ob sie überhaupt nicken sollte.

»Gut, dann weißt du ja ein klein wenig von unserer Arbeit.

Wir sind hier, um dich zu deiner Freundin Leefke Konstantin zu befragen. Wir müssen uns nämlich ein Bild davon machen, wie und warum das letzte Nacht mit ihr geschehen ist.«

»Aber sie hat sich doch selbst umgebracht«, platzte es aus ihr heraus.

Der Schleimer lächelte. »Da weißt du aber mehr als wir, denn die Polizei muss solchen Dingen genau auf den Grund gehen, damit wir auch ja nichts übersehen, was wichtig sein könnte.«

»Wollen Sie damit sagen, Sie könnte auch gestoßen worden sein?«

»Na, du bist aber eine ganz Aufgeweckte!«

»Ich bin nur nicht blöd!«, konterte sie und sah aus den Augenwinkeln, dass der Süße am Computer leise lachte.

»Das habe ich auch nie von dir gedacht, mein Kind. Aber was meinst du denn? Hatte deine Freundin Kummer? Liebeskummer vielleicht? Oder fällt dir jemand ein, vor dem sie vielleicht Angst hatte?«

»Nein.«

»Pass mal auf, ich werde dir jetzt sagen, was wir bislang herausgefunden haben.«

Pinki nickte genau so lustlos, wie sie es auch im Sozialkundeunterricht tat, wenn sie sich eigentlich für etwas brennend interessierte, es sich aber nicht anmerken lassen wollte.

»Deine Freundin Leefke ist so gegen neun Uhr am Leuchtturm gesehen worden. Was könnte sie um diese Zeit dort getrieben haben? Fällt dir etwas ein?«

»Sie hat sich die Strahlen reingezogen.«

Das Gesicht des Kommissars verzog sich. »Drogen?«

Pinki lachte los, und zu ihrer Erleichterung bemerkte sie, dass der nette Polizist und die Dicke sich auch über die Bemerkung des Kommissars lustig machten.

»Herr Kollege Sanders, Sie sind hier nicht im Sündenpfuhl der ostfriesischen Republik gelandet«, die fetten Schultern der Polizistin wackelten, als sie das sagte. »Pinki meint etwas absolut Legales. Wenn man bei Dämmerung oder Dunkelheit unterm Leuchtturm steht, dann fühlt man sich wie unter einer ... einer ...«

»… großen Käseglocke«, ergänzte Pinki.

»Ja, genau. Die Strahlen des Leuchtfeuers scheinen sich bis zum Horizont hinunterzubeugen, und das sieht wirklich sensationell aus. Viele Menschen gehen abends dort hin. Auch ich, und ich brauche noch nicht einmal besonders unglücklich zu sein, wenn ich das tue. Es ist einfach wunderschön, wenn Sie verstehen, was ich meine.«

Pinki fand die klobige Frau in der grünen Jacke mit einem Mal sehr sympathisch. Sie schien zu verstehen, worum es ging. Vielleicht würde sie ihr einmal die ganze Wahrheit erzählen. Aber dann müsste sie sie auch danach fragen. Dieser Lackaffe würde jedenfalls nichts von ihr erfahren. Zumindest nichts von dem, was wirklich zählte.

»Mädchen …«

»Ich heiße Pinki.« Mit einem Mal fühlte sie sich wieder etwas wohler in ihrer Haut.

»O.k., du hast recht. Also, Pinki. Deine Freundin Leefke war gegen neun am Leuchtturm, wann sie von dort weggegangen ist, wissen wir nicht genau. Um Viertel vor zehn ist sie jedoch in die *Maritim-Klinik* gegangen, das weiß der Pförtner noch ganz sicher, weil er ihr gesagt hat, dass eigentlich keine Besuchszeit mehr ist.«

»Und was hat Leefke geantwortet?« Pinki hielt den Atem an, es war so wichtig, dass Leefke niemandem gesagt hatte, mit wem sie sich treffen wollte. Wenn das herauskäme, dann wären sie alle dran, sie alle.

»Sie hat gar nichts gesagt, ist einfach durchgegangen. Ein bisschen zu schnell für den Portier, er ist ein alter Mann. Niemand weiß, wo Leefke hinging, ob sie mit jemandem sprach, oder ob sie vielleicht zu einem Arzt wollte. Das Einzige, was feststeht, ist, dass sie eine gute Stunde später von der Sonnenterrasse gestürzt ist und kurz darauf starb.«

Ob sie jetzt von ihr erwarteten, dass sie losheulte?

»Wann hast du sie denn zum letzten Mal gesehen?«

»Gestern so gegen sieben. Wir waren erst bei den anderen in der Waldkirche, dann haben wir bei mir noch Fernsehen geguckt.«

»Waldkirche?«

Klar, das fand der Bulle jetzt wieder interessant.

»Dort treffen sich die Teenager«, erklärte der Polizist am Computer. »Es ist keine richtige Kirche, mehr ein Park mit Bänken, einer Kanzel und einem Altar. Bäume drum herum und so, es ist ein schönes Plätzchen. Ich kann gut verstehen, dass sie sich dort versammeln.«

»Da haben wir wenigstens unsere Ruhe«, sagte Pinki in dem Ton, den ihr Vater immer als maulig bezeichnete.

Dann war es eine Weile still. Pinki fummelte an den Fransen ihrer Handtasche. Das Wetter war so schön, eigentlich wollte sie jetzt lieber gehen. »Ich weiß schon, was sie von mir hören wollen, wegen Leefke und so. Wir waren auch echt gute Freundinnen, eigentlich konnten wir uns alles sagen. Das Tolle an ihr war, dass man sich auf sie verlassen konnte, sie hat oft den Mund aufgemacht, wenn wir anderen Schiss davor hatten. So 'ne typische Klassensprecherin eben. Sie hat aber eigentlich nur etwas gesagt, wenn es wirklich Sinn machte, verstehen Sie? Nur so blödes Zeug daherreden, das gab es bei ihr nicht. Leefke war immer in bisschen schlauer als wir alle, und sie hat auch nicht so viel Mist gebaut wie wir. Ich habe wirklich keine Ahnung, warum sie sich umgebracht haben könnte. Echt nicht. Eigentlich war sie für so was viel zu intelligent.« Pinki biss sich auf die Zunge. Hatte sie mal wieder zu viel geplappert?

Die Erwachsenen sahen sie ernst an. Alle, auch der Typ am Computer. Wahrscheinlich hatten sie sich mehr von ihr erhofft. Aber scheiß drauf. Sie wollte nicht diejenige sein, die hinterher den ganzen Ärger bekam.

Die Dicke stand auf und nahm ihr die Coladose aus der Hand. »Ist schon gut, Pinki. Du warst uns eine große Hilfe. Und wenn dir noch etwas einfällt, egal was, wenn du meinst, es ist wichtig, dann ruf mich jederzeit an, ja? Und falls dir mal mitten in der Nacht etwas durch den Kopf schießen sollte …«, sie reichte ihr eine kleine Karte, »… meine Privatnummer steht drauf.«

Sie erhob sich langsam. Warum fühlten sich ihre Beine so wabbelig an? Sie war doch eigentlich ganz cool aus der Sache herausgekommen.

Artig gab sie den Polizisten die Hand, außer dem jungen, dem winkte sie lässig zu. Keiner hielt sie auf, als sie das Büro und das Haus verließ und in Richtung Strandpromenade ging.

Sie ging selten am Meer entlang. Hier war es meistens zu windig und die schäumenden Wellen, die einem hier nahezu vor die Füße klatschten, interessierten sie nicht.

Doch sie wollte einen Moment nachdenken, bevor sie zu den anderen in die Waldkirche ging.

Sie hatte ihre Freundin verraten. Sie hatte Leefkes letzten Wunsch nicht erfüllt.

Wenn sie auch nicht wirklich wusste, was ihrer Freundin in den letzten Stunden ihres Lebens durch den Kopf gegangen war, eines wusste sie genau: Ihr letzter Wunsch war die Wahrheit gewesen.

7. Kapitel

Wencke fand den Schlüssel wie besprochen unter der Fußmatte. Solch hanebüchen-riskanten Versteckspielereien konnte man auch nur noch auf einer Insel wagen. Eigentlich würde es sich für jeden Verbrecher lohnen, ein Fährticket nach Norderney zu kaufen. So viele unbeobachtete Koffer am Hafen, massenweise teure Handtaschen lässig über die Schultern gehängt und offene Haustüren fand man sonst wohl fast nirgendwo. Ein Dorado für Kleinganoven. Oder eben ein Stückchen heile Welt.

Rika hatte Spätschicht, sie würde also erst um acht Uhr wieder zu Hause sein. Seltsam, dass sie sich an Jaspers Geburtstag nicht freinehmen konnte. Und wenn sie sich wirklich so wegen seines Verschwindens sorgte, warum blieb sie nicht erst recht hier? Am Telefon hatte sie weder verheult noch bekümmert geklungen. »Ach, du kommst auf die Insel? Ich hab leider keine Zeit. Ich lege dir aber den Schlüssel raus, mach's dir so lange gemütlich. Vielleicht ist Jasper bis dahin ja wieder aufgetaucht.« Also, entweder hatte ihre Mutter am Telefon maßlos übertrieben, was allerdings gar nicht ihre Art war, oder Rika hatte einen wundersamen Stimmungswechsel erlebt. Wie auch immer, ein bisschen seltsam fand Wencke ihre Beinahe-Schwägerin schon, doch das hatte sie bislang bei allen Beinahe-Schwägerinnen so empfunden, und das waren einige.

Vielleicht musste man einfach merkwürdig sein, wenn man mit Jasper Tydmers zusammenlebte. Ein bisschen resolut, ein bisschen sensibel und vor allem sehr, sehr großzügig, dann konnte man neben ihrem Bruder überleben.

Die adrett weiß-blau gepinselte Doppelhaushälfte mit Vorgarten in der etwas sehr kleinbürgerlichen Siedlung passte eigentlich überhaupt nicht zu Jasper. Wahrscheinlich konnte man auf Norderney nicht allzu wählerisch sein. Doch die Wohnung sah genau so aus, wie Wencke es sich vorgestellt hatte. Ein wenig nach Krankenschwester, denn es war alles sehr sauber, aufgeräumt und fast steril, ein wenig nach Künstler. Eine Gitarre bei der Schiebetür zum Garten. Sie war Jaspers älteste Geliebte, Wencke meinte sogar, dass er ihr einen Namen gegeben hatte, war es Elisabeth? Ein paar von Mutters Materialschlachten hingen oder lehnten an den Wänden; Wencke mochte Mutters Kunst nicht, vor allem nicht in geballter Ladung, so wie hier. Doch die Fotos im Flur, die liebte sie. Jaspers Fotos. Es war ihm schon immer gelungen, ihre kleine, verkümmerte Künstlerseele damit zu erwecken. Wencke betrachtete die Aufnahmen intensiv. Diese Bilder kannte sie noch nicht. Es waren Kinder. Kleine Kinder, große Kinder, beinahe Erwachsene. Traurig, fröhlich, albern, aggressiv… Wencke hielt die Luft an. Dies war Jaspers eigene Art zu fotografieren. Jedes Detail im Bild erzählte etwas von dem Moment, in dem es aufgenommen worden war. Konservierte Emotionen. Schön, wunderschön. Das letzte Bild in der Reihe machte es Wencke fast unmöglich, wegzuschauen.

Ein Mädchen im Sand, vielleicht dreizehn oder vierzehn Jahre alt, spindeldürr und mit großen, hellen Augen, die aus dem Fotopapier herauszublicken schienen, so als wüssten sie nichts von der Welt und seien doch klüger als die Menschheit.

Auf dem Passepartout hatte Jasper mit Bleistift etwas notiert, es war das einzige Bild mit Namen. »Inselkind«.

»Wer solche Bilder macht, der darf auch vierzig werden«, sagte Wencke laut in die Stille hinein, die in einer fremden Wohnung immer noch ein wenig lautloser zu sein schien.

Sie überlegte, ob sie sich hier wohl umschauen durfte. Konnte sie einfach so in den Büchern kramen, die im Wohnzimmer übereinander gestapelt lagen? Was las ihr Bruder überhaupt? Intellektuelles? Lyrisches? Oder ordinäre Krimis?

Sie traute sich nicht. Bücher waren irgendwie zu intim. Aber Musik war in Ordnung. Drei Regalreihen gefüllt mit CDs, ihr Bruder war Musiker. Ob sie wohl erkennen konnte, welche davon ihm und welche Rika gehörten?

Wishbone Ash – langhaarige Bleichgesichter an Schweineorgeln, klar, seine.

Eine Reihe darunter Alanis Morisette, die hatte sie selbst auch, also war es mit Sicherheit nicht sein Musikgeschmack. Daneben eine Selbstgebrannte, seine Handschrift auf dem Einlegeblatt. »Die *Piraten – Inselkind*«. Sie holte die blauglänzende Scheibe heraus und schob sie in das leere CD-Fach der Anlage. Wencke drückte auf die Taste mit dem einzelnen Dreieck, sicher würde nichts passieren, fremde Anlagen machten nie das, was man von ihnen wollte. Doch sie hörte das leise Zischeln, das immer kam, kurz bevor die Musik losging.

Gitarre, dann ein wenig Bass. Jaspers Stimme:

»Inselkind, in deiner Welt gibt es Grenzen aus Weite
die den Horizont unendlich machen
und obwohl du damit lebst, dass nicht alles möglich ist
bist du freier.«

Sie drehte lauter, ging in den Flur und stellte sich vor das eingerahmte Mädchen mit den seltsam hellen Augen.

»Inselkind, in deiner Welt gibt es Zeiten aus Kräften
die Termine utopisch machen

und obwohl du damit lebst, dass der Mond die Uhren stellt
bist du ruhiger.«
Das Schlagzeug setzte ein wie ein Herzschlag.
»So oft, wenn du weinst
oder lachst
und das Meer salziger machst
so oft, wenn du fragst oder sprichst
und die Welt zu verstehen scheinst
so oft, wenn du schläfst
oder aufgeweckt alles auf einmal erwartest
so oft schenkst du mir
ein kleines Stück von der Insel in dir.«

Wencke lehnte sich mit dem Rücken an die Wand und schloss die Augen. Ihr Bruder hatte dieses Talent, sie aufzuwühlen, verdammt noch mal, warum ging es ihr immer wieder so nahe, was er tat?

Sie öffnete die Augen wieder und wurde vom Blick des Mädchens eingefangen. Sie war das Inselkind, Jasper hatte dieses Lied für sie geschrieben. Wer war sie?

Was war es wohl für ein Gefühl, wenn einem ein Lied auf den Leib geschrieben wurde?

Wencke hätte es zu gern gewusst.

Doch irgendwie hatte Jasper sie nie richtig wahrgenommen. Blöde Eifersucht auf den großen Bruder, da war sie wieder. Lange verdrängt und fast vergessen, saß der Stachel in diesem Augenblick tiefer als jemals zuvor.

Sie war immer irgendwie allein gewesen. Sie war eine Außenseiterin in der Familie und eine Außenseiterin im Kollegenkreis, den einen zu brav und den anderen zu chaotisch, niemand war jemals wirklich zufrieden mit dem, was sie nun mal war. Früher einmal hatte sie darunter gelitten, ein schwarzes Schaf zu sein, und es hatte sich zugespitzt. Wencke verdrängte oft den Gedanken daran, doch sie hatte bereits einmal am Abgrund gestanden. Es war ein Moment gewesen, in dem sie sich sicher gewesen war, dass es sich nie ändern würde. Dass sie immer außen vor bliebe, immer am

Rand, nie wirklich erwünscht, nie wirklich respektiert. Es war ein schmerzhafter Augenblick gewesen, denn es hatte damals kein Zurück gegeben. Sie konnte nur allem ein Ende machen, und es gab damals zwei Möglichkeiten für sie, das zu tun: Selbstmord oder Neuanfang. Und sie hatte lange Zeit geglaubt, das erstere wäre der einfachere Weg. Schluss und nichts mehr dahinter. Doch dann hatte sie den Studienplatz an der Kunsthochschule in den Wind geschrieben und zum Entsetzen der Familie die Polizeischule besucht. Sie war ihren eigenen Weg gegangen. Schritt für Schritt. Bis zum Hier und Heute, wo sie in Jaspers Wohnung stand und den Auftrag hatte, ihren Bruder zu suchen. Sie musste es schaffen, es war mehr als nur wichtig. Es war vielleicht die letzte Gelegenheit, über die Kluft zwischen ihr und der Familie eine Brücke zu schlagen und die Anerkennung zu finden, die sie suchte.

Ein lobendes Wort von Axel Sanders, von diesem hundertfünfzigprozentigen, ausnahmslos korrekten, eiskalten Dauerkonkurrenten. Oder ein paar Zeilen von ihrem Bruder, einfach als Zeichen, dass er sie wahrnahm.

Sie stellte die Musik ab. Veit Konstantin war ihr eingefallen. Sie war schließlich nicht zum Vergnügen hier, obwohl es ohnehin bislang ein zweifelhaftes war.

Sie fand das Telefonbuch auf Anhieb auf dem Beistelltischchen neben dem Sofa. Diese Ordnung war ohne Zweifel Rikas Verdienst. Jasper hätte wahrscheinlich gar kein Telefonbuch besessen.

Zu Wenckes großem Erstaunen gab es ein eigenes Buch nur für Norderney. So als wäre diese mittelgroße Insel in der südlichen Nordsee die ganze Welt. Sie suchte unter K.

Konstantin, Alide, Am Leuchtturm,
Konstantin, Heiko, Jann-Berghaus-Straße,
Konstantin, Veit, Bismarckstraße!

Sie versuchte sich auf dem beigelegten Stadtplan zu orientieren, es war schwer. Norderney war gar nicht so klein und gar nicht so übersichtlich, wie sie vermutet hatte, im Gegenteil. Die Straßen verliefen kreuz und quer, das Zentrum schien sich in den Südwesten zu quetschen, von dort aus krümelte die

Stadt ohne erkennbares System auseinander. Und ihr jetziger Standort war ziemlich weit draußen, quasi am Tellerrand.

Sie riss sich den Stadtplan heraus. Das würde Rika nicht gefallen, aber sei's drum. Bevor man sie als Nächste auf die Vermisstenliste setzte… Orientierungssinn war nicht gerade Wenckes Stärke.

Vor dem Haus stand Jaspers Rad, ein rostiges Hollandrad mit Stange, unabgeschlossen natürlich. Und der Sattel war viel zu hoch, sie würde sich bestimmt einen Wolf radeln, aber es ging jetzt darum, diesen Veit Konstantin nach ihrem Bruder zu fragen. Sie würde ihm einen Besuch abstatten. Zwar war es irgendwie ein bisschen peinlich, nach seinem vierzigjährigen Bruder zu suchen, der ohnehin alles andere als häuslich war, aber alles war besser, als sich hier die Zeit zu vertreiben.

Den Schlüssel legte sie unter die Fußmatte.

Dann schob sie das Rad auf die Straße. Links oder rechts?

Der Ort lag im Westen. Also fuhr sie der Sonne entgegen. Na also, so blöd war sie wohl doch nicht.

Sie fand das Rad grauenhaft unbequem, nicht zuletzt, weil sie eigentlich so gut wie nie Fahrrad fuhr. Lieber nahm sie ihren alten R4, wenn er denn ansprang. Laut Musik an und eine Zigarette am Steuer und fluchen, wenn der Vordermann bei Grün nicht sofort in die Pötte kam. Das machte Laune.

Radfahren war so still, so gesund, so anstrengend und so so langsam, dass sie sogar Zeit hatte, sich die Insel etwas näher anzusehen.

Mehrfamilienhäuser aus rotem Backstein, die sie irgendwie an Kasernen erinnerten; hübsche, weiße Villen mit hölzerner Veranda davor, aus der jederzeit eine Dame mit langem Kleid, breitem Hut und Sonnenschirmchen hätte heraustreten können, ohne dass es sie gewundert hätte; moderne Zweckbauten mit mehr oder weniger aufdringlichen Werbeflächen über der Haustür; und ganz weit in der Ferne konnte Wencke tatsächlich ein paar Hochhäuser ausmachen. Die hatte sie bereits vom Schiff aus gesehen, in diese Richtung musste sie fahren.

Die asphaltierte Straße, die sie wieder einmal an ihr Auto denken ließ, wurde auf einmal holperig; patchworkgleiches

Steinpflaster sah zwar nett und irgendwie inseliger aus, tat dem Fahrvergnügen allerdings nicht so gut. Sie stieg ab und schob das Rad neben sich her, den Stadtplan in der Hand.

Benekestrasse, Onnen-Visser-Platz, Bismarckstraße, dann war sie da. Na bitte, ging doch.

Sie stellte das Rad neben dem Eingang ab, der Ständer wackelte erbärmlich, aber so musste es gehen. Sie klingelte.

Ein pastellfarbenes Haus mit riesigen, halbrunden Fenstern, die wie freundliche Augen aussahen. Keine Frage, hier wohnte Geld.

Was wollte sie eigentlich genau sagen? Vielleicht ließ man sie gar nicht herein?

Na ja, irgendetwas würde ihr schon einfallen.

Sonnig, 28° C im Schatten

8. Kapitel

Der erste Fahrgast heute Morgen hatte es ihm erzählt. Die übliche Strecke, Stadt – Hafen, an guten Tagen fuhr Remmer diese zweieinhalb Kilometer bis zu fünfzig Mal hin und zurück. Wohin sollte man sich auf Norderney auch sonst mit der Taxe kutschieren lassen?

Also Stadt – Hafen, ein guter Bekannter, er arbeitete bei der *Norderneyer Badezeitung* und Remmer hatte ihn gern in seinem Wagen mit der Nummer sieben, weil er meistens interessante Neuigkeiten zu berichten wusste, die Remmer dann wie einen Vorrat hütete und über den Tag verteilt gut dosiert an seine Fahrgäste weitergab. Mal was anderes als immer nur das Wetter, obwohl das auf der Insel schon ein sehr abwechslungsreiches Thema sein konnte. Doch zur Zeit bot das beständige Sommerhoch »Hedda« keinen ausreichenden Diskussionsstoff.

Aber Selbstmord? Das war kein schönes Thema für einen Smalltalk. Für eine Fahrt zum Golfplatz würde es vielleicht eher taugen, das waren vier Minuten mehr.

Ein junges Mädchen hatte sich in der *Maritim-Klinik* zu Tode gestürzt. Mehr wusste sein Bekannter noch nicht, es war auch erst halb acht gewesen, da konnte man noch nicht allzu viel erfahren haben. Remmer kannte den Lauf der Dinge. Je mehr Kunden er durch die Gegend chauffierte, desto mehr fügte sich eine Neuigkeit an die andere zu einer kompletten Geschichte. Und wenn er heute Abend um sieben aus dem Taxi stieg, kannte er vielleicht schon drei verschiedene Versionen davon.

Ein junges Mädchen ... Inzwischen war es Nachmittag, er schwitzte mal wieder, die Haut juckte erbärmlich, und er wusste nun, dass es ausgerechnet Leefke Konstantin erwischt hatte. Ihm war nicht wohl. Hätte er sie gestern nicht fortgeschickt ... Es war müßig, darüber nachzusinnen.

Er stellte ausnahmsweise das Kassettendeck ab, in dem sonst aus Werbegründen den ganzen Tag die *Piraten* liefen. Er hatte auf diesem Wege bereits zweiunddreißig CDs verkauft, an Gäste, Tagestouristen und Einheimische.

Doch nun suchte er den *Sturmwellensender*. Norderneyer Musik, Norderneyer Moderatoren, Norderneyer Nachrichten. Remmer kam nicht von der Insel und manchmal nervten die Insulaner ihn mit ihrem ewigen Großstadtgetue, aber der SWS war okay, sie spielten auch mindestens dreimal am Tag *Watt'n Meer* und manchmal *Inselkind*.

Jetzt waren gerade die Döntje Singers an der Reihe: *Dat Fahrodleed*! Remmer brummte mit, er konnte nicht singen. Dafür gab es Typen wie Jasper.

Der folgende Bericht drehte sich um die Sache mit der Diskothek. Mal wieder, ein Dauerthema auf Norderney, und ein umstrittenes dazu. Keine Disko für die Inselkinder. Zu laut, zu teuer und zu... Remmer hörte weg. Es interessierte ihn nicht. Es war ein leidiges Thema.

Er fuhr mit dem Wagen direkt an die Klinik. Als Taxifahrer hatte er dieses Privileg. Nur Anwohner und der Lieferverkehr durften in der Hochsaison diese Straßen hier befahren.

Das war auch gut so, denn wenn all die Touristen in ihren mitgebrachten Karossen hier herumbummeln würden, nur um mal nachzusehen, ob was los war, dann wäre diese Insel bereits im Verkehrsstau erstickt. Es war schlimm genug, dass er im Schritttempo hinter den breiten, albernen Viersitz-Tretvehikeln der Fahrradvermietungen hertrödeln musste. Manchmal sehnte er sich nach einer freien Autobahn und Tempo hundertsechzig.

Sein nächster Fahrgast stand bereits vor der gläsernen Tür. Die sinnliche, weißgekleidete Gestalt spiegelte sich in der getönten Scheibe, und Remmers Herz schlug mit einem Mal ein paar Takte schneller. Hatte sie mit Absicht ihn kommen lassen? Hatte sie ganz gezielt nach der Taxe Nummer sieben gefragt? Oder war ihm der Zufall heute freundlich gesonnen? Sie war doch noch nie zu ihm in den Wagen gestiegen.

Er bremste langsam ab, als eine Gruppe Kurgäste in bunten Bermudashorts die Straße überquerte, ohne nach links oder rechts zu schauen. Und er ließ sie dabei nicht aus den Augen. Ihr schwarzes Haar war zu einem Pferdeschwanz gebunden, es erinnerte ihn an blankpoliertes, duftiges Leder, weil es so schwer und glatt, aber doch so geschmeidig war … Eigentlich war er kein Schwärmer und erst recht kein Dichter, wirklich nicht, aber für diese Frau würde er gern einmal ein Lied schreiben. *Gefühlsduselei* könnte es heißen, er würde Worte wie »Meeresmädchen« und »Muschelgedanken« verwenden, aber was reimte sich auf Rika? Er konnte Jasper nicht verstehen. Hatte sie ihn denn nie inspiriert? Jasper war in vielen Dingen ein Spinner, ein Filou, oft auch ein Lügner, aber seine Texte waren ehrlich, grundehrlich, melodisch und geladen mit Gefühl. Er schrieb *Inselkind* für eine kranke, blasse Lolita, die sich anschließend zu Tode stürzte. Doch für diese lebendige, immer wieder aufregende Frau an seiner Seite hatte er noch keine Zeile zustande gebracht. Es war wirklich schade um das ungeschriebene Lied.

Dann hielt er an, sie sah ihn erst in diesem Moment, und Remmer hätte zu gern gewusst, welchen Gedanken sie nachgehangen hatte. Sie öffnete die Beifahrertür und lächelte.

»Remmer, wie schön, ich bin noch nie mit dir gefahren.«

»Ja? Kann sein. Irgendwann ist es immer das erste Mal. Du fährst ja auch nie mit der Taxe.« Remmer konnte sich selbst nicht leiden, wenn er so war wie jetzt. Immer, wenn er jemanden besonders mochte, kam diese verklemmte Griesgrämigkeit bei ihm durch, er konnte machen, was er wollte. In diesen Momenten war er sich seiner kranken, juckenden Haut schonungslos bewusst, und das verunsicherte ihn. Er war eben weder ein Dichter noch ein Charmeur. Er war das genaue Gegenteil von Jasper.

Er fuhr nicht los. Es war so ungewöhnlich, sie hier neben sich sitzen zu haben. »Wo willst du denn überhaupt hin?«

»Nach Hause. Ich habe mir den Rücken verrenkt. Muss mich wohl verhoben haben, das passiert in meinem Job nun mal. Aber heute ist es so schlimm, dass ich das Rad lieber hier stehen lasse.«

»Hmm«, brummte Remmer. »Als ich heute Morgen nach Jasper gefragt habe, bist du aber auch schon etwas langsam aus dem Quark gekommen.«

Sie schaute ihn von der Seite an. »Fährst du jetzt mal los? Nicht, dass sie uns abschleppen, wenn wir hier weiter den Noteingang blockieren.«

Ruckartig setzte er der Wagen in Bewegung, dann stoppte er abrupt. Abgewürgt. Immer wenn er sich besonders viel Mühe gab, rasant anzufahren …

»Nicht gerade ein Kavalierstart«, sagte sie trocken.

»Ich bin auch kein Kavalier.« Tolle Antwort, Remmer, dachte er verärgert. Er schielte kurz zu ihr hinüber, als er den Motor wieder anließ. Rika sah aus dem Fenster. Sie sah schlecht aus, zumindest nicht ganz so gesund wie sonst. Kein Wunder.

»Schöner Mist mit dem Mädchen. Sie war gestern Abend noch auf der Probe, stell dir vor.«

Rika schien nicht darauf reagieren zu wollen, jedenfalls wandte sie nicht den Kopf, sondern starrte weiterhin gedankenverloren auf die Straße, die nun langsam an ihnen vorbeizog. Viele Menschen, unzählige Gesichter, fast alles Fremde. Er musste seinen Blick von ihr abwenden, nach vorn schauen, auf die überfüllten Gehsteige Acht geben, von denen hier und da ein Tourist kopflos auf die Fahrbahn wechselte.

»Ist Jasper jetzt wieder aufgetaucht?«

Sie schüttelte nur den Kopf.

Remmer war es fürchterlich heiß. Sein Wagen hatte keine Klimaanlage, das Auto war ziemlich alt, aber solange es fuhr… »Was ist denn los mit dir und Jasper?«

Mein Gott, hatte ihn dieser Satz viel Überwindung gekostet. Er schwitzte noch mehr.

Nun drehte sie sich zu ihm um. Erst dachte er, sie hätte eben vielleicht lautlos vor sich hin geweint, und erwartete gerötete Augen, aber sie sah nur einfach blass aus und fürchterlich müde. Und er spürte, dass er sich in sie verliebt hatte. Keine Neuigkeit eigentlich. Doch es war verdammt intensiv. Wie Bassspielen. Tief und hintergründig und ganz für ihn allein. Sie sollte es nie erfahren.

»Es ist, wie es ist«, antwortete sie, als er schon nicht mehr damit gerechnet hatte. »Jasper ist nicht aufgetaucht. Doch irgendwie ist es für mich kein wirklicher Grund zur Aufregung. Du weißt doch, wie er sein kann. Ich hatte nur nicht gedacht, dass er sich seinen Geburtstag entgehen lässt. So kenne ich ihn nicht. Aber wahrscheinlich kenne ich ihn sowieso nicht.«

»Aber zur Probe ist er bislang immer erschienen. Zwar meistens endlos zu spät, aber gekommen ist er. Und gestern Abend war es besonders wichtig. Die neuen Songs, weißt du? Ich kann mir nicht erklären, dass Jasper das anscheinend alles egal ist.«

Sie lachte kurz und, was er gar nicht von ihr kannte, sie lachte bitter. »Es ist mir aber egal. Diese ganze Scheiß-Band und das Getue mit den Kindern, weißt du was, ich kann es nicht mehr hören. Jasper singt hier einen Ton und dort spricht er stundenlang mit kleinen Erwachsenen, doch bei mir zu Hause ist er still, langweilig und … ach. Du hast aber recht: Ihm ist das alles nicht egal. Es bedeutet ihm so viel. Es ist sein Leben. Musik, Mädchen und Melodramatik. Ich finde es so lächerlich.«

Remmer konnte darauf nichts erwidern, also verbrachten

sie den kurzen Rest der Fahrt schweigend. In seinem Kopf aber sprangen die Gedanken hin und her wie der kleine weiße Ball beim Pingpong, er hoffte, sie merkte ihm diese Erregung nicht an.

Bis zu ihrem Haus in der Lippestraße war ihm auch immer noch kein guter Satz eingefallen, mit dem er einen einigermaßen sympathischen Eindruck hinterlassen konnte. Jasper schüttelte solche Worte immer aus dem Ärmel, doch Remmer war in dieser Beziehung einfach unfähig. Nicht, dass er an mangelndem Selbstbewusstsein litt, er war auch nicht verklemmt, wirklich nicht. Nur bei dieser Frau fiel ihm alles tausendmal schwerer. Weil er im Schatten stand. In Jaspers Schatten. Sie würde ihn nie bemerken.

Kaum waren die Reifen zum Stehen gekommen, da hatte sie den Fuß bereits auf die Straße gesetzt. Sie drehte sich lächelnd um. »Was bekommst du?«

Er winkte mit der Hand ab, als verscheuche er eine Fliege. »Lass' stecken!«

Und dann blieb der Tag für einen kurzen Augenblick stehen, die Hitze war vergessen und das klobige Gefühl von Unzulänglichkeit ebenso. Sie beugte sich zu ihm herüber und küsste seine Wange. »Du bist ein Schatz, Remmer. Ganz anders als Jasper, wirklich! Zuverlässig wie ein Deich und ruhig wie das Watt. Entschuldige den Vergleich … aber ich finde, er passt.«

Dann stemmte sie sich stöhnend aus dem Auto. Der Rü-cken musste ihr wirklich schwer zusetzen. Heute Morgen hatte sie sich auch schon sehr gequält, es war ihm nicht entgangen. Sie war nicht dürr und zerbrechlich, aber wenn er daran dachte, wie viele Menschen sie am Tag in der Klinik heben musste, dann wäre er gern aufgesprungen und hätte sie ein wenig gestützt. Er wusste, sie konnte es gut gebrauchen.

Doch während er noch darüber nachdachte, war sie bereits den kurzen Gartenweg zu ihrem Haus gegangen und in der Tür verschwunden. Sie hatte ihm nicht mehr zugewinkt. Schade.

Remmer fuhr langsam an, der Schweiß klebte seine Hände an das Lenkrad.

Zum Glück hatte er den Schlüssel zum Bunker noch in der Tasche. Ihm war der Text eingefallen, er lag wohl noch im Proberaum, der Text von Leefke Konstantin. *Ruhestörung*. Vielleicht war es nur eine Teenager-Reimerei, doch vielleicht hatten die Zeilen auch etwas zu bedeuten. Etwas, das die Polizei besser wissen sollte.

9. Kapitel

Meint Britzke hatte nun schon zum vierten oder fünften Mal auf die Uhr geschaut. Axel Sanders ärgerte sich über diese offensichtliche Ungeduld seines Kollegen. Nun gut, dass es bereits viertel vor fünf war und sie den Besuch bei der Familie des Mädchens noch vor sich hatten, ließ auch Sanders nicht gerade kalt. Er hatte sich keine frischen Sachen eingepackt, keinen Pyjama und keine Zahnbürste. Doch im Gegensatz zu Britzke hatte er auch noch nicht alle Hoffnungen aufgegeben, dass sie das Schiff heute Abend noch erreichen konnten. Es würde alles glatt gehen, die Angehörigen waren bestimmt kooperativer als dieses kleine, frühreife Ding vorhin in der Polizeidienststelle. Die Zeugenaussagen und das vorläufige medizinische Gutachten bestärkten den Verdacht, dass Leefke Konstantin sich, aus welchem Grund auch immer, in selbstmörderischer Absicht von der Klinikterrasse gestürzt hatte. Es würde mit Sicherheit nichts Unvorhergesehenes mehr passieren.

Sie klingelten. Ein altes Herrenrad kippte direkt neben ihnen um und Sanders fluchte, denn jetzt hatte die einzige Hose, die er hier auf Norderney dabei hatte, einen schmierigen, schwarzen Streifen am Bein. Welcher Idiot parkte sein Rad bloß so dämlich?

Die Tür des Hauses in der Bismarckstraße wurde von einer

Frau geöffnet; sie trug ein wallendendes schwarzes Kleid und ihre Augen waren rot. Sanders hatte so seine Probleme, wenn zu viel Gefühl ins Spiel kam, obwohl er die Trauer dieser Frau gut verstehen konnte. Aber es verlangsamte seine Arbeit für gewöhnlich enorm, wenn dabei Tränen flossen.

»Mein aufrichtiges Beileid«, murmelte er. »Wir sind von der Mordkommission Aurich und haben ein paar Fragen an Sie und Ihren Mann. Dürfen wir hereinkommen?«

Die Frau nickte und schluchzte und Sanders hatte ein ungutes Gefühl, was die Zügigkeit des bevorstehenden Gespräches anging.

»Treten Sie ruhig ein. Ihre Kollegin ist bereits da.«

»Kollegin? Sie meinen, Frau Lütten-Rass? Sie wollte eigentlich gleich nachkommen. Irgendein Taxifahrer wollte noch dringend eine Aussage machen. Wenn sie jetzt schon hier ist, dann war sie wohl sehr schnell …«

»Nein, nein. Ihre Kollegin aus Aurich, Wencke Tydmers. Aber warum Sie ausgerechnet diese Frau hier in unseren Fall eingeschaltet haben, ist mir ein Rätsel.«

»Moment…« Axel Sanders blieb stehen. Er hatte selten das Gefühl, dass er träumte, da er ohnehin nie träumte, weder nachts noch am Tage. Aber Wencke Tydmers? Hier? Das war ein Alptraum, ein echter Alptraum.

Und das Schlimmste daran war: Als die Frau nur ein paar Schritte weiterging und die Tür zu einem hellen, großen Raum öffnete, da wusste er, dass der Alptraum Wirklichkeit war.

Auf dem blaugeblümten Sofa direkt in der Sonne, die durch die riesigen Fensterscheiben fiel, saß Wencke Tydmers mit ihrer Jeansjacke, den leuchtend roten Haaren und einer Tasse Tee in der Hand. Wieder dieses kurze, heftige Klopfen in seiner Brust, als habe das Herz für einen Moment vergessen zu schlagen und versuchte nun, das Versäumte nachzuholen.

Sanders blickte zu Meint Britzke und stellte erleichtert fest, dass dieser genauso perplex war. Dann lag er also mit seiner Meinung nicht daneben, dass diese Kollegin hier absolut nichts zu suchen hatte. Für einen kurzen Augenblick wollte er die Worte hinausposaunen, die ihm als Erstes in den

Sinn kamen, doch zum Glück war er nicht so ein impulsiver Mensch wie seine Vorgesetzte. Eine goldene Regel der Polizeiarbeit lautete, dass man in Gegenwart von Zeugen oder anderen Zivilpersonen nie und auch wirklich niemals intern relevante Polizeiangelegenheiten zu besprechen hatte. So riss Sanders sich zusammen und sagte: »Kollegin Tydmers, wie schön, dass Sie uns schon zuvorgekommen sind.« Und jeder, der ihn kannte, konnte ahnen, wie viel Mühe ihn dieser eine Satz gekostet hatte.

Sie lächelte und er erkannte sofort, dass ihr Lächeln schwach und ein wenig verwirrt war.

»Kollege Sanders, ich war so frei, der Familie Konstantin im Namen der Sonderkommission Aurich unsere Anteilnahme auszusprechen. Die Ermittlungsgespräche überlasse ich selbstverständlich Ihnen und dem Kollegen Britzke.«

Mehr blieb zur Zeit nicht zu sagen, leider, aber hinterher, das wusste Axel Sanders genau, hinterher würde er diese Frau ins Gebet nehmen, egal, ob sie nun seine Vorgesetzte war oder nicht. Und ganz egal, wie sehr er sie vielleicht mochte.

Er setzte sich auf einen freien Sessel, während Meint Britzke neben Wencke Tydmers auf dem Sofa Platz nahm. So waren zumindest der Sitzordnung nach die Rollen richtig verteilt, dachte er. Die verweinte Frau stellte zwei weitere Teetassen auf den Tisch und setzte sich auf den zweiten Sessel ihm gegenüber. Eine graue Katze strich ihr erst ein paarmal um die Beine, dann sprang sie auf den schwarzen Schoß. Es war so eine teure Rassekatze mit diesem seidigfeinen Silberfell und den aufdringlich grünen Augen. Sanders konnte mit Katzen nichts anfangen, sie waren ihm absolut suspekt. Als Frau Konstantin sie von ihren Oberschenkeln schob, hinterließ sie unzählige fusselige Haare auf dem Trauerkleid und Sanders musste sich schütteln.

Das Katzentier schien seine Abneigung zu spüren, es kehrte ihm nach vergeblichen Annäherungsversuchen mit einer hochnäsigen Bewegung den behaarten Rücken zu und begann, seiner Kollegin um die Beine zu streichen.

»Entschuldigen Sie, mein Mann ist vor wenigen Minuten

gegangen und wird jeden Moment wieder hier sein, er ist nur kurz rüber zum Pastor, es gibt ja so vieles zu klären … so vieles … und das mitten im Sommer, wo wir ohnehin bis zum Hals in Arbeit stecken.«

Eine kurze, etwas unangenehme Stille blieb im Zimmer stehen.

»Verstehen Sie mich nicht falsch, es mag für Sie vielleicht etwas merkwürdig klingen, wenn ich das so sage«, versuchte sie sich sogleich zu rechtfertigen, »aber wir hier auf der Insel leben nun einmal mit der Saison, sie bestimmt unser Leben. Mein Mann verwaltet mit seinem jüngeren Bruder fast sechzig Eigentumswohnungen, zur Zeit haben wir täglich zwei bis drei Anreisen, das will alles gut organisiert sein. Da ist jede Stunde verplant. Und so makaber es klingen mag, aber in der Hochsaison ist nun mal keine Zeit zum Sterben. Die alten Insulaner halten sich auch größtenteils daran, die meisten Beerdigungen haben wir hier vor Ostern und im November.« Sanders blieb sprachlos, er war kein Mann der großen Emotionen, aber falls diese Frau nur deshalb so herzzerreißend schluchzte, weil sie sich mit dem plötzlichen Tod der Leefke Konstantin überfordert fühlte, dann war dies selbst in seinen Augen absolut pietätlos.

»Wir hatten ja Anfang des Jahres bereits einen Trauerfall in der Familie, meine Schwiegermutter, müssen Sie wissen. Sie hatte Asthma, schon seit Jahren. Trotzdem war es für uns alle ein Schock, als Oma Alide von heute auf morgen ins Krankenhaus musste, schweres Asthma, wissen Sie, sie starb eine knappe Woche später. Aber es ist kein Vergleich zu Leefke, unsere liebe, liebe Leefke …«

Sanders war erleichtert, dass dieser neue Tränenstrom nun wohl doch dem jungen Mädchen galt.

»Frau Konstantin, wie ich von der Norderneyer Polizistin erfahren habe, war Leefke nicht Ihr eigenes Kind.«

»Sie ist … nein … sie war unsere Nichte. Die Tochter meiner Schwägerin, die leider schon sehr früh verstorben ist. Sie ist bei ihrer Großmutter aufgewachsen, aber als diese dann im Januar von uns gegangen ist, haben wir uns ihrer angenommen. Sie war ein anständiges Mädchen, sehr ruhig und gut in der Schule, wir hatten keine Probleme mit ihr. Das heißt – fast keine.« Sanders wunderte sich über den giftigen Blick, den Frau Konstantin jetzt zu Wencke Tydmers hinüberschleuderte.

»Würden Sie mir das näher erläutern, bitte?«

»Warum fragen Sie nicht Ihre Kollegin Tydmers? Sie wird Ihnen vielleicht besser erklären können, warum aus unserer lieben, stillen Leefke in letzter Zeit ein aufmüpfiges Ding geworden ist. Fragen Sie sie nach diesem Brombeerpiraten, der unseren Kindern Flausen in den Kopf setzt und uns allen hier nur Schwierigkeiten bereitet.« Die zitternde Hand der Frau griff nach dem Kandis, wie automatisch ließ sie in jede Tasse einen dicken, weißen Kluntje fallen, dann goss sie den Tee darauf, fast aggressiv, wie Sanders fand.

»Na los, junge Frau, erzählen Sie Ihrem Chef etwas über Jasper Tydmers«, herrschte sie Wencke an, als sie gerade bei ihrer Tasse angelangt war. Sie goss die braune Flüssigkeit bis knapp unter den Rand, was völlig unüblich und in Sanders' Augen ein Zeichen von Missbilligung war.

»Wer ist Jasper Tydmers?«, fragte Meint Britzke, der bislang völlig still, nahezu unsichtbar in der Sofaecke gesessen hatte. Nun beugte er sich vor.

Wencke wollte gerade etwas sagen, es hätte Sanders brennend interessiert, was es gewesen wäre, doch Frau Konstantin kochte über. »Jasper Tydmers, unser Inselrevoluzzer, der mit seiner schreienden Rockmusik die Inselruhe stört und meint, zu allem seinen Senf dazugeben zu müssen. Er hat unserer armen Leefke den Kopf verdreht, wenn Sie mich fragen, sie war richtig vernarrt in diesen Kerl, der ihr Vater hätte sein können. Pfui Teufel, mehr will ich dazu nicht sagen, pfui Teufel. Und ich werde mich beschweren, jawohl, bei Ihrer Dienstaufsichtsbehörde oder wie immer es bei Ihnen heißt.«

»Aber warum denn?«, versuchte es Sanders in seinem beruhigendsten Tonfall.

»Weil Sie ausgerechnet die Schwester dieses Kerls in die Ermittlungen eingeschaltet haben, deswegen. Das kann doch wohl nicht sein! Da muss es doch irgendeine Bestimmung geben, die so etwas verbietet wegen Befangenheit …«

Sanders hatte falsch gelegen, sogar völlig falsch, als er dachte, die Sache hier ginge schnell und glatt über die Bühne, denn nun hatte er komplett den Faden verloren. Der einzige Lichtblick: So wie es jetzt aussah, konnte es schlimmer gar nicht kommen.

In diesem Moment öffnete sich die Tür und ein kleiner, untersetzter Mann in einem sichtlich teuren schwarzen Anzug unterbrach Frau Konstantins Schimpftirade. Zielstrebig ging er auf Meint Britzke zu und reichte ihm die Hand. »Guten Tag, Veit Konstantin, wir hatten noch nicht die Ehre …«

Das war noch nie passiert, dass jemand Meint Britzke für den Chef gehalten hatte, eigentlich stürmten immer alle auf Sanders zu, er sah schließlich viel distinguierter aus als Meint in seinem fleckigen, hellen Mantel mit Kapuze. Schließlich war Sanders an der Reihe und empfing einen fast schmerzhaften Händedruck, den er den kleinen, wurstigen Fingern gar nicht zugetraut hätte. Sanders wollte sich vorstellen, doch er wurde von Konstantin unterbrochen, dessen fleischiges Gesicht sich bereits gefährlich gerötet hatte.

»Ich bin vorhin nicht dazu gekommen, es einmal klipp und klar und in aller Deutlichkeit zu sagen: Wenn eine Schwester von Jasper Tydmers an den Ermittlungen beteiligt ist, dann werden Sie von uns kein Wort erfahren. Punkt und Schluss.«

Wieder holte Sanders Luft, doch keine Chance.

»Nicht, dass wir etwas zu verbergen hätten, doch wir haben für heute bereits genug Leid erfahren. Es kann mir und meiner Frau nicht zugemutet werde, dass wir unsere Aussagen an jemanden weitergeben, der Herrn Tydmers gegenüber voreingenommen ist. Schon allein, dass Sie einen billigen Vorwand genutzt haben, um sich in unser Haus zu schleichen, ist eine Unverschämtheit, Frau Tydmers.«

Dieses Mal beobachtete er Wencke, die den Mund öffnete, um sich zu rechtfertigen, es jedoch aufgab. Sanders konnte sich keinen Reim machen auf dieses Possentheater, er kannte nur seine Kollegin und ihre manchmal nicht ganz korrekten Wege der Informationsbeschaffung. Er wünschte, in diesem Fall wäre es anders. Er wünschte es sich wirklich, aber er glaubte nicht daran.

»Wenn es nicht solche Männer gäbe, die um die vierzig sind und blutjungen Mädchen schöne Augen machen und das Blaue vom Himmel erzählen und so weiter, dann gäbe es auch nicht solche tragischen Selbstmorde wie den meiner Ziehtochter. Wer weiß, was dieser Möchtegern-Messias mit dem armen Kind angestellt hat, als er ihr Vertrauen erst erschlichen hatte. Das werden wir nie erfahren, nie, dieses Geheimnis hat Leefke mit in den Tod genommen. Aber wenn ich diesen Brombeerpiraten in die Finger bekomme, bei Gott, dann werde ich ihm jedes Wort eigenhändig herausquetschen.«

Sanders hatte Wencke Tydmers noch niemals so bleich und still gesehen, wie in diesem Augenblick. Was hatte sie um Himmel Willen nur hier verloren? Warum war sie nicht in der kanarischen Sonne und genoss ihren zweifelsohne wohlverdienten Urlaub? Statt dessen tauchte sie auf Norderney auf, mitten in seiner Ermittlungsarbeit, und ließ sich beschimpfen wegen eines Bruders, von dessen Existenz er zumindest noch nie gehört hatte.

Die Situation war ebenso unwirklich wie festgefahren. Sanders leerte seine Tasse in einem Zug und erhob sich. Er hatte keine Ahnung, worum es hier überhaupt ging, wer hier welche Rolle spielte und wo er bei der ganzen Sache stand. Und das missfiel ihm, sehr sogar.

»Sie haben natürlich recht«, sagte er nur und ging ein paar Schritte auf die Tür zu, durch die sie eingetreten waren.

Veit Konstantin ließ seinen Körper auf den Sessel fallen, als habe er etwas sehr Anstrengendes hinter sich gebracht. Helle, hautfarbene Flecken kämpften sich nach und nach durch seinen dunkelroten Teint und er schien mehr als erschöpft zu sein, denn er brachte nur noch ein schwerfälliges Nicken zustande.

»Es tut mir leid, wenn wir Sie mit unserem Erscheinen derart in Aufruhr versetzt haben, dies war nicht unsere Absicht.« Ein schneller, sauberer Abgang, das war es, was Sanders jetzt nur noch wollte, raus aus der guten Stube der Konstantins, in der er und seine Kollegen alles andere als erwünscht waren.

Und dann, ja dann würde er erst einmal ein langes, ernstes

Gespräch mit Wencke Tydmers führen. Denn was auch immer sie sich bei dieser Aktion gedacht hatte, ob sie nun aus persönlichen oder beruflichen Motiven heraus unbedingt hier antanzen musste, es hatte ihm den Fall versaut. Alles deutete darauf hin, dass es sich hier um einen typischen tragischen Selbstmord einer pubertierenden Jugendlichen handelte. Es hätte alles so einfach sein können, hätte sie sich nicht eingemischt. Wenn sie ihre privaten Interessen nicht von der Polizeiarbeit trennen konnte und die Aufklärungsarbeiten wie in diesem Fall behinderte, dann war dies nicht nur unprofessionell und gefährlich, es war vor allem ein Grund für eine saftige Disziplinarstrafe. Brutal gesagt: Ob Wencke Tydmers vom Dienst suspendiert und nach allen Regeln der Kunst gefeuert würde, ob sie den Stuhl räumen müsste, auf den er sowieso viel besser passte, dies hing einzig und allein von ihm ab. Davon, was er erzählen und was er verschweigen würde.

Und vielleicht lag es auch ein klein wenig an ihr. Er hoffte, sie würde ihn nicht wieder so ansehen, so in ihn hineinsehen wie damals auf dem Empfang zu Ehren ihrer Beförderung, als sie seine Rose nahm.

Das Schiff um 18.30 Uhr hatte er abgeschrieben.

Endgültig.

10. Kapitel

Die Stimmung in der Waldkirche war irgendwie seltsam. Es war nicht so, dass alle weinten. Genau genommen heulte keiner. Die meisten hielten sich nur ein wenig zurück, niemand sagte aus Gedankenlosigkeit so etwas wie: »Alter, ich bring dich um, ich schwör's.« Und daran merkte Pinki, dass sie alle an Leefke dachten.

Swantje lag auf dem Steinaltar und brütete über einem Buch, das Leefke ihr einmal zum Geburtstag geschenkt hatte. Wahrscheinlich hatte es bis heute unbeachtet in irgendeiner Ecke gelegen, außer Leefke hatte niemand von ihnen besonderes Interesse am Lesen, doch nun hatte dieses Geschenk eine ganz andere Bedeutung bekommen. Swantje zumindest war nicht ansprechbar, obwohl sie immer noch auf Seite fünf war. Vielleicht war es ihre Art, sich von Leefke zu verabschieden.

Wilko und Jens hatten ihre Anlage mitgebracht. Die *Piraten* dröhnten aus den großen Boxen, die auf den hölzernen Sitzbänken der ersten Reihe standen. Manche fanden die Musik eigentlich scheiße, doch jeder wusste, Leefke hätte sie jetzt gehört, genau so laut und in diesem Moment, weil sie immer nur die *Piraten* gehört hatte, als sie noch lebte. Also gestern noch.

In erster Linie wohl wegen Jasper. »So bin ich ihm irgendwie näher«, hatte sie Pinki einmal erklärt. Oh Mann, sie war wirklich verschossen gewesen. Dinge, die sie über Jasper gesagt hatte, waren eigentlich die einzigen schwachsinnigen Worte, die Leefke jemals von sich gegeben hatte. Alles andere war vernünftig und die Wahrheit gewesen. Es hatte überhaupt nicht zu ihr gepasst, dass sie verknallt war. Vielleicht war es auch mehr als das gewesen, vielleicht war es echte Liebe. Pinki hatte keine wirkliche Ahnung davon gehabt, was Jasper und Leefke miteinander hatten, und was nicht. Sie waren oft zusammen, jedenfalls öfter, als es normal gewesen wäre für eine Vierzehnjährige und einen erwachsenen Mann. Auch allein. Pinki hatte sich oft ausgeschlossen gefühlt, obwohl sie wusste, dass Jasper ihr den Rang als beste Freundin niemals streitig machen konnte. Doch was erzählte Leefke ihm, was sie ihr vielleicht verschwieg? Und diese Gedanken hatten Pinki oft hart zugesetzt. Eifersucht, klar, es war lächerlich, Jasper war ein alter Kerl, das würde nie dasselbe sein wie eine Freundschaft, die schon seit dem Kindergarten zählte. Doch es tat weh. Nicht zuletzt, weil es schon irgendwie toll war, einen Mann wie Jasper für sich allein zu haben. Er sah gut aus, ein wenig alt, aber wie ein Musiker eben. Nicht so korrekt wie ihr Vater mit seinem kurzen, dünnen Haar und der silbernen Brille. Jasper hatte irgendwie gar keine Frisur, dafür aber Haare, durch die man schon ganz gern mal streicheln wollte, und Bartstoppeln. Pinki fand Bartstoppeln nicht schlecht, sie sollten aber hart und kratzig sein wie die Borsten einer Drahtbürste, nicht so weich und fusselig wie die Watte in Wilkos Bubigesicht. Das Tollste an Jasper waren seine Zähne, schon irgendwie komisch, normalerweise achtete man doch zuerst auf die Augen, so stand es jedenfalls in der *Bravo*. Klar, Jaspers Augen waren auch nicht schlecht, sie waren dunkel und groß, ein wenig traurig sahen sie aus, doch sein Mund lächelte, immer. Und dann blitzten seine weißen Zähne, und sie musste immer an Kaugummiwerbung denken. »Wenn er weint, sieht er noch schöner aus«, hatte Leefke mal gesagt. Doch das hatte Pinki ihr nicht abgenommen. Vielleicht hatte sie davon geträumt.

Als die Erwachsenen dann anfingen, sich für das Verhältnis zwischen Leefke und Jasper zu interessieren, da hatten sie alle zusammengehalten. Obwohl die meisten selbst nicht allzu viel davon hielten. Doch die anderen ging es nichts an. Eines Abends hatte Pinki ihrer Mutter fast ein paar gescheuert, als sie ihr das transparente Top verbieten wollte. »Kind, wenn dieser Jasper dabei ist ... Man sollte solchen Männern nicht noch einen Anlass bieten, meinst du nicht?« Sie hatte mit den Schultern gezuckt und so getan, als wüsste sie nicht, was ihre Mutter damit andeuten wollte. Dies war immer der einfachste Weg, diesem verlogenen Gerede aus dem Weg zu gehen. Alle dachten, es ginge Jasper um Sex.

Warum konnte sich keiner vorstellen, dass er ihnen einfach nur helfen wollte? Ihnen allen, nicht nur Leefke. Es ging um Wilko und Jens, um Swantje, um Philip und um sie, um die ganze Clique von der Waldkirche. Und auch um die anderen, die immer an der Post rumgammelten. Konnte es sein, dass die meisten auf der Insel schon vergessen hatten, dass es sie gab? Seitdem Oma Alide den Mund nicht mehr aufmachen konnte, waren alle in ein eisernes Schweigen verfallen. Kein Wort mehr über die Disko, über den Treffpunkt, über die Probleme, die immer dieselben waren. Alle hielten die Schnauze.

Und was Oma Alide getan hatte, war als »Ruhestörung«

zu den Akten gelegt worden. Pinki wusste es. Und es tat ihr unendlich leid. So viel Lärm für nichts. Und so viel Kraft für wieder nichts. Oma Alides Lebenswerk war im letzten Winter mit ihr gestorben.

Und der Einzige, der den Mund immer noch nicht halten wollte, war Jasper. Und das nahmen ihm viele hier auf der Insel übel. Da kam ihnen ein bisschen Sex ganz gelegen. Um abzulenken.

Pinki war nicht dumm. Leefke hatte zwar immer noch ein bisschen weiter gedacht als sie, aber so blöd war sie auch nicht, dass sie nicht verstand, worum es eigentlich ging.

Es ging um Frieden und Unfrieden.

Als sie sich umsah, konnte sie es fast nicht glauben, dass es irgendwann einmal wieder unfriedlich sein konnte. Leefkes Tod hatte eine Wahnsinnsruhe unter ihnen ausgebreitet. Keiner von ihnen war heute in der Waldkirche, um abzuhängen. Heute war es anders als sonst. Die dichten Bäume umschlossen sie und über ihnen stießen die grünen Äste zusammen, so dass es hier beinahe wie in einer wirklichen Kirche aussah. Diesen Aspekt hatte Pinki noch nie erkannt. Sie hatte sich auch noch nie darüber Gedanken gemacht, warum sie sich mit der Clique ausgerechnet hier trafen und nicht woanders. Es war ein Ort der Ruhe, hier waren sie unter sich. Ab und zu kamen ein paar Fremde vorbei, die sich die Napoleonschanze anschauen wollten, unter der sie sich sicher etwas Pompöseres vorstellten als diesen mickrigen Wall mit dem Kreuz. Klar, ein paar böse Blicke bekamen sie dann schon ab, wenn sie zum Beispiel auf der Kanzel knutschten oder auf den Bänken die Zigaretten ausdrückten. Doch im Großen und Ganzen war es ihr Ort. Sie hatten sich ihn selbst gesucht.

Und heute war es wirklich ein Segen, dass ihnen hier niemand Fragen über Leefke stellte oder sie trösten wollte, so wie es Erwachsene tun.

»Wir sollten ihre Beerdigung hier feiern«, sagte Pinki eigentlich ziemlich leise, aber alle hatten es gehört. »Wir sollten sie hier hinlegen, ein Sarg mit Blumen und so, und die *Piraten* sollten dazu spielen. Ich glaube, das hätte sie gewollt.«

Die anderen nickten wortlos. Was sollten sie auch schon sagen. Jeder von ihnen wusste, dass sie recht hatte.

»Sie werden es nur niemals erlauben.«

Es war so schön, dass niemand sich aufregte. Es tat so gut.

Die wunderbar laute Musik verstummte so plötzlich, dass alle mit einem Ruck hochfuhren. Stille kann manchmal erschreckender sein als Lärm.

Veit Konstantin stand neben der Anlage. In seinem schwarzen Sakko sah er noch unmenschlicher aus, als er es ohnehin schon war. Pinki fand es lächerlich, dass er Trauer trug. Jeder hier wusste, dass Leefke ihm nichts bedeutet hatte. Doch der Blick in seinen Augen wühlte die Angst wieder hervor, die Angst und den Schmerz, den sie eben für einen kurzen Moment unter Kontrolle gehabt hatte. Nun brannte ihr Innerstes erneut.

»Saubande. Macht, dass ihr hier weg kommt. Schämt ihr euch nicht? Leefke hat sich das Leben genommen, wegen euch. Wegen euch! Und ihr habt nichts Besseres zu tun, als hier rumzugammeln wie eh und je. Ihr habt einfach keinen Anstand in den Knochen.«

Pinki blickte sich um. Keiner rührte sich. Oh Gott, wir sind alle so klein, wir sind alle so wehrlos ohne Leefke, dachte sie. Wer soll sich jetzt noch für uns einsetzen?

Fast war es, als ständen ihre Beine von selbst auf, als biege sich ihr Rücken aus eigener Kraft in die Senkrechte, als sprudelten die Worte ohne ihr Zutun aus dem Mund: »Wenn du glaubst, du kannst die Wahrheit verdrehen, dann hast du dich aber gewaltig getäuscht, Alter!« Sie richtete ihren Blick auf die hellen, wütenden Augen, die in Konstantins rotem Gesicht klafften wie Schießscharten. Schau nicht weg, Pinki, schau nicht weg, er kann dich nicht treffen, er kann dir nichts tun. Er hat die gleichen Augen wie Leefke. Stell dir vor, du betrachtest ihn durch ein Visier, ziel auf seine Stirn, und bevor er dich zunichte machen kann, zerstöre ihn.

Er sagte einen Moment lang nichts. Doch er schien nur nachzuladen. »Ihr habt doch alle kein Ziel, keine Perspektive.« Also gut, er schoss mit scharfer Munition. »Ihr lebt aus den dicken Geldbeuteln eurer Eltern, die sich dafür krumm arbeiten. Tagein, tagaus sind wir für die Gäste da, und ihr verscheucht sie wieder mit euren Zigarettenkippen überall und den Bierdosen in den Blumenbeeten. Wisst ihr, was mit euch ist? Es geht euch zu gut. Ihr habt den Jugendtreff, ihr habt eine superteure Skateboardanlage, ihr könnt surfen und Volleyball spielen. Ihr habt einfach alles, und was tut ihr: nichts! Ihr seid so leer im Kopf, dass ihr vom Dach springen müsst.«

»Leefkes Kopf war zu voll, du Scheißkerl.« Pinki war so rasend, so wütend. Dieser Mann hatte neben ihrer besten Freundin gelebt und sie doch so wenig gekannt. Oder so wenig kennen lernen wollen. »Wenn du uns die Schuld daran geben willst, dass sie nun tot ist, dann hast du verdammt wenig von dem verstanden, was sie dir erzählen wollte.« Sie ging direkt auf ihn zu, stieg über die Bänke, die zwischen ihnen standen, Schritt für Schritt näherte sie sich ihm. Und sie täuschte sich nicht, es war ein Funken Angst in seinem fetten Gesicht zu sehen. Sie würde diesen Funken zum Glühen bringen, nein, zum Brennen. Er sollte leiden. Er sollte büßen.

Links neben ihr hatte sich Philip postiert, es stärkte sie, ihn an der Seite zu wissen.

»Kinder, wenn ihr mir drohen wollt, dann seid ihr bei mir aber an der falschen Adresse.« Es sollte wohl selbstsicher klingen, doch Pinki hörte die Luft zwischen den einzelnen Silben japsend entweichen. Sie hatten ihn bald so weit. Swantje stand mit beiden Beinen auf der Steinplatte des Altars und war nun einen ganzen Kopf größer als er. Konstantin knöpfte hektisch an seinem Hemdkragen herum. Sein schwammiger Hals quoll zuckend hervor. Auf seiner Glatze glänzte es feucht und rot, doch sein Gesicht grinste noch immer. Wilko nahm Pinkis rechte Hand. Sie fühlte sich sicher.

»Mach, dass du hier weg kommst, Konstantin.« Jens hatte sich direkt vor ihm aufgebaut. Er war der Größte von ihnen, und er war stark. Jetzt wich der Alte zurück, er ging ein paar unsichere Schritte nach hinten. Dann drehte er sich hastig um und bestieg den kleinen Wall.

Es war ein Genuss, ihn stolpern zu sehen.

»Geh in den Teich, Dicker«, sagte Pinki so laut und durchdringend, wie sie es selbst nie von sich erwartet hätte.

»Ihr spinnt doch«, schimpfte Konstantin. Nur weil er auf dem Hügel die Übersicht wiedergewonnen hatte, meinte er, sich diesen Ton erlauben zu können. Doch sie waren noch nicht am Ende mit ihrer Lektion. Wie in stummer Übereinkunft nickten sich alle zu.

»Geh in den Teich!«

Er lachte. Die Jungen nahmen ihn von beiden Seiten und im Genick, er konnte sich nicht mehr rühren. Jetzt war das Grinsen von seinem Schweinegesicht verschwunden. Endgültig.

Es war ein lächerlicher Kampf, den er da vollführte, als sie ihn gemeinsam über die Schanze trugen. Er röchelte panisch, Jens hatte seine Kehle mit festem Griff umfasst, er musste schwer atmen. Kein Mitleid, Leute, kein Mitleid. Zeigt es ihm.

Sie stiegen über den runtergetretenen Zaun, und die scharfen, rostigen Drahtenden rissen Konstantins Sakko ein. Das Ufer war steil und schlammig, seine piekfeinen Schuhe kratzten durch den Matsch, versuchten Halt zu finden, doch Swantje und Pinki packten seine strampelnden Waden, so dass er hilflos war wie ein zappelnder Fisch, den man gerade aus dem Meer gezogen hatte. Er schien zu ahnen, dass er sich nicht mehr wehren konnte, als sie ihn an die Wasserkante schleppten. Ob er wohl dachte, dass sie ihn töten wollten? Hier, am helllichten Tag, mitten im Norderneyer Schwanenteich ersäufen wie eine überflüssige Katze?

Sie schaukelten ihn hin und her und zählten: »Eins, zwei, drei …« Das Klatschen war lauter als der Schrei, den er ausstieß, als sein Hals wieder Luft holen konnte.

Ein paar Menschen am anderen Ufer blieben stehen, schauten herüber, zwei alte Damen rannten staksig auf den kleinen Holzsteg, um besser sehen zu können.

»Es ist nur ein Scherz, keine Panik, es ist nur ein Scherz«, rief Pinki ihnen zu. Und als Konstantin seinen Kopf wieder aus dem dunkelgrünen Gewässer erhoben hatte, legte sie sich auf den feuchten Uferboden und sah dem Mann in sein nasses, schockiertes Gesicht. »Und nun hör mir gut zu, Arschloch.

Dies ist ein Scherz, kapiert? Genau so ein Scherz wie der, den du dir mit Oma Alide erlaubt hast.«

Sie hatte gesehen, dass er schreien wollte. Doch ihre Worte hatten ihm das Maul gestopft. Seine Lippen klappten zusammen wie ein Buch, das man zuschlug. Er sagte keinen Mucks. Tapfer richtete er sich auf, bis zu den Knien stand er im Wasser, der schwarze Anzug klebte an seinem aufgeblähtem Bauch, weit hinter ihm stieß in einem mächtigen Strahl das Teichwasser in die Luft und er sah aus wie ein gestrandeter Wal, der seine letzte Fontäne in der Himmel schoss. Dann lächelte er gequält, winkte den beiden Damen zu, die bereits am Anfang des Steges standen: »Es war nur ein Scherz. Sie wissen doch, wie die Kinder heutzutage sind.«

Dann ließen sie ihn allein.

11. Kapitel

Rika lümmelte sich im Garten und rauchte, neben dem Aschenbecher stand ein Glas Sekt. Wencke spürte eine stickige Wut in sich, sie musste sich in Acht nehmen, um ihrer Gastgeberin nicht sofort und in diesem Augenblick mit all den Vorwürfen zu begegnen, die sich in ihr aufgestaut hatten. Am liebsten hätte sie die Hängematte am oberen Ende abgeschnitten, damit Rika ohne Vorwarnung mit voller Wucht auf der Holzterrasse landete.

Weshalb hatte Rika ihr am Telefon nichts über das tote Mädchen erzählt? Sie hatte über ihren Rücken gestöhnt, die letzte Nachtschicht verflucht und ihre Kommentare über Jasper losgelassen. Doch Leefke Konstantin hatte sie mit keiner Silbe erwähnt. Dabei musste sie doch fast dabei gewesen sein, als es passierte. Und auch über Jaspers zweifelhaften Ruf hatte sie Wencke nicht aufgeklärt, sie hatte sie sogar noch in die

Höhle des Löwen geschickt. Von wegen, *Jasper hat da ein paar Schwierigkeiten mit Veit Konstantin.* Die letzte halbe Stunde hatte sie einzig und allein Rika zu verdanken. Und es war eine der schlimmsten halben Stunden ihres Lebens gewesen.

Denn Sanders hatte sie die ganze Zeit mit seinem Blick fixiert. Sie kannte den Ausdruck, sie wusste ihn zu deuten. Er wartete nur darauf, dass sie einen Fehler beging, in ein Fettnäpfchen trat oder sich sonst wie blamierte. Und er erwischte sie des Öfteren dabei. Den anderen Kollegen mochte es wohl entgehen, sie aber war sich des Kleinkrieges bewusst, den Sanders seit ihrer Beförderung angezettelt hatte. Normalerweise interessierte es sie nicht im Geringsten. Doch heute war es anders: Sie hatte sich einen groben Schnitzer erlaubt. Wenn er wollte, so könnte er sie noch heute mit einem Anruf in Aurich bloßstellen. Sie hatte zwar nicht bewusst in seine Ermittlungen eingegriffen, schließlich hatte sie bis vor einer Stunde noch nichts über den Tod des Mädchens gewusst, doch sie hatte sich mit dem Dienstausweis Zutritt zur Wohnung der Konstantins verschafft. Und das war ein Fehler gewesen. Es würde ihr eine ernste Verwarnung einbringen.

»So ein Schwachsinn! Mein Bruder ist kein böser Onkel, der blutjunge Mädchen vernascht.« Wencke wünschte, sie könnte diesen Satz auch mit der Gewissheit glauben, mit der sie ihn aussprach. Denn eigentlich wusste sie gar nicht, wen Jasper nun vernaschte und wen nicht.

Höchstens Rika, klar, das lag natürlich auf der Hand. Und Rika war weder besonders jung noch in irgendeiner Weise mädchenhaft, alles andere als eine Lolita. Wencke hatte sie zwar erst drei oder vier Male gesehen, doch ihre mütterliche Oberweite und das gebärfreudige Becken waren ihr noch gut im Gedächtnis geblieben. Eine Vollblutfrau, für Rubens etwas zu mager und für den Laufsteg etwas zu rund. Doch zugegeben: Eigentlich hatte sie schon immer gedacht, dass Rika nicht zu Jasper passte. Warum, das konnte sie nicht genau sagen. Oder vielleicht doch? Rika war erwachsen, das war es. Rika war erwachsen und Jasper war ein Kind. Hatte das etwas zu bedeuten?

Warum hatte Sanders nicht den Hörer abgehoben? Er hätte doch bloß über den Schreibtisch der Norderneyer Kollegin greifen, eine Nummer wählen und sich mit der internen Ermittlung verbinden lassen müssen, wenn er die Durchwahl nicht sogar auswendig kannte. Doch er hatte es nicht getan. Er hatte in diesem fremden Büro gesessen, sie nicht aus den Augen gelassen und sich dabei offensichtlich sehr wohl gefühlt. Wencke war schlagartig klar geworden, was er bezweckte. Er wollte sie in die Enge treiben. Er wollte, dass sie einen weiteren Fehler beging. Eine ernste Verwarnung war ihm nicht genug. Er wollte ihren Stuhl.

»Mein Bruder wird heute vierzig. Ich habe mich heute Morgen entschieden, ihn zu besuchen.« Wencke war sich beinahe lächerlich vorgekommen, weil sie sich vor Axel Sanders, ausgerechnet vor ihrem neunmalklugen Kollegen Axel Sanders, rechtfertigen musste.

Und dann die Krönung: »Ich dachte, Sie wollten mit Ansgar nach La Palma?«

Woher wusste Sanders den Namen ihres Freundes?

»Falsch gedacht.« Wencke war auf der Hut, kein persönliches Wort mehr, dieser Sanders sog alles auf wie ein Schwamm, er hatte keine Skrupel, selbst vor ihrem Privatleben machte er nicht Halt.

»Und wo ist Ihr Bruder jetzt? Warum sitzen Sie mit Dienstausweis bei Familie Konstantin in der guten Stube, statt ausgiebig den runden Geburtstag im Kreise der Familie zu feiern?«

Sätze waren ihr die Kehle hinaufgekrochen: Soll das etwa ein Verhör sein? Bin ich Ihnen in irgendeiner Weise Rechenschaft schuldig? Können Sie sich nicht um Ihren Job statt um meine Privatangelegenheiten kümmern? Doch Wencke hatte es geschafft, die Worte mühsam wieder hinunterzuschlucken. Es war besser so, er hatte sie in der Hand. So ein Mist aber auch.

Und Rika hatte alles angezettelt. Vielleicht nicht bewusst, doch mit ihrer Art, Unwichtiges breitzutreten und Wesentliches für sich zu behalten, hatte sie Wencke in diese unmögliche Situation gebracht. Schönen Dank auch, liebe Beinahe-Schwägerin.

»Hast du schon Feierabend?«, brachte Wencke trotz allem mit zuckersüßer Stimme hervor.

Rika drehte sich um. »Wencke! Komm, hol dir ein Glas aus der Wohnzimmervitrine und stoß mit mir auf Jaspers Vierzigsten an!« Ihre Stimme klang träge und schwer, sie hatte sich anscheinend schon einige Male selbst zugeprostet. Die Sektflasche war voll, doch als Wencke das Glas holte, sah sie eine bereits geleerte im Flur stehen. Also dann – auf ihr Wohl!

Wencke schenkte sich selbst ein und goss Rika nach. Nach dem ersten Schluck musste sie aufstoßen. Sie mochte eigentlich keinen Sekt, auch kein Bier, alles, was prickelte, war Wencke zuwider. Rika trank hastig, es ging ihr nicht gut, gar nicht gut. Obwohl Wencke sie nicht wirklich gut kannte, fiel ihr das Elend auf, das mit Rika in der Hängematte zu liegen schien.

»Mein Rücken, weißt du …« Rika schob sich die Hand unter das Becken, sie trug noch den Schwesternkittel. »Ich habe mich heute etwas früher verabschiedet. Kann nichts mehr heben. Aber setz dich doch.«

Wencke blieb lieber stehen. Zwischen den dichten Kiefern am Ende des Gartens hindurch fiel etwas Sonnenlicht direkt auf ihr Gesicht, sie schloss die Augen. Der leise, stetige Inselwind fächelte ihr sanft wie ein Seidentuch die Hitze aus dem Körper, die Sonne und Wut in ihr aufgestaut hatten. Und endlich erinnerte sie sich wieder daran, dass sie Urlaub hatte.

»Willst du eine?«, fragte Rika, und als Wencke zu ihr blickte, hielt sie ihr die Zigarettenschachtel entgegen. Sie war ein Trampeltier.

Wencke schüttelte nur den Kopf. Jetzt nicht, sie hatte gerade einen Geruch wahrgenommen, der gut tat. Ein wenig nach frischem Heu und nach Rosen, und als sie tief Luft holte, erkannte ihre Nase noch einen Hauch von Meer und nassem Sand. Sie hatte lange schon nicht mehr so intensiv auf ihren Geruchssinn geachtet. Zigarettenqualm schob sich aufdringlich dazwischen. »Na gut, ich rauche eine mit.« Sie setzte sich auf den Rasen, zog die Schuhe aus und lehnte sich zurück, das Gesicht weiter dem Licht zugewandt. »Was ist mit Jasper?«

»Wir haben uns gestern Abend gestritten. Das ist.«

Sie schaute Rika nicht an, doch deren Stimme klang, als hätte sie die Unterlippe vorgeschoben.

»Ist er deswegen nicht da?«

»Ach, das glaube ich nicht. Wir streiten uns in letzter Zeit ständig. Warum sollte er mich ausgerechnet heute verlassen? Mitten in der Saison!« Sie trank einen beachtlichen Schluck. »Du kennst doch deinen Bruder.«

Wencke schenkte ihr nach. Warum nahm eigentlich jeder hier an, dass sie Jasper kannte? Je länger sie auf Norderney war, desto fremder erschien er ihr.

»Wenn du wissen willst, worum es bei unserem Streit ging…«

»Ich will es nicht wissen.«

»… es ging um seine Band und die Kinder, mit denen er seine Zeit verbringt. Seine ganze Zeit, verstehst du? Nicht, dass ich von ihm etwas anderes erwarten, geschweige denn verlangen würde, doch er schadet sich selbst damit. Er bremst sich aus. Seine ganze Energie steckt er in diese Projekte, da bleibt nichts mehr für ihn übrig. Er macht keine Fotos mehr, er schreibt kaum noch Texte, alles, was er davon hat, ist eine Menge Ärger.« Wieder war das Glas in ihrer Hand leer. »Wollen wir losziehen?«

Mit allem hatte Wencke gerechnet, nur nicht damit. Sie hatte sich schon auf einen Abend Beziehungswälzerei mit ihrer ungeliebten Schwägerin eingestellt. Und alles war besser als das. »Klar, ziehen wir los. Und dein Rücken?«

»Habe ich mir heile gesoffen!« Rika fiel fast aus der Hängematte, doch als sie stand, waren ihre Schritte einigermaßen sicher und beinahe geradeaus. »Ich mache mich eben noch etwas ansehnlicher. Klitzekleinen Moment, liebe Wencke.«

Sie zog sich am Geländer die schmale Treppe hinauf. Wencke blieb im Flur stehen und betrachtete sich in dem alten, fast schon blinden Ganzkörperspiegel, der an der Wand hing und ganz nach Jasper und Flohmarktschnäppchen aussah. Kurz überlegte sie, sich ebenfalls etwas ansehnlicher zu machen, ihr Spiegelbild erzählte eine Menge über den chaotischen Tag, den sie nun schon fast hinter sich gebracht hatte. Ihre kurzen Haare standen links störrisch ab, was eigentlich auch ganz witzig aussah, wenn sie nur nicht rechts unbarmherzig platt und schlaff am Kopf geklebt hätten. Zudem war mal wieder eine Nachtönung fällig, das Rot in ihrem Haar war bereits herausgefallen, wie es ihre Friseurin immer ausdrückte. Mit Wenckes eigenen Worten: Es sah nicht mehr wie Cayennepfeffer, sondern eher wie Kieselerde aus. Dafür leuchtete ihre Nase um so mehr. Wann hatte sie sich diesen Sonnenbrand geholt? Das weiße Feinripp ihres T-Shirts war unter den Armen schon etwas feucht und muffig, die kurze Jeans hatte etwas von dem Tee abbekommen, den sie bei den Konstantins trotz dickem Kloß im Hals hinuntergewürgt hatte.

Als sie in ihrer Reisetasche nach ein paar frischen Klamotten wühlte, klingelte das Telefon.

»Geh bitte ran«, rief Rika von oben, es hörte sich an, als ob sie sich gerade die Zähne putzte. »Ist wahrscheinlich noch ein später Gratulant …«

»Ja, bei Jasper und Rika?«

Es rauschte und knisterte in der Leitung. Wenckes Herz schlug schneller. War es Jasper? Oh bitte, lass es Jasper sein, ich würde zu gern wissen, ob alles in Ordnung ist.

Mit einem Mal wurde ihr klar, dass sie verdammte Angst um ihn hatte. Er war immer noch nicht da, er war in einen Todesfall verwickelt und er hatte Feinde von der Sorte, wie Veit Konstantin einer war. Und dies ließ das Schlimmste nicht unmöglich erscheinen: Dass Jasper etwas zugestoßen war. Etwas, das es ihm unmöglich machte, zurückzukommen. Es konnte sein, dass er nicht mehr lebte. Oh Gott!

»Hallo?«, fragte sie erneut.

»Wencke? Bist du es? Hier ist Ansgar.«

»Ansgar!« Sie riss sich zusammen, um die Enttäuschung nicht durch den Hörer zu schicken. Woher hatte er diese Telefonnummer? Wahrscheinlich in seinem kleinen, blauen Notizbuch irgendwann sorgsam notiert, für den Fall der Fälle, so wie heute, und man kann ja nie wissen.

»Schatz, ich bin gut gelandet. Wollte ich dir nur sagen, damit du dir keine Sorgen machst.«

Nicht eine Sekunde lang hatte sie sich Sorgen gemacht.

»Das ist lieb von dir.«

»Das Wetter ist zur Zeit nicht so überragend. Doch der Osten von La Palma soll ja angeblich der Teil mit der höchsten Niederschlagsmenge der gesamten Kanarischen Inseln sein.«

»Aha«, antwortete sie lahm. War so ein Auslandstelefonat nicht unglaublich teuer?

»Ist Jasper schon wieder aufgetaucht?«

»Wie bitte?« Sie hatte ihn sehr gut verstanden, trotz des Rauschens in der Leitung, seine Stimme war glasklar.

»Ob Jas-per schon wie-der auf-ge-taucht ist!«, wiederholte er laut, als spräche er mit einer Schwerhörigen. Wencke stellte sich vor, wie er irgendwo in einer spanischen Telefonzelle in der Pampa stand und in den Hörer schrie.

»Ansgar? Tut mir leid, ich kriege dich kaum mit!«

»Ich verstehe dich sehr gut. Schatz? Wencke? Alles in Ordnung?«

»Bist du noch dran?«

»Ja, ich bin noch dran. Es ist alles in Butter.«

»Ich verstehe kein Wort«, sagte sie, dann legte sie auf.

Rika kam die Stufen herunter, sie hatte sich schnell umgezogen und trug einen Ledermini, der ihre kräftigen Beine so richtig zur Geltung brachte. Doch ihre Haare waren super, zweifelsohne, sie fielen satt und dunkel auf das rote T-Shirt. Rika war die Schönere von ihnen beiden heute Abend. Es war egal, ob Wencke sich nun noch umzog oder nicht.

»Also los«, sagte sie. »Wo gehen wir hin?«

»Kneipentour, dachte ich. Hier gibt es so viele Bars und Lokale, es wäre schade, wenn wir sie nicht alle abklappern würden. Und irgendwo bleiben wir dann hängen.« Es war Rika nicht mehr anzumerken, dass sie zu viel getrunken hatte und unter Rückenschmerzen litt.

Und Wencke freute sich darauf, ihrem total versauten ersten Urlaubstag mit einer Menge Rotwein und ungezählten Zigaretten die Krone aufzusetzen.

»Vielleicht treffen wir Remmer«, sagte Rika. »Er ist einer von den *Piraten*, aber ganz solide und vernünftig. Du wirst ihn mögen.«

Das bezweifelte Wencke stark.

12. Kapitel

Gute Nacht, Britzke.«

»Nacht«

Sanders lag unzufrieden, sehr unzufrieden neben seinem Kollegen im Ehebett und versuchte zu schlafen. Sie waren in einem kleinen Hotel gelandet. Ein romantisches, zitronengelb gestrichenes Doppelzimmer mit französischem Bett, Blumengardine und separater Dusche mit Klo hinter der weißen Tür gegenüber.

Zu dumm, dass die beiden Quartiere im Personalgebäude der Polizei ausgerechnet in dieser Woche renoviert werden mussten.

Er trug nur seine Unterhosen. Das Hemd musste morgen noch einmal herhalten und die Hose hing zum Trocknen über dem Handtuchhalter im Bad. Er hatte lange geschrubbt, bis diese verdammte Fahrradschmiere aus dem Stoff verschwunden war. Dieses rostige, verfluchte Vehikel, es war Wencke Tydmers' Rad, sie hatte es zum Polizeirevier geschoben und er hatte sie in diesem Moment noch ein wenig mehr verflucht, als er es ohnehin schon tat.

Sanders wälzte sich auf den Rücken. Eigentlich schlief er auf der rechten Seite, weil dies laut seinem Physiotherapeuten für den Kreislauf und den Rücken die optimale Haltung war. Doch heute ging das nicht, denn dann hätte er Meint Britzkes behaarte Schulter direkt vor der Nase gehabt, und das war unzumutbar.

Also starrte er an die Decke und überlegte, was am heutigen Tag eigentlich das Schlimmste gewesen war.

Es war nicht die schlechte Laune der Kollegen heute Morgen in Aurich gewesen, auch nicht die Fahrt mit der Fähre auf eine Insel, die sich als kleine, mondäne Stadt entpuppt hatte. Alles erträglich, auch der knurrende Magen, alles im Rahmen des Machbaren. O.k., der Anblick von Wencke Tydmers im Wohnzimmer der Familie Konstantin war schon starker Tobak gewesen, und als er und Britzke die letzte Fähre zum Festland nur um ein paar Minuten verpasst hatten, da hatte er auch den Kaffee auf gehabt. Aber das Schlimmste, das absolut Schlimmste heute war diese Gleichgültigkeit in Wencke Tydmers' Gesicht gewesen, als er ihr den Marsch geblasen hatte.

Axel Sanders drehte sich auf den Bauch. Meint Britzke atmete unangenehm dicht neben ihm in ruhigen, gleichmäßigen Zügen. Er schlief schon. Manchmal wünschte Sanders sich nur ein kleines Stückchen von Britzkes Gleichgültigkeit. Auch wenn einem eine solche Einstellung keine glänzende Karriere bescherte, sie ließ einen zumindest ruhig schlafen.

Wencke Tydmers schlief mit Sicherheit auch ihren unschuldigen, süßen Schlaf. Sie schien ein reines Gewissen zu haben, vielleicht hatte sie tatsächlich lediglich ihren seltsamen Bruder besuchen wollen, nicht nur vielleicht ..., denn was Axel Sanders sich noch sehnlicher wünschte als die Gleichgültigkeit dieses schlafenden Mannes neben ihm, war die grundehrliche, diese verdammt wunderbar offene Art seiner Vorgesetzten, seiner Konkurrentin, seiner heimlichen Liebe ...

Er drehte den Kopf ärgerlich zur Seite. Wozu einen eine schlaflose Nacht in einem fremden, kuscheligen Doppelzimmer doch alles hinreißen konnte.

Die Leuchtziffern des Radioweckers verrieten ihm, dass es bereits dreiundzwanzig Uhr war. Um diese Zeit schlief er normalerweise seit einer halben Stunde. Sanders hatte einen genauen Plan, den er befolgte, um so seine Energie auf den höchsten Level zu bringen. Ein ganz besonders wichtiger Punkt in diesem Plan waren acht Stunden Nachtschlaf. Wenn er sie heute nicht bekam, und alles sah danach aus, dass es eine grauenvolle Nacht werden würde, dann wäre er morgen nicht in dem Maße einsatzbereit, wie man es von ihm gewohnt war. Diese Erkenntnis setzte ihm zu. Er hatte fast keine Chance, diesen Fall hier zu seiner eigenen und zur allgemeinen Zufriedenheit zu lösen.

Er könnte nur versuchen zu schlafen, mit ein wenig Meditation würde es vielleicht sogar funktionieren, auch das hatte er beim Seminar auf Menorca gelernt. Konzentriertes Abschalten. Er versuchte, seine mentale Mitte zu finden. Doch die Gedanken begannen sich jedes Mal selbständig zu machen, sie kreisten wie von Zentrifugalkraft getrieben in seinem Kopf umher. Er fand zwar die Mitte, doch die verhängnisvollen Fragen und Antworten schleuderten ihn jedesmal wieder zurück ins Chaos.

Wencke suchte ihren Bruder. Jasper Tydmers war ein Mann mit beschämender Neigung zu blutjungen Mädchen. Leefke Konstantin hatte engen Kontakt zu Tydmers. Er hat sie durcheinander gebracht und ins Unglück gestürzt. Sie ist vom Klinikdach gesprungen. Oder gesprungen worden? Von Jasper Tydmers? Wenckes Bruder auf der Flucht? Und Wencke fungierte als Helfershelferin?

Was stimmte von alledem und was war Gerücht, Geschichte vom Hörensagen, aufgebauschte Vermutung?

Und vor allem: Was war vielleicht eigenes Wunschdenken?

Das Wirrwarr im Kopf begann sich zu ordnen.

Ein klarer Fall von Selbstmord, von Verführung Minderjähriger und von Vereitelung einer Straftat unter widerrechtlicher Nutzung des Dienstausweises, das war es, was Axel Sanders wollte.

Das Karussell im Hirn kam zum Stehen und Axel Sanders schlief ein, ein sanftes Lächeln auf dem Gesicht.

13. Kapitel

Remmer hatte die beiden betrunkenen Frauen im *Möpken* entdeckt. Ganz hinten an der Wand unter dem großen Blechschild mit Coca-Cola-Werbung hatten sie mit glasigem Blick ins Nichts geschaut und Sekt getrunken. Rika sah aus, als hätte sie geheult. Doch vielleicht kam es auch vom Zigarettenqualm, es war Montagabend, doch die Kneipe war voll bis in den letzten Winkel und der Rauch kroch zwischen den braungebrannten Körpern hindurch wie Seenebel.

Als er die schmale Treppe in den Keller hinabgegangen war, hatte er nicht vorgehabt, etwas zu trinken. Er wusste eigentlich gar nicht, was er überhaupt vorgehabt hatte heute Abend. Doch nun drängte er sich gleich an den Tresen, bestellte zwei Sekt und ein Bier und kämpfte ein wenig gegen das Herzklopfen an. Er hatte Rika hier nicht erwartet. Sie ging sonst woanders hin. Wenn überhaupt. Oder war Jasper wieder aufgetaucht?

Die beiden hatten ihn noch nicht bemerkt, so konnte er noch in aller Ruhe einen Blick riskieren. Rot stand Rika gut, sehr gut sogar, darüber konnte selbst der etwas entglittene Gesichtsausdruck nicht hinwegtäuschen. Die Frau neben ihr kannte er nicht. Doch er brauchte sie nur für einen kurzen Moment zu betrachten, um zu wissen, wer sie war: die gleichen störrischen Haare, wenn auch rot gefärbt; ein Paar Augen, die etwas schärfer zu sehen schienen als die Augenpaare ringsherum; ein kurzes, aber heftiges Lachen, welches die Lippen auseinanderzog und die weißen Zähne zeigte wie ein Vorhang, der sich öffnete, um eine sensationelle Show zu präsentieren. Dies musste Jaspers Schwester sein. Sie hatte einen ähnlich außergewöhnlichen Vornamen und arbeitete bei der Polizei, mehr wusste Remmer nicht. Jasper erzählte zwar viel, doch seine Familie sparte er dabei aus.

Er klemmte sich die Sektgläser zwischen die Finger seiner rechten Hand, das Bier nahm er links, dann drängte er sich an der zweiten Theke, die mitten in den Raum reichte, vorbei, schob vorsichtig ein paar wippende Touristenkörper zur Seite und versuchte, sich schlanker, krummer, wendiger zu machen, ein paar Tropfen Sekt liefen über die nackte Schulter einer Braungebrannten, er entschuldigte sich. *Sünde am Strand* ergoss sich aus den Boxen hinab in die Menschenmenge, einer der unbekannteren, weniger eingängigen *Piraten*-Songs. Er hatte nicht gewusst, dass sie im *Möpken* ihre Musik spielten. Vielleicht sollte er sich öfter hier blicken lassen.

Dann stand er neben ihnen.

Er war zu langsam gewesen, sie hatten sich bereits eine neue Runde genehmigt, der Sekt in ihren Händen sprudelte fast aggressiv im Gegensatz zu seinem, der nach einer Odyssee im Norderneyer Kneipengewimmel eher wie warme Apfelschorle aussah.

»Hee«, mehr brachte er nicht zustande.

»Remmer!«, schrie Rika. Sie schien wirklich begeistert zu sein, oder wirklich betrunken, Remmer hoffte ersteres. »Ich hab's mir irgendwie gedacht, dass wir dich heute Abend treffen, hab ich doch, oder, Wencke?«

Genau, Wencke hieß die Schwester von Jasper. Wencke Tydmers. Sie schien nicht zu reagieren.

»Hee, Wencke, hab ich nicht vorhin beim Losgehen gesagt: Vielleicht treffen wir ja Remmer? Den wirst du mögen! Hab ich doch?«

Wencke schaute ihn mit verschwommenem Blick an, nickte kaum merklich und wandte sich wieder ab. Sie war nicht so hübsch, wie sie es als Jaspers Schwester hätte sein können. Doch vielleicht lag es auch am Alkohol.

»Ich habe euch beiden Sekt mitgebracht«, sagte Remmer und strengte sich sehr an, nicht allzu anbiedernd zu klingen.

»Oh, danke, danke. Eigentlich hatte ich Wencke versprochen, dass dieser unser Letzter ist, aber den einen hier kriegen wir auch noch runter.« Rika nahm ihm in ihrer resoluten Art die Gläser ab. »Schau, der eine hat sowieso schon Federn gelassen, den kriegst du, liebe Ex-Schwägerin.«

»Wenn ich den trinke, dann muss ich k…, ähm … dann kann ich für nichts garantieren. Eigentlich hasse ich nämlich Sekt. Ich kriege ekelhaftes Sodbrennen davon.«

»Das sagst du schon seit zwei Stunden, aber was anderes bestellt hast du dir trotzdem nicht.« Rika trank. Nicht gierig, aber schnell. Sie tat ihm leid.

»Was ist mit Ex-Schwägerin?«, fragte er.

»Sie ist Jaspers Schwester und Jasper ist ab heute mein Ex. Deswegen.«

»Habt ihr euch getrennt?« Oh, Mann, hoffentlich klang dieser Satz nicht so erfreut, wie er gemeint war.

Rika rutschte von der Sitzbank, der Minirock klappte kurz hoch, ihre Beine waren weich und rund und wunderbar, dann legte sie ihre Arme locker um seinen Hals. Er schnappte nach Luft.

»Ich habe mich getrennt. Jasper ist ja dummerweise immer noch nicht aufgetaucht, damit ich es ihm sagen kann. Sozusagen als nachträgliches Geburtstagsgeschenk: Schatz, ich hab die Schnauze voll von dir, bye bye …«

Es fühlte sich so gut an, sie zu berühren. Auch wenn sie verschwitzt und klebrig war und dementsprechend roch, er wusste, ihre Arme waren so samtig, wie er es sich immer vorgestellt hatte, vielleicht noch ein wenig zarter. Sie war Krankenschwester, sie musste mit diesen Armen heben und halten, aber auch trösten und streicheln. Er wünschte fast, sie hinge nicht an seinem Körper, denn in diesem Moment war er in seiner Schwärmerei verloren gegangen wie ein Stück Treibholz im Meer. Keine Chance mehr, die Situation in den Griff zu bekommen, er war ihrer Willkür ausgeliefert. Fast hätte er sie geküsst.

Wie um sich selbst zurückzuholen, sagte er das Nüchternste, was ihm in seinem verwirrten Männerschädel einfiel: »Wir sollten Jasper suchen gehen.«

Sie löste sich von ihm. Es war schade, aber besser so. »Warum?«

»Weil ich glaube, dass irgendetwas nicht stimmt.«

Jaspers Schwester lehnte mit dem Oberkörper schwer an der Holzfläche des Tresens. Sie war sturzbetrunken, doch sie schien das Gespräch zu verfolgen, zumindest schob sie ihre Arme weiter zu ihm hinüber und legte den Kopf schräg. »Ich bin ganz deiner Meinung«, nuschelte sie.

»Rika, du musst zugeben, es ist schon irgendwie auffällig: Leefke Konstantin wartet auf ihn vor dem Probenbunker, er kommt nicht. Das Mädchen wird noch am Leuchtturm gesehen und jeder hier auf Norderney weiß, dass sie sich dort oft mit Jasper getroffen hat seit dem Tod der alten Frau. Kurz darauf stürzt sich die Kleine vom Dach eurer Klinik, aber Jasper bleibt verschwunden. Und das an seinem vierzigsten Geburtstag.«

Rika schaute ihn nur mit ihrem lasziven, etwas versoffenen Blick an. Wollte sie vielleicht gar nichts darüber hören?

»Bitte, hör mir zu: Ich mache mir Sorgen um Jasper. Gut, er ist kein Kind mehr …«

»Ist er doch!«, warf Rika mit schmollendem Kussmund dazwischen.

»Rika, er hat hier auf der Insel Feinde, hörst du? Er hat sich mit dem Konstantin-Clan angelegt, und du weißt, dass diese Familie, nun, wie soll ich sagen … alles andere als harmlos ist.«

Rika sah ihn entsetzt an. Hatte sie begriffen, was er meinte? »Remmer, du bist echt ein vernünftiger Kerl, ich find es toll, dass du dir so Gedanken machst, auch wenn es nur wegen der Musik ist, die ihr ohne Jasper nicht spielen könnt. Aber echt, glaube mir, ich finde dich toll.«

Remmer wollte es sagen. Jetzt oder nie. Es war unpassend und billig, denn sie war betrunken und verwirrt, aber er musste es ihr jetzt sagen, dass er sie liebte.

In diesem Moment kippte Wencke von der Bank. Sie fing sich etwas tollpatschig mit den Ellenbogen ab, doch in ihrem Gesicht war die Panik zu sehen. »Leute, ich muss raus, ich habe euch gewarnt. Ich vertrage keinen Sekt … oh Scheiße …«

Remmer fasste sie hart am Unterarm, Rika bahnte ihnen so schnell wie möglich einen Weg durch die Menge.

»Wir zahlen gleich, Ingo«, rief sie dem Typen hinterm Tresen zu, der nickte verständnisvoll zurück. Wahrscheinlich wollte er nur nicht, dass ihm jemand in sein Lokal kotzte.

Wencke hielt sich tapfer die Hand vor den Mund. Sie schaffte es zum Glück noch die Stufen hinauf und das kleine Stück aus der Ladenpassage, doch an den Fahrradständern vor der alten Post blieb sie vornübergebeugt stehen und zitterte am ganzen Körper, während sie gequälte Würgegeräusche von sich gab. Rika hielt sie am Arm.

Er hatte sich zum Glück rechtzeitig in Sicherheit bringen können. Aber auch aus der Entfernung fand Remmer die Situation unzumutbar. Er musste sich anstrengen, um diese Wencke Tydmers nicht aufs herzlichste zu hassen. Sie hatte alles kaputtgemacht.

Andererseits war es vielleicht auch besser so. Sie war weiterhin ungesagt, diese Sache mit der Liebe. Er atmete tief durch, dann ging er nochmals hinunter, bestellte ein Mineralwasser zum Mitnehmen und bezahlte. Alles zusammen war es eine beachtliche Summe.

Das Intermezzo war vorüber, als er wieder an der frischen Luft war. Wencke saß zusammengekauert auf einer Bank, während Rika sich wie ein kleines Kind rittlings auf eine der bronzenen Seehunde, die hier die Fußgängerzone schmücken sollten, gesetzt hatte.

Er kramte in seiner Jackentasche nach einem »Fisherman's«.

»Hier«, sagte er nur knapp und gab Wencke die Flasche und den Lutschbonbon.

»Danke«, antwortete sie und es war ihr anzusehen, dass sie sich in Grund und Boden schämte. »Entschuldige bitte.«

»Ist schon okay.«

Rika schwang sich übermütig auf der Robbenstatue hin und her. »Ich hab dir doch gleich gesagt, der Remmer ist ein echter Schatz.«

»Falls du irgendwie vorhast, uns zu verkuppeln, dann schlage es dir sofort aus dem Kopf, Rika. Nach meiner kleinen Showeinlage eben habe ich sowieso keine Chancen mehr.«

Remmer musste lachen. Sie hatte Humor, diese Wencke, und Humor mochte er. Er beschloss, sie doch nicht auf immer und ewig zu hassen. »Gehen wir zum Strand, meine Damen«, sagte er. Und im selben Moment sprangen die beiden auf und standen an seiner Seite.

Remmer hatte das Gefühl, dass sie schweigend die paar Schritte bis zur Strandpromenade gingen, auch wenn Rika die ganze Zeit erzählte. Es war ein Kauderwelsch aus Schimpfereien auf Jasper, Wehklagen über ihre Arbeit und halbherzigem Ehrgeiz, Jasper zu finden. Remmer hörte nicht hin. Er lauschte nur dem Klang ihrer Stimme wie andere vielleicht dem Meeresrauschen.

Wencke sagte nichts. Es schien ihr wieder besser zu gehen. Erst als sie den grünen Wall bestiegen hatten, der hinter sich ein wenig geheimniskrämerisch das Meer verbarg, öffnete sie den Mund, holte tief Luft und blieb stehen.

»Kein Grund zur Beunruhigung. Mir geht es gut. Ich hatte

nur irgendwie vergessen, dass wir auf einer Insel sind.« Sie ging weiter, zog sich im Laufen die Schuhe von den Füßen und stand erst wieder still, als die sanften, kleinen Sommerwellen ihre Knöchel umspülten.

Es war Meeresleuchten.

»Ist es das, was ich denke?«, fragte Wencke. Sie beugte sich hinunter und füllte die zur Schale geformten Hände mit funkelndem Wasser.

Manchmal wünschte Remmer sich, er könnte es auch noch einmal zum ersten Mal sehen. Obwohl es immer wieder überwältigend war. Doch er würde nie vergessen, wie er als kleiner Junge wegen seines Hautausschlages zum ersten Mal auf die Insel gekommen war und sie dann mit der Kinderklinik eine Nachtwanderung im Meeresleuchten unternommen hatten. Vielleicht war es schon damals gewesen, dass er sich für ein Leben auf Norderney entschieden hatte.

Sie waren damals nackt in die Fluten gesprungen und waren mit offenen Augen getaucht, was zwar höllisch brannte, aber aussah wie der Vorspann von Raumschiff Enterprise: Tausend flüchtige Lichter peitschten in der Dunkelheit an ihm vorbei, und er fühlte sich so schwerelos und überwältigt, als begegnete er neuen Welten, die nie zuvor ein Mensch gesehen hatte. Der kleine Remmer war der Letzte gewesen, der den Heimweg angetreten hatte.

Rika tanzte am Spülsaum und freute sich wie ein Kind über die glühenden Ovale, die ihre Schritte im Sand hinterließen. »Es ist so toll, es ist so toll!«, kreischte sie, vielleicht ein wenig zu laut, aber so war sie nun mal.

Er ging ein paar Schritte weiter und setzte sich auf einen Steinwall, der ins Meer hineinragte und an dessen Rand sich die Gischt wie ein kleines Feuerwerk entlud. Er beobachtete Wencke, die sich langsam, fast wie in Trance, die Kleider vom Leib schälte und dann langsam ins Meer schritt, Stück für Stück, bis sie einen Satz nach vorn wagte und mit dem ganzen Körper im Wasser verschwand.

Remmer machte sich Sorgen, sie war noch betrunken, es war ablaufend Wasser und er wusste nicht, wie gut sie schwimmen konnte. Also behielt er sie im Auge, auch wenn er viel lieber Rika beim Herumtollen zugesehen hätte. Doch Wencke schien wieder nüchtern zu sein, sie schwamm in geraden Bahnen parallel zur Wasserkante, und als sie an die Buhne gelangte, auf der er saß, hob sie den Arm aus dem Wasser und winkte ihm zu, so als wäre sie sich seiner Gedanken bewusst.

Schließlich kam sie wieder an Land und zog sich das T-Shirt über den nassen Kopf. Sie rannte auf ihn zu.

»Darf ich mich setzen?«

»Klar«, er rückte ein Stück zur Seite. Sie war ihm ein wenig zu nackt.

»Pass auf, ich denke, ich bin jetzt wieder bei klarem Verstand. Die Sache mit Jasper, die du vorhin in der Kneipe angesprochen hast, die sehe ich ganz genau so.«

Er schaute sie von der Seite an. Sie hatte ihr Shirt über die angewinkelten Beine gezogen und blickte ernst auf den Horizont.

»Du meinst auch, wir sollten ihn suchen?«

Sie nickte. »Erstens habe ich es meiner besorgten Mutter versprochen und zweitens kommt es mir auch reichlich zufällig vor, dass Jaspers Verschwinden und der Tod von Leefke Konstantin ausgerechnet in dieselbe Nacht fallen. Ich habe nur ein Problem.«

Sie sah ihn direkt an.

»Ich muss verdammt vorsichtig sein, wenn ich Nachforschungen anstelle, weil ich absolut nicht die Befugnis dazu habe. Und mein Kollege Sanders, der im Fall Leefke Konstantin ermittelt, wartet nur darauf, mir eins überzubraten.«

»Du meinst, wir sollen dir helfen?«

»Nein, nicht ihr, sondern du. Denn wenn ich ehrlich bin, habe ich das Gefühl, Rika ist nicht ganz aufrichtig, was die Sache mit Jasper angeht. Sie verschweigt etwas und sie manipuliert ein wenig. Ich weiß ja nicht, wie eng du mit ihr befreundet bist und es kann auch sein, dass ich mich täusche, aber bislang hat mich mein Gefühl im Bauch fast nie belogen.«

»Und dein Gefühl im Bauch sagt dir jetzt, dass ausgerechnet ich dir helfen kann?«

»Ja«, sagte sie nur.

Er überlegte. Die Situation war verdreht, war nicht wirklich fassbar in diesem Moment. Er war eigentlich kein Detektiv, er fühlte sich viel zu träge und schwerfällig, um Dingen auf den Grund zu gehen, die ihn eigentlich nichts angingen. Zudem war es ausgerechnet Rika, der er auf die Schliche kommen sollte. Er traute ihr nicht zu, dass sie, wie Wencke es ausdrückte, etwas zu manipulieren versuchte. Er ahnte, dass diese Sache für ihn ungemütlich werden konnte, und er hasste es, unbequem zu sein.

Trotz allem war es ein verlockender Gedanke. Etwas anderes als Taxifahren, etwas anderes als Bassspielen, etwas anderes, als ständig an Rika zu denken.

»Geht in Ordnung. Ich rufe dich morgen an.«

Sie lächelte. »Also, in einem hatte Rika wirklich recht.«

»Ja?«

»Du bist ein netter Kerl!«

14. Kapitel

Jasper hatte sich seinen Vierzigsten irgendwie anders vorgestellt. Und bei allem Sinn für Humor, den er zweifelsohne besaß, dies ging nun doch ein bisschen zu weit. Zuerst hatte er darauf gewartet, dass Leefke mit Rika zurückkam, so, wie sie es ihm zugesichert hatte. »Ich muss mir sicher sein, dass du noch hier bist, Jasper. Versprich mir, dass du hier auf uns wartest. Sie wird dir einiges zu erzählen haben, deine Rika, glaube mir. Also bitte, bleibe hier. Ich bin so schnell wie möglich wieder da.« Bis elf Uhr hatte er in diesem seltsamen, bis auf einen jämmerlichen Kellerschacht fensterlosen Wirtschaftsraum gesessen und den Wein getrunken, den sie ihm bereitgestellt hatte. Doch als er mit seiner Geduld am Ende war, wollte er zur Tür hinaus und nachsehen, wo Leefke blieb. Der Schreck traf ihn tief, als er erkannte, dass sie ihn eingeschlossen hatte.

Die Befürchtungen belagerten sein Herz nur kurze Zeit, dann wurde ihm klar, was für eine Verschwörung das sein musste: Der Uhrzeiger wanderte unaufhaltsam auf seinen Vierzigsten zu. Punkt Mitternacht würden die Türen mit einem schallenden »Happy Birthday« aufgerissen werden. Wie sollte es anders sein?

Leefke mit ihren unschuldigen Kinderaugen hatte ihn unter einem Vorwand hierher gelockt, ihn außer Gefecht gesetzt, und gleich würden sie alle zum Feiern erscheinen: Rika und Leefke, Remmer und Tido, die Jugendlichen von der Waldkirche, vielleicht noch seine Mutter aus Worpswede und ganz vielleicht auch seine kleine Schwester Wencke, die ihn schon immer mal auf der Insel besuchen wollte. Grinsend war er aufgestanden und hatte die Sekunden gezählt, zehn, neun, acht, sieben, sechs, fünf, vier, drei, zwei, eins …

Nichts war geschehen. Es war nach zwölf, es war sein Geburtstag und er war immer noch allein. Zu diesem Zeitpunkt hatte er das erste Mal das konkrete Gefühl gehabt, dass hier etwas ganz und gar nicht stimmte. Was hatte Leefke ihm erzählt?

»Ich kann nicht anders, ich muss dir die Wahrheit sagen. Du wirst mich hassen, du wirst uns alle hassen, weil wir dir nicht vertraut und es schon viel eher erzählt haben, erst jetzt, wo es viel zu spät ist. Aber es ist so schrecklich, Jasper, so schrecklich, dass ich mich dafür schäme. Und ich brauche Rika, damit du mir das Ganze auch glaubst. Sie weiß nämlich mehr als wir alle, und wenn sie dabei ist, dann wirst du wissen, dass es die Wahrheit ist.«

Jasper hatte immer gedacht, dass er Leefke kannte. Schon so lange hatten seine Augen auf ihr geruht, was war ihm entgangen?

Als er müde wurde vom Warten und vom Wein, da hatte er die Hoffnung bereits aufgegeben, dass sie diese Nacht noch zurückkommen würde. Eine alte Gartenliege in der Ecke musste reichen bis morgen früh. Doch er schlief schlecht; als er aus den kurzen Momenten des Schlafes erwachte, verfluchte er Leefke. Er hätte nie gedacht, dass er sie hassen könnte, doch für diese Nacht gab es keine Entschuldigung.

Eine Dose Leberwurst war sein Frühstück, viel mehr gab es hier nicht zu essen, nur noch zweimal Schweinskopfsülze, doch bitte nicht am frühen Morgen. Oma Alide war seit einem halben Jahr unter der Erde, warum also sollte es in ihrer Speisekammer aussehen wie im Schlaraffenland?

Und so hatte er seinen ganzen vierzigsten Geburtstag in einem gottverlassenen Raum in einem menschenleeren Haus am Ende der Insel verbracht. Jetzt war es schon achtundzwanzigeinhalb Stunden her, dass Leefke ihn hier eingesperrt hatte. Heute Mittag hatte diese grausame Langeweile dem letzten Stück Hoffnung den Garaus gemacht. Er hatte ein paar Stunden damit verbracht, den Beipackzettel eines Unkrautvernichtungsmittels zu studieren. Es war Folter. Langeweile war für ihn die schlimmste Folter, unerträglicher noch als die Nacht auf der Liege. Warum tat Leefke ihm das an?

Weil er nicht bereit war, ihr das zu geben, was sie von ihm wollte? Dieses Thema war seiner Meinung nach schon längst abgehakt. Er war so sicher gewesen, dass sie sich die Liebe aus dem Kopf geschlagen hatte. Diese liebe, kluge Leefke. Hatte er sie falsch verstanden? Hatte er irgendwann einmal Hoffnungen in ihr geweckt und sie dann enttäuscht? Es würde ihm unendlich leid tun, wenn es so wäre. Sie hatte ihr Limit bereits überschritten, jeder, der ihr Schmerz zufügte, hätte sie damit zerstören können. Und Jasper hatte dies stets bedacht, er war so behutsam mit ihr umgegangen.

Je länger er darüber nachdachte, und er hatte ja verdammt viel Zeit zum Nachdenken, desto fester kam er zu der Überzeugung, dass es nicht Leefkes Schuld war, dass er immer noch hier saß. Sie hätte ihm so etwas nie angetan.

Was hatte Rika mit der ganzen Sache zu tun? Was konnte sie schon wissen, was ihm nicht bekannt war? Rika hatte sich doch immer aus der ganzen Sache herausgehalten. »Was gehen mich die Kinder an?«, hatte sie ihm oft mürrisch entgegnet, wenn er sich einmal mehr Hals über Kopf für die Jugendlichen eingesetzt hatte. Gestern erst hatten sie sich mal wieder deswegen in den Haaren gelegen. »Werde erst einmal selbst erwachsen, bevor du dir dein ganzes Leben wegen der Norderneyer Halbstarken schwer machst«, waren ihre letzten Worte gewesen, wenn er sich recht entsann. Ihm war schon klar, dass Rika mit ihren Vorwürfen nicht ganz unrecht hatte. Zum Glück hatte er eine Frau wie sie an seiner Seite. Auch wenn es ihm noch nie so bewusst war, wie in diesem Moment: Hätte sie ihm nicht regelmäßig den Kopf zurechtgerückt, dann hätte er schon oft die Orientierung verloren.

Doch warum suchte sie nicht nach ihm? Warum schnappte sie sich nicht Leefke und zog ihr die Ohren lang, bis sie wusste, wo er war?

Es war Jasper zuwider, eine Frage nach der anderen in diesen kahlen Raum zu stellen. Es war niemand hier, der ihm auch nur die leiseste Antwort geben konnte.

Er sehnte sich nach einem Stück Papier und einem Stift. Seine Wünsche zum Geburtstag waren dieses Jahr sehr bescheiden.

An der Wand hing ein Plakat, das die Mülltrennung im Landkreis Aurich erklärte. Er konnte es bereits auswendig. Nun, er hatte nicht gewusst, dass Babywindeln in den Bioabfall gehören, und es war ihm auch ziemlich egal. Er löste das Poster von der Wand und ritzte mit der Stecknadel kleine Striche auf die Rückseite. Es funktionierte. Er freute sich wie ein kleines Kind. Dann schrieb er langsam ein paar Worte auf, nahezu unsichtbar, doch wenn man später mit einem Bleistift darüber ging, würde man sie lesen können.

»Meine kleine Schwester«, begann er.

Er hatte keine Ahnung, warum er ausgerechnet jetzt an Wencke dachte.

Wolkenlos und windstill, 29° C im Schatten

15. Kapitel

Was wäre gewesen, wenn sie es von Anfang an erzählt hätten? Pinki hatte sich diese Frage schon an die tausend Mal gestellt. Und die Antwort war immer dieselbe gewesen: Sie hätten ihnen nicht geglaubt.

Nicht, bis es sowieso zu spät gewesen war. Und dann hätten sie gesagt: Warum seid ihr nicht eher gekommen?

Bis gestern war sich Pinki selbst nicht hundertprozentig sicher gewesen, dass ihre Vermutungen stimmten. Doch Konstantin hatte sie nun davon überzeugt. Der blasse Schreck in seinem Gesicht, als sie Oma Alides Namen erwähnt hatte, war Beweis genug.

Leefke hatte niemals Zweifel daran gehabt.

Es war schon immer schwer gewesen, Leefke zu verstehen, weil sie eben so anders war als alle von der Waldkirche. Doch jetzt, wo Leefke nicht mehr da war, hätte Pinki gern mehr über sie gewusst. Warum hatte sie ihre Freundin nie danach gefragt? War Leefke vielleicht nie ihre Freundin gewesen?

Pinkis Mutter wirbelte um ihren Frühstückstisch herum. Sie war sicher froh, wenn nächste Woche die Schule wieder losging und die Familie fix und fertig und aus dem Haus war, wenn die Gäste in der Veranda ihr Frühstück verlangten.

»Denk bitte dran, die Damen von Zimmer drei nehmen nur Halbfettmargarine und koffeinfreien Kaffee«, rief sie Dagmar beim Hinausgehen zu. Dagmar war Studentin und half in den Semesterferien in der Pension aus. Es kam oft vor, dass Pinkis Mutter sich mit Dagmar mehr unterhielt als mit dem Rest der Familie. Hochsaison. Es war schon immer so gewesen. Pinki wollte niemals das Haus übernehmen, wenn sie groß war. Ihre Eltern wussten es noch nicht. Doch dieser Tagesablauf mit Tischeeindecken, Zimmerputzen, Wäschemangeln und Müllwegbringen, dazwischen ein paar freundliche Worte mit den Gästen wechseln, wenn man ihnen im Flur begegnete, es war das Leben, das Pinki schon immer kannte, aber nicht das Leben, welches sie in Zukunft führen wollte.

»Schatz, nimm bitte nicht von der Erdbeermarmelade, die ist für die Gäste. Im Kühlschrank ist noch ein Rest Pflaumenmus.« Die Mutter war wieder hereingekommen, sie zählte Brötchen ab, für jeden Gast ein Normales und eines, das er gestern noch nicht hatte, Mohn oder Sonnenblumenkerne, dazu zwei Scheiben Graubrot. »Reichhaltiges Frühstück« stand bei ihnen an der Eingangstür.

»Ich habe einen Brief für dich, Rosa. Er lag unter der Fußmatte. Sag bitte deinen Verehrern, sie sollen ihre Liebesbriefe beim nächsten Mal bei der Post einwerfen, wenn du nicht willst, dass die Gäste sie finden und sich einen Spaß daraus machen, sie zu lesen.« Sie meinte es sicher nicht böse, ihre Mutter, so war sie nun mal. Pinki wollte sich nicht über ihre Eltern beklagen, sie waren zwar zutiefst langweilig, aber sonst absolut erträglich.

Der Brief war weder von Jens noch von Wilko, und von ihnen hätte sie es am ehesten erwartet, obwohl die ihre Botschaften per SMS schickten. Ihr Name war mit Schreibmaschine auf den Umschlag getippt. Wer hatte heute noch eine Schreibmaschine?

Sie zerriss das Kuvert. Es war nur ein Notizzettel.

Wenn du so viel weißt, wie du vorgibst, dann halte dich besser zurück. Oder willst du Oma Alide und Leefke demnächst mit Handschlag begrüßen?

Konstantin! Oder Rika?

Sie war fünfzehn und erhielt am Frühstückstisch ihre erste Morddrohung.

Sie beobachtete sich selbst ganz genau. Zitterte sie? Schlug ihr Herz schneller?

Nein. Sie hielt den Zettel in der Hand, las ihn erneut, doch es brach ihr kein kalter Schweiß aus und sie biss herzhaft in ihr Marmeladenbrötchen.

»Und, wie ist der Brief«, fragte Dagmar mit amüsiertem Blick von der Spülmaschine her.

»Echt cool«, sagte Pinki.

16. Kapitel

Hinter der Lippestraße begann die Insel. Ein Stück weit liefen sie auf dem Deich entlang, dann führte sie der hell gepflasterte Weg vom Wasser fort und schien die Insel einzuteilen: links von ihnen erst das Klärwerk, dann die mächtigen, grauen Dünen mit ihrem wilden Gemisch aus Halmen und Büschen. Doch zu ihrer Rechten breitete sich ein erfrischendes Wirrwarr von Bäumen und Gräsern aus. Vögel, die mit Sicherheit selten und für einen Naturkenner von großer Bedeutung waren, gaben ihre quakenden, zeternden Laute von sich. Wencke kannte keines dieser Tiere mit Namen, doch sie lauschte ihnen fast ein wenig ehrfürchtig und dachte an die Samstagnachmittage ihrer Kindheit, an denen sie mit Jasper immer eine halbe Stunde Tierfernsehen gucken durfte.

Die Luft war schwüler, als Wencke es von einem Flecken Erde in der Nordsee erwartet hatte, und der vorherige Abend machte es ihr schwer, mit der Hitze umzugehen. Sie war froh, dass sie gestern noch dieses atemberaubende Bad im Meer genommen hatte. So ziepte lediglich ein kleines bisschen Kopfschmerz hinter den Schläfen, und der Nachdurst trocknete ihr die Kehle aus; ansonsten war es auszuhalten.

Remmer erzählte. Es war erfreulich, dass er die Schönheit, das Besondere der Insel noch wahrzunehmen schien. Die meisten Menschen, die im Paradies leben, merken es noch nicht einmal. Am Wegesrand waren maßstabsgetreue Modelle der Planeten abgebildet, die um die Sonne kreisten. Die Sonne, die heute mit ihrer ganzen Energie die Luft erhitzte. Remmer erzählte ihr von der Sternwarte auf Norderney und dem riesigen Teleskop, durch das er auch schon einmal in den Inselhimmel geschaut hatte Als sie das Modell der Erde erreicht hatten, staunte Wenkke einmal mehr darüber, wie winzig und verloren diese Murmel im Weltall kreiste. Diese Art des Denkens machte sie immer kleinlaut. Sie dachte an die kleine Erde und an die kleine Insel darauf, und mit einem Mal hatte sie das sichere Gefühl, trotz all der Unendlichkeit am richtigen Ort angekommen zu sein.

Erst im letzten Jahr war aus Wencke eine Inselfreundin geworden. Früher einmal war ihr das Gefühl des Abgeschiedenseins unbehaglich erschienen, heute liebte sie die begrenzte Freiheit zwischen Watt und Wellen und das Wissen, ein wenig unerreichbar zu sein.

Sie hätten auch mit Remmers Taxi fahren können, wahrscheinlich hatte er sogar gehofft, dass sie sein Angebot annehmen würde, doch ihr war nach Laufen zumute.

Als sie den Mars passiert hatte, konnte sie nicht mehr widerstehen. Ein schmaler Pfad lud sie ins Dickicht ein. »Darf man das?«, fragte sie zur Sicherheit. Und als Remmer nickte, da rannte sie los.

Sie konnte einfach nicht langsam gehen, der Moment hatte sie fest im Griff und sie musste schon wieder an ihren Bruder denken, mit dem sie im Wald hinter ihrem Elternhaus immer Flüchtlinge gespielt hatten: Einfach rennen, als wäre der Teufel hinter ihnen her, immer tiefer in die Ungewissheit hinein, den Orientierungssinn ausgeblendet, bis einer von ihnen stehen geblieben war und sie den Weg nach Hause suchen mussten, mit zerkratzten Beinen, Durst und Hunger, und einem Kinderherz, das bis zum Hals schlug.

Der festgetrampelte Sandweg schlängelte sich zwischen den Dornen und Büschen hinein in ein verwunschenes Stück Insel. Durch die grünen Blättern der knorrigen Birken stach die Sonne in das schattige Dickicht, warf ihr gleißendes Licht auf meterhohe Brennnesseln und scharfkantige Gräser. Das Konzert der Vögel drang wie durch einen Vorhang an ihre Ohren, es war herrlich still und Wencke hörte nur ihren eigenen Atem, der etwas angestrengt und nach den Zigaretten von gestern Abend klang. Sie blieb stehen.

Als sie sich umdrehte, war Remmer bereits ein großes Stück hinter ihr zurückgeblieben. Wencke setzte sich an den Wegrand einer kleinen Lichtung, ein Holunderstrauch warf seinen faserigen Schatten auf den Sand und üppige Brombeerranken lagen so verführerisch in Reichweite, dass sie sich eine Handvoll praller Beeren pflückte und in den Mund steckte. Süß und würzig, ein wenig knirschend vom Sand und den kleinen

Kernen im Inneren der Frucht. Sie dachte an die Brombeermarmelade ihrer Großmutter. Ein heimeliger, gemütlicher Gedanke, mit einem Mal verspürte sie keinen Drang mehr, sich jemals von diesem schattigen Ort zu erheben.

»Warum nennen sie Jasper den Brombeerpiraten?« fragte sie Remmer, der sich völlig außer Atem neben sie fallen ließ.

»Unser Proberaum, wir sind noch ein paar Schritte davon entfernt. Ein alter Bunker in den Dünen, mitten in einem Brombeergebüsch. Soll wohl abschätzig klingen, so nach dem Motto: Die haben wir ganz weit weg verbannt, damit sie ihren Krach machen können.«

»Könnte es nicht auch nett gemeint sein?«

Er schüttelte den Kopf. »Wäre es nett gemeint, dann würden sie uns anders nennen. Die Dünenrose ist nämlich so etwas wie das Norderneyer Nationalgewächs. Wenn wir also wirklich dazugehören würden, dann hießen wir Dünenrosenpiraten.«

Wencke lachte. »Klingt ein wenig wie Unterhosenpiraten.«

Seine Lippen wölbten sich etwas freundlicher nach oben. »Stimmt.« Doch sein Lächeln war nur sehr flüchtig.

»Stört ihr den Inselfrieden denn so sehr, dass du hinter jedem kleinen Scherz eine Feindseligkeit witterst?« Er schwieg eine Weile, wahrscheinlich hatte sie einen wunden Punkt erwischt.

»Leefke Konstantin war kurz vor ihrem Tod noch bei unserer Probe. Sie wollte Jasper sprechen und ihm diesen Zettel hier geben.« Er zog ein zerdrücktes Papier aus seiner Gesäßtasche. »Eigentlich wollte ich ihn gestern der Polizei geben, weil ich dachte, er könnte von Bedeutung sein. Hab's mir aber doch anders überlegt und ihnen nur von ihrem Auftauchen im Bunker gestern Abend erzählt.«

Wencke entfaltete das rosafarbene Papier. »Ruhestörung?« Sie überflog die handgeschriebenen Worte, die etwas über ein Geheimnis erzählten, über Schweigen und Reden und zwischen den Zeilen entdeckte sie ein bisschen Angst und jede Menge Wut. »Worauf bezieht sich der Text?«

»Ich könnte mir vorstellen, dass es eine Art Abrechnung ist. Die Jugendlichen auf der Insel fühlen sich teilweise ..., nun, wie soll ich sagen, an die Seite gedrängt. Eigentlich nichts

Spektakuläres, diese Probleme gibt es anderswo genau so wie hier. Es wird halt nicht so gern gesehen, wenn sie in den Parks und auf den Straßen rumhängen.«

»Haben die Jugendlichen denn keinen Gemeinschaftsraum oder so etwas?«

Remmer hatte sich auch ein paar der dunkelblauen Beeren gepflückt. »Doch, es gibt das *Haus der Begegnung* und jede Menge Freizeitaktivitäten auf der Insel, sie können sich eigentlich nicht beklagen. Vielleicht bleibt in der Hektik der Hochsaison das Familienleben ein wenig auf der Strecke, und die einzige Disco für Insulanerkinder hat seit ein paar Jahren geschlossen. Aber dies ist in meinen Augen kein Grund, einen solchen Text zu schreiben.«

»Und was hat mein Bruder damit zu tun? Ist er wirklich ein ... unmoralischer Verführer?«

»Hmm«, brummte Remmer. Er sah sie nicht an. Er hatte sie bislang noch nie direkt angesehen. Seine Unsicherheit schien sich immer vor sein wahres Ich zu schieben. Er war ein bisschen zu dick, als dass man noch hätte darüber hinwegsehen können, und seine Haut hatte diesen nervösen Rotton eines Neurodermitikers. Doch dass mehr in ihm steckte, als Rika es charakterisiert hatte, lediglich solide und vernünftig, das war Wencke klar geworden, als er ihr gestern Abend ohne viele Worte genau das gegeben hatte, wonach sie sich sehnte: ein Mineralwasser und Pfefferminzbonbons.

Endlich hatte er sich eine Antwort zurechtgelegt. Konnte es sein, dass er sie schonen wollte?

»Oma Alide war eigentlich diejenige auf der Insel, die sich für unsere weniger bequemen Jugendlichen eingesetzt hat. Fast bis zu ihrem Tod im Januar war sie die Vermittlerin für beide Seiten. Jetzt hat Jasper diese Rolle übernommen. Und es ist so, dass er auf der Insel mehr als nur misstrauisch beäugt wird. Denn Alide Konstantin war eine ziemlich fette, kranke alte Dame und Jasper Tydmers ist ein leichtlebiger Junggeselle, der zudem von den jungen und älteren Mädels heftig umschwärmt wird. Keiner sagt was, aber jeder denkt sich seinen Teil.«

»Reicht es für ... für einen Mord?«

Remmer sah sie nun doch direkt an. »An Jasper? Nein, niemals. Die meisten Insulaner sind eigentlich froh, dass er diesen Job übernommen hat.«

Ein paar lachende Möwen drehten über ihren Köpfen weiße Runden in den blauen Himmel und ein Kaninchen versuchte, sich mit seinem graubraunen Fell im Dünengras zu tarnen, das ganze idyllische Inselleben breitete sich vor ihnen aus, und Wencke beschlich der Verdacht, dass vielleicht alles gar nicht so schlimm war, wie es aussah.

Dann fiel der Schuss.

Wencke meinte für einen flüchtigen Moment den Luftzug des Projektils zu spüren, das an ihrem Gesicht vorbeizog. Der Holunderbusch zappelte, als wäre er lebendig geworden und ein paar Beeren spritzten ihren aromatischen Saft wie Blut über Wenckes T-Shirt.

Remmer fiel nach hinten und blieb aschfahl im Sand liegen. Für einen kurzen Moment dachte Wencke, er wäre getroffen, doch dann riss er seine Augen auf: »Was war das?«

»Scheiße, das war ein Schuss. Wer ballert hier verdammt noch mal rum?« Wencke war mit einem Ruck auf den Beinen, fast instinktiv griff sie nach Remmers Arm und zog ihn zu sich auf den Weg.

Sie blickten sich um. Es war noch nie auf sie geschossen worden, bislang war ihr das erspart geblieben, doch woher auch immer, sie hatte das sichere Gefühl, dass der Schütze sich hinter einem dichten Busch auf der Südseite des Weges befand. Sie rannte darauf zu, spürte kurz das Brennen des Unkrautes an ihren Beinen, suchte nach einer hektischen Bewegung zwischen schrägen Baumstämmen und undurchdringlichem Dickicht, doch sie musste die Lider zusammen kneifen, da die grellen Lichtpunkte der Sonne ihre Augen schmerzhaft blendeten.

»Bist du verrückt, Wencke, bleib hier«, schrie Remmer.

Doch sie pirschte weiter wie ein Jäger durch das Gestrüpp, schob mit den nackten Armen die Äste und Ranken zur Seite und schaffte es mit kräftigen Schritten bis zu dem Busch, hinter dem sie den Schützen vermutete. Ihr Atem ging ruhig, sie wunderte sich selbst, dass sich keine Angst zeigte.

Es krachte wieder. Das musste ein Gewehr sein, keine Pistole, der Klang eines Gewehrs war irgendwie mächtiger. Die Äste fünf Meter weiter zersplitterten wie in Zeitlupe, die zweite Kugel hatte sie also weit verfehlt, doch sie schien aus nächster Nähe abgefeuert worden zu sein. Laut und wild hallte es von den Dünen wider. Wencke ließ sich nicht beirren, sie wollte sehen, wer es war, wer ihr da ans Leder wollte. Also weiter, ein Strauch wilder Rosen riss ihre Haut ein, noch ein paar Meter bis zum nächsten Versteck, noch ein paar mühselige Schritte durch das verwirrende Dickicht der Pflanzen, dann würde sie dieser Person ins Gesicht schauen. So schnell konnte man mit einem Gewehr nicht flüchten. Sie war schneller.

Sie spürte den Schmerz im Arm, noch ehe sie den dritten Schuss gehört hatte. Er war aus einer anderen Richtung gekommen. Ein zweiter Schütze also. Sie griff sich mit der rechten Hand an die Stelle, in der sie das pulsierende Beißen der offenen Haut spürte, dann ließ sie sich flach auf den Bauch fallen.

»Oh Gott«, schrie Remmer.

»Es ist nichts Schlimmes.« Hoffentlich konnte er sie hören, sie hatte ihren Mund im Sand vergraben und atmete die trockene Luft zwischen den knirschenden Körnern ein. Es tat höllisch weh, nicht so sehr der kleine Streifen über ihrer Hand, sondern vielmehr die Gewissheit, dass es jemand auf sie abgesehen hatte, mindestens zwei Killer, die eine Waffe auf sie richteten, und zwar in diesem Augenblick. Liegen bleiben, klein beigeben, tot stellen.

Oder aufstehen, rennen, flüchten und … kämpfen?

Diesmal war es Remmer, der ihre Hand nahm, der ihren Arm schmerzhaft in die Länge zu ziehen schien, um sie in die Senkrechte zu bekommen. Seine schweißnassen Hände glitten aus den ihren, er griff fester zu. »Wencke, Wencke, wenn du nicht gleich deinen Hintern in Bewegung setzt, dann haben sie uns. Bitte, lass uns …«

Er war da, der Instinkt, der es den Menschen ermöglichte,

in den schlimmsten, ausweglosesten Momenten Reißaus zu nehmen. Sie wunderte sich selbst, denn sie stand auf ihren Beinen, sie stürzte die Schneise entlang zurück zum Weg, sie kam voran.

Sie hörte das kurze, prägnante Feuer der Waffe.

Remmer war ihr voraus. Er sah sich kurz um, und in seinem Blick war eine fragende Verständnislosigkeit. Was war los?

Hatte sie ihn in diese Situation gebracht? Oder er sie?

Nein, der vorletzte Schuss hatte eindeutig ihr gegolten, vielleicht hatte er sie gar nicht treffen sollen und sie war in ihrer Eile in die Schussbahn geraten. Doch Remmer war zu diesem Zeitpunkt noch auf dem Weg gewesen, zu weit weg, selbst für einen Schreckschuss. Sie hatten den kaum merklichen Anstieg geschafft und waren nun wieder auf der Lichtung und aus dem Wäldchen verschwunden, das sich eben so jäh von einem Idyll in einen Alptraum verwandelt hatte. Sie blieb kurz stehen, wirklich nur für einen Atemzug und einen Blick über die Schulter. Die Bäume standen still. Ein Fasan pickte um den Holunderbusch herum, neben dem sie eben noch gesessen hatte.

Und dann sah sie es. Nur ein flüchtiges Zucken im Stilleben der Natur: Hinter einer kläglichen Böschung verschwand eine schwarze Gestalt. Welch ein Klischee, dachte Wencke, eine schwarze Gestalt ... bis ihr einfiel, dass die Familie Konstantin zur Zeit Trauer trug.

»Wencke, es ist nicht mehr weit, komm, noch ein paar Schritte, hinter dieser Biegung ist unser Probenbunker. Dort sind wir sicher.«

Dann rannte sie wieder. Es machte nicht mehr so viel Spaß. Die Unbekümmertheit war fort.

17. Kapitel

Jasper hatte den Schuss gehört. Vielleicht hatte er geschlafen, er wusste es nicht ganz genau, jedenfalls hatte dieser Knall ihn von der Liege hochgeschreckt. Ihm tat alles weh. Die zweite Nacht in seinem merkwürdigen Gefängnis. Die leeren Dosen Schweinekopfsülze standen auf dem Boden. Er war froh, dass der kleine, rostige Wasserhahn an der Wand ihn immerhin vor dem Verdursten bewahrte, und das verwitterte Abflussgitter darunter ermöglichte ihm, in unwürdiger aber sauberer Weise auf den Boden zu pinkeln. Doch so langsam könnte es eng werden. Wenn nicht bald mal jemand auf die Idee käme, nach ihm zu suchen, dann konnte dieses bereits in seinem Leib zerrende Gefühl von Hunger zur Tortur werden.

Ein zweiter Schuss. Es war keine Jagdsaison.

Wenn hier jemand rumballert, dann sind vielleicht ein paar Menschen in der Nähe.

Er wankte zum engen Lüftungsschacht, der ihm nach oben hin einen winzigen Blick auf die Grasnarbe des darüber liegenden Vorgartens gewährte.

»Hallo, ich bin hier unten, kann mich jemand hören?« Was sollte er sonst rufen, es fiel ihm nichts ein. »Hilfe, Hilfe!« Das klang banal. Und doch tat es gut, mal wieder eine Stimme zu hören, auch wenn es nur seine eigene war.

Doch die Antwort war wiederum nur ein reißender Knall aus der Mündung einer Waffe. Wer schoss zum Teufel mitten in den Inseldünen herum?

Sein Zeitgefühl hatte ihn verlassen. Seine Uhr erzählte ihm, dass es elf Uhr am Tag nach seinem vierzigsten Geburtstag war. Jasper wollte es eigentlich nicht glauben.

Schuss Nummer drei.

»Warum bin ich nicht tot?« Ein wenig fühlte er sich so.

Oma Alide war tot. Er hatte in der letzten Nacht mehr als nur einmal an diese wunderbare alte Frau gedacht, in deren Vorratskeller er nun die trostlosesten Augenblicke seines Lebens fristete. Sie war der erste Mensch gewesen, der ihm tatsächlich etwas über das Erwachsenwerden erzählen konnte. Sie hatte so mollig und rund auf ihrer Friesenbank im Garten gesessen und diesen einen Satz zu ihm gesagt: »Du kannst dir deine Jugend nur dann bewahren, wenn du die Jugend vor der Welt der Erwachsenen schützt.«

Damals war einiges in ihm vorgegangen. Er hatte zum ersten Mal begriffen, dass er kein Spinner und Träumer sein musste, um nicht so zu werden, wie die anderen seines Alters bereits waren. Er brauchte seine Ideale nicht über den Haufen zu werfen, um etwas Sinnvolles zu machen, er musste sie nur an der richtigen Stelle anbringen.

Und dann hatte er sie in diesem Haus nach und nach alle kennen gelernt: den Hünen Jens mit dem Mut eines verschüchterten Hündchens; die provokante Pinki, die ihre wahren Werte trotzig hinter zwanghafter Oberflächlichkeit versteckte, auch den weichherzigen Rebellen Wilko, den cleveren Dummkopf Philip und die so sterbenslangweilig scheinende Swantje, die in ihrem hübschen Köpfchen die wildesten Ideen ausbrütete. Und natürlich Leefke.

Die hatte damals ihrer Oma das Inhaliergerät gebracht, noch bevor sie von einem Asthmaanfall überwältigt wurde. Denn Leefke hatte eine ganz feine Antenne für die Dinge, die zwischen all den gesagten Worten und vollbrachten Taten lagen. Leefke stand vor allen anderen und dadurch immer irgendwie im Abseits. Sie war so filigran, nicht nur ihr magerer Körper und das zerbrechliche Gesicht. Ihr Wesen bestand aus kleinen Windungen von undefinierbarer Intelligenz, niemand konnte ihr in das Labyrinth folgen, aus dem sie ihre Gedanken hervorholte. Und doch brachte sie dies alles so klar und schnörkellos zutage, dass Jasper mehr als einmal den Atem anhalten musste, weil er von ihrer Weisheit getroffen war.

Der vierte Schuss holte ihn in die Wirklichkeit zurück.

Er musste hier raus, um Himmels Willen, er musste hier raus.

Sie wollen jemanden töten da draußen. Was, wenn es Leefke wäre? Oder Rika?

Verdammt noch mal, er wünschte, er hätte diese Schüsse nicht gehört. Er riss das kleine, rostige Gitter vom Lüftungsschacht und schleuderte es in die Ecke, in der die kahle Liege stand. Schnell schob er sich den alten Plastikkanister an die Stelle unter der Öffnung und stieg mit seinen jämmerlich schwachen Beinen darauf. Es war nicht sein erster Versuch, auf diese Weise dem verdammten Kellerloch zu entfliehen, aber in diesem Moment packte ihn die nackte Verzweiflung und tilgte alles Wissen um die Sinnlosigkeit. Er hatte Hunger und er war sterbensmüde. Mit lang ausgestreckten Armen versuchte er verzweifelt, irgendwo in diesem viel zu engen Quader aus Stein einen Halt zu finden. Die Fingerkuppen glitten hilflos am grauen Putz entlang, dann konnte er seinen Oberkörper ein winziges Stück der Freiheit entgegen stemmen. Doch die unnachgiebigen Mauern umklammerten seine Schultern und schnürten seine Brust zusammen, er steckte fest, es ging nicht weiter nach oben, so sehr er sich mit den Beinen vom wackeligen Untergrund abzustoßen versuchte, es war hoffnungslos.

»Bitte, keine Panik jetzt, Jasper. Mach in drei Teufels Namen keinen Fehler«, stöhnte er leise und eindringlich, um sich selbst zu beruhigen, denn er merkte, dass ihm für einen kurzen Augenblick die Luft wegblieb. Mit dem rechten Fuß wagte er noch einen verzweifelten Versuch, er stieß sich ab, dann schwankte der Kanister unter seinen Sohlen.

»Scheiße«, fluchte er, der linke Fuß wollte den Halt finden, doch dann kippte der Sockel unter ihm weg und er hing in der Luft. Fürchterlich langsam, Zentimeter für Zentimeter, rutschte er wieder in die Tiefe. Seine Oberarme scheuerten schmerzhaft an den rauen Poren des Lüftungsschachtes und er sank hilflos zurück in sein Gefängnis.

Dort blieb er sitzen.

Er hatte helfen wollen, was immer dort draußen vor sich ging, er hatte helfen wollen. Doch er konnte nicht. Er war es, der ohne Hilfe überhaupt keine Chance hatte.

»Hilfe, Hilfe«, versuchte er es noch einmal. Es klang kläglich, so kläglich und arm, dass er lachen musste. Doch nur zwei oder drei Kontraktionen des Zwerchfells blieben ihm zum Lachen. Dann übermannte ihn ein lautes, verzweifeltes Heulen.

18. Kapitel

Der Schlüssel. Woher ist der Schlüssel, den wir in Leefkes Hosentasche gefunden haben?«

Veit Konstantin zuckte die Schultern.

Sanders holte das in Plastikfolie verpackte Beweisstück hervor. Es war ein alter, rostbrauner Schlüssel, viel länger als üblich, er sah irgendwie nach Lagerraum aus.

Konstantin nahm den durchsichtigen Beutel entgegen, drehte ihn in den Händen und schüttelte abermals den Kopf. Er hatte für Sanders' Geschmack heute Vormittag schon viel zu oft diese nutzlose Geste zum Besten gegeben.

Sanders lehnte sich in seinem Stuhl zurück und strich die Falten seiner sandfarbenen Baumwollhose glatt. Er hatte sich gleich heute Morgen mit seiner Kreditkarte in die Fußgängerzone begeben. Der Ölfleck von gestern und das nach Sommerschweiß riechende Hemd hatten ihm keine andere Wahl gelassen. Viel Zeit zum Bummeln war ihm natürlich nicht vergönnt; normalerweise erledigte er den Einkauf seiner Garderobe mit viel Sorgfalt an seinen freien Wochenenden bei ausgewählten Herrenausstattern. Doch das Angebot in der Norderneyer Innenstadt hatte ihn positiv überrascht. So hatte er recht zügig zwischen den zahlreichen atmungsaktiven Freizeitjacken und Multifunktions-Bermudas eine solide Markenkombination zu einem wirklich reellen Preis erstanden. Er hatte bislang noch kein hellblaues Hemd mit kurzen Ärmeln, und er fand, es stand ihm gut. Zumal es bei den quälenden Temperaturen angenehm luftig war. Alles in allem war seine Laune nicht so miserabel, wie sie es nach den wenigen Stunden Schlaf an der Seite seines Kollegen hätte sein können.

»Bitte überlegen Sie einmal ganz genau, Herr Konstantin. Dieses Ding wird wohl kaum ein Haustür- oder Zimmerschlüssel sein. Und es ist anzunehmen, dass Ihre Ziehtochter kurz vor ihrem Tod Gebrauch davon gemacht hat, da die Fingerabdrücke noch nicht allzu verwischt waren, trotz der engen Jeans.«

»Also, in meinem Hause gibt es keine solchen Schlüssel.«

»Sicher?«

»Aber ja. Es könnte höchstens sein, dass Leefke ihn aus dem Haus meiner Mutter entwendet hat. Sie sagten doch, dass man Leefke an diesem Abend noch beim Leuchtturm gesehen hat und das Gebäude befindet sich dort ganz in der Nähe.«

Sanders lehnte sich wieder nach vorn. »War Leefke öfter dort?«

»Nein, nicht, dass ich wüsste. Wir wollten es nicht.« Konstantin nahm seine Brille ab und tat so, als kontrolliere er die Gläser.

Sanders wartete geduldig, bis er sie wieder aufgesetzt hatte und ihn anblicken musste. »Aha.«

»Verstehen Sie doch, sie hat dort fast ihr ganzes Leben gewohnt, und der Tod ihrer Großmutter war mit Sicherheit ein schwerer Schlag in ihrem jungen Leben. Wir wollten verhindern, dass sie dort draußen herumsitzt und womöglich ihren trüben Gedanken nachhängt. Unsere Leefke war vielleicht ein wenig schwermütig für ihr Alter, sie hat sich immer so in ihrem Kummer verkrochen, da kam niemand dahinter. Und deswegen haben wir in diesem Haus die Schlösser ausgewechselt und Leefke untersagt, dorthin zu gehen.«

»Und wem gehört das Haus?«

Konstantin sah ihn direkt an. »Es gehört meinem Bruder, Leefke und mir.«

»Sie meinen also, es gehört Ihrem Bruder und Ihnen. Leefke ist ja nun leider tot.«

Sanders beobachtete genau das feiste Gesicht seines Gegenübers, doch so sehr er sich darauf konzentrierte, er konnte keine verdächtige Regung darin feststellen. Es war ja auch nur ein Versuch gewesen. Ein Versuch, den er machen musste, um die sich immer mehr als Wahrheit herauskristallisierende These von Selbsttötung zu festigen.

»Es ist wahrlich kein Prachtbau, Herr Kommissar. Ein schönes Grundstück vielleicht, ein bisschen weit ab vom Schuss, aber idyllisch gelegen. Wir können es uns gern einmal anschauen, wenn Sie möchten.«

Sanders erhob sich sogleich. »Genau das werden wir jetzt tun, Herr Konstantin. Vielen Dank für Ihre Bereitschaft.«

Auch Britzke war aufgestanden. Sein Anblick war alles andere als erfrischend. Eigentlich hatte Sanders fest damit gerechnet, dass Britzke ein Schnarcher war, er war irgendwie der Typ dafür, doch er hatte sich getäuscht. Nun schien sich sein Kollege nicht im Geringsten daran zu stören, dass er dieselbe Bekleidung wie am Vortag trug und genau so ungepflegt roch, wie er aussah. »Ich frage mal, ob wir 'nen Wagen bekommen können«, sagte Britzke und verließ als Erster den Raum.

Konstantin wandte sich nun direkt an Sanders , seine Geste hatte etwas Verschwörerisches; Sanders fühlte sich unbehaglich.

»Sie müssen schon verzeihen, wenn ich gestern Nachmittag Ihren Kollegen für den Vorgesetzten gehalten habe, und das ganze Theater um Frau Tydmers tut mir im Nachhinein auch leid. Leefkes Tod, wissen Sie? Er hat mich völlig aus der Bahn geworfen.«

»Das kann ich verstehen«, gab Sanders zurück und versuchte, möglichst unauffällig dieser Nähe zu entfliehen, die Konstantin zwischen ihnen aufzubauen versuchte. Er lehnte sich mit den Rücken an die Wand, die Arme vor der Brust verschränkt, doch sein Gegenüber trat noch einen weiteren Schritt auf ihn zu, so nah, dass sich ihm ein ohnmächtiges Gefühl der Bedrängtheit aufzwang.

»Ich bin Geschäftsmann, Herr Kommissar. Keine Zeit, keine Zeit, besonders in der Hochsaison, Sie verstehen? Doch fragen Sie auf der Insel, wen Sie wollen, ich bin ein sehr gewissenhafter Mensch, vielleicht sogar ein wenig pedantisch. Ich weiß heute, dass es meine Pflicht ist, Sie bei Ihrer Arbeit zur Aufklärung von Leefkes Tod so gut wie möglich zu unterstützen. Nur gestern habe ich es nicht begriffen, es tut mir leid, ich war wie ein anderer Mensch.«

Wenn dieser Konstantin nicht diese kleinen, feuchten Falten auf der Stirn und an seinem speckigen Hals gehabt, wenn sein Gesicht nicht in diesem unangenehmen Bluthochdruck-Rot geleuchtet hätte, dann hätte Sanders diesen Mann vielleicht für einen angenehmen Zeitgenossen halten können, denn was er sagte, klang eigentlich vernünftig. Doch nun war Sanders froh, als Kollegin Jutta Lütten-Rass ihren riesigen Kopf zur Tür hereinstreckte und ihnen sagte, dass der Geländewagen bereitstehe. »Aber ich fahre!« sagte sie. Ihre Stimme klang zwar piepsig und lächerlich , duldete aber keinen Widerstand.

Woher hatte dieses Weib eigentlich einen Doppelnamen? Die war doch nicht etwa verheiratet? Sanders traute sich nicht zu fragen. Sie stiegen in den Wagen. Das heißt, Konstantin und Lütten-Rass klemmten sich auf die Vordersitze, während er neben Britzke auf der Rückbank Platz nahm. Lütten-Rass startete durch. Rasant, die Frau.

Niemand sagte ein Wort. Es war trotz der offenen Fenster kochend heiß im Wagen, selbst der Fahrtwind brachte kaum Erleichterung. Sanders war kein Strandgänger, er bekam rote Pusteln am Oberkörper, wenn ihn die Sonne zu sehr in Beschlag nahm. Doch für einen kurzen Moment beneidete er die Urlauberfamilie, die gerade hektisch von der Fahrbahn stob, einen Bollerwagen voll Spielzeug und kalten Getränken im Schlepptau. Er beneidete sie um ihre Aussicht auf einen Sprung in die kühle Nordsee.

»Einfach über die Straße rennen«, murmelte seine Kollegin kopfschüttelnd, »Wir sind hier doch nicht auf Juist.«

»Wie viele Gäste fasst die Insel in der Hochsaison?«, fragte Britzke neben ihm. Er wollte mal wieder alles ganz genau wissen.

»Wir haben gut zwanzigtausend Gästebetten, dazu kommen bei einem Wetter wie heute noch gut zehntausend Tagesgäste vom Festland. Dann ist hier richtig was los auf den Straßen, das können Sie mir glauben. Doch wir schaffen das. Unsere Insel hat die Infrastruktur für fünfzigtausend Einwohner, stellen Sie sich das mal vor. Wie Aurich!« Konstantin sprach so, als zitierte er einen Text aus der Norderneyer Werbebroschüre. »Wir sind eben anders als die anderen Inseln. Fortschrittlicher und moderner.«

»Und vielleicht ein wenig lauter?«, fragte Britzke leise.

»Nun, das lässt sich wohl kaum vermeiden. Wer es ruhiger

mag, der kann sich immer noch zur Weißen Düne verziehen, dort ist es so naturbelassen und ruhig, wie man es sich nur vorstellen kann. Ein traumhafter Strand, endlose Dünen, Insel pur!« Ein überzeugtes Nicken beendete seinen Vortrag.

Danach schwiegen sie wieder. Was sollte man auch darauf antworten?

Die Häuser wurden niedriger und roter, die Stadt schien sanft und gedehnt in die Dünen überzugehen wie ein Ritardando am Ende eines überwältigenden Orchesterstückes. Und dann kam das Adagio. Die Straße umkurvte haushohe Dünen, dann die bunten Zelte eines Campingplatzes und schließlich sahen sie den dunkelroten, schlanken Leuchtturm immer größer werden. Ein teppichgleicher Golfplatz breitete sich neben ihnen aus, daneben thronte ein mehrstöckiges Hotel, ein paar weißgekleidete, fröhliche Touristen hatten ihre ledernen Schläger geschultert.

»Es ist nicht mehr weit«, sagte Konstantin in die Stille. »Ungefähr einen halben Kilometer vom Golfplatz entfernt.«

»Na, dann ist die Lage aber doch gar nicht so schlecht«, gab Britzke zu bedenken. Was der nun wieder hatte.

Doch Konstantin lachte. »Nein, da denken Sie falsch. Unsere Gäste wollen Flair und Angebot der Stadt nutzen. Unser Warschauer Sinfonieorchester in der Kurplatzmuschel, unser historisches Kurtheater und die zahlreichen Restaurants der gehobenen Gastronomie, das ist es, was Norderney ausmacht. Hier draußen gibt es nur Kaninchen und Fasane, ein paar Möwen und sonst gar nichts. Dies ist kein lebendiger Ort, glauben Sie mir. Ich weiß, womit sich Geld machen lässt, schließlich verwalte ich einige der besten Häuser auf der Insel. Aber nach einer Hütte wie dieser hier«, er zeigte mit dem Finger auf ein rotes Dach, das sich über den Kamm einer vorgelagerten Düne erhob, »nach so etwas hat mich noch niemand gefragt. Zu viel Ruhe!«

Der Wagen wurde langsamer. Konstantin kramte in der Tasche seines Jacketts, wahrscheinlich suchte er bereits den passenden Schlüssel, jedenfalls klingelte es metallisch.

Sanders ließ den Sicherheitsgurt aufschnappen, er war froh, dass die Fahrt vorerst zu Ende war.

Und dann wieder dieser Moment ohne Herzschlag.

Sie sahen Wencke Tydmers langsam den Straßenrand entlanggehen. Sie sah schlecht aus, irgendwie blass und mitgenommen, jedenfalls blickte sie nicht auf, und der Mann an ihrer Seite stützte sie ein wenig.

»Halten Sie an«, sagte Sanders laut. Noch während das Auto zum Stehen kam, öffnete er die Tür und sprang heraus. Wencke blickte hoch, sie schien erschrocken zu sein, als er vor ihr stand. An ihrem linken Oberarm hatte eine Menge Blut das weiße T-Shirt auf ihre Haut geklebt. »Frau Kollegin, was machen Sie denn für Sachen?«

»Ein Streifschuss«, sagte sie ruhig, als wäre es das Alltäglichste von der Welt, angeschossen in den Norderneyer Dünen spazieren zu gehen. Die anderen waren bis auf Konstantin ebenfalls aus dem Wagen gestiegen und umstellten Wencke und ihren unbekannten Begleiter. Die Norderneyer Kollegin hatte geistesgegenwärtig den Verbandskasten aus dem Wagen mitgebracht und begutachtete die klebrige Wunde. Sanders hätte das nicht gekonnt. Er hasste Verletzungen. Und doch musste er gegen den Drang ankämpfen, sich an ihre Seite zu stellen, sie zu stärken, sie vielleicht ein wenig an sein hellblaues Hemd zu drücken.

»Tut mir leid, Kollegin Tydmers, ich denke, wir sollten Sie schnellstens in unseren Wagen packen und zur Klinik fahren.« Jutta Lütten-Rass hatte notdürftig einen Verband angelegt. »Den muss sich dringend ein Arzt anschauen. Wie lang ist es her?«

»Eine gute Stunde, denke ich«, sagte der Mann neben Wenkke. Er war einer von der unscheinbaren Sorte, etwas aus der Form geraten und unsportlich. Woher kannte Wencke ihn? Und was suchte sie mit diesem Typen hier am Rand der Insel? Sanders konnte sich eigentlich nicht vorstellen, dass sie aus reinem Urlaubsvergnügen wandern ging. Dazu kannte er seine Vorgesetzte viel zu gut. Und der Streifschuss an ihrem Arm sprach auch nicht gerade dafür, dass sie sich wie eine ganz normale Touristin über die Insel bewegt hatte.

»Haben Sie den Schützen erkannt?«, fragte er.

Beide schüttelten die Köpfe.

Britzke hielt stumm und mit weißem Gesicht die hintere Wagentür auf und half Wencke auf die Rückbank.

»Ich bleibe hier«, sagte Konstantin und stieg aus. »Wir passen nicht zu sechst in den Wagen. Am Haus müsste noch ein Fahrrad stehen, damit werde ich zurückfahren.«

Sanders und Britzke stiegen ein, der andere Mann nahm stöhnend auf dem Beifahrersitz Platz. Es blieb wenig Zeit, die Polizistin hatte den Rückwärtsgang bereits eingelegt und wendete auf der schmalen Strasse, da fiel Sanders noch etwas ein. Er kurbelte das Seitenfenster runter und rief Konstantin zu: »Ich mache Sie darauf aufmerksam, dass sie im Haus keine verschlossenen Türen öffnen dürfen. Sie nehmen sich bitte nur den Drahtesel und fahren dann wieder los. Alles andere könnte für die Beweisaufnahme wichtig sein. Haben Sie verstanden, Herr Konstantin?«

»Selbstverständlich«, antwortete dieser und ging weiter auf das Haus in den Dünen zu.

Sanders war nicht wohl bei dem Gedanken, dass er ihn hier zurückließ. Doch es blieb ihm nichts anderes übrig. Er musste von Wencke Tydmers erfahren, was vorgefallen war.

Das hatte oberste Priorität.

»Hat dieser Veit Konstantin einen Waffenschein?«, fragte Wencke plötzlich. Ihre Stimme klang genauso elend, wie sie aussah.

Kommissarin Lütten-Rass musste nur kurz überlegen. »Ja, er ist Jäger, genau wie sein Bruder. Weshalb fragen Sie?«

Wencke sagte nichts, sie sah aus dem Fenster.

»Konstantin war seit einer dreiviertel Stunde bei uns im Kommissariat. Er kann es nicht gewesen sein«, sagte Britzke.

»Vielleicht sollten wir seinen Bruder mal besuchen«, warf die Kollegin am Steuer ein.

Doch Wencke Tydmers schwieg weiter. Sie hatte das Gesicht von ihm abgewandt. Sanders wollte nicht zu genau hinsehen, er schielte mehr aus den Augenwinkeln an Britzke vorbei auf die zusammengekauerte Person. Konnte es sein, dass sie weinte?

Der Mann auf dem Vordersitz schaute geradeaus. »Es waren zwei!«

»Zwei?«, kam es Sanders und Britzke beinahe zeitgleich über die Lippen.

»Die Schüsse kamen aus zwei Richtungen«, sagte Wencke Tydmers leise, und am zitternden Klang ihrer Stimme konnte Sanders hören, dass er mit seiner Vermutung richtig gelegen hatte.

Wencke Tydmers weinte.

Und Sanders bemerkte mit diesem wohlbekannten, unangenehmen Gefühl im Bauch, dass ihm das Elend seiner kleinen, chaotischen Kollegin eigentlich viel zu nahe ging.

19. Kapitel

Wilko hatte vor drei Tagen mit dem Rauchen aufgehört, und Swantje wollte es jetzt auch versuchen. Sie kauten Kaugummi wie die Wahnsinnigen und gingen allen anderen auf den Geist. Dann doch besser rauchen, dachte Pinki. Sie hatte sich noch eine Packung aus dem Automaten gezogen, bevor sie alle an den Nordstrand gegangen waren. Nun drückte sie bereits die siebte Kippe in den warmen Sand neben ihrem Badelaken. Eigentlich war es viel zu heiß zum Rauchen. Die Luft war ohnehin schon so dick, der Zigarettenqualm schien sich direkt um ihren Kopf zu einer Rauchwolke zu sammeln, und sie musste husten.

»Wenn ich dich so höre, dann weiß ich wohl, warum ich es jetzt besser sein lasse«, spottete Swantje. Alberne Gans, dachte Pinki, sie hatte doch sowieso nur aufgehört, weil sie hinter Wilko her war. Sie hatte doch keine Ahnung. Lag da viel zu fett in ihrem peinlichen Hippiebikini herum und hatte wirklich keinen Schimmer, was um sie herum vorging.

Pinki hatte den Brief niemandem gezeigt. Die Leute von der Waldkirche wären die einzigen gewesen, denen sie von der Morddrohung hätte erzählen können, doch irgendwie waren die heute alle schlecht drauf. Und sie gingen ihr aus dem Weg. Vielleicht war Pinki auch ein wenig empfindlich und bildete es sich nur ein, doch es hatte sich niemand zu ihr gesetzt hier am Strand. Die anderen hatten ihre bunten Laken wie einen Flickenteppich über den Sand geworfen und lümmelten sich kreuz und quer auf ihrer farbenfrohen Insel, während sie allein ein Stück weit von ihnen entfernt lag. Nur einen halben Meter Sand zwischen ihr und ihnen und doch irgendwie unerreichbar weit entfernt.

Pinki schob den zusammengefalteten Brief noch tiefer in ihre Strandtasche. Philip und Jens pfiffen peinlich laut in Richtung roter Strandkorb Nummer 1356, wo sich zwei Touristenmädels gerade gegenseitig die Bikinioberteile zubanden. Sie waren schlank und langhaarig und die Sonnenbrillen auf ihren Stupsnasen sahen teuer aus. Grinsend winkten die Mädels zurück. Die Jungs johlten und klatschten ihre rechten Handflächen aufeinander, als hätten sie beim Fußball ein Tor geschossen. »Die kriegen wir heute noch platt«, sagte Philip. Jens lachte laut und ein wenig übertrieben.

Leefke fehlte. Sie fehlte an allen Ecken und Enden. Pinki vergrub ihre Füße im warmen, hellen Sand, dann spreizte sie die Zehen und die winzigen Körnchen rieselten trichterförmig und in kleinen Kratern der Tiefe entgegen. Treibsand. Eine winzige Bewegung brachte alles zum Einstürzen, unaufhaltsam.

Was wäre gewesen, wenn Veit Konstantin sie damals nicht runtergemacht hätte? Damals …

Silvesternacht! Alle waren laut auf der Insel, Böller und Sektkorken, Lachen und Grölen, »Schönes Neues« wünschten sich alle. Schönes neues Was? Schönes neues Jahr? Oder schönes neues Geschäft? Schönes neues Leben …

Die *Piraten* spielten im »Haus der Begegnung«, eigentlich gingen sie mit der Clique nie dorthin, aber Leefke bestand darauf, und irgendwie setzte sie ihren Willen mal wieder durch.

Es gab keinen Alkohol unter sechzehn Jahren. Und rauchen mussten sie auch heimlich. Klar, Jasper und seine Band waren gut drauf. *Sturm im Wasserglas* war laut und richtig krass, sie flogen alle wie aufgeputscht durch den Jugendraum und sangen mit.

Spürst du einmal Gegenwind, wendest du dich ab
doch im Windschatten macht irgendwann
der Vordermann schlapp
Verlass' dich nicht auf meinen Rücken
bei zu viel Last werde ich mich bücken
und schmeiß dir meinen Zorn entgegen
weißt du nicht: Ich komme lieber
von der Traufe in den Regen.

Vielleicht war es der Song, der sie angestachelt hatte in dieser Nacht, vielleicht war es auch dieses alberne Jugendschutzgesetz, jedenfalls verabschiedeten sie sich kurz nach Mitternacht und pilgerten in die Stadt. Am Kurplatz war die Hölle los. Unbekannte Gesichter belagerten die Insel, grinsten besoffen in den Neujahrshimmel und lallten irgendwelche Schlager, die keiner mehr hören wollte. Schunkeln und Drängeln und eine fremde Hand zwischen ihren Beinen. »Lass das, du Schwein, da hast du nichts zu suchen«, fauchte Pinki den alten Kerl an wie eine Wildkatze. Doch in der Menschenmenge nutzte er die Gelegenheit, sich weiterhin an ihr zu reiben, so penetrant, dass es einfach kein Versehen sein konnte. Und da rammte sie ihm das Knie zwischen die Beine. Kurz und präzise, so, als hätte sie es schon hundertmal gemacht. Doch ihr Puls raste dabei und ihr Blick musste panisch gewesen sein, jedenfalls drängte sich Wilko zu ihr herüber und fragte, ob alles in Ordnung sei. Sie schaute sich um, aber der Typ war verschwunden. In diesem Moment kochte die Wut heiß und brennend wie Säure aus ihr heraus. »Sie sind da auf unserer Insel, sie nehmen alles in Beschlag und machen es kaputt, und wenn wir sie am Arsch haben, dann hauen sie einfach wieder ab und lassen uns mit dem ganzen Müll allein!«

Wilko sah sie an, und das jungenhafte Grinsen flüchtete nach und nach aus seinem Gesicht, als er merkte, dass sie es wirklich ernst meinte. »Wovon sprichst du?«

»Von den Lauten. Von denen, die nur ein paar Tage zum Abfeiern nach Norderney kommen und die Insel zustopfen mit ihren Trainingsanzügen und ihrem beschissenen Aldidosenbier am Hals. Verstehst du nicht? Die sind viel lauter, viel schmutziger und viel störender, als wir es hier jemals sein könnten.«

Wilko hatte den Arm um sie gelegt, als wolle er sie beschützen, doch sie fühlte sich ausgeliefert.

»Ich meine, uns gehört doch die Insel und nicht denen. Warum haben wir nicht das Recht, uns so zu benehmen, wie wir es wollen, aber die kommen immer ungestraft davon?«

»Reg dich doch nicht so auf, Pinki, das hat keinen Zweck. Es sind eben Gäste.«

»Ach, ich habe doch nichts gegen Gäste! Sollen sie sich doch ein paar schöne Tage auf der Insel machen mit ihren Koffern und Kindern und Kreditkarten. Gegen die habe ich doch gar nichts. Nur diese Horden dazwischen, diese Kegelclubs und Sportvereine, die einfach nur kommen, um laut zu sein, die machen mich so wütend.«

Dann sagten sie nichts mehr. Die Massen drückten sie die Poststraße rauf und runter. Es begann wieder Spaß zu machen. Jens hatte Apfelkorn besorgt und sie tranken der Reihe nach aus der Flasche. Prost Neujahr! Ein nasser Kuss von Philip, mit dem sie noch nie geknutscht hatte, Swantje wurde schlecht und die Straßen wurden leerer.

Irgendwann saßen sie dann auf dem Rand des runden Brunnen vor dem Kurplatzrasen, sie nannten das Ding »Hochzeitstorte«, weil es mit seinen verschiedenen Stockwerken aus Stein genau so aussah. Sie tauchten die nackten Füße in das eiskalte Wasser und sangen.

Warum wehrst du dich mit Füßen und Händen,
meinst du, meinst du wirklich, mir macht das Spaß?
Es wird ja, es wird ja doch wieder enden
als Sturm im Wasserglas.

Sie verstummte in dem Moment, als sie schwere und schwitzende Hände auf ihren Schultern spürte. Erst dachte Pinki, es wären ihre Eltern, doch als sie sich umblickte, stand da wieder dieser Typ und grinste und neben ihm hatte sich der alte dicke Veit Konstantin postiert.

»Die isses.«

»Rosa Grendel? Na, da wundert mich nichts«, war Konstantins Reaktion.

Erst hatte sie sich keinen Reim darauf machen können, was diese Aktion wohl zu bedeuten hatte. Doch als er sie unter den Achseln packte und hochhob, war ihr klar, dass es Ärger geben würde.

Konstantin schaute sie mit zusammengekniffenen Augen an. »Ich werde mal mit deinen Eltern reden, junges Fräulein. Du bist sturzbetrunken, hängst hier mitten in der Nacht rum und wirst dann noch handgreiflich meinen Gästen gegenüber.«

Pinki wusste nichts, aber auch gar nichts zu erwidern.

»Ich danke Ihnen, Herr Beutel, dass Sie mir von diesem Vorfall erzählt haben. Wir müssen unsere Jugend auf Norderney mal wieder vernünftig erziehen. Ich werde das Nötige veranlassen und hoffe, dass Sie die Sache großzügig handhaben und von einer Anzeige absehen.«

Langsam lockerte der Kerl hinter ihr den Griff und schließlich stand sie mit hängenden Schultern zwischen ihm und Konstantin. Sie hatte ein wenig zu zittern begonnen, wegen des kalten Wassers an den Füßen und wohl auch vor Angst, jedenfalls gingen die beiden Männer dann. Keiner hatte mehr gesungen.

Es war ein scheußlicher Jahresanfang gewesen. Wie ein schlechtes Omen, wenn man bedachte, was aus diesem kleinen, fiesen Zwischenfall in der Silvesternacht resultierte. Nun war Sommer, es war heiß und die kleinen Touristenkinder spielten an der Hochzeitstorte, am Brunnen, wo es passiert war. Nun war es Sommer, und Oma Alide und Leefke waren beide tot.

Sie wären noch am Leben …

Hätte Pinki damals nur einen halben Meter weiter gestanden, dann hätte dieser verfluchte Herr Beutel mit seinen lüsternen Fingern ins Leere gegriffen ...

20. Kapitel

Jasper schreckte hoch. Es war keine akustische Täuschung, kein Wind, der um das Haus schlich und keines der Geräusche, die ein menschenleeres Gebäude von sich gab, wenn es sich unbeobachtet fühlte. Es war jemand gekommen.

Schritte über ihm. Eine Tür fiel langsam zu. Wasser rauschte durch die Rohre an der Kellerdecke. Er war nicht mehr allein.

Doch Jasper rührte sich nicht. Es war nicht die Art von Geräuschen, die Leefke gemacht hätte. Es war eine schwerfällige und doch hastige Bewegung über ihm wahrzunehmen, so, als wäre jemand heimlich auf der Suche nach irgendetwas. Jasper hoffte, dass nicht er es war, nach dem gefahndet wurde. Trotz der ungezählten Stunden in diesem Keller, deren Ende er mehr als nur herbeigesehnt hatte, verkroch er sich nun in die hinterste Ecke seines Gefängnisses und wollte sich am liebsten unsichtbar machen.

Er konnte nicht genau sagen, woran er erkannte, dass Veit Konstantin im Haus war.

Und dies war der einzige Mensch, dem er nicht in die Hände fallen wollte.

Was hatte ausgerechnet der hier zu suchen? Er hatte ihn noch nie in diesem Haus hier gesehen. Obwohl es sein Elternhaus war, hatte Veit Konstantin es bislang peinlich vermieden, auch nur in die Nähe des Grundstückes zu kommen.

Oma Alide hätte ihn auch sicher vom Hof gejagt. Ihren eigenen Sohn.

Ihr Verhältnis war schon immer alles andere als das einer glücklichen Familie gewesen. Eigentlich war der Name das

Einzige, was sie gemeinsam hatten. An Alide Konstantins siebzigstem Geburtstag hatten zwar ein üppiger Strauß Blumen und eine Büttenkarte mit goldenen Ziffern von Veit auf dem Tisch gestanden, doch sie hatte sich viel mehr über den selbstgebackenen Kuchen der Kinder und Jaspers kleines Geburtstagsgedicht gefreut. Gegen Abend war der Blumengruß zugestellt mit liebevollen Geschenken, die ihr von den Menschen persönlich überreicht worden waren, die ihre eigentliche Familie waren. Sie nannte sie alle ihre Kinder.

Doch dieses ohnehin hauchdünne Band zwischen Mutter und Sohn war kurz nach Neujahr endgültig gekappt worden. Von ihr, nachdem die Kinder mehr zufällig hinter den Betrug gekommen waren. Oma Alide hatte sich ihnen gegenüber nie etwas anmerken lassen, doch alle konnten sich vorstellen, wie sie gelitten hatte. Niemand war je dahintergekommen, welches finanzielle Ausmaß die Unterschlagung ihres Sohnes wohl angenommen hatte, doch irgendwie war es auch nebensächlich. Es ging um eben dieses letzte bisschen Vertrauen, das zerstört worden war.

Die Jugendlichen hatten ihn für seine Verhältnisse sehr früh am Neujahrsmorgen aus dem Bett geklingelt. Rika hatte die Augen verdreht, als sie die Stimmen von Leefke, Pinki und Wilko erkannte. Doch er hatte sich aus dem Laken geschält und ihnen die Tür geöffnet.

»Wir haben ein echtes Problem«, hatte Leefke es kurz und freudlos zusammengefasst. Er hatte für einen Moment an den wunderschönen Jahreswechsel mit ihr und den anderen gedacht, an die vielen herzlichen Umarmungen und das kurze, intensive Gespräch mit Leefke, als sie bereits alles abgebaut hatten. Nun hatten sie alles andere als glücklich ausgesehen. Er hatte sie hereingelassen, Tee gekocht und Cornflakes auf den Tisch gestellt. Fast wortlos hatten sie alles zusammengetragen, ein paar Aufbackbrötchen, Orangensaft aus der Tüte und Brombeermarmelade von Oma Alide. Und auf einmal hatte sie zusammen an seinem ovalen Tisch in der Küche gesessen und in den Tag hineingefrühstückt, bis Leefke angefangen hatte zu erzählen, was passiert war.

»Pinki ist letzte Nacht belästigt worden. Von einem alten Typen, nicht von hier, er hat sie angefasst und so, mitten vorm *Hotel König*, wo alle gefeiert haben.«

Er hatte Pinki angeschaut, sie hatte zurückgeschaut. Sie war alles andere als schüchtern und sie war keineswegs verlegen geworden, obwohl es um ihre Intimsphäre gegangen war. Also war dies nicht das Problem gewesen.

»Ich habe ihm ein paar in die Eier getreten, dann hat er sich aus dem Staub gemacht«, hatte jetzt Pinki mit ihrer unnachahmlichen Schnodderigkeit weitererzählt, die Arme vor der bereits erstaunlich großen Brust verschränkt. »Ich dachte, damit wäre das Thema erledigt, aber dann, viel später, kam der Typ wieder, diesmal mit Veit Konstantin im Schlepptau. Er hat behauptet, ich hätte ihn mit besoffenem Kopf grundlos angegriffen. Und dann haben sie irgendetwas von Anzeige gequatscht, und dass ich ins Bett gehöre und so'n Mist.«

Alle hatten ihn angeschaut. Erwartungsvoll? »Wisst ihr, wie der Kerl hieß?«

»Beutel. Das konnte ich mir gut merken, weil er ja von mir einen in den Beutel gekriegt hat.« Ein kurzes gemeinsames Lachen war wie ein frischer Luftzug in die angespannte Runde geweht.

Jasper war kein Mann, der etwas vor sich herschob. Er hatte gleich den Telefonhörer in der Hand gehabt, Swantje hatte leise gekiekst, sie hatte wohl ein wenig Angst vor der eigenen Courage bekommen, doch als sie gesehen hatten, dass er Oma Alides Nummer wählte, schienen sie alle erleichtert gewesen zu sein.

Und so war es aufgeflogen. Oma Alide hatte keinen Gast mit dem Namen Beutel gekannt, und sie war sich auch ganz sicher gewesen, dass ihr Sohn die Häuser über den Jahreswechsel nicht vermietet hatte. Betriebsruhe. Er hatte ihr gegenüber gesagt, dass die Heizkosten im Winter zu hoch seien und der ganze Aufwand mit dem Putzen für drei Tage nicht lohne, und die Nachfrage über Silvester ließe eh zu wünschen übrig und so weiter.

Doch nach dem Telefonat hatte Alide Konstantin ihre zwei

Zentner in ein Taxi geschoben und war in die Stadt gefahren. Sie hatte drei Häuser, große Appartementhäuser, zwei moderne und die Villa in der Bismarckstrasse. Und alle waren voll belegt. Bis unter das Dach vermietet. Herr Beutel war auch unter den Gästen, die sie um zehn Uhr am Neujahrsmorgen energisch aus dem Bett geklingelt hatte. Und mit ihm hatte der ganze Skatclub Recklinghausen-Süd in den Klamotten vom Vortag Oma Alide Spalier gestanden. Die gemeinschaftlichen Ausdünstungen hatten eine berauschende Reichweite von fast zwanzig Metern Umkreis gehabt. Dieses lächerliche Bild war eine ganze Woche lang Gesprächsthema auf der Insel gewesen. Doch eigentlich war es ganz und gar nicht zum Lachen gewesen.

Veit Konstantin hatte seine Mutter in nur drei Tagen um satte fünftausend Euro betrogen. Ihr Anteil am Vermietgeschäft. Sie war immerhin die Eigentümerin, er nur der Verwalter. Und keiner konnte mehr so recht nachvollziehen, wie oft er schon ein ähnliches Spiel gespielt hatte. Er musste sich verdammt sicher gefühlt haben.

Und wenn die Kinder sich nicht an ihn, an Jasper gewandt hätten, dann wäre die ganze Sache vielleicht niemals aufgeflogen. Wenn Jasper nicht bei Oma Alide angerufen hätte …

Doch so hatte Veit Konstantin nicht nur ein faustdickes Zerwürfnis mit seiner Mutter und Arbeitgeberin auszubaden gehabt, zahlreiche weitere Hausbesitzer hatten ihm in den darauffolgenden Tagen die Verwaltung ihrer Immobilien entzogen.

Dies war der Grund, weshalb Jasper nun der Schweiß aus den Poren kroch und das muffige, inzwischen klammgelegene Shirt klatschnass machte. Wenn ihn Konstantin jetzt hier entdecken sollte, dann würde es mehr als unangenehm für ihn werden. Dann könnte es sein, dass er sich die Langeweile und Ungewissheit zurückwünschte. Denn er war sich Konstantins Wut bewusst, und er war sich auch im Klaren darüber, dass dieser Mann keine klärende Diskussion mit ihm führen würde.

Doch die Schritte waren inzwischen nicht mehr über ihm, er hörte das trockene Geräusch der Fußsohlen auf der Steintreppe, die nach unten in den Keller führte. Jasper hielt den Atem an. Ein Schlüssel rüttelte energisch im Schloss. Gott sei Dank war es nicht seine Tür, die geöffnet werden sollte. Doch dann vernahmen seine Ohren das metallene Geräusch nicht mehr, stattdessen aber das angestrengte, bullenhafte Schnauben des Mannes, der sich nun anscheinend direkt vor seiner Tür aufhielt.

Jasper blickte sich um, wo sollte er sich verstecken? Wenn Veit Konstantin nun wusste, dass er sich hier irgendwo aufhielt, dann wäre es sinnlos, sich zu verkriechen. Er saß wie versteinert auf seiner schäbigen Gartenliege und bemerkte, dass sich die Türklinke nach unten bewegte. Ein Ruck von außen, die Tür blieb verschlossen.

»Hallo, ist da jemand?«, hörte er die Stimme. Das Klimpern eines Schlüsselbundes folgte. Wenn er nun hereinkam?

Die Erstarrung löste sich, als er den ersten Schlüssel im Schloss hörte. Er richtete sich elend langsam auf, bloß kein Laut, er musste so still sein wie die verbrauchte Luft in diesem Raum. Der Schlüssel passte nicht. Die Liege knarrte, als er sich erhob. Dann legte er sich auf den Boden und schob sich von der Fußseite her mühsam durch das Gestänge. Ein lächerliches Versteck. Wenn Konstantin gleich hereinkäme und ihn platt und hilflos hier liegen sah, dann wäre er ihm ausgeliefert.

Auch der zweite Versuch, die Tür zu öffnen, schlug fehl. Jasper rückte noch ein Stück weiter nach vorn. Mit seinem linken Arm bekam er einen Karton zu fassen, er zog ihn zu sich heran, doch er verbarg ihn so gut wie gar nicht vor den Blicken eines Suchenden.

Ein schnelles, gleitendes Klacken im Schloss verriet ihm, dass der dritte Schlüssel passte.

Er hielt die Luft an. Die Tür ging langsam auf, sein Glück, dass sie sich zur anderen Seite öffnete. Ein paar wenige Sekunden, die ihm blieben. Die Schritte kamen in den Raum.

Dann stand er da. Konstantin blickte sich um.

Als das laute, aggressive Piepen ertönte, hätte Jasper sich vor Schreck beinahe aufgerichtet. So blieben ein paar Haare im Metallgestell der Pritsche hängen, er riss sie heraus. Es piepte wieder. Konstantins Handy.

»Ja bitte?«

Gesegnet sein der Mensch, der gerade in diesem Moment angerufen hatte.

»Nein, ich bin noch hier. Das Fahrrad war nicht mehr da, vielleicht hat Leefke es an dem Abend benutzt. Ich wollte mir gerade ein Taxi bestellen.«

Lügner!

»Wirklich, Herr Kommissar. Ich habe mich an Ihre Anweisungen gehalten. Wo denken Sie hin? Ich sagte doch: Ich bin ein gewissenhafter Mensch.«

Du bist ein Lügner!

»Gut, das ist nett von Ihnen. Dann kann ich mir das Taxi sparen. Sie sind schon beim Golfhotel? Sehr gut, ich stehe gerade vor dem Haus. Wenn Sie mögen, dann schauen wir uns hier gleich ein wenig um. Wie geht es Frau Tydmers?«

Frau Tydmers?

»Danke, bis gleich.«

Konstantin machte auf dem Absatz kehrt. Er schien es mehr als eilig zu haben. Schon auf den ersten drei Stufen der Kellertreppe begann er zu schnaufen. Jasper blieb noch einen flüchtigen Augenblick liegen, doch die hastigen, schwerfälligen Schritte stiegen weiter hinauf. Konstantin musste sich verdammt beeilen, wenn er den Anschein erwecken wollte, er habe die ganze Zeit vor dem Haus gestanden. Mistkerl.

Als er die Haustür hörte, stemmte Jasper mit einem Ruck die Liege über sich zur Seite. Ein kurzer Blick in Richtung Tür: Sie stand offen! Er war frei!

Doch er wollte nicht gedankenlos sein, er stellte seine erbärmliche Schlafpritsche wieder an Ort und Stelle, klemmte schnell die geöffneten Konservendosen und das abgerissene Plakat unter den Arm, dann verließ er den Raum. Von draußen hörte er Konstantin mit einem fremden Mann reden. Ein Kommissar! Er schlich die Kellertreppe hinauf. Doch das Ende der Stufen lag der Haustür direkt gegenüber, und diese war nur angelehnt.

»Gehen wir hinein«, sagte der fremde Mann.

Jasper schob sich an die Wand. Wenn er es bis zur Küche

schaffte, dann konnte er durch die Hintertür entkommen. Fünf, vielleicht sechs Schritte. Die Schatten der Männer tauchten bereits im engen Türspalt auf. Er sprang. Eine der Dosen fiel zu Boden.

»Was war das?«, fragte Konstantin.

Doch Jasper hatte es geschafft. Er zwängte sich zwischen den kantigen Küchenelementen hindurch bis in die Speisekammer, von dort führte eine kleine Holztür ins Freie. Dann rannte er. Jeder Muskel tat ihm weh, er fühlte sich, als sei er gestern nicht erst vierzig, sondern doppelt so alt geworden. Doch es musste gehen. Was war, wenn sie die Dose auf dem Boden liegen sahen und ihm nachliefen?

Er hatte keine Zeit darüber nachzudenken. Wann war er das letzte Mal so gerannt? Sein Weg führte ihn direkt in die Dünen, und das war gut so. Dort war er frei. In Sicherheit. Einen sandigen Hügel hatte er überwunden, die Füße schleppten sich durch den weichen, rieselnden Sand, den nächsten Aufstieg nahm er mit letzter Kraft, schließlich ließ er sich fallen. Der Hunger und die Schmerzen hatten ihn besiegt.

Doch niemand tauchte über ihm auf. Sie hatten ihn nicht bemerkt.

Oder Konstantin hatte ihn zwar bemerkt, wollte es aber aus irgendeinem Grund vor diesem fremden Mann vertuschen. Ein Kommissar. Was war passiert? Ihm fielen die Schüsse ein. Und dann diese Frage: Wie geht es Frau Tydmers?

Er kannte nur zwei Frauen mit diesem Namen. Seine Mutter, doch er machte sich keine Sorgen, dass sie in diesem Fall gemeint sein könnte. Die Polizei war mit im Spiel.

Konstantin hatte Wencke gemeint!

Was hatte seine Schwester mit alledem zu tun? Er musste sie finden. Am besten, bevor irgendjemand bemerkte, dass er wieder frei war. Vielleicht war Leefke bei ihr.

Er stand wieder auf. Es ging irgendwie. Er wollte, er muss-te wissen, was passiert war. Er schaute auf die Uhr.

Mehr als dreißig Stunden fehlten ihm, seit er von Leefke außer Gefecht gesetzt worden war. Er wollte diese Zeit so schnell wie möglich wieder aufholen.

21. Kapitel

Im Foyer drehte sich eine dunkelblaue Kugel, Wasser lief glänzend den Stein hinunter, und man bekam ein wenig den Eindruck, dass sich hier vielleicht der Nabel der Welt befand. Hier in der Eingangshalle der *Maritim-Klinik.*

Rauchen verboten!

Wencke wäre gern hinausgegangen, um sich eine anzustekken, doch Remmer hatte für sie einen Kaffee bringen lassen und sie wollte nicht unhöflich sein. Sie war zu schwach dazu. Der Kaffee tat gut. Immer dachte alle Welt, sie sei stark, sie käme allein zurecht. Doch in diesem Moment sehnte sie sich nach jemandem, der sich an ihre Seite stellte, der sie stärkte, der sie vielleicht ein wenig an sich drückte. Remmer rührte sie nicht an. Vielleicht war er einfach nicht der Richtige für solche geheimen Wunschvorstellungen.

»Geht es wieder einigermaßen?« Remmer blieb mit besorgtem Gesicht vor ihr stehen, die Hände in den Taschen vergraben. Er schien nervös zu sein, schrecklich nervös.

»Hmm«, antwortete sie müde.

»Deine Kollegen haben mich gebeten, ihnen die Stelle zu zeigen. Sie wollen die Geschosse suchen. Kann ich dich mit deinem Arm allein lassen?«

Sie blickte an sich herunter, hob die Hand ein wenig. Ein leiser, summender Schmerz kroch bis zur Schulter herauf.

»Mir ist die Wunde nicht so wichtig, sie ist mir im Grunde genommen sogar ziemlich egal. Ich mache mir echte Sorgen um meinen Bruder.«

»Wir werden ihn schon finden.« Er rührte sich nicht vom Fleck.

Rika kam aus einer der hinteren Türen neben der Portierskabine. Sie war dabei gewesen, als man Wenckes Arm untersucht und bandagiert hatte. Sie hatte ihr das Jod auf die Wunde gestrichen und mit seltsam teilnahmslosem Blick Wenckes Schmerz registriert. Es war ihr weder ein Wort des

Erstaunens noch des Mitleids über die Lippen gekommen, gerade so, als behandle sie hier in der *Maritim-Klinik* täglich Schussverletzungen.

Nun setzte Rika sich neben sie, griff sich ihre Tasse und trank mit geschlossenen Augen einen Schluck Kaffee.

Wencke beobachtete Remmer, der Rika verstohlen von der Seite im Auge behielt, mit einem beinahe verstörten Blick. Es war ihr gestern schon der Verdacht gekommen, Remmer könnte in Rika verliebt sein. Er vermochte es gut zu verbergen, vielleicht ein klein wenig zu gut. Remmer wirkte so krampfhaft unaufdringlich. Er tat Wencke leid; Rika würde ihn mit ihrer unsensiblen Art immer wieder überfahren, wenn er versuchte, sich in ihr Leben einzubringen.

»Rika?«, sagte er, ohne sie direkt anzublicken.

»Hmm?«, antwortete sie gleichgültig.

»Ach, nichts, schon gut, dann will ich mal«, sagte er unschlüssig, schien sich nicht trennen zu können, vielleicht hatte er ihr etwas Wichtiges zu sagen, bis er sich dann doch mit einem Ruck von ihnen abwandte und durch die automatischen Glastüren verschwand.

Rika hatte die Augen immer noch geschlossen und Wenckes Tasse fest in der Hand. »Ich bin völlig erledigt«, klagte sie.

»Ich wollte dich trotzdem um einen Gefallen bitten«, begann Wencke. Rika schaute sie skeptisch und mit halb geöffneten Augen an.

»Gehst du mit mir auf die Sonnenterrasse?«

»Was willst du da?«

Wie konnte Rika nur so eine dämliche Frage stellen? Es war Wencke nur ein Schulterzucken wert.

Rika erhob sich betont mühsam. »Also, meinetwegen …« Sie nickte in Richtung Fahrstuhl, Wencke folgte ihr. Der verspiegelte, in kühles Neonlicht getauchte Lift hob beide in den vierten Stock. Ein Blick über die Dächer der Insel bot sich ihnen, kaum waren sie durch die Schiebetür gegangen. Sie betraten den Dachgarten, es war dort menschenleer und brütend heiß. Jemand hatte sich die Mühe gemacht und kiloweise Sand heraufgebracht, ein Strandkorb lud zum Sonnenbaden ein und das allgegenwärtige Meeresrauschen vollendete die Illusion, man befände sich hier an einem Badestrand statt in einem Krankenhaus. Die Sonne biss sich auf Wenckes Haut fest. Sie trat ans Geländer, es reichte ihr fast bis zu den Schultern.

»Hier ist es also passiert«, sagte Wencke tonlos.

Rika schüttelte den Kopf. »Nein, nicht hier, sondern jenseits der Absperrung. Dahinter befindet sich der Damentrakt, hier halten sich normalerweise nur die männliche Patienten auf. Doch da die Polizei den Zugang dort hinten versiegelt hat, müssen sich zur Zeit alle dieses Stückchen Dach teilen. Ist aber nicht so schlimm, es ist sowieso zu heiß hier oben.«

Wencke lehnte sich so weit es ging vornüber. Es ging verdammt weit nach unten. Eine kupferne Dachrinne säumte den Mauervorsprung, sie war staubtrocken, hier war seit Ewigkeiten kein Wasser mehr geflossen. Zwei Streichhölzer lagen darin, das eine war abgebrannt. Durfte man hier oben etwa rauchen? Wencke gelang es, ein Stück zur Seite zu blikken, und sie konnte die Dellen im Kupferblech erkennen, die das hinabfallende Mädchen dort hinterlassen haben musste.

»Ganz schön hoch, das Geländer. Hier kann man sich wirklich nicht aus Versehen zu Tode stürzen.« Wieder schaute sie Rika genau an. »Ist es auf der anderen Seite ebenso sicher?«

»Ja, natürlich.« Rika setzte sich in den Strandkorb, lehnte sich zurück und schloss die Augen. Sie wirkte eigentlich nur müde und wischte sich träge den Schweiß von der Stirn. Wencke beobachtete sie unauffällig. War irgendetwas an ihr verdächtig? Warum wurde sie das Gefühl nicht los, dass Rika nicht ehrlich war?

»Wenn es ein Selbstmord war, dann muss sich dieses Mädchen verdammt angestrengt haben, um hier heraufzukommen. Wenn es Mord war, dann …« Wencke machte eine kurze Pause. »Dann war es sicherlich ein Kraftakt, sie über die Mauer zu wuchten.«

Rika schaute nicht auf.

»Ich meine, wenn sich diese Leefke Konstantin mit Händen und Füßen gewehrt hat, dann hat sich der Täter oder die Täterin sicher ziemlich den Rücken verrenkt.«

Jetzt blinzelte Rika. Nicht wirklich aus der Bahn geworfen, aber wachsam.

Wencke beschloss, weiterzumachen. »Aber das Personal hier ist es ja gewohnt, Menschen zu heben, und dieses Mädchen war ja noch so jung und so gertenschlank, nicht wahr? Schlanker als du, Rika, oder?«

Rika stand auf und stellte sich direkt neben sie. Beide schauten zum Meer, das sich weit unter ihnen satt und leise ausbreitete. Nur ein weißes Segelschiff bewegte sich weit entfernt unterhalb des Horizontes auf dem Wasser. Alles andere schien in der Hitze erstarrt zu sein.

Rika flüsterte. »Wencke, tut mir leid, wenn ich es dir gerade jetzt sagen muss, ich weiß, du hast eine ziemliche Ladung abbekommen heute, aber mir wäre es ehrlich gesagt lieber, wenn du wieder verschwindest.«

Jetzt hatte Rika verstanden. Jetzt hatte sie angebissen. Doch sie hatte immer noch das herzliche, gutmütige Krankenschwesternlächeln auf dem Gesicht. »Himmel, du bist angeschossen worden, hier auf Norderney. Und Jasper ist immer noch nicht da. Weiß der Teufel, wo er steckt, ob er in Gefahr ist oder festgehalten wird. Aber was auch mit ihm passiert ist, ich bin mir sicher, du wirst nicht dahinterkommen und bist zudem noch eine Gefahr für dich selbst, aber auch für mich und Jasper. Irgendjemandem passt es nicht, dass du herumschnüffelst, und deswegen möchte ich, dass du die nächste Fähre nimmst.« Rika sprach leise, aber unverkennbar aggressiv.

»Ich werde nicht gehen.«

Rika machte sich nicht die Mühe, den Blick von den Wellen am Horizont abzuwenden, sie bewegte sich nicht, nur ihre rot bemalten Lippen. »Bei mir kannst du jedenfalls nicht bleiben. Wir fahren jetzt zu mir nach Hause und dann packst du deine Sachen.«

Eine alte Frau mit welker Haut und Bademantel betrat den steinernen Garten und legte sich einige Meter von ihnen entfernt auf eine Liege im Schatten.

Wencke stützte sich nur kurz auf den bandagierten Arm, als sie sich ruckartig vom Geländer abstieß, der Schmerz fuhr wie ein Blitz in ihr Bewusstsein. »Du hast meine Mutter verrückt gemacht mit deiner angeblichen Sorge um Jasper. Sie hat mich geradezu angefleht, ihn zu suchen, weil du so verzweifelt geklungen hast. Egal, ob deine Angst nun echt oder gespielt war, fest steht: Ohne dich läge ich jetzt friedlich unter der Sonne der Kanaren, meine Liebe.« Sie sprach laut, machte bei diesem heimlichen Geflüster nicht mehr mit.

»Sei bitte etwas leiser, Wencke. Das ist es gerade, was mich und dich und uns alle in Gefahr bringt. Immer bist du viel zu laut.«

»Sag mir, was der wahre Grund ist, Rika. Wenn du mir nur einmal klipp und klar sagst, was hier eigentlich wirklich gespielt wird, dann lass ich dich auch in Ruhe.«

Ruckartig ergriff Rika Wenckes Schultern, sie blickte ihr in die Augen. Das schwarze Endloshaar hatte sich an ihrem Schwesternkleid und in der Sonnenhitze elektrisiert, es schwebte knisternd und wild um ihr wütendes Gesicht. »Du meinst, hier wird gespielt?«, zischte sie. »Vielleicht hast du recht und es gibt so etwas wie Spielregeln hier auf der Insel, und Jasper hat sich nicht daran gehalten. Er ist und war nie in der Lage zu erkennen, wer seine Mitspieler und wer die Gegner sind. Und wer die höhere Punktzahl hat, der ist nun mal der Sieger. Jasper ist rausgeflogen, wenn du verstehst, was ich meine. Kaltgestellt, auf welche Weise auch immer, aber ich bin noch im Spiel, vielleicht als Jägerin, vielleicht als Gejagte, und das Letzte, was ich brauche, ist eine unfähige Komplizin.«

»Mensch ärgere dich nicht?«

Rika nahm ihre Tasche unter den Arm. Ihre Schuhsohlen machten ein hustendes Geräusch auf dem aufgeworfenen Sand, als sie zum Ausgang hastete.

Den Türgriff bereits in der Hand, blieb sie stehen, drehte sich um, und endlich sprach sie so laut, dass man sie wirklich hören konnte. »Monopoly!«

22. Kapitel

Um was geht es hier eigentlich, Britzke? Um Geld? Um Häuser? Um die besten Plätze?« Barfuß war Axel Sanders schon lange nicht mehr unterwegs gewesen. Schon gar nicht im Dienst. Doch die Hitze ließ es nicht anders zu, und als Meint Britzke sich seiner schäbigen Turnschuhe entledigt hatte, da konnte Sanders es ihm gleichtun. Es war eine Wohltat, zugegeben, und er verspürte so etwas wie Vorfreude, als sie ihre Schritte in Richtung Strand lenkten, dass er gleich die Frische des Nordseewassers um seine Zehen spülen lassen konnte.

Sie hatten Wencke Tydmers nur um ein paar Augenblicke verpasst, die Dame am Klinikempfang hatte ihnen jedoch ausgerichtet, dass alles in Ordnung sei. Sanders war erleichtert. Der kurze Moment im Auto, als sie schweigsam und nicht nur am Arm verletzt aus dem Fenster geblickt hatte, war ihm nahegegangen. Und es hatte ihm zu denken gegeben, dass ausgerechnet sie Opfer eines Mordanschlages geworden war. Sie suchte doch nur ihren Bruder, wer sollte sich daran stören? Es gehörte nicht allzu viel Kombinationsgabe dazu, hier eine Verbindung herzustellen. Veit Konstantin hatte geradezu allergisch auf den Namen Tydmers reagiert, nicht zuletzt, weil er einen Zusammenhang zwischen dem Tod des jungen Mädchens und dem Verschwinden des »Brombeerpiraten« herzustellen versuchte. Inzwischen hatte sich Sanders bei den Norderneyer Kollegen ausgiebig nach Konstantins angeblicher Zuverlässigkeit erkundigt und erfahren, dass es nicht weit her damit war. Ganz im Gegenteil, der Ziehvater der Toten wurde auf Norderney als Betrüger und, wie hatte Kommissarin Lütten-Rass es ausgedrückt, »Arschloch« tituliert.

Sanders hatte sich unverzüglich in den Dienstwagen gesetzt und war mit für die Inselverhältnisse rasantem Tempo zurück zu dem kleinen Haus in den Dünen gerast. Doch wenn es dort je irgendetwas Verdächtiges gegeben hatte, so war es Konstantin gelungen, dies in der kurzen Zwischenzeit zu verbergen.

Der Schlüssel aus der Hosentasche des Mädchens hatte zur Tür eines Kellerraumes gepasst, die bereits offen stand. Dahinter nichts als abgestandene Luft, kaum wahrnehmbarer Uringestank und unspektakuläres Gerümpel. Inzwischen gingen sie davon aus, dass Leefke dort das Fahrrad gefunden hatte, mit dem sie in der Nacht zur *Maritim-Klinik* gefahren war.

Alles in allem war aus den hier und da gewonnenen Erkenntnissen nichts als ein lückenhaftes Bild zu erstellen. Ein unvollständiges Puzzle, mehr nicht. Sanders wusste, dass er auf Hilfe angewiesen war, wenn er etwas erkennen wollte. Und er wusste auch, wen er darum bitten musste.

»Was halten Sie davon, wenn wir Frau Tydmers ..., nun, wie soll ich sagen, in den Fall mit einbeziehen?«

Sie waren inzwischen auf der steinernen Uferpromenade angelangt, und vor ihnen breitete sich dunkelblau und riesig das Meer aus. Selbst die Nordsee schien zu schwitzen, denn statt der erhofften spritzenden Brandung leckte das Salzwasser nur träge am weißen Strand. Eine Handvoll Touristen klebte auf dem Stückchen Sand zwischen den dunkelgrauen Buhnen. Sanders und Britzke waren die Einzigen, die sich in der Senkrechten bewegten. Ein gigantischer Dreimaster schien die Insel anzusteuern, seine weißen Segel hingen schlaff in der Flaute, doch dieses Schiff war das Einzige, was Sanders daran erinnerte, dass dies das Meer und kein läppischer Badeteich war.

Britzke reagierte nicht annähernd so überrascht, wie Sanders erwartet hatte. »Ich denke, das ist eine gute Idee.«

»Vorausgesetzt, sie macht mit. Schließlich hat sie Urlaub.« Der graue Beton unter ihren Füßen hatte die Sonnenhitze in sich aufgesogen und verbrannte Sanders erbarmungslos die empfindlichen Fußsohlen. Er bemühte sich, möglichst kurz aufzutreten, was seinen Gang zu einem flüchtigen, kindlichen Tanz werden ließ. Endlich erreichten sie den Sand, die Oberfläche war ebenfalls heiß, doch darunter, wenn man die Zehen ein wenig tiefer bohrte, da fand sich lindernde Kühle.

»Sie wird mitmachen. Es wird einen triftigen Grund haben,

dass sie hier auf Norderney und nicht mit ihrem Freund in Äquatornähe ist.« Britzke war als Erster an der Wasserkante angelangt. Er krempelte seine Hose bis über die Knie und ging weiter, bis das Meer seine leicht behaarte Wade zur Hälfte umspielte.

Sanders tat es ihm gleich, auch wenn es ihn einige Überwindung kostete.

Der nächste Satz verlangte ihm allerdings noch einiges mehr ab. »Ihr Freund, dieser … dieser … ähm Ansgar heißt er?« Sanders hoffte, dass er gleichgültig wirkte, dass sich dieser Satz wie ein harmloser Plausch ohne Hintergedanken anhörte. »Wie ernst ist die Sache mit ihm und Wencke?« Kleine Pause, Sanders entging nicht, dass Britzkes Stirn ein paar skeptische Falten warf. »Ich meine nur, ob wir im Kollegenkreis bald für ein Hochzeitsgeschenk sammeln müssen …«

»Kann ich mir eigentlich nicht vorstellen, passt nicht zu Wencke, das mit der Heiraterei meine ich, der Ansgar passt eigentlich schon ganz gut zu ihr.«

»Inwiefern?«, brachte Sanders über die Lippen, den Blick starr auf seine eigenen nackten Füße und den Sand darunter geheftet.

»Er ist ein Netter, ziemlich zuverlässig, ausgeglichen, ruhig und so. Eben alles das, was Wencke nicht unbedingt ist, ich denke, sie können sich ergänzen.«

Sanders fand, dass er selbst eigentlich auch nett, ausgeglichen und zuverlässig war, vielleicht nicht ruhig, aber er konnte sich an Wenckes Seite eigentlich keinen stillen, schüchternen Kerl vorstellen. Ein verräterischer Seufzer glitt zwischen seinen Lippen hindurch und er beschloss, das Thema zu wechseln, bevor es peinlich wurde.

»Britzke, erzählen Sie mir, wie Sie die Sache hier auf Norderney einschätzen. Ihre Sicht der Dinge würde mich interessieren.«

»Dieses Mädchen hatte einen guten Grund, vom Dach zu stürzen, egal, ob sie gestoßen wurde oder aus freien Stücken gesprungen ist. Abgesehen davon finde ich es sehr erfreulich, dass Sie mich mal nach meiner Meinung gefragt haben.«

Sanders räusperte sich nur. Schweigend gingen sie ein paar Schritte nebeneinander und trieben mit den nackten Füßen das lauwarme Meerwasser in kleinen Wellen vor sich her.

»Wenn Sie noch mehr von mir hören möchten ...«

»Nur zu, Kollege.«

»Meiner Ansicht nach sind wir in diesem Fall die Einzigen auf der Insel, die überhaupt an einer Aufklärung interessiert sind. Abgesehen von den Norderneyer Kollegen natürlich, doch die haben ohnehin in der Hauptsaison alle Hände voll zu tun. Wencke Tydmers sucht ihren Bruder, wir suchen die Wahrheit über den Tod des Mädchens, und wie es aussieht, hängen diese beiden Geschichten ziemlich dicht beieinander. Wir sollten also unbedingt gemeinsame Sache machen. Sonst kann es uns passieren, dass alle Spuren im Sande verlaufen, denn daran scheinen einige hier ein reges Interesse zu haben.«

Meint Britzke stieg auf die steinerne Buhne, die sich vor ihnen aus dem Wasser erhob. Als er auf der anderen Seite hinuntersprang, landete er bis zu den Oberschenkeln im Wasser. Ohne ein Wort über das Missgeschick zu verlieren, öffnete Britzke seine Jeans und schob sie über die nassen Beine nach unten. Er trug Boxershorts, weiß-blau karierte, die nach Fünferpack im Sonderpostenmarkt aussahen. Sanders schaute sich um, doch niemand schien Anstoß daran zu nehmen, dass ein Polizeibeamter in Unterhosen am Strand entlangspazierte.

Seufzend streifte auch Sanders seine Beinbekleidung ab. Es war schließlich seine einzige Hose ohne Fahrradölflecken und die musste er schonen. Es sah im Moment nicht so aus, als könnten sie heute Abend die Insel verlassen. Die hellblauen Zipfel seines Hemdes streiften eine Handbreit unter dem Schritt seine solariumsgebräunte Haut. Egal, wie lächerlich er sich für einen kurzen Moment fühlte, neben Britzke machte er immer noch eine ganz gute Figur.

»Gehen wir die Leute mal durch«, schlug Sanders vor. »Rosa Grendel alias Pinki zum Beispiel. Welches Interesse sollte sie daran haben, Tatsachen zu verschleiern?«

»Vielleicht hat sie keine so rühmliche Rolle gespielt als beste Freundin«, schlug Britzke vor. »Hat Warnsignale überhört oder sich der unterlassenen Hilfeleistung schuldig gemacht. Gestern bei der Vernehmung hat sie auf mich zumindest nicht gerade den Eindruck gemacht, als sei sie wirklich ahnungslos.«

»Und warum haben Sie nichts dazu gesagt?«

Meint Britzke zog die Mundwinkel nach unten und die Schultern nach oben. Mehr hatte er darauf nicht zu erwidern, und Sanders begann, an seiner Teamfähigkeit und seinen Führungsqualitäten ernsthaft zu zweifeln. Sollten all die Weiterbildungsmaßnahmen im Urlaubsseminar auf Menorca mit dieser Geste zunichte gemacht werden?

»Wir werden das Mädchen heute noch besuchen«, schlug er vor. »Und wir werden sie nach Veit Konstantin fragen.«

»Und nach Jasper Tydmers.«

»Auch nach dem, Sie haben recht.« Sanders wunderte sich selbst, wie leicht ihm diese Worte über die Lippen gingen. »Was hat Ihr Besuch bei Veit Konstantins Bruder ergeben?«

»Er ist ein ganz anderer Typ«, erwiderte Britzke. »Vielleicht ein wenig unterbelichtet, wenn Sie mich fragen. Aber absolut harmlos auf den ersten Blick.«

»Und sein Alibi für die Schüsse auf Frau Tydmers?«

»Da hatte er nicht so viel vorzuweisen. Er käme als Schütze in Frage, da er zur Zeit, als die Schüsse fielen, angeblich einen Strandspaziergang gemacht hat. Keine Zeugen. Kollegin Lütten-Rass hat sich darüber amüsiert, da Insulaner ihrer Meinung nach nie in der Hauptsaison vormittags am Strand spazieren gehen. Jedoch fehlt uns dann immer noch eine zweite Person.«

»Na, die sollte sich im Familienkreis finden lassen. Viel wichtiger ist ein Motiv! Es wird doch wohl hoffentlich nicht die ganze Sippe auf Wencke Tydmers zielen, wenn der einzige Grund die Wut und das Misstrauen auf deren Bruder ist.«

Meint Britzke blieb stehen und ließ sich in gebückter Haltung das Salzwasser um die Handgelenke fließen. »Sie haben doch von diesem Familienstreit gehört, bei dem die inzwischen selige Alide Konstantin ihre Söhne des Betrugs beschuldigt hat. Jasper Tydmers hatte bei der Aufdeckung auch seine Finger im Spiel.«

»Ja, zwar nur am Rande, aber immerhin. Vielleicht macht es Sinn, diesen Fall noch einmal näher zu beleuchten.«

Meint nickte. »Und auch die näheren Todesumstände von Alide Konstantin würden mich mal interessieren. Es gab schließlich eine ganze Menge zu erben.«

Sanders blickte seinen Kollegen an. Die belebende Wirkung des kühlen Meerwassers schien seinem Kombinationsvermögen gutgetan zu haben. »Aber zu allererst sollten wir unsere Kollegin finden«, schlug Sanders vor und er gab sich alle Mühe, seinen Tonfall kameradschaftlich klingen zu lassen, denn irgendwie schien dies der Situation angemessen zu sein.

Britzke blieb plötzlich stehen und zog sich das Poloshirt über den Kopf. Einen kurzen Moment lang hielt er die blasse und gänzlich untrainierte Brust in den kaum spürbaren Seewind. »Das heißt dann wohl, dass unser kleiner Erfrischungsspaziergang beendet ist, nicht wahr?«

Sanders musste zugeben, dass er Britzke um seine ungenierte Art beneidete, zumindest was den Abkühlungseffekt anging. Es lag ihm jedoch nichts ferner, als sich nun ebenfalls nackt bis auf die Unterhose am Norderneyer Hauptbadestrand zu präsentieren. Das ging entschieden zu weit.

Britzke ließ den Stoff wieder über den Oberkörper gleiten, dann zogen sich beide die Hosen an und gingen hinauf zur Strandpromenade.

Die Hitze hüllte sie augenblicklich wieder ein.

»Was meinen Sie, wird es heute noch ein Gewitter geben?«, fragte er Britzke. Eigentlich war es ganz und gar nicht Sanders' Art, über das Wetter zu plaudern, doch es fiel ihm nichts anderes ein, was die Situation weniger peinlich hätte machen können.

23. Kapitel

Mutterseelenallein war ein ziemlich spießiges Wort, jedoch kam Pinki nicht umhin, sich in diesem Moment genau so zu fühlen.

Die Jungs hatten auf ihren Laken Platz für die beiden Touristenmädels frei geräumt und im selben Moment hatte sie sich auf die Socken gemacht. Keiner hatte ihren Abschiedsgruß erwidert. Was war nur passiert? Hatte sie irgendetwas falsch gemacht?

Zu wenig gelacht vielleicht.

Wohin sollte sie gehen? Wohin ging man, wenn man seine Ruhe brauchte, aber nicht allein sein wollte? Vielleicht shoppen ... Pinki brauchte kein neues Teil für ihren Kleiderschrank, wirklich nicht, aber sie wollte eines.

Kleine Kinder sprangen aufgeregt im Strandkiosk herum, weil sie ein Eis wollten und weil sie den altmodischen Segler in der Nähe des Strandes für ein Piratenschiff hielten, das gerade die Insel Norderney überfiel. So etwas Ähnliches hatte Pinki als kleines Kind auch immer gedacht. Jetzt war sie zu erwachsen dafür, stellte sie fest, eine Morddrohung im Strandbeutel machte irgendwie alles anders. Sie kaufte sich eine kalte Cola und eine neue Schachtel Zigaretten. Die Frau hinter ihr verlangte dasselbe.

»Entschuldige, hast du Feuer?«, fragte sie Pinki. Ihre Haare waren superkurz und ziemlich rot, ein Arm steckte in einem Verband. Pinki hielt ein Streichholz an das Ende ihrer Zigarette. Die Frau machte keinen blöden Spruch, dass sie ja eigentlich noch zu jung zum Rauchen sei, sonst sagte das eigentlich jeder, egal, ob er oder sie selbst eine Zigarette im Mund hatte oder nicht. Und die Frau kam ihr auf merkwürdige Weise vertraut vor.

»Danke«, sagte sie. Irgendwie blieben sie dann nebeneinander stehen und schauten diesem riesigen Schiff hinterher. »Du bist von hier, nicht wahr?«

»Ja«, sagte Pinki.

»Kanntest du die Leefke Konstantin?«

Pinkis Herz schlug schneller. »Sind Sie von der Polizei?«

»Jein«, lachte die Frau.

Pinki sagte nichts, sie rauchte nur und beschloss, so schnell und unauffällig wie möglich zu verschwinden.

»Keine Sorge, meine Frage ist rein privat. Normalerweise arbeite ich bei der Kripo, doch jetzt bin ich im Urlaub hier. Ich frage dich nur, weil ich meinen Bruder suche. Der ist nämlich verschwunden.«

Jetzt schaute Pinki noch einmal genauer hin. Die Frau blickte ernst und nachdenklich in die Ferne, doch vorhin hatte sie kurz gelächelt, Pinki erinnerte sich an ein weißes Blitzen zwischen den Lippen, sie kannte dieses Lachen. »Jasper ist verschwunden?«

Die Frau nickte. »Seit jener Nacht.«

»Das kann nicht sein«, sagte Pinki flach, doch in ihrem Kopf setzte sich einiges zu einem passenden Bild zusammen, und es gefiel ihr ganz und gar nicht, was sie da erkannte. Bislang hatte es sie noch nicht stutzen lassen, dass Jasper sich nicht bei ihnen gemeldet hatte. Unter normalen Umständen hätte er es getan, da war sie sicher. Er musste genauso von Leefkes Tod betroffen sein wie sie alle. Wenn nicht sogar noch ein wenig mehr. Doch er hatte sie bisher allein gelassen. Hatte sich nicht um sie gekümmert. Hatte sie im Stich gelassen. Und sie wusste doch, dass Leefke sich an diesem Abend mit ihm treffen wollte. Mit ihm und Rika. Sie wollte endlich reinen Tisch machen, hatte sie gesagt. Sie wollte nicht mehr mit der Wahrheit hinterm Berg halten, dazu sei ihr Jasper viel zu wichtig geworden. Und sie, Pinki, hatte wirklich versucht, es ihr auszureden.

Sie musste das Gesicht verzogen haben, denn die Frau sah sie nachdenklich von der Seite an. »Ich bin Wencke Tydmers, und es würde mir wirklich sehr viel bedeuten, wenn du mir erzählen könntest, was du weißt.«

Pinki schüttelte den Kopf. Ihr war speiübel, und sie wusste auch, warum. Sie wusste, diese Frau hier neben ihr würde der Mensch sein, dem sie alles erzählen konnte. Und es war kein Gefühl der Erleichterung, wirklich nicht. Langsam schob

Pinki die Hand in den Strandbeutel, fast wie von selbst glitt ihr der Brief in die Finger. Sie zog ihn heraus.

»Darf ich das lesen?«, fragte Jaspers Schwester. Wortlos schob Pinki ihr das kleine Stück Papier in die Handfläche. Lautlos bewegte die Frau ihre Lippen, als sie die Zeilen überflog.

Wenn du so viel weißt, wie du vorgibst, dann halte dich besser zurück. Oder willst du Oma Alide und Leefke demnächst mit Handschlag begrüßen? Pinki kannte jede Silbe, obwohl sie den Zettel nur ein einziges Mal gelesen hatte. Die Worte hatten sich in ihr Hirn eingebrannt, wahrscheinlich für immer.

»Ich nehme mal an, du weißt nicht, von wem das kommt«, sagte die Frau leise und ohne einen Hauch von Verwunderung in der Stimme, als sie ihr den Zettel zurückgab.

»Doch, ich habe da so eine Vermutung. Aber es ist wirklich nicht mehr als das.«

Pinki spürte einen festen, aber freundschaftlichen Druck an ihrem nackten Oberarm, als die Frau sie zu einer freien Parkbank führte. Sie setzten sich, die aufgeheizte Sitzfläche brannte an ihren Schenkeln.

»Ich habe hier einen Text von Leefke«, sagte die Frau neben ihr.

Schon die ersten Zeilen verschwammen vor ihren Augen, denn sie sah Leefke vor sich, wie sie wütend und grundehrlich die Wahrheit sagen wollte. Niemand hatte sie je davon abbringen können. Nur dieses eine Mal hatten sie alle Leefke zum Schweigen verdonnert. Dieses eine Mal. Und das hatte ihre Freundin das Leben gekostet. Hätte sie doch nur etwas gesagt …

Sie rieb sich mit dem Handrücken die verlaufene Mascara aus dem Gesicht.

Pinki wusste, es würde keine Aufforderung zum Reden kommen. Sie und diese Frau, diese Wencke Tydmers, tranken beide kalte Cola und schwitzten, weil die Sonne ihnen glühend in den Nacken brannte.

Und als sie sich die nächste Zigarette anzündeten, hatte Pinki eine Idee. Sie hielt der Frau das abgebrannte und ein ungebrauchtes Streichholz entgegen. Es war so eine Marotte von ihr, dem Schicksal die Entscheidung zu überlassen, wenn sie nicht ja und nicht nein sagen konnte.

»Ich weiß einfach nicht mehr, was richtig ist. Reden oder Schweigen. Manchmal ist auch beides verkehrt. Und darum bitte ich Sie, ein Streichholz zu ziehen.«

Wencke Tydmers verzog keine Miene. Ernst blickte sie in Pinkis Augen, ernst und ein wenig traurig. »Wenn ich das lange ziehe, dann redest du.«

Pinki nickte.

Die dünnen Holzstückchen zitterten in ihren unruhigen Händen. Wencke Tydmers ließ sie nicht aus den Augen. Vielleicht würde sie ihr ohnehin alles erzählen.

Das abgebrannte Streichholz kippte schlaff zwischen ihren Fingern hin und her, als die Frau das andere herausgezogen hatte.

Und dann begann Pinki zu reden, einfach so, ohne Punkt und Komma, ohne Wenn und Aber.

Hinter dem Horizont wühlten sich riesige, weiße Wolkentürme hervor, dahinter färbte sich der Himmel satt dunkelgrau. Urplötzlich schob eine Windböe über die Promenade und wirbelte Eispapiere, Sand und ihre Zigarettenkippen in die Höhe. Gleich würde es ein Gewitter geben.

Sie erzählte alles. Fast alles.

24. Kapitel

Jasper!«

»Ist Wencke hier?«

Rika warf sich ihm an den Hals und schluchzte in seinen verschwitzten Hemdkragen. »Wo bist du nur gewesen? Es ist alles so schrecklich! Ich bin fast verrückt geworden vor Angst!«

Irgendetwas störte ihn an Rikas Umarmung, er war unfähig, es zu benennen, aber er schob sie langsam, doch kraftvoll von sich.

»Mir geht es gut. Mal abgesehen davon, dass ich schrecklichen Hunger habe. Aber was ist hier passiert? Wo steckt Leefke und warum habt ihr mich nicht da rausgeholt?« Eine kalte Wut mischte sich in seine Worte. Ja, er war unvorstellbar wütend auf Rika, jetzt noch mehr als in seinem Gefängnis in den Dünen. Ihr hysterisches Benehmen stachelte dieses aggressive Gefühl an. Sie hatte ihn verdammt noch mal im Stich gelassen.

»Ich mache uns erst einmal etwas zu essen. Ich habe seit deinem Verschwinden keinen Bissen mehr herunterbekommen. Nudeln?« Seltsam unsicher ging sie vor ihm her in die Küche und stellte wortlos einen Topf mit Wasser auf den Herd.

Im Haus war es wunderbar kühl. Die Hitze in den Dünen und auf der Straße hatten seinen Heimweg zur Tortur werden lassen. Jasper holte eine Packung Spaghetti mit Fertigsauce aus dem Schrank, faltete den Pappkarton zusammen und legte ihn zum Altpapier. Direkt auf einen Pizzakarton. Wie lange hatten sie sich keine Pizza mehr geholt? Sie hatte seit seinem Verschwinden keinen Bissen mehr herunterbekommen? Was wurde hier gespielt? Fast automatisch ging er auf Distanz. Ein unangenehmes Misstrauen hatte sich zu ihnen in die Küche gesellt.

Müde ließ sich Jasper auf die Holzbank fallen. Hinter den Fensterscheiben schien sich ein Unwetter zu sammeln, der Himmel verdunkelte sich bedrückend schnell und die oberen Kiefernäste im Vorgarten zuckten im aufkommenden Wind.

Gleich wird sich diese unerträgliche Spannung entladen, dachte Jasper, und er ahnte, dass dies nicht nur für das Wetter galt.

Endlich kochte das Wasser und Rika ließ die langen Nudeln vorsichtig hineingleiten. Jetzt erst setzte sie sich zu ihm. »Schon komisch, dass ich nichts Besseres zu tun habe, als mich an den Herd zu stellen, nicht wahr?«

Er nickte wortlos.

»Ich erkenne mich sowieso kaum wieder, seitdem dies alles passiert ist. Ich schwanke hin und her zwischen Euphorie und Depression, wie ein Kind, wie du manchmal.«

Jasper wollte es am liebsten gar nicht wissen, wollte sich im ruhigen Wasser der Ungewissheit bewegen, statt dem aufkommenden Sturm ins Auge zu sehen. »Was ist denn passiert?«

Rika starrte ihn an. Ihr Blick war riesig und dunkel, er hatte ihre Augen immer geliebt, nun schien er sich in ihnen zu verirren, weil er nirgendwo einen Funken Wärme entdecken konnte.

»Ich hoffe, du weißt es wirklich nicht. Warum bist du verschwunden?« Rika stand wieder auf und rührte in der Tomatensauce. Er konnte sehen, dass sie zitterte. »Warst du auf der Flucht oder selbst ein Opfer?«

Wollte sie ihn auf die Probe stellen? Warum sagte sie nicht einfach, was geschehen war? Er fühlte das Blut in seinen Kopf steigen. Diese hilflose Wut machte es ihm nahezu unmöglich, einen klaren Gedanken zu fassen. Doch irgendwie schaffte er es, nach außen hin ruhig auf seinem Platz sitzen zu bleiben. Vielleicht war er auch einfach zu erschöpft.

»Du weißt tatsächlich nichts«, sagte sie schließlich. Sie goss das weißliche Nudelwasser in den Ausguss, der heiße Dampf schlug in ihr Gesicht. »Leefke, deine geliebte Leefke ist tot. Sie hat sich in der Klinik von der Terrasse gestürzt. Noch eine knappe Stunde hat sie gekämpft, ganz so, als wolle sie eigentlich gar nicht sterben. Doch dann piepte das EKG endgültig und grausam, ich war dabei, hatte Dienst auf der Unfallstation. Es war schrecklich, doch wir konnten nichts für sie tun.«

Dieser Druck im Schädel, Jasper presste die Hände gegen die Schläfen, er hatte Angst, alles würde zerspringen. Sein Kopf, sein Herz, sein Leben. »Wann ist es passiert?«, stieß er hervor.

Es entsetzte ihn, mit welcher Gelassenheit Rika die tiefen Teller auf den Tisch stellte.

»Sie starb kurz vor Mitternacht, kurz vor deinem Geburtstag. Ich habe noch gedacht: Happy Birthday, lieber Jasper, das wird ein verdammt trauriger Tag für dich werden. Aber du bist ja nicht gekommen. Warst einfach weg. Statt dessen war die Polizei in der Klinik und Wencke ist auch auf die Insel gekommen. Und alle haben mich nach dir gefragt.« Rikas Stimme wurde schriller, die demonstrative Ruhe konnte sie offenbar nicht mehr aufrechterhalten. Rika ließ mit lautem Klirren das Besteck in die Teller fallen. »Alle fingen sie an, interessierten sich für deine Liaison mit diesem jungen Ding. Du hast mir tausendmal geschworen, dass da nichts war, doch wenn mich jeder danach fragt …« Sie schien mit einem Mal kein Wort mehr über die Lippen zu bekommen. Schlaff hingen ihre Arme herunter, sie lehnte sich an die Küchenzeile und blickte zu Boden. Hinter ihr blubberte die Tomatensauce und hinterließ blutrote Flecken auf dem Kochfeld, an den Fliesen und an Rikas Oberarm. Sie zuckte kurz zusammen, blieb jedoch regungslos stehen.

Jasper erhob sich, nahm den Saucentopf vom Feuer und stellte die Herdplatte ab. Er verspürte keinen Hunger mehr, auch keine Wut und noch keine Trauer. Leefke war tot. Sie hatte ihn im Haus in den Dünen eingeschlossen, war mit dem Rad zur *Maritim-Klinik* gefahren, wollte sich dort mit Rika treffen, das wusste er. Und nun war sie tot. Das Blubbern der Sauce ließ nach, wie erstarrt lag die rote Masse im Topf; die Blasen hatten Krater in der sämigen Oberfläche hinterlassen, die wie Wunden aussahen. Jasper starrte darauf, er konnte seinen Blick nicht davon lösen, dachte an Leefkes Körper und versuchte sich vorzustellen, wie er zart und zerbrochen auf der Erde gelegen haben musste. Und das Einzige, was er zu fühlen imstande war, war Schmerz.

»Sie wollte dich sprechen. Sie wollte dich zu mir bringen, weil sie sagte, du hättest mir etwas zu sagen.« Fast mechanisch leierte er die Worte herunter. Sie würde schon wissen, was er damit sagen wollte.

Doch Rika blieb stumm. Die schweren, dunklen Haare waren ihr über das Gesicht gefallen, so dass er ihren Ausdruck nur vermuten konnte. Doch an dem Zucken ihrer Schultern konnte er erkennen, dass sie weinte. Er ließ sie einfach stehen, ging weder tröstend zu ihr noch verließ er den Raum. Als sie wie blind nach einem Küchentuch griff und sich die Nase putzte, wusste er, dass sie nun reden würde. Er kannte sie doch schon so lange. Und er hatte sie wirklich geliebt, vielleicht nur beiläufig, aber das Gefühl war dagewesen. Das feuchte Schluchzen verebbte.

»Ich hatte doch keine Ahnung. Mein Gott, woher sollte ich wissen, dass sie sich das Leben nehmen würde. Ich habe ihr immer die Wahrheit gesagt, ohne viel zu beschönigen, nie hätte ich gedacht, dass sie es nicht ertragen könnte.«

Jasper entdeckte eine grausame Befürchtung, die sich in ihm ausbreitete wie ein Geschwür, die ihm von einem Moment auf den anderen die Luft zum Atmen nahm: Leefke hatte sich seinetwegen zu Tode gestürzt. Sie musste Rika in irgendeiner Weise bedrängt haben, vielleicht hatte sie ihr von einer unglücklichen Affäre erzählt, die in Wahrheit nie stattgefunden hatte. Von Liebesschwüren seinerseits und den ganz großen Gefühlen. Er wusste, dass Rika ihr in diesem Fall eine kompromisslose Lektion erteilt hätte. War Leefke vielleicht doch kopfloser und kindlicher gewesen, als er sie gesehen hatte? Er dachte an zarte Berührungen und warme Worte zwischen ihnen. Oh bitte, lass sie nicht an etwas anderes geglaubt haben, als an Freundschaft.

Wenn er der Grund für ihren Freitod war, dann könnte er das nicht ertragen.

»Es tut mir so leid, Jasper, es tut mir so unendlich leid«, sagte Rika. Er war eigentlich schon zu ausgefüllt mit seinen unfassbaren Gedanken, um ihren Worten zu lauschen. Doch irgendwie drangen sie zu ihm durch. Erst leise und wie um tausend Ecken, dann immer klarer.

Warum entschuldigte sie sich? Es passte nicht zu ihr. Wenn sie der unglücklichen Leefke ein paar wahre Worte mit auf den Weg gegeben hatte, dann hätte sie sich nichts vorzuwerfen gehabt.

Es musste etwas anderes sein. Etwas, von dem er keine Ahnung hatte.

Und dann kamen ihm die Andeutungen in den Sinn, die zugleich Leefkes letzte Worte an ihn gewesen waren: »Ich kann nicht anders, ich muss dir die Wahrheit sagen. Du wirst mich hassen, du wirst uns alle hassen, weil wir dir nicht vertraut und es schon viel eher erzählt haben, erst jetzt, wo es viel zu spät ist. Aber es ist so schrecklich, Jasper, so schrecklich, dass ich mich dafür schäme. Und ich brauche Rika, damit du mir das Ganze auch glaubst. Sie weiß nämlich mehr als wir alle, und wenn sie dabei ist, dann wirst du wissen, dass es die Wahrheit ist.«

Die Wahrheit war weit mehr als das, was er wusste, vielleicht sogar mehr, als er nur ahnte.

Er war der Mittelpunkt dieser ganzen Geschichte, und doch hatte er nicht die geringste Ahnung, um was es eigentlich ging.

Wichtig war nur, dass er sich diese Unwissenheit nicht anmerken ließ. Nicht eine Sekunde. Rikas Zusammenbruch war ein Zeichen dafür, dass sie sich aus welchem Grund auch immer von ihm entlarvt, überführt fühlte. Und er wollte sie in dem Glauben lassen. Sie sollte leiden, sie sollte sich am Ende angekommen wissen. Denn egal, was geschehen war, es musste etwas Schreckliches sein. Und Rika war nicht außen vor, war nicht unschuldige Mitwisserin. Er betrachtete ihre kauernde, niedergeschlagene Gestalt und wusste, sie war Täterin.

Der inzwischen kalte Topf in seiner Hand war unbemerkt zur Seite gekippt. Es störte ihn nicht, dass die Tomatensauce lauwarm auf den Küchenboden tropfte und sich dort träge in den Fugen der Fliesen zu einem tiefroten Fleck ausbreitete. Wortlos ließ er den silbernen Topf fallen, das Metall knallte herunter, Rika schrie leise.

Jasper ließ sie schreien, er verließ die Küche, das Haus. Setzte sich auf das Fahrrad und verließ Rika.

Glasklare, satte Tropfen lösten sich aus den schweren Wolken über ihm. Sie tauchten die staubgraue Straße in Sekundenschnelle in glänzendes Anthrazit und verbreiteten den angenehmen Geruch von Regen, auf den man lange gewartet hatte.

25. Kapitel

Asthmaanfall. Im Krankenhaus. Wirklich nichts Außergewöhnliches, Alide Konstantin litt schon ihr Leben lang darunter. Damals gab es diesen Ärger in der Familie, haben Sie davon gehört? Herauszufinden, dass die eigenen Söhne einen jahrelang betrogen und das Vertrauen missbraucht haben, das kann einem wirklich aufs Gemüt schlagen. Und Asthma bronchiale hat sehr viel mit der Psyche zu tun.«

Der Klinikchef war Profi durch und durch, hatte in Windeseile die nötigen Krankenblätter und den Totenschein in seinem Büro zusammengetragen. Nur – was Sanders von ihm zu hören bekam, entsprach absolut nicht dem, was er sich erhofft hatte. Britzke hatte ungewöhnlich schnell die nötigen Daten über die Erbangelegenheiten der Familie Konstantin in Erfahrung bringen können, und ein ungeklärter, plötzlicher Tod der alten Dame hätte nur zu gut dazu gepasst. Vor allem nach dieser Auseinandersetzung.

»Stirbt man denn heutzutage noch an Asthma?«

»Sie haben recht, eigentlich kann man heutzutage sehr gut damit leben. Doch Alide Konstantin war alles andere als schlank, und Übergewicht ist ein großer Risikofaktor, weil jede Bewegung enorme Anstrengung bedeutet und die Atemnot verschlimmert.«

Meint Britzke schien sich neben Sanders erheben zu wollen. Vielleicht hatte er recht und sie verfolgten die falsche Fährte.

»Professor, eine Frage noch, und ich bitte Sie, sich die Antwort genau zu überlegen: Könnte der Tod von Alide Konstantin ein Tötungsdelikt gewesen sein?«

Die Augenbrauen des Arztes zogen sich zusammen, er blätterte die Akte auf dem Schreibtisch sorgsam durch und schien die Seiten erneut gewissenhaft zu studieren. Dann lehnte er sich zurück, nahm die Lesebrille ab und räusperte sich. »Die Patientin ist mit einer akuten Bronchitis eine knappe Woche zuvor eingeliefert worden. Es ging ihr wirklich schlecht, und diesen Zustand möchte ich ausschließlich auf das nasskalte Inselwetter im Januar zurückführen.«

Sanders beugte seinen Oberkörper vor und ließ den Mann gegenüber nicht aus den Augen. »Aber?«

»Aber den Anfall im Krankenhaus, den kann so einiges ausgelöst haben. Wenn man einen Asthmatiker mit ohnehin schlechtem Gesundheitszustand einem Allergen aussetzt, dann könnte dies solch weitreichende Folgen haben. Frau Konstantin war laut meinen Unterlagen gegen einiges stark allergisch, vor allem gegen Hausstaub und ... einen Moment mal ... Katzenhaare. Unser Personal muss selbstverständlich akribisch darauf achten, dass die Räumlichkeiten sauber und frei von Reizstoffen sind. Wenn es aber jemand darauf angelegt haben sollte ...«

»... dann könnte er beispielsweise Katzenhaare eingeschleust haben!«, ergänzte Sanders.

Der Arzt nickte. »Dennoch hätte die Patientin in einem solchen Fall die diensthabende Schwester gerufen oder zur ersten Hilfe das Inhaliergerät genommen. Beides ist in dieser Nacht nicht geschehen. Wir sind davon ausgegangen, dass Frau Konstantin von der Atemnot so plötzlich und heftig übermannt wurde, dass sie nicht mehr in der Lage war, sich zu rühren.«

»Was ja auch wieder gegen die Theorie von den absichtlich verabreichten Allergenen spricht«, warf Britzke ein. »Dann hätte sich ihr Zustand doch wohl eher allmählich verschlechtert. Und dann hätte sie noch Hilfe rufen können.«

Sanders wollte fast aufgeben, es erschien ihm zu weit hergeholt, viel zu fantastisch für einen Mord an einer kranken alten Frau. Doch dann fiel ihm die Katze ein, die silbergraue Katze, die ihnen gestern im Wohnzimmer der Konstantins so aufdringlich um die Beine gestrichen war. Sie hatte feines, nahezu unsichtbares Haar gehabt. »Wer hatte in dieser Zeit Dienst auf der Station?«, fragte er.

Wieder blätterte der Arzt ein wenig umständlich in der Mappe. »Frau Haberkamp hatte Nachtschicht. Sie ist eine unserer gewissenhaftesten und zuverlässigsten Pflegerinnen.

Schon deswegen habe ich mir nie Gedanken gemacht, dass es beim Tod von Alide Konstantin nicht mit rechten Dingen zugegangen sein könnte. Aber fragen Sie sie am besten selbst.« Er drückte auf eine Taste am Telefon, die ihn mit dem Sekretariat verband. »Entschuldigen Sie, können Sie mir sagen, ob Schwester Rika noch in der Klinik ist?«

Sturmwarnung

26. Kapitel

Wer war die Frau auf der Promenade, und vor allem: Was hast du ihr erzählt? Halt die Klappe, Pinki! Letzte Warnung!!

Es hatte so gutgetan, mit Wencke zu reden. Auch als es zu regnen begonnen hatte, waren sie auf der Bank sitzen geblieben und sie hatte zugehört. Nicht nachgehakt, nichts in Frage gestellt, einfach nur zugehört. Pinki konnte sich nicht daran erinnern, jemals so viel von sich preisgegeben zu haben. Man merkte, dass sie Jaspers Schwester war, und doch war sie irgendwie ganz anders. Vielleicht, weil sie eine Frau war?

Klitschnass und unendlich erleichtert war sie nach Hause gerannt. Ihr Kopf war so wunderbar frei gewesen. Doch an der Zimmertür klebte dieser Brief, ebenfalls nass. Der Gedanke, dass jemand sie beobachtete, sie verfolgte, machte alles zunichte. *Letzte Warnung …*

Es war zu spät für Drohungen, sie hatte Wencke bereits alles über den Mord an Alide Konstantin erzählt. Auch, dass sie es vorher geahnt hatten, dass sie es hätten verhindern können. Vielleicht.

Oma Alide hatte Angst gehabt. Sie hatte noch nicht einmal versucht, es vor ihnen zu verbergen. Im Gegenteil, sie hatte Leefke um Hilfe gebeten. »Halt bitte die Augen offen, Kleines«, soll sie zu ihr gesagt haben. »Ich werde mein Testament nicht so einfach ändern können. Er wird es zu verhindern wissen.«

Deswegen hatten sie Oma Alide auch sofort ins Krankenhaus bringen lassen, als es ihr nicht so gut ging. Sie hatten sie bewacht, ständig war jemand bei ihr im Zimmer gewesen, außer nachts natürlich. Manchmal musste man sie alle am Ende der Besuchzeit rausschmeißen, sonst wären sie geblieben. Veit Konstantin und seine verlogene Bande, die hatten sie nicht auf fünf Meter an Oma Alide herangelassen.

So oft hatte Oma Alide sich schützend vor sie gestellt, wenn die Clique beschimpft oder fortgeschickt wurde. Nun bildeten sie einen Schutzwall rund um das Krankenbett.

Der Anwalt sollte am nächsten Tag kommen. Er musste kommen, erst dann wäre die Gefahr gebannt gewesen. Die Unterschrift auf einem Testament war unumstößlich und jeder konnte verstehen, warum Oma Alide ihre beiden Söhne enterben wollte. Jeder außer Veit Konstantin selbst. Und er versuchte es immer wieder. Schickte Blumen und Drohungen, bat um Entschuldigung und schimpfte im Krankenhausflur. Er hatte keine Chance, er kam nicht an ihnen vorbei. Das Einzige, was er ihr reichen durfte, war diese Strickjacke, nach der sie verlangt hatte, weil sie nachts so fror. Ihre graue, warme Strickjacke, die er zur Reinigung gebracht hatte. Sonst gab es nicht eine Möglichkeit für ihn, zu seiner Mutter vorzudringen. Denn sie, die Clique von der Waldkirche, sie waren jetzt ihre nächsten Angehörigen.

Außer nachts.

Sie hatten versagt. Hatten es nicht geschafft, sie zu beschützen. Die Vorwürfe, die sie sich machten, waren bedrückend gewesen. Doch damals hatten sie ja auch noch nichts von dem geahnt, was sie inzwischen nach und nach herausgefunden hatten.

In der letzten Nacht hatte sich Oma Alide die Strickjacke übergezogen, hatte sich hingelegt und war eingeschlafen. Warm und kuschelig, wie es auch für Konstantins Katze die letzten Nächte auf der Strickjacke gewesen sein musste. War sie vielleicht noch erwacht, als sie merkte, dass ihr die Luft wegblieb? Hatte sie das Spraydöschen verzweifelt in den Händen gehalten, das die Nachtschwester gegen ein vollkommen leeres ausgetauscht hatte? Hatte sie ihre Finger krampfhaft um die Notklingel gekrallt, ohne dass Hilfe kam?

Pinki hatte sich diese schrecklichen letzten Minuten schon so oft ausgemalt. Es nahm ihr ebenfalls den Atem, wenn sie an die Qualen dachte und an die liebevolle Frau, die daran zugrunde gegangen war. Ganz allein. Ohne die Menschen, die sie liebten. Ohne ihre Familie. Ohne die Kids von der Waldkirche.

Ein dummer Zufall hatte sie zu dieser unerträglichen Wahrheit geführt.

Leefke hatte die Kleidungsstücke der Großmutter sortiert, eigentlich nur um zu sehen, ob sie nicht doch etwas dieser viel zu großen aber so vertrauten Erinnerungsstücke aufheben wollte. Auch die Sachen aus dem Krankenhaus, sie waren in einer extra Tasche. Da fiel ihr diese Strickjacke in die Hände. Katzenhaare. Alles voller Katzenhaare. Und ein leeres Inhaliergerät. Warum lag es dazwischen? Im Krankenhaus wurden verbrauchte Medikamente fachgerecht entsorgt.

Ein Verdacht hatte sich bestätigt. Und allen war auch bald klar gewesen, dass Rika in diese Sache verwickelt war. Linke Fragen im rechten Augenblick hatten sie so oft ins Stottern gebracht. Doch verplappert hatte sie sich nie. Es war allen ein Rätsel, wieso sie ein solches Spiel spielte, warum sie Oma Alide mit voller Absicht in ihrem Krankenzimmer verrecken ließ. Sie hatte doch einen so großartigen Mann an ihrer Seite. Es passte nicht.

Und doch hatten sie geschwiegen. Zuerst, weil sie sich nicht sicher gewesen waren und erbärmliche Angst vor den Erwachsenen hatten. Und dann hatte sich die Schraube des Schweigens immer enger zugedreht, bis sie selbst so tief drin steckten, dass sie sich alle ein Stück weit schuldig gemacht hatten. Bis es nicht mehr ging. Bis man nur noch die Klappe halten konnte, wenn man nicht alle anderen mit hineinreißen wollte.

Nur Leefke war daran zerbrochen. Vielleicht war es ihre Liebe zu Jasper, der so unwürdig hintergangen wurde, oder die Testamentseröffnung letzte Woche, bei der sie nur als Besitzerin eines Drittels und ihr Onkel auf Lebenszeit als Verwalter benannt wurde. Sie hatte es einfach nicht mehr ausgehalten. Sie war so weit. Und sie war bereit, alle andern mit in die Scheiße zu reiten.

Und dann war sie tot.

Und nun hatte Pinki selbst alles verraten. Wencke Tydmers hatte ihr die Wahrheit entlockt, die sie so sicher in ihrem Innersten verborgen geglaubt hatte.

Sie hatte aufgegeben.

Das gute Gefühl, mit dem sie das Haus betreten hatte, war nun fort. Alles war taub. Ihre Gedanken, ihr Gewissen, ihr Leben.

Sie blieb so nass, wie sie war. Niemand bemerkte sie im Treppenhaus und ermahnte sie, sich etwas Trockenes anzuziehen. Alles war egal.

Die *Maritim-Klinik* lag nur um die Ecke.

27. Kapitel

Remmer musste scharf bremsen. Fast hätte er das Mädchen auf der Kühlerhaube gehabt. Er war heute sowieso nicht mit den Gedanken im Taxi. Nicht nach den Schüssen im Vogelschutzgebiet. Und nicht nach dem, was er daraufhin erfahren hatte. Er war mit seinen Gedanken meilenweit von der Straßenverkehrsordnung entfernt, denn in seinem Kopf war nur Platz für Rika.

Der Regen prasselte laut, fast aggressiv auf die Windschutzscheibe, und obwohl die Scheibenwischer ihr Bestes gaben, hätte er die kleine, hastende Gestalt fast übersehen, die ohne einen Blick nach links oder rechts die Fahrbahn überquerte.

Er blieb stehen und sah, wie die Person im dichten Regen verschwand. Es war diese Rosa Grendel, Pinki , eine Freundin der armen Leefke Konstantin. Er konnte verstehen, dass das Mädchen kopflos und halb nackt durch den Sturm rannte. Sie musste sich so ähnlich fühlen wie er.

Verloren. Ausgeliefert. Desillusioniert.

Wencke hatte recht gehabt. Rika, seine umschwärmte, warme Rika, gab es nicht. Die Frau, die er bislang dafür gehalten hatte, war eiskalt und nicht eine Sekunde lang ein zärtliches Gefühl wert.

Er hatte sie in der Klinik durch die Scheibe zur Unfallstation beobachtet, so wie er es immer und immer wieder getan hatte. Heimlich und mit Herzklopfen. Sorgsam und routiniert hatte sie Wencke die Wunde verarztet, ohne sich ihren weißen Kittel zu beschmutzen.

Als Wencke dann ihre Angaben über den Tathergang zu Protokoll geben musste, verließ Rika das Zimmer. Still folgte er ihr fast bis auf die Terrasse, wo sie sich eine Zigarette anzündete und jemanden mit ihrem Handy anrief.

»Keine Sorge, Schatz, ist nur eine oberflächliche Wunde. Du solltest deinem Bruder und seinem Kumpel aber mal ausrichten, dass sie ihr Ziel noch nie so gut erreicht haben wie heute, wo sie doch eigentlich daneben schießen sollten …« Sie lachte.

Telefonierte sie mit Jasper? Angeblich wusste doch niemand, wo er steckte. Und einen Bruder hatte er auch nicht, noch weniger ein Motiv, seine Schwester beschießen zu lassen.

Remmer hielt den Atem an und lauschte.

»… soweit ich weiß, nicht. Sie hat etwas von einer schwarzen Gestalt gefaselt, es hörte sich ziemlich verworren an. Mach dir mal keine Sorgen. Und die Polizei? … Hast du nichts gefunden im Haus? … Na ja gut, ich mach mich dann auf den Weg nach Hause. Feierabend! Sehen wir uns noch? … Ach so, ist klar. Beerdigungsstress. Macht nichts. Bald haben wir es ja geschafft. Bin ich froh, wenn ich hier weg bin … Dito!«

Sie beendete das Gespräch und legte das Handy auf die Fensterbank. Dann zog sie heftig an ihrer Zigarette, und Remmer konnte sehen, dass sie dabei lächelte.

»Schwester Rika, kommen Sie bitte? Wir brauchen Sie auf Zimmer neun«, rief eine ungeduldige Männerstimme von drinnen.

»Hab schon Feierabend«, gab sie zurück.

Ein Arzt eilte mit hastigen Schritten zu ihr hinaus. »Hören Sie auf zu rauchen und kommen Sie mit. In drei Minuten ist es geschafft. Nur 'ne Infusion. Also hopp!«

Als der Mann im weißen Kittel ihr den Rücken zuwandte, rollte sie die Augen und folgte ihm widerwillig. Remmer war es gelungen, sich schnell und unbemerkt in eine Nische zu drücken, und als sie im Krankenzimmer verschwunden war, schnellte er heraus, lief auf die Terrasse und griff sich das Handy.

Es war ihm bereits klar, dass sie nicht mit Jasper telefoniert hatte. Er drückte auf Wahlwiederholung. Auf dem Display erschien nur eine Nummer und der Buchstabe V. Er wählte, er wartete. Kurz nach dem Freizeichen ertönte eine sonore Männerstimme am anderen Ende der Leitung. »Was gibt's denn noch?« fragte V.

»Wer ist denn da?«, fragte Remmer.

»Konstantin«, lautete die Antwort. Remmer legte auf.

Zugegeben, eigentlich hätte er auf dem Absatz kehrt machen und dieses neuerworbene Wissen mit der Polizei teilen müssen. In jedem Fall hätte Wencke erfahren sollen, wer auf sie geschossen hat. Doch der Schock saß tief. Fast mechanisch war er mit Wencke in die Eingangshalle gegangen, hatte Kaffee geholt, hatte Rika beobachtet, war mit den Polizeibeamten zu dem Ort gefahren, wo es passiert war, hatte die Geschosse gesucht, hatte Mittag gegessen, hatte sich in sein Taxi gesetzt, war losgefahren.

Und nun war er noch immer unfähig, seinen Wagen wieder in Gang zu bringen. Er stand mitten auf der Jann-Berghaus-Straße, hörte, wie der Regen auf das Wagendach prasselte und wartete. Worauf? Auf eine Eingebung? Oder darauf, dass der Stachel der bitteren Enttäuschung aufhörte, in seiner offenen Wunde zu stochern?

Er stellte die Warnblinkanlage an. In das gleichmäßige

Klicken gesellte sich das erste bassige Grummeln des aufkommenden Gewitters. Noch Meilen entfernt, aber gewaltig und ein wenig furchteinflößend. Er ließ seinen Kopf auf das Lenkrad fallen.

Die Wagentür öffnete sich, er spürte den Regen zur Seite hereinwehen. »Dürfen wir einsteigen?«, nahm er die schneidende Stimme einer Frau wahr.

»Ich warte auf einen Fahrgast«, sagte er, ohne den Kopf zu heben.

»Junger Mann, einen Heiermann extra, und Sie fahren uns bitte zum Hafen?«

Nun blickte er auf, sah eine fremde, faltige Touristin, die bereits ihr Portemonnaie gezückt hatte. Energisch griff er über den Beifahrersitz, bekam den Türgriff zu packen und zog daran. Die Frau sprang mit erschrockenem Gesicht zurück, stieß eine Beschimpfung aus, doch als die Tür zugefallen war, konnte er nur noch ihre runzligen Lippen auf- und zuklappen sehen. Er verriegelte die Wagentür. Er wollte seine Ruhe.

Hinter ihm hupte ein Lieferwagen, es kümmerte ihn nicht.

28. Kapitel

Wencke war auf der Insel. Sie musste hier irgendwo sein. Wo könnte sie sich aufhalten, bei diesem Wetter und in dieser Situation?

Das Wasser spritzte im hohen Bogen zur Seite, als Jasper mit dem Fahrrad die nasse Straße entlangraste. Tropfen aus Schweiß und Regen brannten in seinen Augen, und er konnte die Lider kaum geöffnet halten, doch er musste Wencke finden. Seine Schwester. Sie war die Einzige, die ihm vielleicht etwas von dem erzählen konnte, was in den letzten Tagen auf dieser Insel und in seinem Leben schief gelaufen war, ohne dass er etwas davon mitbekommen hatte.

Was würde sie tun? Wo würde sie anfangen? Vielleicht dachte sie, dass er verletzt war, machte sich Sorgen um ihn, seine kleine Schwester. Oder schlimmer noch: Sie misstraute ihm, glaubte dem Gerede der anderen und hielt ihn, Jasper, für einen Kindesverführer. Vielleicht war er es sogar. Er hatte Leefke nie auch nur eine zweideutige Geste zukommen lassen, doch vielleicht hatte er sie trotz allem verführt. Sie und die anderen Kinder von der Waldkirche. Er hatte sie zur Ruhestörung verführt. Zum Aufschreien und Gegenreden. Ja, das hatte er getan. Und vielleicht war er aus diesem Grunde wirklich schuldig.

Ohne sich dessen richtig bewusst zu sein, lenkte er sein Rad durch die Absperrung, übersah das *Fahrradfahren-verboten!*-Schild und hatte endlich ein Dach über dem Kopf. Ein Dach aus Blättern. Einen Ort der Ruhe mitten im Sturm. Er fuhr den Wall hinunter. Die Waldkirche hatte ihre treue Gemeinde vor dem Unwetter beschützt.

Sie waren fast alle da. Wilko und Philip, Jens und Swantje, nur Pinki war nicht dabei. Und die Frau, die ihm den Rücken zugekehrt hatte, die hatte er gesucht.

»Hallo, Wencke«, sagte er.

Sie schnellte herum, blickte ihn an, doch sie stand nicht auf, umarmte ihn nicht. Das hatte sie noch nie getan. Es war ein gutes Zeichen, dass sie sitzen blieb. Es war ein Zeichen dafür, dass sie ihn nicht für schuldig hielt.

»Mein Gott«, sagte sie nur.

»Verdammt noch mal, wo bist du gewesen? Wir haben dich echt gebraucht, Brombeerpirat.« Jens hatte sich erhoben, doch nicht, um ihn freundschaftlich zu begrüßen, sondern eher mit Wut und Misstrauen im Blick. Der Wut und dem Misstrauen, die er selbst ihnen beigebracht hatte.

»Bitte, glaubt mir, wenn ich es gekonnt hätte, dann wäre ich hundertprozentig bei euch gewesen.«

Er sah sie an. Jeden einzelnen. Und in diesem Moment wurde ihm erst richtig bewusst, dass Leefke nicht mehr dabei war. Nie mehr dabei sein würde. Er ließ das Rad fallen, es klatschte auf den Boden, der gerade begann, sich im Regen aufzulösen. Harte, vertrocknete Walderde schwamm in kantigen Krusten auf der Pfütze.

Es kostete Jasper unendlich viel Kraft, sich neben die anderen auf die Holzbank zu setzen. Er hatte für einen kurzen Moment Angst, sie würden ihn wieder fortschicken.

Doch dann schob sich Wenckes Hand in seine und er wusste, dass er am richtigen Ort angekommen war. Bei seiner Familie.

»Ich bin froh, dass Pinki mir die ganze Geschichte erzählt hat. Versteht ihr nicht? Irgend jemand musste das Schweigen brechen. Ihr solltet ihr dankbar sein, dass sie die Erste war.«

Betretenes Schweigen war die Antwort auf Wenckes Worte.

Sie schienen etwas zu besprechen zu haben. Etwas, das mit dem Dilemma der letzen Tage zu tun hatte und von dem er als Allerletzter eine Ahnung hatte. Also schwieg auch er, die konzentrierten Gesichter der Kinder im Blick.

»Wir hatten aber abgemacht, dass keiner ein Wort sagt«, entgegnete Wilko. »Niemand hat das Recht dazu, eine solche Abmachung zu brechen, wenn es allen anderen schaden wird.«

»Oh nein«, erwiderte Wencke streng, »wenn die Abmachung allen vernünftigen und auch rechtmäßigen Regeln widerspricht, dann ist es eine Straftat. Zu einer Straftat sollte man aber niemanden verdonnern. Dies geht eine Spur zu weit, was euren Zusammenhalt angeht.«

Jasper hörte seine Schwester reden, verstand nichts von dem, was sie sagte, und war doch unendlich dankbar, dass sie seine Aufgabe hier in der Waldkirche übernommen hatte.

»Was sollen wir jetzt tun?«, fragte Swantje ängstlich.

Wencke antwortete nicht. Sie blickte nur in die Runde.

»Vielleicht zur Polizei gehen?«, fragte Swantje leise.

»Aber nicht ohne Pinki«, rief Philip dazwischen.

Dann schwiegen sie erneut. Wilko und Jens flüsterten miteinander.

»Es gibt noch ein Problem«, sagte Jens schließlich, nachdem er sich ausgiebig geräuspert hatte.

»Ja?«, fragte Wencke.

Jens zögerte. »Wir haben Pinki diese Briefe geschrieben.«

»Ihr habt was?«, rief Swantje ungläubig aus.

»Briefe?«, fragte Wencke. »Bisher weiß ich nur von einem!«

Wilko schob mit seinen klobigen Stiefeln einen am Boden liegenden Ast hin und her. »Der von heute Morgen war der erste.«

»Um Gottes Willen, wann habt ihr Pinki einen zweiten geschickt, und viel wichtiger: Was stand darin?«

»Wir haben Pinki beobachtet, wie sie mit Ihnen auf der Promenade so lange gesprochen hat, und da hatten wir Schiss. Als es dann anfing zu regnen, sind wir abgehauen und haben den Brief bei ihr an die Tür gehängt.«

»Ja, und was stand nun drin?«

Jens konnte nicht verbergen, wie sehr er sich schämte. »So was wie: *letzte Warnung* ...«

Wencke schlug sich die Hände vor das Gesicht. »Ihr müsst nach ihr sehen. Ihr müsst ihr sagen, dass der Brief von euch kommt. Könnt ihr euch nicht vorstellen, welche Angst ihr der armen Pinki damit macht? Sie wird denken, dass der Absender dieselbe Person ist, die auch Leefke und Alide Konstantin auf dem Gewissen hat. Sie wird Todesangst haben, versteht ihr? Todesangst!«

In diesem Moment zuckte ein gleißend helles Licht durch die dichten Blätter, kurz darauf bebte ein mächtiges Donnergrollen. Jetzt ging es los.

Alle sprangen auf. Panik. Jasper wurde davon ergriffen, auch wenn er nicht wirklich wusste, um was es ging.

»Ihr geht jetzt alle, und bitte versteht mich richtig: *alle* zu Pinki und bittet sie um Entschuldigung. Und dann möchte ich euch auf der Polizeiwache sehen. Ich werde mit Jasper dort sein und warten. Doch die Aussage müsst ihr machen. Jeder von euch. Das ist Zusammenhalt, versteht ihr? Das seid ihr Leefke Konstantin schuldig. Und jetzt los!«

Nun war kein Zögern mehr auszumachen, kein Wenn und Aber. Philip und Swantje nahmen Jaspers Rad, Wilko und Jens liefen neben ihnen her. Jasper hörte mit ihnen verzweifeltes Fluchen und aggressive Vorwürfe verschwinden. Dann war es still.

Er stand neben seiner Schwester. Er hatte Wencke seit Jahren nicht mehr richtig angesehen. Und er hatte noch nie richtig mit ihr gesprochen. Er wusste, sie würden nun reden. Und er wusste auch, dass es nicht schön sein würde, was er nun zu hören bekäme. Er war froh, dass Wencke der Mensch war, der ihm die Unwissenheit nahm.

»Ich hab dir ein Lied geschrieben«, sagte er nur.

»So?« Sie lächelte. Tatsächlich hatte seine kleine Schwester schon ein paar winzige Falten um den Mund herum.

»Jasper, ich muss dir etwas erzählen.«

Er nickte. Sie verließen das schützende Blätterdach und liefen langsam dem Gewitter entgegen.

Gewittersturm

29. Kapitel

Noch vor zehn Minuten hatten Sanders und Britzke allein in dem Zimmer gesessen, das für die Ermittlungen im Fall Konstantin reserviert worden war. Allein mit ihren Papierbergen und der schlechten Laune, die sich im Laufe des ereignislosen Nachmittags bei ihnen eingeschlichen hatte.

Nun, so ganz ereignislos nicht. Die Kollegen von der Gerichtsmedizin hatten angerufen und ihnen mitgeteilt, dass an der Leiche keine Spuren von Gewaltanwendung gefunden worden waren.

Die entdeckten Patronenhülsen in den Dünen stammten von einem in Deutschland nicht verkäuflichen, nahezu unbekannten Jagdgewehr, an dem allem Anschein nach auch noch manipuliert worden war. Jedenfalls hatten die Schmauchspuren eine eigenartige Form, was auf einen verkürzten Gewehrlauf hindeutete. Doch die Ballistiker hatten ihre Diagnose nur aufgrund eines per E-Mail verschickten Fotos gemacht. Und das reichte im Prinzip für nichts, schon gar nicht für einen Durchsuchungsbefehl im Hause Konstantin, auf den man ohnehin einige Tage warten musste, wenn nicht Gefahr im Verzuge war. Eine zweite Patronenart hatte man bislang noch nicht gefunden. Die sintflutartigen Regenfälle erschwerten die Suche danach. Wenn es sie überhaupt gab.

Und Britzke hatte einen Termin mit dieser Krankenschwester vereinbart. Mit Interesse hatten sie festgestellt, dass sie dieselbe Adresse wie Jasper Tydmers hatte. Ein bisschen zu zufällig, das Ganze, es schien ein vielversprechendes Verhör zu werden. Doch Rika Haberkamp war allem Anschein nach nicht gerade die personifizierte Pünktlichkeit, sie hätte schon vor dreißig Minuten zum Verhör erschienen sein sollen.

Als es an der Tür klopfte, rechnete Sanders fest mit der Frau.

Doch es war nur der Taxifahrer, der heute Morgen mit Wencke im Naturschutzgebiet diesen lebensgefährlichen Spaziergang unternommen hatte. Er war gestern schon einmal hier gewesen und hatte ganz besonders wichtig getan, dabei hatte er der Kollegin Lütten-Rass lediglich erzählt, dass Leefke Konstantin gestern Abend hinten in den Dünen bei irgendeinem Bunker gewesen war. Wahrscheinlich war er einer von denen, die sich krampfhaft an allem beteiligen mussten.

Er setzte sich schlaff auf den Besucherstuhl und stammelte unverständlich vor sich hin; angeblich hatte er irgendein Telefongespräch mit angehört. Auch der Name Rika Haberkamp fiel, und Sanders unterbrach den chaotischen Redefluss.

»Die Krankenschwester wird gleich hier sein, wir hatten sie um eine Aussage gebeten.«

Fast im selben Moment öffnete sich wieder die Tür, diesmal war es Wencke Tydmers, nass wie ein Fisch und mit diesem aufgewühlten Blick in den Augen, den Sanders nur allzu gut kannte und einzuschätzen wusste: Sie hatte etwas in petto, sie sprudelte innerlich fast über. Sie war ganz dicht vor dem Ziel, doch sie sagte kein Wort. Dicht hinter ihr stand ein Mann, nicht groß und ziemlich ungepflegt, als hätte er die letzten Nächte auf einer Parkbank genächtigt. Eindeutig ihr Bruder. Dieser Brombeerpirat. Jasper Tydmers.

Auf den ersten Blick, das musste Sanders zugeben, obwohl es eigentlich nicht seine Art war, auf den ersten Blick sah er wirklich aus wie ein Kindesverführer, ein Möchtegern-Revoluzzer, ein Rattenfänger von Norderney. Seine Augen waren ein bisschen zu neugierig für sein Alter, die Haare eindeutig zu lang, über die Bekleidung wollte sich Sanders gar nicht erst auslassen. Hätte er eine Tochter gehabt, er hätte diesen Mann ebenfalls mit Argusaugen beobachtet.

Der Taxifahrer sprang auf. Blicke zielten durch den Raum, die beiden Männer gaben sich nach kurzem Zögern die Hand, dann fielen sie sich freundschaftlich in die Arme.

»Tut mir leid, Jasper, tut mir unendlich leid«, wiederholte der Taxifahrer immer und immer wieder.

Sanders hätte nur zu gern gewusst, was ihm so unendlich leid tat. So langsam bekam er dass Gefühl, dass alle hier in diesem Büro wussten, was vor sich ging, nur er und Britzke standen als ermittelnde Polizeibeamte ganz schön weit im Abseits.

»Herr Tydmers, mein Name ist Axel Sanders, ich bin zuständig im Fall Leefke Konstantin. Wir sind froh, Sie endlich persönlich kennen zu lernen, da uns von mehreren Seiten bereits angedeutet wurde, dass Sie in diesem tragischen Fall eine Rolle spielen könnten.«

»Sanders, ich bitte Sie«, fiel ihm Wencke Tydmers ins Wort.

»Ist schon gut«, sagte ihr Bruder und legte beruhigend und freundschaftlich seine Hand auf ihre Schulter. »Wir sind doch schließlich hier, um deinen Kollegen alles zu erzählen, was sie wissen müssen.«

»Soso«, sagte Sanders und wies den beiden einen Platz auf dem Ledersofa zu. Sie blieben stehen.

»Mein Bruder hatte insofern nichts mit dem Tod von Leefke Konstantin zu tun, als er von ihr am betreffenden Abend so gegen halb zehn in einem Kellerraum des Hauses in den Dünen eingeschlossen wurde.«

»Sie haben sich von einem minderjährigen Mädchen einschließen lassen? Aus welchem Grund?«

Wieder antwortete Wencke Tydmers für ihn. »Er hat sie dort getroffen, als er auf dem Weg zur Musikprobe war, sie hat ihn unter einem Vorwand in das Haus gelockt. Er hatte keine Ahnung, dass sie die Tür verschlossen hatte, und als er es bemerkte, dachte er, sie hätte vielleicht eine Überraschungsparty für ihn geplant.«

Sanders bemühte sich, seine Augenbrauen noch höher zu ziehen, als er es ohnehin bei Skepsis zu tun pflegte. »Aha.«

Wencke Tydmers funkelte ihn wütend an. »Herr Kollege, wir sind eigentlich hier, um Sie um Mithilfe zu bitten. Wir können unser Wissen mit dem Ihren zusammentun, denn ich kann mir gut vorstellen, dass wir so alle ein ganzes Stück weiterkommen. Also lassen Sie bitte dieses … dieses …«

»Ja?«, fragte er scheinheilig nach und hoffte insgeheim, dass sie sich im Ton vergreifen könnte. Sie hatte ihre Emotionen nicht im Griff, er zwar auch nicht, doch das hatte nichts mit dem Fall, sondern eher mit ihren funkelnden Augen zu tun. Kleiner Zweikampf, meine Liebe, mal sehen, wer hier die besseren Nerven hat.

»… diese blöde …«

Gleich hatte er sie so weit. Sie fuhr aus der Haut.

»… diese blöde Zweikampfgeschichte, wer wohl die besseren Nerven von uns beiden hat.«

Er zuckte innerlich zurück wie ein Hund, den man auf den Schwanz getreten hatte. Sie hatte ihn ertappt, er konnte nur hoffen, dass sie seine Niederlage nicht bemerkte.

»Es geht um einen Mord. Todsicher ein Mord, aber nicht an Leefke Konstantin, sondern an …«

»… Alide Konstantin im Januar diesen Jahres!«, ergänzte er und gewann damit wieder die Oberhand. Sie sah ihn erstaunt an. »Es ist ja nicht so, dass wir uns in diese Richtung keine Gedanken gemacht hätten, nicht wahr, Kollege Britzke?«

Der nickte und bemühte sich sichtlich, möglichst unbeteiligt zu wirken.

Sanders hatte natürlich nicht die leiseste Ahnung, wie dieser Tötungsdelikt vonstatten gegangen sein mochte, doch das konnte er vielleicht hinter seinem strengen, ernsten Blick verbergen.

»Veit Konstantin hatte verstanden, dass er bei seiner Mutter unwiderruflich in Ungnade gefallen war, er hatte also berechtigte Sorge um das Familienerbe«, referierte Sanders. Sie sollte sehen, dass auch er eins und eins zusammenzählen konnte.

Wencke Tydmers nickte. »Er hat ihr eine Strickjacke für die Nacht bringen lassen. Dieses Kleidungsstück war voller Katzenhaare. Alide Konstantin war hochgradig allergisch gegen Katzenhaare, und das wusste er auch.«

Nun konnte er seine Überraschung nicht länger verbergen. Woher wusste diese Frau solche Details? »Aber sie war doch im Krankenhaus …«, sagte er hilflos.

»Ein Komplize hat das medizinische Sprühgerät gegen ein völlig leeres ausgetauscht und zudem die Nachtglocke manipuliert. Alide Konstantin hatte keine Chance. Sie ist in ihrem Krankenbett qualvoll erstickt, denn sie war zu schwach zum Rufen und unfähig, sich aus eigener Kraft im Zimmer zu bewegen.«

Sanders versuchte ein Lachen, das verkrampft ausfiel. »Und wer soll dieser Komplize gewesen sein? Laut Aussage des leitenden Klinikarztes war sie den ganzen Tag von irgendwelchen Jugendlichen umgeben, die niemanden an sie heranließen. Und eine Funktionsstörung der Nachtglocke ist auch nicht festgestellt worden. Wie soll so ein Komplott funktionieren? In einem Krankenhaus mit bestem Ruf?«

Einen Moment lang herrschte Schweigen im kleinen Dienstzimmer, und man hörte nur, wie sich der Regen hart gegen die Fensterscheiben warf.

»Ich weiß es«, sagte der Taxifahrer leise. Alle starrten ihn verblüfft an. Niemand schien vermutet zu haben, dass auch er einen Wissensvorsprung in diesem Fall hatte. »Oh mein Gott, es ist schrecklich, aber ich denke, ich weiß, wer an dieser Tat beteiligt war.«

In diesem Augenblick öffnete sich die Tür. Die Frau, die ohne zu klopfen eintrat, war in Sanders' Augen nahezu vollkommen. Schwarzes Haar und dunkle Augen, feurige Wangen und ein blutrot gefärbter Mund. Sie war wunderschön, vielleicht noch schöner als Wencke, aber er kannte sie nicht.

Doch er konnte sich denken, wer sie war. Schade, dachte er.

»Rika!«, riefen Jasper und Wencke wie aus einem Munde.

Sie beachtete keinen der beiden. »Wer ist hier bitte Kommissar Sanders? Ich hatte einen Termin.«

Der Taxifahrer schien in sich selbst zu versinken. Sanders ahnte, was das zu bedeuten hatte.

»Frau Rika Haberkamp?«

Sie lächelte ihn an, und Sanders konnte sich kaum ihrer betörenden Art entziehen. Ohne ein Wort zu verlieren, nahm sie ihm gegenüber Platz, schlug die sagenhaft weiblichen Beine übereinander und legte den Kopf schräg, so dass ihre nassen, samtigen Haare schwer über die Schultern fielen.

»Ich habe heute ein Telefongespräch mit angehört«, sagte der Taxifahrer, er hatte sich allem Anschein nach wieder gefangen. Er behielt Rika Haberkamp fest im Auge, als er weitersprach. »Sie hat vom Krankenhaus aus angerufen und ich stand mehr oder weniger zufällig in der Nähe.«

Die Schöne blickte ihn von der Seite an, ihre Mundwinkel zeigten noch immer nach oben, doch Sanders meinte, ein leichtes Zittern ausmachen zu können.

»Sie hat über Wenckes Schussverletzung gesprochen und dass eigentlich danebengeschossen werden sollte. Ich hatte das Gefühl, dass sie mit ihrem Gesprächspartner ein, wie soll ich sagen, intimes Verhältnis hat.«

»Woran haben Sie das gemerkt?«, fragte Sanders, um überhaupt irgendetwas zu fragen.

»Sie nannte ihn ‚Schatz' und wollte sich für heute noch mit ihm verabreden.«

Rika Haberkamp lachte glockenhell auf. »Ach Remmer, du kleiner Detektiv. Kann es sein, dass dir da deine eigene Eifersucht einen kleinen Streich gespielt hat? Ich habe mit einer sehr guten Freundin telefoniert. Frauen reden sich oft mit Kosenamen an, wusstest du das nicht?« Sie warf dem Häufchen Elend neben ihr einen amüsierten Blick zu.

»Hast du nicht, Rika«, entgegnete Remmer in auffallend ruhigem Ton.

»Hatte ich auf Mithören geschaltet, oder was?« Sie machte einen Witz aus dieser Situation, doch selbst Sanders hatte das sichere Gefühl, dass dies der letzte Witz für eine sehr lange Zeit sein könnte.

»Du hast dein Handy liegen lassen, weil du auf Zimmer neun eine Infusion legen musstest.«

»Und?«, fragte sie.

»Ich habe auf Wahlwiederholung gedrückt.« Alle im Raum hielten den Atem an. »Es meldete sich Veit Konstantin!«

»Oh nein«, entfuhr es Jasper Tydmers. Er war leichenblass, und seine Bartstoppeln wirkten noch schmutziger in seinem Gesicht. »Du warst es?«

Sanders beobachtete, wie Wencke Tydmers ihren Bruder vorsichtshalber am Arm fasste.

»Schatz, so ein Unfug!«, sagte Rika Haberkamp in seine Richtung.

Der Taxifahrer räusperte sich. »Ich wollte noch etwas zu Protokoll geben.«

»Du hältst jetzt lieber deine Klappe, Remmer. Überlege mal, ob deine Hirngespinste nicht eher daher rühren, dass du bei mir nicht landen konntest.«

Sanders hätte schwören können, dass sich der Dicke nun ganz in sein Schneckenhaus zurückziehen würde, doch er hatte sich getäuscht.

»Rika Haberkamp hat sich in der Nacht, als Leefke Konstantin starb, den Rücken verrenkt. Sie behauptet zwar, es wäre erst am darauffolgendem Vormittag passiert, doch ich habe sie am frühen Dienstagmorgen vor Dienstbeginn besucht, um mich nach Jasper zu erkundigen, und da hatte sie bereits offensichtliche Rückenbeschwerden. Ich weiß nicht, ob es was zu bedeuten hat …«

»Schwachsinn!«, schrie Rita Haberkamp dazwischen.

»… aber ich habe mir von Anfang an meine Gedanken gemacht.«

»Du hast dir nur Gedanken darum gemacht, wie du mich ins Bett kriegen kannst!«

Sanders wollte dazwischen gehen. Er fühlte, dass die Stimmung umzuschlagen drohte wie das Wetter in den letzten Stunden. Und dieser Raum war eindeutig zu eng geworden.

»Wollen Sie bitte ins Nebenzimmer gehen?«, sagte er möglichst ruhig und schaute dabei Wencke Tydmers, ihren Bruder und den armen Taxifahrer an, der verzweifelt wie ein Fisch auf dem Trockenen nach Worten schnappte. Sicher hatte Rika Haberkamp mit ihrer Vermutung ins Schwarze getroffen.

Wencke Tydmers warf ihm einen erfreulich vertrauten Blick zu, nickte zustimmend und wollte den Raum verlassen, Meint Britzke musste helfen, ihren Bruder von der Stelle zu bewegen.

»Hast du Leefke vom Dach gestoßen?«, schrie Jasper Tydmers.

Rika Haberkamp sprang auf. »Idiot! Habe ich natürlich nicht!«

Fast hatte Wencke Tydmers ihren nahezu rasenden Bruder zur Tür bugsiert, da öffnete sich diese und ein Schwall aufgeregter Jugendlicher überfüllte augenblicklich den Raum. Sanders meinte, innerhalb von Sekunden ersticken zu müssen, und die Fensterscheiben beschlugen, kaum dass die panischen Chaoten ihre ersten hastigen Atemzüge gemacht hatten.

»Sie ist nicht da. Aber der Zettel ist weg!«, rief einer.

Sanders konnte nicht erkennen, wer es war. Einige der Jugendlichen waren beinahe so groß wie er, es war unmöglich, in diesem Durcheinander noch den Überblick zu behalten. Er wünschte sich die langweilige, wenn auch etwas hoffnungslose Ruhe herbei, die noch vor wenigen Minuten in diesem Raum geherrscht hatte. Er war sich nur einer Sache sicher, und die machte ihm schwer zu schaffen, doch es ging kein Weg daran vorbei: Axel Sanders musste sich eingestehen, dass er die Kontrolle verloren hatte.

»Raus!«, schrie er. »Alle Mann raus!« Sämtliche Köpfe fuhren zu ihm herum, in der plötzlichen Stille fühlte er sich nackt. Doch er konnte nicht anders. »Frau Tydmers, ich möchte Sie bitten, trotz Ihres Urlaubs für einen Augenblick dieses Chaos hier zu übernehmen.«

Sanders war seiner Kollegin unendlich dankbar, dass sie dieser Aufforderung mit einem kurzen Nicken kommentarlos nachkam. Einer nach dem anderen verließ sein Büro, als Letzte ging Wencke, doch sie blieb in der Tür stehen. Auch die Krankenschwester hatte sich erhoben.

»Frau Haberkamp, Sie bleiben bitte bei mir. Ich werde Sie wegen des dringenden Verdachtes der Beihilfe zum Mord an Alide Konstantin festnehmen!«

Wencke Tydmers lächelte ihm zu, dann schloss sie die Tür hinter sich.

30. Kapitel

Sie standen im Regen und sagten kein Wort. Erst als sich Wencke zu ihnen gesellte, schienen sie wieder in der Lage zu sein, sich zu rühren.

Wencke war viel kleiner als alle anderen und sie musste auf den Stufen vor der Tür stehen bleiben, um überhaupt sichtbar zu sein, und doch spürte sie, das jeder hier vor diesem Haus darauf wartete, dass sie einen Weg wies.

»Habt ihr Pinkis Mutter gefragt, wo sie hingegangen sein könnte?«

Wilko schüttelte verzweifelt den Kopf. »Keiner hat sie kommen oder gehen sehen. Sie muss nach Hause gekommen sein, hat dann den Brief gefunden und ist wahrscheinlich direkt wieder losgegangen.«

»Und wohin? Vielleicht hat sie mich gesucht?«, kam es Wencke in den Sinn. Doch es war hoffnungslos. Wo hätte sie denn nach ihr suchen sollen?

»Ich habe sie gesehen!«, schaltete sich Remmer ein. »Sie ist mir in der Nähe von Optik Claussen über den Weg gelaufen, als ich im Taxi die Jann-Berghaus-Straße entlangfuhr. Sie hatte fast gar nichts an, nur eine kurze Hose und so ein leichtes Unterhemd, war klatschnass und lief wie von Sinnen über die Straße. Ich hätte sie fast überfahren.«

»Und in welche Richtung ist sie gelaufen?«

Remmer zuckte die Schultern, er sah so elend aus. »Zum Strand, würde ich sagen!«

Swantje begann heulend gegen Jens' Brust zu trommeln. Sie brachte fast kein Wort heraus. »Wie konntet ihr nur... diese beschissenen Briefe ... gerade Pinki!«

Wencke ging zu ihr, zog sie langsam an sich heran und wollte das zitternde Mädchen beruhigen, doch Jasper hatte von hinten die Arme um sie gelegt und hielt sie behutsam fest, bis sie nicht mehr schrie. Dann schaute er in die Runde. Wencke bemerkte die Blicke der fast erwachsenen Kinder, die sich hoffnungsvoll an ihm festklammerten. Er war ein wunderbarer großer Bruder.

»Pinki ist nicht so, wie sie immer tut. Sie ist nicht so cool und unantastbar. In Wirklichkeit ist sie schrecklich verletzlich. Und da habt ihr mit den Briefen natürlich ganz schön viel mehr bei ihr angerichtet, als es euch bewusst war.«

»Scheiße«, sagte Philip.

»Es ist aber im Moment ganz egal. Wir müssen alle überlegen, was sie jetzt tun könnte. Wo sie jetzt sein könnte. Versetzt euch in ihre Lage, ihr kennt sie am besten. Stellt euch vor, sie ist rasend vor Angst. Sie weiß nicht, wohin. Sie hat keine Ahnung, an wen sie sich wenden kann, wer ihr hilft. Was tut Pinki in diesem Augenblick?«

Keiner sprach ein Wort. Wencke schaute nach oben, wo sich am Horizont in Sekundenschnelle Blitze vom Himmel nach unten fallen ließen. Sie rieb sich die nackten Oberarme, es war nun kalt geworden, bitterkalt. Der Regen zeichnete seine nassen Spuren auf ihre Haut, der Wind fegte darüber hinweg und hinterließ ein Gefühl, als wären die Tropfen zu Eis gefroren.

Jens begann, hemmungslos zu kichern. Er bog seinen riesigen Jungenkörper fast, so sehr schüttelte ihn dieses hysterische Lachen.

»Hör auf«, fuhr ihn Wilko an.

Doch Jens rieb sich die Tränen aus den Augen, die vom Regen kaum zu unterscheiden waren. »Ich weiß, was sie jetzt tut.« Er musste husten.

Jasper starrte ihn an. »Es ist egal, wie albern es klingt. Sag, was du meinst, es ist wichtig.«

»Was macht Pinki, wenn es richtig hart kommt?«

Die andern standen hilflos neben ihm.

»Sie setzt sich hin und raucht eine!«, brach es aus Jens hervor. »Pinki setzt sich hin und steckt sich mit ihren beschissenen Streichhölzern eine beschissene Zigarette an.«

»Ja, und?«, fragte Swantje aggressiv.

»Und dann nimmt sie das abgefackelte Streichholz und ein neues und lost mit sich selbst aus, was sie tun soll.«

Wencke horchte auf. Auch bei ihrer Begegnung hatte Pinki um ihr Schicksal gelost, hatte die Hölzer in der Hand entscheiden lassen, ob sie ihr die Geschichte erzählen sollte oder nicht.

Wilkos Lachen endete so abrupt, wie es begonnen hatte. Schwach ließ er sich auf den nassen Boden sinken. »Es ist Pinkis Macke. Sie kann sich nie entscheiden. Sie nimmt immer diese Dinger zu Hilfe. Auch mit Leefke hat sie es ständig gemacht. Wer von uns beiden zieht heute Abend die Lederjacke an, du oder ich?« Wilko keifte mit hoher Stimme, so als wolle er die beiden Freundinnen parodieren.

»Das stimmt!«, sagte Swantje. »Gehen wir heute ins Kino oder gucken wir Fernsehen? Essen wir Chips oder Pizza? Hören wir *Fettes Brot* oder die *Piraten*?«

Wenckes Kopf rotierte. Es ging um Entscheidungen. Bei Pinki und Leefke ging es um mehr als um Chips oder Pizza. Es ging um Wahrheit oder Pflicht. Es ging um Freundschaft oder Verrat. Es ging um Leben oder Tod.

Und diese Entscheidung war getroffen worden. Und zwar nicht in Pinkis Zimmer. Es war woanders geschehen, und es war unmittelbar in die Tat umgesetzt worden.

Wahrheit oder Pflicht. Freundschaft oder Verrat. Leben oder Tod.

Sie hatte auf dem Dach der *Maritim-Klinik* zwei Streichhölzer liegen sehen.

31. Kapitel

Es war sinnlos, sich unterzustellen. Warum?

»Kind, du wirst dich erkälten!«

Nein! Pinkis fünfte Zigarette, ihre letzte! In der kleinen Pappschachtel war nur noch ein unbenutztes Streichholz. Fünf abgebrannte gegen ein neues. Die Chancen standen schlecht, dass sie diesen Tag noch überleben sollte.

Wenn die Glut bis an den Filter vorgedrungen war, dann wollte sie es tun. Niemand würde sie davon abhalten. Niemand außer diesem einen winzigen Streichholz.

Auch Leefke hatte sich immer daran gehalten. Bis zuletzt. Sie hatten dieses Spiel schon so oft gespielt. Früher waren es abgebissene Lakritzstangen gewesen, die über ihr Schicksal entschieden hatten. Nun waren es Streichhölzer.

Sie waren echte Freundinnen gewesen.

Pinki dachte an ihr letztes Treffen. Es war nicht in ihrem Zimmer gewesen. Sie hatten sich noch einmal wiedergesehen. Eigentlich wollte sie diese Geschichte vergessen, die Erinnerung daran ausschalten, ein für alle Mal. Doch nun stand sie hier auf dem regennassen Dach und hatte das Gefühl, dass Leefke wieder lebendig war und nun neben ihr stand, um sie leise flüsternd daran zu erinnern, wie es wirklich gewesen war. Ihr letztes Treffen …

Sonntagabend. Pinki schaute immer noch Viva, doch der Streit mit Leefke bohrte in ihr, bis sie es in ihrem Zimmer nicht mehr aushielt. Er hatte in ihr das Gefühl hinterlassen, dass sie etwas sehr Wertvolles verloren hatte. Es war anders, als seine Unschuld zu verlieren oder einen Schlüssel, ein Portemonnaie. Sie hatte Leefke verloren. Weil sie Leefke vor die Wahl gestellt hatte: entweder die Wahrheit oder unsere Freundschaft. Und erst eine ganze Weile später, nachdem sie wie taub auf ihre Zimmertür gestarrt hatte, durch die Leefke so endgültig verschwunden war, erst da hatte sie die Kraft gehabt, ihr nachzugehen.

Vielleicht hatte Leefke recht und es gab keinen anderen

Weg, als Jasper von ihrem Verdacht zu erzählen. Sie war bereit, alles dafür zu riskieren, ganz allein. Pinki schlich sich aus dem Haus, es war bereits nach neun.

Dunkel war es noch nicht. Warm und sanft wie eine Decke lag der Sommerabend über der kleinen Stadt. Touristen in weißen Hosen und dunkelblauen Sweatshirts schlenderten mit Eis in der Hand durch die Norderneyer Straßen. Die Kinder rannten vor, blieben vor den bunten Schaufenstern stehen und wollten alles haben, was sie sehen konnten, bis sie von ihren Eltern wieder eingeholt und zum Weitergehen ermahnt wurden.

Pinki sah dies alles nur am Rande, die friedliche Idylle drang nicht bis an ihr Innerstes vor. Alles an ihr schien zu rennen, die Gedanken, die Gefühle und die Beine. Bis sie vor der *Maritim-Klinik* stand.

Eine Terrassentür stand offen, sie schlich sich hinein und suchte ein Versteck, von dem aus sie den Eingangsbereich im Auge hatte. Eine enge Abstellkammer direkt bei den gläsernen Schiebetüren stand offen, sie schaute sich um, doch niemand bemerkte sie, als sie sich in den winzigen Raum schob. Es waren ohnehin kaum noch Menschen in der Klinik unterwegs, ein paar Pflegerinnen beendeten ihre Spätschicht, zogen sich leichte Strickjacken über die Schwesternkittel und schlenderten lachend dem Feierabend entgegen. Rika war nicht unter ihnen. Sie hatte Nachtdienst auf der Unfallstation. Leefke hatte es ihr erzählt, weil sie sich darüber gewundert hatte. Schließlich hatte Jasper um Mitternacht Geburtstag.

Pinki setzte sich auf einen Stapel Toilettenpapier, um sie herum standen unzählige Putz- und Desinfektionsmittel, und es roch auf diesen paar Quadratmetern so intensiv nach Krankenhaus, dass Pinki sich bemühte, durch den Mund zu atmen. Doch das Versteck war gut. Falls eine Schwester hereinkäme, hätte sie sich schnell hinter einem mannshohen Turm aus Papierhandtüchern verbergen können. Durch den schmalen Spalt, den die Tür zum Foyer freigab, hatte sie die Eingangstür direkt im Visier. »Leefke, Leefke, komm endlich. Ich muss mit dir reden. Du bist doch meine Freundin. Mach doch nicht alles zunichte ...«, flüsterte sie beinahe unhörbar.

Und endlich, nach einer halben Ewigkeit, tauchte Leefke auf. Hastig lief sie am Portier vorbei, Pinki konnte ihn rufen hören, doch sie wusste, dass Leefke sich nicht aufhalten ließ. Ihre Freundin verschwand im Treppenhaus und Pinki kroch aus der Kammer. Der Lift war zum Glück gerade im Erdgeschoss, nur ein paar Schritte von ihr entfernt, sie stellte sich eng an die verspiegelte Wand und drückte auf drei. Unfallstation, Rikas Station in dieser Nacht, die Türen schlossen sich. »Ich muss vor ihr da sein, ich muss sie abfangen, ich muss …«, presste sie zwischen den Lippen hervor. Dann schoben sich die Türen zur Seite, und Leefke stand ihr direkt gegenüber. Vielleicht hatte sie für einen Moment gezögert, die Station zu betreten, jetzt starrte sie Pinki nur an, ihre Freundin, schon immer, doch in diesem Augenblick vielleicht auch ihre schlimmste Feindin. Leefke zog an der Tür.

»Warte!«, rief Pinki ihr zu.

Leefke hielt inne. Doch dann stieß sie die Tür auf und betrat, ohne sich noch einmal umzublicken, die Unfallstation. Pinki war starr vor Schreck. Sollte sie umkehren? Oder sich wiederum in einer dunklen Ecke vor dem Unausweichlichen verstecken?

Es war zu spät. In diesem Moment sprachen die beiden miteinander. Rika und Leefke. Pinki war beinahe nicht in der Lage zu atmen, ihr war übel. Schwach setzte sie sich auf den kalten Fliesenboden vor den überdimensionalen Fenstern und zählte mit geschlossenen Auge die Sekunden, die Minuten. Doch es dauerte nicht lang, zuerst spürte sie den Luftzug, als Leefke die Stationstür öffnete, dann blickte sie ihrer Freundin in das vertraute Gesicht.

»Was ist passiert?«, brachte Pinki hervor.

»Sie hat keine Zeit. Irgendein Kegelbruder ist besoffen vor die kleine Bimmelbahn an der Promenade gelaufen und muss genäht werden. Ich bin nicht dazu gekommen, mit ihr zu reden. Sie will aber gleich herauskommen.«

Pinkis Körper entspannte sich wie von einer schweren Last befreit, sie konnte Luft holen und wieder klar denken. Sie hatte es noch nicht ausgesprochen! Noch war alles zu retten!

»Lass uns aufs Dach gehen«, sagte Leefke knapp und nickte kurz in Richtung Treppenhaus. Pinki beneidete Leefke um die Sicherheit, mit der sie Dinge tat oder bleiben ließ.

Langsam und schweigend und ernster, als sie jemals etwas gemeinsam unternommen hatten, stiegen sie die Stufen hinauf. Sie wussten wahrscheinlich beide, dass sie erst wieder hinuntergelangen würden, wenn endlich alles geklärt war. Es war wie der Gang zur Schafott. Galgenfrist für ihre Freundschaft.

Und erst, als sie auf dem Dach standen, sich an die Mauer lehnten und nur dunkelblauer Himmel und ein käsiger Sommermond über ihnen waren, da war die Zeit für die Wahrheit zwischen ihnen gekommen.

»Hast du es Jasper erzählt?«, fragte Pinki mit ängstlicher, fast zitternder Stimme.

Doch Leefke schüttelte nur den Kopf. Sie konnte ihre Freundin atmen hören, das Meer unter ihnen war in dieser Nacht so still, auch das Reden und Lachen der Insel drang nicht zu ihnen. Keine Ruhestörung. Nur Leefke und sie.

»Hast du es irgendjemandem erzählt?«

»Nein, Pinki, habe ich nicht. Ist das denn die einzige Sorge, die du hast?«

Sie konnte und wollte darauf nichts erwidern.

»Ich werde es nur Jasper erzählen. Kannst du das nicht verstehen? Er ist ein so wunderbarer Mensch, er hat uns noch nie im Stich gelassen. Wie ein Pirat hat er auf dieser Insel den Erwachsenen ein wenig von ihrer Selbstgerechtigkeit abgenommen, und jede Errungenschaft hat er mit uns geteilt. Er war immer gerecht, er war immer mutig, er hat uns nie etwas vorgemacht. Und wir?«

Pinkis Blick fiel auf die Dächer unter ihnen, sie wusste, was darunter vor sich ging. Die Lichter in den Straßen, die kaum wahrnehmbare Musik aus den Häusern, die laue Seeluft, sie kannte dies alles und wusste auch, dass vieles von dem ein Trugbild war. Diese Insel war ihr Zuhause. Sie war mit all dem hier aufgewachsen. Vielleicht wäre sie auch nie auf die Idee gekommen, etwas davon in Frage zu stellen, wenn sie nicht so viel Zeit mit Leefke, Oma Alide und Jasper verbracht hätte. Erst dann war ihr aufgefallen, wie viele Opfer diese heile Welt forderte.

Leefke holte tief Luft. »Wir igeln uns ein, wir stoßen ihn von uns, er ist uns mit einem Mal nicht eine Silbe Wahrheit mehr wert.«

»Er hängt doch selbst mit drin! Hätte ich ihm damals nicht von diesem Grabscher in der Silvesternacht erzählt, dann wäre dies alles nicht passiert. Wir haben einmal den Mund aufgemacht und uns beschwert, und daraus hat sich die ganze Katastrophe entwickelt. Warum konnten wir es nicht einfach alles auf sich beruhen lassen?«

»Weil es nicht funktioniert hätte, Pinki.« Sie würde Leefkes Blick, ihre hellen Augen in diesem Moment nie vergessen. Ihr war nun klar, dass ihre beste Freundin nicht einen Schritt zurück machen würde. Sie waren am Punkt der Entscheidung angelangt.

»Ich kann nicht damit leben, dass sie Oma Alide sterben ließen, bloß um an diese dämlichen Häuser und Grundstücke zu gelangen.«

»Aber es war Oma Alides letzter Wille, dass du die Häuser bekommen sollst, Leefke. Und das war auch gut und richtig so. Jetzt gehört Veit und Heiko Konstantin genauso viel wie dir, und sie haben zudem noch das Recht, deinen Anteil zu verwalten. Ich bin mir sicher, wenn es einen Himmel gibt, dann sitzt Oma Alide auf einer Wolke und ist todunglücklich, dass sie ihr Testament nicht mehr ändern konnte.«

Leefke fuhr herum, sie sah wütend aus, wütend und unendlich traurig. »Ich hätte lieber nur eine … eine alte Keksdose von ihr geerbt, wenn sie nur ein paar Jahre älter geworden wäre. Es ging mir doch niemals um den Nachlass.«

»Sag mal, wo lebst du eigentlich. Ich hätte dich für intelligenter gehalten! Es geht doch gar nicht um dich. Es geht darum, dass sie ihren Söhnen nichts vererben wollte. Was hättest du alles aus den Häusern machen können? Einen Proberaum für die *Piraten*, eine neue Diskothek, einen Treffpunkt für uns, was weiß ich? Du hättest deine Oma auf diese Weise unsterblich machen können.« Einen Augenblick später hätte Pinki sich am liebsten auf den Mund geschlagen, dass sie so dumm dahergeredet hatte. Doch im Grunde genommen waren es nur die Gedanken, die wohl jeder in der Clique schon gehabt hatte.

Nervös kramte sie sich eine Zigarette hervor, nahm ein Streichholz, ließ die Flamme heiß zischend auflodern und nahm einen tiefen Zug. Sie sah, wie sich das kleine Feuer gierig den kleinen Holzstäbchen hinunterfraß, bis es einige Millimeter vor ihren Fingern glimmend erlosch.

Leefke legte sanft den Arm auf ihre Schulter. Auch sie verfolgte den hellgrauen Rauch, der sich in der Abendluft verflüchtigte. »Vielleicht ist beides nicht richtig. Wenn wir den Menschen von dem Mord erzählen, so werden wir auf ewig mit dieser Geschichte in Verbindung gebracht werden. Jeder auf Norderney wird uns ansehen und denken: Siehst du, das ist einer von denen, für die Alide Konstantin ihr Leben lassen musste. Einer von denen, die nicht zufrieden waren mit dem, was sie hatten, die mit ihren Forderungen auf Teufel komm raus ein tödliches Ärgernis wurden. Wir werden auf ewig gebrandmarkt sein. Und das wird unsere Freundschaft zerstören.«

Pinki sagte nichts. Was sollte sie sagen? Leefke hatte recht.

»Doch ebenso werden wir vor die Hunde gehen, wenn wir die Wahrheit verschweigen. Denn wir alle wissen, dass wir nichts Unrechtes verbrochen haben. Vielleicht haben wir nicht immer ganz richtig gehandelt, doch unsere Beweggründe waren immer ehrlich. Eigentlich haben wir doch nur Angst. Angst vor den Vorwürfen, die wir alle schon tausendmal gehört haben. Und ich sage dir, ich habe eine Scheißangst, egal, wie ich mich jetzt entscheiden werde.«

»Und was wirst du tun?« Pinki traute sich kaum, diese Frage zu stellen.

»Entweder werde ich jetzt hinuntergehen, Rika zur Rede stellen und dann mit ihr zu Jasper fahren, und das wird alles verdammt hart werden. Ich werde euch alle verraten, meine Freunde hintergehen, ihren Willen missachten … ihr werdet mich alle hassen!«

Leefke schluchzte gequält auf, doch sie weinte nicht.

»Oder?« fragte Pinki.

»Oder ich ...« Leefke legte ihre Wange auf den warmen Stein der Mauer und schaute in den Himmel.

Und dann hielt Pinki ihr die Streichhölzer hin.

»Wenn ich den Langen ziehe, werde ich allen die Wahrheit sagen,« sagte Leefke und zog.

Doch Leefke Konstantin zog den Kurzen.

32. Kapitel

Wencke spürte die Beine nicht mehr. Ihre Lungenbläschen füllten sich schmerzhaft und mühsam mit Atemluft, die Kleider klebten nass und schwer an ihrem Körper. Der tosende Herzschlag trieb das Blut in ihre Glieder; sie fühlte unter dem Verband die Wunde wütend pulsieren. Doch sie rannte weiter. Es blieb keine Zeit.

Keine Zeit, den anderen ihre Panik zu erklären, keine Zeit, logisch und besonnen vorzugehen. Sie wusste, auf dem Dach der Klinik stand ein Mädchen im Regen und wollte seinem Leben ein Ende setzen. Wollte ihrer Freundin folgen, die in den letzten Tagen wie ein unerreichbares Vorbild ihren Weg begleitet, vielleicht sogar bestimmt hatte. Pinki hatte gesehen, wie leicht es war, dem Tod entgegenzukommen. Die Schwelle war verdammt niedrig.

Die automatischen Türen konnten sich nicht schnell genug öffnen, Wenckes schwitzende Handflächen hinterließen matte Streifen auf dem Glas, als sie hindurchfiel. Der Aufzug war nicht da, sie musste zu Fuß nach oben. Zur Rechten führte eine schwere Tür zum Treppenhaus, sie stieß sie mit dem Körper auf und stürzte die Stufen hinauf. Ein Blick nach oben ließ sie für einen Augenblick zweifeln, ob sie es überhaupt schaffen würde. Nicht nur diese endlose Treppe, vier Stockwerke hinauf, Stück für Stück auf glatten Stufen. Nein, sie wusste nicht, ob sie in der Lage war, ein verzweifeltes Mädchen am Rande der Endgültigkeit von ihrem Tun abzubringen. Doch das war es nicht, worauf es ankam, vielleicht würde Pinki sich dennoch und vor ihren Augen in die Tiefe stürzen. Sie sollte nur wissen, dass sie nicht allein war. Dass es jemanden gab, der mit ihr fühlte, dem etwas an ihr lag. Wencke wusste, es gab viele Menschen, denen es nicht egal war, wie es diesem Mädchen ging. Ihre Freunde, ihre Familie, aber auch zahlreiche Leute auf der Insel, an die sie in diesem Moment nicht dachte, ihnen allen würde es das Herz aus dem Leibe reißen, wenn sie sich für den Sprung in den Tod entschied. Wencke hoffte nur, dass es den anderen gelang, möglichst viele dieser Menschen zu erreichen. Vielleicht verstanden sie nicht, weshalb sie sich bei tobendem Gewitter vor der *Maritim-Klinik* versammeln sollten, vielleicht sagten sie, es sei Hauptsaison und somit keine Zeit für unsinnige, unverständliche Dinge. Doch wenn nur eine kleine Handvoll dort unten auf dem sandigen Boden stand, dann hätten sie eine Chance, dass Pinki begriff.

Wenckes Füße fanden keinen Halt, der feine Sand unter den Sohlen ließ sie auf jedem Treppenabsatz rutschen und schlingern, sie stieß sich das Knie an der kalten, scharfen Kante einer Steinstufe, doch sie stand auf, zog sich mit dem schmerzendem Arm in die Senkrechte und rannte weiter.

Armes, kleines Mädchen, du bist nicht so allein, wie du denkst. Du bist wertvoll, du bist auf deine einzigartige Weise wertvoll, bitte bleibe, wie du bist. Der stumme Schrei verhallte in ihrem Inneren. Wencke wurde bewusst, dass sie auch ein wenig sich selbst zu retten versuchte. Die Gedanken waren ihr nicht fremd, vielleicht war dies der Grund, dass sie nun zwei Stufen auf einmal nahm, um schneller voranzukommen. Sie sah sich selbst auf dem Dach stehen, unverstanden, verwirrt, ausgestoßen. Und unfähig, eine vernünftige Entscheidung zu treffen.

Lass die Streichhölzer, wo sie sind. Du kannst es selbst entscheiden. Du selbst bist dein Schicksal, überlass es keinem anderen außer dir selbst.

Und dann fand sie die Tür. Das Siegel war beschädigt, es

musste also jemand auf dem Dach sein. Sie blieb stehen, eine Sekunde nur, einen Moment lang, den sie zum Atmen brauchte und um sich wieder zur Ruhe zu zwingen. Dann ging sie auf das Dach.

Wie ein Faustschlag ins Gesicht traf sie die Gewalt des Sturmes, nahm ihr die Luft, so dass sie den Kopf zur Seite drehen musste. Der schneidende Regen schien ihr jeden weiteren Schritt verbieten zu wollen, doch sie setzte sich zur Wehr, missachtete die Naturgewalt und öffnete die Augen, obwohl jeder peitschende Tropfen, jeder grelle Blitz es ihr fast unmöglich machten. Und sie sah die Gestalt am Geländer stehen. Ein paar Knochen, blasse und nasse Haut spannte sich müde darüber, war sie überhaupt lebendig oder wurde ihr Körper vom Wind an die Mauer gepresst?

Dann erkannte sie die Glut der Zigarette, die sich wild entschlossen gegen die nasse Kälte des Unwetters behauptete und sich, von gierigen Lippen gesogen, in den Tabak fraß. Wencke blieb an der Wand, hielt sich am rauen Putz fest, so gut es ging und tastete sich Stück für Stück an das Mädchen heran. Das Bombardement des Gewitters, die heranstürmende See, der angreifende Wind, sie alle machten einen weltuntergangsgleichen Lärm, so dass Pinki nicht wahrnehmen konnte, dass sie nicht mehr allein war.

Wencke sah die Zigarette des Mädchens, winzig und haltlos flog das Glühen vom Sturm ergriffen über die Mauer. Und sie konnte für einen Sekundenbruchteil ein abgebranntes Streichholz in der Mädchenhand erkennen. Dann schrie sie.

Pinki hielt kurz inne, wischte sich über die Augen und blickte wild um sich. Wencke stürzte auf sie zu, war fast bei ihr, und doch musste sie laut gegen das donnernde Tosen um sie herum anschreien. »Ich bin da, Pinki, ich bin da!«

»Wer bist du? Ich kann dich nicht sehen!«

Doch sie stand bereits fast neben ihr, wollte nicht zu nah heran, wollte sie nicht zu einer fatalen Bewegung verleiten. Es fiel Wencke schwer, in diesem Chaos so etwas wie Ruhe zu verbreiten, doch sie musste es schaffen, sonst hatte sie verloren.

»Ich will nicht, dass du es tust, hörst du?«

»Es ist mir egal, was du willst. Ich kenne dich nicht. Ich habe nur einmal mit dir gesprochen, und das war ein Fehler. Ich werde nicht hören, was du sagst!«

Sie hatte sie erkannt. Sie waren nur ein paar lächerliche Meter voneinander entfernt. Und doch war es fast unerreichbar weit. Pinki hatte sich bereits mit dem Oberkörper ein großes Stück über die Brüstung gedrängt. Ein brutaler Windstoß hätte sie hinuntergestoßen, oder eine unbedachte Bewegung. Es gab nur Worte, um sie wie mit einem Strick auf dem Dach zu halten.

»Du irrst dich, wenn du sagst, dass du mich nicht kennst. Vielleicht hätte ich dir bei unserem Gespräch mehr über mich erzählen sollen, als dir nur zuzuhören. Dann hättest du begriffen, dass ich gar nicht so weit von dir entfernt bin. Dass wir beide verdammt viel gemeinsam haben.«

»Was bringt das?« Der Wind und der rasende Donner verschluckten beinahe jedes Wort.

»Du stehst nicht allein auf dem Dach. Genau wie Leefke nicht alleine war, als sie sprang. Es gibt viel zu viele Menschen, die verstehen, was in dir vorgeht. Und wenn du springst, dann reißt du sie alle ein Stück mit in die Tiefe!«

Irrte Wencke sich, oder rutschte Pinki ein kleines, Hoffnung weckendes Stück nach unten? Sie versuchte es erneut. »Ich habe selbst einmal am Abgrund gestanden. Kein Mensch hat mir das Gefühl gegeben, dass ich bleiben sollte, also dachte ich, ich könnte am besten gehen. Aber das war verkehrt!«

»Es ist nicht verkehrt! Leefke hat es auch getan, und die hat sich nie geirrt. Sie kannte ihr Schicksal und hat es richtig gemacht!«

Wencke spürte den Schmerz dieser Worte. Oh Gott, wie sollte sie diesem Mädchen nur die Angst nehmen, hier oben, näher dem Himmel als dem Boden der Tatsachen. Hier oben kam es einem beängstigend logisch vor, dass man der Gewalt des Lebens hoffnungslos ausgeliefert war. »Leefke hat es vermasselt!«

»Nein!«, schrie Pinki. »Nein, sie hat es verstanden! Sie ist gesprungen, weil es der einzige Weg für sie war. Ich war doch dabei! Ich habe sie doch gesehen! Sie hatte keinen Zweifel in ihrem Gesicht, als sie über die Mauer kroch, als sie den Halt verlor. Sie hat es gewusst!«

»Nichts hat sie gewusst! Hörst du: nichts! Niemand trifft die Entscheidungen für einen, nur man selbst. Du kannst springen und du kannst leben. Aber schieb es nicht auf ein abgebranntes Streichholz, dass du aufgegeben hast!«

Pinki zog sich nach oben, schob ihr Bein über die Mauer, sie hielt die Balance, schwebte mehr und mehr über der Tiefe, es war nur ein Hauch, der sie vom Absturz trennte.

»Schau nach unten!«, schrie Wencke. Sie konnte nicht sehen, was sich unter der Brüstung befand, dazu war sie zu weit entfernt. Sie konnte nur hoffen, dass Pinki nicht in eine schwarze, verlockend einsame Tiefe blicken würde. »Schau nach unten!«

Pinki blickte hinab, riss die Augen auf, ein gleißender Blitz erhellte eine Sekunde lang die schwere Dunkelheit. »Was wollt ihr?«, rief sie schluchzend. »Geht da weg, ich werde fallen!«

Langsam, fast unmerklich näherte sich Wencke dem Geländer.

»Ich habe gesagt, ihr sollt verschwinden!« Doch der Körper des Mädchens sank ein wenig in sich zusammen, krümmte sich, fiel vornüber auf die Mauer, wo sich die nassen, zitternden Hände krampfhaft in die Fugen krallten. Und dann konnte Wencke sie packen, sie schob ihr einen Arm um die Taille und griff mit der anderen Hand ihr Bein. Pinki zuckte, wehrte sich schwach, doch sie hatte sich zu fest an ihren letzten Halt geklammert, sie konnte nicht loslassen.

Dann schaute Wencke über die Brüstung. In der Dunkelheit unter ihnen konnte sie einzelne Gesichter ausmachen, Menschen mit Taschenlampen, winkende, rufende Gestalten in der Tiefe. Es waren nicht nur ein paar, es waren viele. Es waren mehr, als man auf den ersten Blick hätte zählen können. Und sie alle waren da, um ihr zu helfen. Um Pinki zu helfen.

»Was machen die da?«, wimmerte Pinki. »Die sollen mich allein lassen.«

»Sie können es nicht«, flüsterte Wencke. Sie hatte ihren Kopf in Pinkis Nacken gelegt und atmete warm in das wirre Mädchenhaar. »Sie können dich nicht allein lassen, weil sie dir dazu viel zu nahe sind.«

»Ich kenne sie nicht. Ich kenne keinen einzigen da unten. Es sind Fremde!«

»Es sind deine Freunde, Pinki. Und wenn du fällst, dann werden sie dich auffangen. Sie werden alles tun, um dich zu behalten, verstehst du?«

Wencke konnte spüren, wie der Körper unter ihr mit jedem Atemzug weicher wurde, so als löse sich der Zwang, der von ihm Besitz ergriffen hatte. Sanft versuchte sie, Pinki zu sich herüberzuziehen, doch noch war der Abgrund zu nahe, noch stand die unerklärliche Sehnsucht nach dem Nichts auf der anderen Seite und hielt ihre Hand auf dem Mädchen.

»Es wird nie wieder so sein wie früher, Pinki. Das verspreche ich dir. Wenn du es heute schaffst, wenn du dieser Versuchung, einfach Schluss zu machen, widerstehst, dann wirst du nie wieder, hörst du, nie wieder so allein sein, wie du es gewesen bist.«

Und dann glitt Pinki langsam und wie bewusstlos von der Mauer herunter auf den sicheren, sandigen Boden.

33. Kapitel

Wencke spürte den rauen Stein an ihrem Rücken. Es war nicht mehr so heiß und der Dauerregen der letzten Tage war heute nach und nach von der Sonne getrocknet worden. Ihr letzter Urlaubstag.

Sie schaute nach oben, über ihr kreisten langsam und mächtig die unendlichen Strahlen, spannten sich zwischen sie und den Abendhimmel und tanzten gemächlich. Vielleicht war es auch anders, vielleicht waren diese Lichtstreifen das einzig Stetige und alles andere drehte sich im Kreis, sie selbst und die Insel um sie herum, warum nicht auch die ganze Welt. Nichts steht ewig still. Nur die Zeit in diesem Moment unter dem Leuchtturm.

»Es ist wunderschön«, sagte Wencke und drehte den Kopf zu dem Mann an ihrer Seite. Eigentlich war sie zu glücklich, um sich zu bewegen, doch sie wollte es ihm sagen. Denn er war ein Hauptgrund für dieses gluckernde, kitzelnde Gefühl in ihrem Bauch.

Seine Hand schob sich zwischen die Mauer und ihren Kopf; er fuhr ihr mit den Fingerspitzen zärtlich durchs Haar. »Ich war schon so oft hier, aber an deiner Seite ist es noch ein bisschen … überwältigender!« Und dann lächelte er. Sie konnte den Blick nicht von ihm wenden. Endlich waren sie dort angekommen, wo sie schon immer sein wollten.

Heute Nachmittag hatten sich alle in der Waldkirche getroffen. Die Clique hatte nicht nachgegeben, sie hatten darauf bestanden, Leefkes Trauerfeier an ihrem Ort und nach ihren Vorstellungen abzuhalten. Der Steinaltar war mit bunten Blumen überhäuft und die Holzbänke waren bis zum letzten Platz besetzt gewesen. Und daneben hatten sie gestanden, bis auf den Wall, eng an eng, es waren weit über hundert Leute gewesen, die Leefke Konstantin ein letztes Stück begleiteten. Einige hatten sich in das Kondolenzbuch eingetragen, hatten bedauert oder sogar tief bereut, dass sie nicht viel eher an der Seite des Mädchens gestanden hatten. Es waren Supermarktkassiererinnen und Busfahrer, Ärzte und Lehrer, Matrosen und Politiker, Alte und Junge. Und sie alle hatten eigentlich immer verstanden, worum es Leefke und den anderen gegangen war. Sie hatten nur nie ein Wort darüber verloren. Hatten geschwiegen, weil sie dachten, es sei nicht wichtig. Doch vielleicht würde es nun nie wieder so sein. Vielleicht hatte das tödliche Spiel von Wahrheit und Freundschaft ihnen gezeigt, dass jedes verständnisvolle Wort einen Menschen weniger einsam, weniger ängstlich machen kann.

Die *Piraten* hatten gespielt. Oben am Steinkreuz hatten sie ihre Instrumente aufgebaut, und sie hatten nicht leise gespielt. Vielleicht waren sie dem einen oder anderen zu laut, es war egal. Philip und Jens, Wilko und Swantje, sie alle hatten gelacht, weil sie wussten, dass sie im Recht waren. Man durfte alles auf Leefke Konstantins Beerdigung: Man durfte rauchen und heulen, tanzen und schmusen, nur eines durfte man nicht: leise sein!

Und zum Schluss war Pinki aufgestanden. Sie hatte einen rosaroten Zettel in der Hand, ein ziemlich mitgenommenes Stück Papier mit feinen Rissen und zerlaufener Tinte, doch es war nicht schlimm, denn sie kannte den Text. Ihre Stimme war fest, sie hatte für einen kurzen Moment Wenckes Blick gesucht, dann hatte sie vorgelesen:

»*Ruhestörung* … von Leefke Konstantin!«

Als sie nun daran dachte, hier unter dem Leuchtturm, da war sie froh, dass sie diesen Urlaub erleben durfte. Ansgar hatte sich nicht mehr bei ihr gemeldet, er kam morgen aus La Palma zurück, und sie wusste, was sie zu tun hatte. Sie würde kein Streichholz ziehen müssen, um ihrem Schicksal auf die Sprünge zu helfen. Ihr war klar, was sie wollte. Es war das Verdienst der Insel, dass sie dieses Stück des Erwachsenwerdens nun auch geschafft hatte.

»Wirst du wiederkommen?«, fragte er.

Sie nickte. Er würde nicht viel Zeit haben. Die Häuser der Konstantins waren eine große Aufgabe für ihn, doch er hatte sich gern und sofort dazu bereit erklärt, als deutlich wurde, dass das Testament von Oma Alide zugunsten der Söhne nichtig war.

Bis zum Urteil im Prozess gegen die Konstantin-Brüder und Rika Haberkamp würden noch einige Monate vergehen, doch sobald die Schuld rechtmäßig festgestellt war, fiel das gesamte Erbe einer neugegründeten Stiftung zugute. Jasper hatte sie »Ruhestörung«-Stiftung genannt, und niemand hatte sich an diesem Namen gestoßen.

Dann schauten sie noch lange in den Strahlenhimmel, fast ohne ein Wort, nur mit liebevollen, leichten Berührungen.

»Jasper?«, fragte sie dann.

Er schaute sie an.

»Du hast mir doch ein Lied geschrieben, oder nicht?«

»Habe ich. In meinem schrecklich langweiligem Gefängnis. Ich weiß, dass wir dir das Leben oft nicht einfach gemacht haben, weil du etwas … wie soll ich sagen … anders warst als wir alle mit unseren Ideen und Spinnereien. Der Song erzählt auch von meinen kleinen aber gemeinen Angriffen auf dich. Erinnerst du dich zum Beispiel an meinen Auftritt bei deiner Abiturfeier?«

Wencke nickte lächelnd.

»Und eine Strophe erzählt von meiner öffentlichen Verbrennung deines Depeche-Mode- Starschnittes aus der Bravo.«

»Es war Duran-Duran!«

»So? Siehst du, dann muss ich das Lied noch ein wenig mehr verändern. Aber ich habe es bereits ein wenig umgetextet.«

»Warum?«

»Es stimmte so nicht mehr. Eigentlich hieß es *Meine kleine Schwester.*«

Sie boxte ihm liebevoll in die Seite. »Wie heißt es jetzt?«

Er legte den Arm um sie und drückte sie leicht. »Meine starke Schwester!«

Sandra Lüpkes

geboren 1971, lebt in Münster, wo sie als freie Autorin, Sängerin und Kabarettistin arbeitet. Mit ihrer oftmals chaotischen, aber gerade deswegen sympathischen Kriminalhauptkommissarin Wencke Tydmers, die in erster Linie an der Küste und auf den norddeutschen Inseln ermittelt, ist sie weit über den norddeutschen Tellerrand hinaus bekannt geworden. Sie ist Mitglied im *Arbeitskreis ostfriesischer Autorinnen und Autoren*, im *Syndikat* und bei den *Mörderischen Schwestern*.

Foto: Heiko Wilts

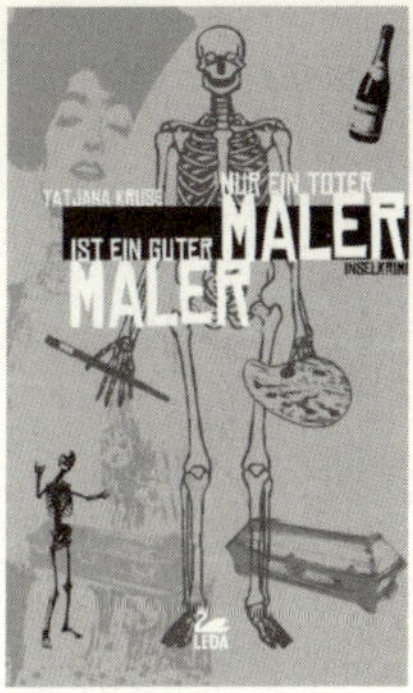

Regula Venske
Juist married
oder: Wohin mit der
Schwiegermutter?
Inselkrimi –Juist
978--934927-85-8
224 Seiten;8,90 Euro

Regula Venske
Bankraub mit Möwenschiss
Inselkrimi – Juist
978-939689-18-8
208 Seiten
8,90 Euro

Tatjana Kruse
Nur ein toter Maeler ist ein guter Maler
Inselkrimi Norderney
978-3-939689-26-3
208 Seiten
8,90 Euro

Tatjana Kruse
Wie klaut man eine Insel?
Inselkrimi – Borkum
978-3-934927-96-4
176 Seiten; 8,90 Euro

Peter Gerdes
Sand und Asche
Inselkrimi
Langeoog
978-3-939689-11-9
240 Seiten; 9,90 Euro

Peter Gerdes
Solo für Sopran
Inselkrimi – Langeoog
978-3-934927-63-6
208 Seiten; 9,90 Euro

Ulrike Barow
Endstation
Baltrum
Inselkrimi
978-939689-09-6
208 Seiten, 8,90 Euro

Ulrike Barow
Doenröschen
muss sterben
Inselkrimi – Baltrum
978-939689-14-0
224 Seiten, 8,90 Euro

Ulrich Hefner
Der Tod kommt in
Schwarz-Lila
Inselkrimi - Wangerooge
978-3-939689-04-1
392 Seiten; 9,90 Euro

Ulrich Hefner
Das Haus in den
Dünen
Frieslandkrimi
978-3-939689-07-2
400 Seiten; 9,90 Euro

Ulrich Hefner
Das Lächeln der
toten Augen
Frieslandkrimi
978-3-939689-17-1
440 Seiten; 9,90 Euro

Andreas Scheepker
Tod eines
Häuptlings
Ostfrieslandkrimi
978-3-939689-16-4
208 Seiten; 8,90 Euro

Peter Gerdes (Hrsg):
Mordkompott
Kriminelles zwischen
Klütje und Kluntje
978-3-934927-12-4
240 S.; 12,70 Euro

H. & P. Gerdes (Hrsg):
Friesisches
Mordkompott
Herber Nachschlag
978-3-939689-20-1
288 S.; 9,90 Euro

H. & P. Gerdes (Hrsg):
Friesisches
Mordkompott
Süßer Nachschlag
978-3-939689-21-8
300 S.; 9,90 Euro

Billie Rubin (Hrsg):
Bayer. Mordkompott
Kriminelles zwischen
Kraut und Knödeln
978-3-934927-33-9
240 Seiten; 12,70 Euro

Buttler/Ehlers (Hrsg):
Tee mit Schuss
Kriminelles zwischen
Blatt und Tasse
978-3-934927-89-6
240 Seiten; 12,70 Euro

H. & P. Gerdes (Hrsg):
Flossen höher
Kriminelles zwischen
Fisch und Pfanne
978-3-934927-34-6
240 Seiten; 12,70 Euro

Peter Gerdes
Der siebte Schlüssel
Ostfrieslandkrimi
Taschenbuch
978-3-934927-99-5
320 Seiten; 9,90 Euro

Peter Gerdes
Fürchte die Dunkelheit
Premium-Format
Kriminalroman
978-3-934927-60-5
272 S.; 11,90 Euro

Peter Gerdes
Ebbe und Blut
Ostfrieslandkrimi
Taschenbuch
978-3-934927-56-8
224 Seiten, 8,90 Euro

Maeve Carels
Zur ewigen Erinnerung
Ostfrieslandkrimi
978-3-939689-08-9
400 Seiten; 9,90 Euro

Regine Kölpin
Krähenflüstern

OstFrieslandkrimi
978-3-934927-95-7
224 Seiten; 8,90 Euro

Christiane Franke
Blutrote Tränen

Ostfrieslandkrimi
978-3-934927-94-0
192 Seiten; 8,90 Euro